TIM PARKS

Schicksa

Buch

Christopher Burton ist seit drei Monaten wieder in England, als er an der Rezeption seines Hotels einen Anruf erhält, der ihn über den Selbstmord seines Sohnes informiert. Aber warum ist bei dieser schrecklichen Nachricht Christopher Burtons erster Gedanke, jetzt, nach fast dreißig Jahren Ehe, seine Frau zu verlassen? Warum kann er nicht einfach um seinen Sohn trauern? Burton weiß zwar, daß er seiner vitalen, ewig flirtenden und sprunghaften Frau seine Existenz in Italien und damit seine Karriere als hochgeschätzter Italienkorrespondent verdankt. Aber mit Sicherheit verdankt er ihr auch, daß sein Leben unerträglich geworden ist. Und irgendwie ist ihr Sohn das Opfer dieser explosiven Liebes- und Haßbeziehungen – aber vielleicht ist dieser Gedanke auch nur Ausdruck einer tief sitzenden Paranoia?

»Ein an Intensität kaum zu übertreffender Roman am Rande des Abgrunds und an der Schwelle zum Wahnsinn. Und dank seines düsteren Humors trotzdem voller grimmiger Lebendigkeit.« *Brigitte*

Autor

Tim Parks wurde 1954 in Manchester geboren, wuchs in London auf und studierte in Cambridge und Harvard. Seine Romane wurden mit zahlreichen Preisen ausgezeichnet, u. a. mit dem Somerset-Maugham-Award. Neben seiner schriftstellerischen Tätigkeit ist er als Übersetzer (u. a. von Italo Calvino und Alberto Moravia) tätig und unterrichtet Literarisches Übersetzen an der Universität von Mailand. Tim Parks lebt mit seiner Frau und drei Kindern in Verona.

Von Tim Parks außerdem bei Goldmann lieferbar:

Ehebruch und andere Zerstreuungen (44665)
Ein Haus im Veneto (45250)

Tim Parks

Schicksal

Roman

Aus dem Englischen
von Ulrike Becker

GOLDMANN

Die Originalausgabe erschien 1999
unter dem Titel »Destiny«
bei Secker & Warburg, London

Umwelthinweis:
Alle bedruckten Materialien dieses Taschenbuches
sind chlorfrei und umweltschonend.

Der Goldmann Verlag ist ein Unternehmen der
Verlagsgruppe Random House GmbH

Taschenbuchausgabe April 2003

Umschlaggestaltung: Design Team München
Umschlagfoto: Photonica
Satz: IBV Satz- und Datentechnik GmbH, Berlin
Druck: Elsnerdruck, Berlin
Titelnummer: 44849
BH · Herstellung: Sebastian Strohmaier
Made in Germany
ISBN 3-442-44849-2
www.goldmann-verlag.de

3 5 7 9 10 8 6 4 2

1

Etwa drei Monate nachdem ich nach England zurückgekehrt war und endlich – abgesehen von der ärgerlichen Ausnahme des Andreotti-Interviews – die Materialsammlung für das Buch abgeschlossen hatte, mit dem ich mir nach einer ansehnlichen Karriere ein Denkmal zu setzen gedachte – ein erschöpfendes, in sich vollkommen stimmiges und dadurch unwiderlegbares Werk, so mein Plan –, erhielt ich eines Morgens, als ich, wie der Zufall es wollte, gerade an der Rezeption des Hotel Rembrandt in Knightsbridge stand, einem Ort übrigens, der für mich gewissermaßen sowohl Erfolg als auch Versagen symbolisiert, den Anruf, der mich vom Selbstmord meines Sohnes in Kenntnis setzte. »Es tut mir leid«, sagte die Stimme auf Italienisch. »Es tut mir sehr leid.« Beim Auflegen des Hörers, noch ehe Trauer oder Schuldgefühle meinen auf Hochtouren arbeitenden Verstand benebeln konnten, wurde mir mit geradezu verstörender Deutlichkeit bewußt, daß dies für mich und meine Frau das Ende bedeutete. Das Ende unseres gemeinsamen Lebens, meine ich. Es gibt keinen Grund mehr, sagte ich mir, schockiert von der Klarheit und Schärfe dieser jähen Erkenntnis und unter Umgehung all jener Gefühle, die man bei einem derartigen Verlust im ersten Moment erwarten würde, keinen einzigen Grund, warum du und deine Frau noch zusammenbleiben solltet, jetzt, wo euer Sohn tot ist. Wo euer Sohn Selbstmord begangen hat! So daß es mir, während ich stumpfsinnig über den dicken Teppich und die polierten Holzflächen in der übertrieben prunkvollen Hotellobby blickte, ähnlich wie ich jetzt, mit zwei Flugtickets in der Hand, stumpfsinnig durch die vom Streik lahmgelegte Abflughalle in Heathrow blicke, so vorkam und noch so vorkommt, als sei dies im Grunde die einzige Neuigkeit gewesen, die mir dieser Telefonanruf brachte: nicht die Nachricht vom Tod meines Sohnes, denn der ist schon vor langer Zeit gestorben, sondern die Ankündigung der unvermeidlichen und unmittelbar bevorstehenden Trennung von meiner Frau. Ich konnte plötzlich an nichts anderes mehr denken.

Nicht nur die Fluglotsen in Frankreich und Italien machten Dienst nach Vorschrift, auch die U-Bahn stand still. Meine Frau war wie betäubt. Ich war eilig mit ihr zur South Kensington Station gelaufen, denn ich wußte, mit der U-Bahn würden wir schneller sein als mit dem Taxi. Ich empfand tiefes Mitleid mit meiner Frau, empfand aber gleichzeitig eine wachsende Angst vor der Reaktion, die irgendwann kommen mußte und die mit Sicherheit vorwurfsvoll ausfallen würde. Vor den Bahnsteigsperren drängten sich die Menschen, und alle paar Minuten informierte uns eine Lautsprecherdurchsage darüber, daß sich in St. James Park eine behinderte Frau an einen Zug gekettet hatte. Wir müssen doch ein Taxi nehmen, sagte ich. Ausnahmsweise ließ meine Frau sich von mir führen wie ein Kind. Natürlich waren alle Taxis besetzt.

Ja, es war wirklich ein Glück, denke ich hier in der Abflughalle, einer dieser merkwürdigen Fälle von Glück im Unglück, daß ich gerade unten in der Lobby war und mit der Frau an der Rezeption sprach, als dieser Anruf kam. Denn sonst wäre er in unser Zimmer durchgestellt worden und meine Frau hätte die Nachricht mit der gleichen brutalen Direktheit gehört wie ich. Ihr Sohn hat sich mit einem Schraubenzieher erstochen, Mr. Burton. Wie? wollte sie wissen. Ich hatte für den Weg zurück aufs Zimmer eine gute Viertelstunde gebraucht. Ein Unfall. Die Verbindung war schlecht. Er hat keine weiteren Einzelheiten erwähnt. Du könntest nochmal anrufen, sagte sie. Das hat doch keinen Sinn. Wir sollten lieber aufbrechen. Einen Moment lang wartete ich auf ihre übliche Entgegnung: Immer wenn ich etwas vorschlage, sagst du, es hat keinen Sinn. Aber sie war wie betäubt. Diese Nachricht hat unseren zwanghaften Austausch gegenseitiger Anschuldigungen unterbrochen, dachte ich. Und während sie mir erlaubte, sie an der Hand die Treppe hinauf und wieder aus dem U-Bahnhof hinaus zu führen, so wie man einst seine kleinen Kinder an der Hand geführt und dabei deren Vertrauensseligkeit und Unschuld genossen hat, dachte ich erneut: Nun ist es wirklich aus zwischen uns, zwischen meiner Frau und mir. Diese Nachricht hat den Schlußstrich unter eine Beziehung gezogen, die seit Jahren in der Sackgasse steckt. Ich war aufgeregt. Und mir fiel ein, daß von der Haltestelle in der Brompton Road ein Flughafenbus abfuhr.

Ich war in die Hotelhalle gegangen, erinnere ich mich, den Blick immer noch auf die mit dem Wort ›delayed‹ übersäte Abflugtafel geheftet, um unser Zimmer im Rembrandt für eine weitere Woche zu reservieren. Neben den Fahrstühlen hängt eine Kopie des Selbstporträts von Rembrandt. Ich hatte dem Mädchen an der Rezeption, eine Deutsche, glaube ich, freundlich zugenickt und beschlossen, vorher noch die Gelegenheit zu nutzen, um ungestört das opulente Frühstücksbuffet des Hotels zu genießen. Deine Frau, dachte ich, findet das Haus, das du kaufen möchtest, zu teuer, und sie findet dieses opulente Frühstück zu teuer, aber monatelang in einem gut ausgestatteten Hotel zu leben und gleichzeitig ein gut ausgestattetes Haus zu unterhalten, in dem wir gar nicht mehr wohnen, das findet sie nicht zu teuer. Während ich Spiegeleier, Toast, Tomaten, Bratwürstchen und Speck in mich hineinschaufelte, dachte ich: Deine Frau hat etwas gegen ein opulentes Frühstück, weil es dick macht und folglich deiner Gesundheit schadet. Was natürlich stimmt. Daß andere Dinge deiner Gesundheit ebenso sehr schaden – zum Beispiel das durch den Wankelmut deiner Frau erzeugte ständige Hin und Her, ihr unerklärlicher Groll, ihre besessene Liebe zu eurem unglücklichen Sohn

Marco – und zweifellos Ursache deiner zahlreichen nervösen Störungen sind, interessiert sie jedoch kein bißchen. Dein Herz oder deine Gesundheit interessieren deine Frau kein bißchen, sagte ich mir, während ich entschied, daß ein Räucherhering wohl doch zu viel des Guten wäre, es sei denn als Ausrede, um Einwände gegen etwas zu erheben, wogegen sie sowieso Einwände erheben will, weil sie aus ihren eigenen, abwegigen Gründen etwas dagegen hat. Obwohl ich Räucherhering, den man in Italien nirgends bekommt, ausgesprochen gern esse. Und der wichtigste dieser Gründe ist ihre zunehmende, völlig unnötige Sorge ums Geld. Warum macht sich meine Frau solche Sorgen ums Geld? fragte ich mich. Warum will sie das Haus nicht verkaufen? Doch dann, während ich erneut beschloß, keinen Hering zu essen, fiel mir bei diesem Gedanken, das heißt bei der nicht gerade neuen Erkenntnis, daß meine Frau ihre Einwände gegen alles, was ich tat, immer durch vorgetäuschte edle Motive rechtfertigte, allen voran die Sorge um meine Gesundheit, um mein Herz oder – noch entscheidender – um Marcos Gesundheit, falls man von so etwas überhaupt sprechen konnte, eine Bemerkung ein, die ich am Tag zuvor auf das Deckblatt meiner gekürzten Ausgabe von Montesquieus *Esprit des Lois* gekritzelt hatte: Insoweit, hatte ich dort notiert, wie die Regierung nicht dem Gemeinwohl dient, darf ich ihr guten Gewissens den Gehorsam verweigern. Obwohl ich ihr nur selten *aus diesem Grund* den Gehorsam verweigere. Man denke nur an die Steuerhinterziehung. Kaum hatte ich einen Zusammenhang zwischen diesen beiden Gedankengängen erkannt, nämlich die ganz natürlich erscheinende und doch zwanghafte Suche nach dem bequemen Deckmantel edler Motive, war ich bester Laune und fühlte mich in Hochform. Ich mußte lachen. Dein Verstand ist hellwach an diesem wunderschönen Morgen, sagte ich mir und betrachtete lächelnd das reichhaltige Frühstücksbuffet im Hotel Rembrandt. Ich empfand plötzlich ein tiefes Wohlwollen gegenüber der ganzen Welt, meine

Frau eingeschlossen. Ein klitzekleiner Hering wird schon nicht schaden, entschied ich.

Wie klug von der Hotelleitung, den Frühstücksraum mit einem so dicken Teppich auszulegen! Ich breitete meine Zeitung – eine meiner drei Zeitungen – aus, schob Aschenbecher und Gewürzständer in Position, lehnte die Zeitung dagegen und las einen Bericht über Tony Blairs Beschluß, die Taschenrechner aus den Grundschulen zu verbannen. Nichts ist angenehmer – und nichts umständlicher zu arrangieren –, als beim Essen zu lesen, Körper und Geist gleichzeitig zu befriedigen. Und nichts unterscheidet die englische Mentalität deutlicher von der italienischen, dachte ich wenige Minuten bevor ich – aber wie hätte ich das ahnen sollen – vom Selbstmord meines Sohnes erfuhr, als diese außerordentliche Begeisterung, ja Euphorie über einen neuen Premierminister. Während ich mir eine Scheibe Toast nahm, um die gebratenen Tomaten aufzustippen, fiel mir Rousseau ein, der aus der Küche seines Arbeitgebers Wein stahl und sich aus abgelegenen Bäckereien Kuchen besorgte, damit er essen und trinken konnte, während er las. Auf seinem Bett. Manchmal fast so umständlich wie 69, dachte ich, als der Pfefferstreuer zu wackeln anfing. T*roppa carne sul fuoco.* Ich signalisierte der Bedienung, daß ich noch Kaffee wollte. Nein, nichts zeigte den gesunden, naiven und in gewissem Sinne auch derben Zug in der angelsächsischen Mentalität deutlicher, sinnierte ich in seliger Unwissenheit der Tatsache, daß mein Leben sich schon in wenigen Minuten radikal verändern würde, als diese unbändige Freude über die Ablösung einer Regierung, welche die Menschen immerhin dreimal hintereinander selbst gewählt hatten, durch eine neue Regierung, welche dieselben Menschen ohne zu zögern wiederum durch eine neue ersetzen würden, sobald sie genug von ihr hatten. *Rechnen muß man können,* lautete eine Unterüberschrift. Der Teppich schluckte alle Geräusche und erzeugte eine wunderbar gedämpfte Atmosphäre. Ich brach ein frisches Brötchen durch, um meinen Teller zu säubern. In Italien unvorstellbar. Dieser Glaube nicht nur an Veränderung, sondern an eine Veränderung zum Besseren. An nichts Geringeres als den Fortschritt. Aber wie konnte ich das in meinem Buch unterbringen? Wie macht man aus einem solchen Wust von Material ein Denkmal? Die Aussicht, ein Buch zu schreiben, war äußerst aufregend für mich, denn das hatte ich noch nie gemacht, noch dazu ein Monumentalwerk, eines, in dem die Dinge ein für allemal und unwiderlegbar klargestellt würden. Das erforderte ein systematisches Vorgehen. Aber wie sollte ich je damit beginnen, wenn meine Frau keines von den Häusern haben wollte, die wir uns anschauten? Wenn sie sich hartnäckig weigerte, sich endlich für eins zu entscheiden? Wie soll ein Mensch in der beengten, provisorischen Atmosphäre eines Hotelzimmers, selbst wenn es ein erstklassiges Hotelzimmer ist, ein Monumentalwerk verfassen?

Ein sehr großes Foto zeigte einen lächelnden Tony Blair mit seinen kleinen Kindern. Die Engländer, dachte ich, nachdem ich beschlossen hatte, mir eine Zigarette zu gönnen, falls ich eine auftreiben konnte, besitzen die außergewöhnliche Fähigkeit, immer wieder ganz von vorne anzufangen, oder doch zu glauben, sie würden noch einmal ganz von vorne anfangen. Jahrelang, dachte ich und häufte Marmelade auf ein weiteres Brötchen, wählen die Engländer die Konservativen, sind mit Leib und Seele konservativ, zeigen der ganzen Welt, was das Wort konservativ bedeutet, verschreiben sich den engstirnigen Prinzipien von Monetarismus und Privatisierung und erfinden so fabelhafte Ausdrücke wie ›der Rückzug des Staates‹, und dann haben sie ganz plötzlich genug davon, rutschen ungeduldig auf ihren Stühlen herum und können die zwei, drei Jahre, bis sie endlich Labour wählen dürfen, kaum noch abwarten. Und was für eine Aufregung, wenn ihr neuer Premierminister als erste Amtshandlung die Taschenrechner aus den Grundschulen verbannt! *Mit Tony muß man rechnen!* lautet die Bildunterschrift unter den lächelnden Gesichtern. Andreotti hatte auch eine große Familie, überlege ich, aber er wurde nur selten mit Frau und Kindern fotografiert. Schon bewundernswert, dachte ich in der so wunderbar teppichgedämpften Atmosphäre des Frühstücksraums im Hotel Rembrandt, wo selbst das Kratzen der Messer auf dem edlen Porzellan bloß wie ein fernes Klirren klingt, diese Fähigkeit der Engländer, wie Phönix aus der Asche zu steigen, oder doch zu glauben, man könne tatsächlich wie Phönix aus der Asche steigen. Das ging natürlich Hand in Hand mit ihrer außergewöhnlich hohen Scheidungsrate. Denn in meinem Buch wollte ich die Untrennbarkeit von privatem und öffentlichem Leben aufzeigen, ein für allemal die Dynamik der Beziehung zwischen einem Volk und seiner Regierung, seinem Schicksal festschreiben. Es war richtig gewesen, dachte ich plötzlich, nach England zurückzukehren. Schließlich bin ich selber Engländer. Nach all den Jahren, Jahrzehnten, die ich fort war, bin ich doch immer noch Engländer. Wärst du in England geblieben, dann hättest du dich längst von deiner Frau scheiden lassen, überlegte ich selbstzufrieden im Frühstücksraum des Hotel Rembrandt. Wärst du in England geblieben, dann hättest du mit Sicherheit drastische und heilsame Maßnahmen ergriffen. Heilsam für mich und für meine Frau. Und erst recht für Marco. Andererseits, wenn man in Italien den Kellner um eine Zigarette bittet, dann gibt er einem auch eine, und es bleibt einem erspart, sich eine Schachtel zu kaufen und eine nach der anderen zu rauchen, bis einem übel wird. Das ist Service. Eine einzelne Zigarette. Eine überschaubare Sünde. Der steife, weißbejackte Typ im Rembrandt hingegen schien über meine Bitte nicht nur pikiert, sondern geradezu bestürzt zu sein. Er hielt mich eindeutig für einen Amerikaner. In Italien, dachte ich, hält man dich für einen Deutschen, in England für einen Amerikaner. Und ausgerechnet du willst ein Buch über den Nationalcharakter schreiben.

Ich mußte lachen. Meine Frau schluchzt in ihr Taschentuch, während sie neben mir auf einem der Schalensitze in der Abflughalle von Terminal Eins sitzt, die aus praktischen Gründen zu Zehnerreihen zusammengeschraubt sind. In einer großen öffentlichen Halle ist es äußerst wichtig, daß die Leute in Reihen sitzen, denn man stelle sich nur das Durcheinander vor, wenn es nicht so wäre! Sie hält sich die Hände und das Taschentuch vors Gesicht und weint leise vor sich hin, allerdings auf eine Art, die Tröstungen eher zu verbieten als zu erbitten scheint. Und noch vor zwei oder vielleicht sogar noch weniger Stunden, denke ich, hast du beim teppichgedämpften Frühstück im Hotel Rembrandt herzhaft gelacht. In dich hinein natürlich. Man lacht meistens in sich hinein. Und der Grund für dieses Lachen war nicht so sehr dein Schicksal, überall für etwas gehalten zu werden, was du nicht bist, einen Deutschen hier, einen Amerikaner dort, auch nicht die Ironie, die darin liegt, daß ein solcher Mann ein Monumentalwerk verfassen will, ein Buch mit dem Anspruch, ein für allemal das Wesen der Menschen, oder vielmehr das Wesen der Völker, zu benennen, nein, der Grund für deine Heiterkeit war dein promptes Erkennen dieser Ironie. Schnell wie der Blitz heute morgen, hatte ich gedacht, dort im Frühstücksraum. Warum klammert sich mein Gehirn an diese inzwischen ganz unpassenden Gedanken, frage ich mich hier in der Abflughalle. Warum will meine Frau nicht, daß ich sie tröste? Ein ruhiges Frühstück fördert das Denkvermögen, dachte ich dort im Frühstücksraum und stellte mir vor, wie Tony Blair eines Tages bei der Amtsniederlegung fotografiert und ein neuer Premierminister die britische Öffentlichkeit verblüffen und begeistern würde, vielleicht indem er die Schulmilch wieder einführte oder die Roller Blades aus den städtischen Parks verbannte. Ich würde sie gerne trösten, wenn sie es nur zuließe. *Tony zeigt wo's langgeht,* lautete eine andere Bildunterschrift. Jawohl, du bist in Hochform, hatte ich gedacht. Und diese Freude, an die ich mich jetzt, so unpassend es auch sein mag, unwillkürlich erinnere, während meine Frau sich in ihrem Kummer, ihrem exklusiven Kummer, auf dem Stuhl hin und her wiegt, dieses Staunen – und jetzt stößt mir, wie natürlich vorherzusehen war, der Hering auf – über deine geistige Wendigkeit war und ist Teil eines umfassenderen Gefühls, das seit einiger Zeit in mir wächst, seit meinem fünfzigsten Geburtstag vielleicht, ja, oder seit der langen Genesungsphase nach meiner Bypass-Operation, des Gefühls nämlich, daß ich auf den Höhepunkt meiner Kräfte zusteuere, in gewissem Sinne zu mir selbst komme, zu dem finde, was tief in mir angelegt ist, endlich die Früchte jahrzehntelanger Erfahrung und Selbsterziehung ernten kann. Warum sonst hätte ich all meine Posten aufgeben und mich einem so ehrgeizigen Vorhaben verschreiben sollen? Persönlichkeit ist das höchste Glück der Erdenkinder, hat Goethe gesagt. Die Lebendigkeit des Geistes. Ein aktiver Geist. Ich kann nicht an Marco denken. Ich muß das Eisen schmieden, solange es heiß ist, sagte ich mir im Frühstücksraum des Rembrandt. Ich trank meinen Kaffee aus. Ich muß unverzüglich anfangen. Ich muß meine Frau zur Vernunft bringen, mich für ein Haus entscheiden, das Haus in Rom verkaufen. Und als ich meinen Stuhl auf dem dicken Teppich des Frühstücksraums zurückschob, erschien vor meinem inneren Auge ein geräumiges Arbeitszimmer mit Blick über Vorstadtgärten, an den Wänden Regale voller Bücher in dezenten Farben, die ich im Laufe der Jahre angesammelt habe, meine fleißig zusammengetragenen Notizen in numerierten Karteikästen geordnet, und auf dem Schreibtisch ein weißes Blatt Papier und ein schlichter Füllfederhalter, der den ersten schlichten Satz niederschreibt: Die Existenz des Nationalcharakters ist eine unbestreitbare Tatsache.

Noch eine Woche ab morgen? fragte die junge Frau an der Rezeption. Sie griff zum Telefon, um ein Gespräch entgegenzunehmen, und klemmte sich den Hörer zwischen Schulter und Kinn. Obwohl ich geteilte Aufmerksamkeit nicht ausstehen kann, lächelte ich die deutsche Empfangsdame an und tat mein Bestes, ihr zu zeigen, daß ich mich zwar auf keinen Fall zum Narren machen würde, sie jedoch äußerst attraktiv fand. Es ist nicht die Unhöflichkeit, die ich daran nicht ausstehen kann, dachte ich, während ich zusah, wie das Mädchen den Hörer an ihre zarte Haut preßte, sondern die Ablenkung, der Mangel an Konzentration, der unser Leben durchzieht. Meine Frau zum Beispiel, dachte ich, war jederzeit bereit, ein wichtiges Gespräch oder gar einen Liebesakt zu unterbrechen, um ans Telefon zu gehen oder an der Haustür mit einer Nachbarin, einem Pfarrer, Arzt oder Vertreter zu plaudern. Niemand, dachte ich plötzlich, während ich das entzückende Doppelkinn, das der eingeklemmte Telefonhörer erzeugt hatte, betrachtete, war so schnell bereit, einen Liebesakt oder einen Streit zu unterbrechen wie meine Frau. Sie wendet sich in entscheidenden Momenten bereitwillig von mir ab. Einmal sogar wegen eines Zeugen Jehovas. Aber das war in Rom gewesen. Ein *testimonio de Geova*. Dann liegt in ihrer Stimme unvermittelt etwas Zuvorkommendes, Warmherziges oder Salbungsvolles, das vollkommen aufgesetzt ist. Vollkommen aufgesetzt, dachte ich und bemerkte, wie sich die Stimme der Deutschen beim Abnehmen des Hörers verändert hatte. Man kann einen Tonfall aufsetzen wie einen Hut, dachte ich und nutzte die Gelegenheit, dem Doppelkinn ein vages Lächeln zu schenken. Der Anruf ist für Sie, Mr. Burton, sagte sie. Möchten Sie ihn gleich hier entgegennehmen? Dann, immer noch dem deutschen Mädchen zulächelnd, den Anblick ihres fleischigen, teutonischen Körpers genießend, und zwar auf ähnlich unschuldige Weise wie ich den fleischigen Hering, der mir jetzt, wie vorherzusehen war, aufstößt, genossen hatte, hörte ich eine Stimme auf italienisch sagen: Ihr Sohn hat sich umgebracht. In der prunkvollen Lobby des Hotel Rembrandt, wo zwischen den Fahrstühlen eine Kopie des Selbstporträts von Rembrandt hängt, legte ich den Hörer auf. Und mit der schrecklichen Klarheit, von der unsere Wahrnehmung des Allerschlimmsten unweigerlich begleitet wird, erkannte ich, daß dies das Ende der unmöglichen Verbindung zwischen meiner Frau und mir bedeutete. Mit uns ist es aus.

2

Es war ärgerlich, daß ich das Andreotti-Interview noch nicht hatte, denn es sollte in meinem Buch als abschließendes Beispiel, ja schlagender Beweis für das zuvor dargestellte Prinzip dienen: für die generelle Vorhersagbarkeit – ausreichende Kenntnisse über Charakter, Rasse, Geschlecht und Lebensumstände vorausgesetzt – jeglichen menschlichen Verhaltens. Ja, habe ich mir oft gesagt, das Andreotti-Interview stellt nicht nur eine einleuchtende Verbindung zwischen meiner doch recht ansehnlichen Karriere als Journalist und diesem Monumentalwerk über nationales Schicksal her – wobei das letztere sowohl auf einen persönlichen Reifeprozeß als auch auf die endgültige Abkehr von der ersteren hinweist –, sondern es soll vor allem die Notwendigkeit demonstrieren, die zwangsläufig mit der Vorhersagbarkeit einhergehen muß: Andreotti würde *genau* das sagen, was von ihm erwartet wurde. Genau das, was ich vorhergesagt hatte. Genau so, wie ich es vorhergesagt hatte. Ebenso wie Blair übrigens, wenn ich mich entschlossen hätte, das Buch mit einem Blair-Interview abzuschließen. Oder auch meine Frau – meine Frau ganz besonders –, wenn man in einem Monumentalwerk seine Frau als Beweis anführen könnte. Die Menschen sind, wie sie sind, dachte ich. Das habe ich schon immer geglaubt. Ganz besonders die eigene Ehefrau. Jede Charakterstudie, vor allem jede Studie über den Nationalcharakter – so die These, an der ich seit langem arbeite –, befaßt sich mit Prognosen, mit politischem Kalkül, und falsche Prognosen zeugen nur von mangelnder Kenntnis des menschlichen Charakters. Gerade Andreotti, davon war ich überzeugt, würde mich in dieser Hinsicht nicht enttäuschen. Denn wer ist so vollkommen er selbst und zugleich so, wie die Italiener zu sagen pflegen, wunderbar italienisch wie Andreotti? Waren Andreottis Äußerungen, fragte ich mich, in all den Jahren, den vielen, viel zu vielen Jahren, die ich über diese Themen berichtet habe, auch nur ein einziges Mal nicht so hoffnungslos uneindeutig gewesen, wie wir es von ihm kennen? Sein Verhalten ist vollkommen berechenbar. Der Charakter ist die Triebkraft der Notwendigkeit, überlege ich. So könnte man es ausdrücken. Wissen bedeutet Wissen um die Zukunft. Dennoch widerstrebte es mir, mit dem Buch zu beginnen und sein Ende – was Andreotti sagen würde und wie er es sagen würde – in allen Einzelheiten und Wendungen vorauszusagen, ohne zuvor das Interview geführt zu haben. Aus irgendeinem Grund – und dieser Gedanke ist mir in letzter Zeit mehrmals in den Sinn gekommen – fürchte ich mich vor der Sünde des Hochmuts. Davor, mir zuviel anzumaßen. Mir anzumaßen, die Dinge nicht nur rückblickend zu verstehen, so wie Ödipus, sondern schon vorher, wie das Orakel. Aber ist es nicht das, wonach der Mensch in seinem Wissensdurst letztendlich trachtet? Wahlergebnisse vorherzusagen, Erdbeben vorherzusagen. Ich habe nie daran gezweifelt, daß ich recht behalten werde, ich habe einfach nur das Gefühl, es wäre klüger, das Interview vorher zu führen. Um Viertel vor elf, während ich neben meiner Frau in einer Abflughalle sitze, in der das Gedränge und das Chaos immer größer werden, erinnert mich das Klingeln meines Handys an diese inzwischen belanglose Sorge: das Andreotti-Interview. Es wird mein Kontaktmann sein.

Bei der Ankunft im Flughafen war ich zum Schalter gegangen, um die Tickets zu kaufen, denn meine Frau sprach selbst unter günstigen Umständen nur ein sehr rudimentäres Englisch. Deine Frau, dachte ich, auch beim Schlangestehen vor dem Ticketschalter in Heathrow noch völlig unfähig, ein der Situation angemessenes Gefühl von Verlust zu empfinden, denn meine Gedanken bewegten sich weiterhin – unverzeihlich, ich weiß – in den gewohnten Bahnen, deine Frau hat ein außerordentlich großes Zugeständnis gemacht, als sie sich mit Mitte Fünfzig bereit erklärte, mit dir in ein Land zu ziehen, dessen Sprache sie nicht nur nicht spricht, sondern die zu lernen sie sich immer, zumindest unbewußt, davon bin ich überzeugt, kategorisch geweigert hat. Das ist ein außerordentlich großes Zugeständnis für eine so kontaktfreudige, gesellige Frau wie sie, eine Frau, der Gespräche und Plaudereien in den drei Sprachen, die sie beherrscht, so viel bedeuten. Nein, für eine Frau, dachte ich – und fragte mich, ob ein Verlust, den ich immer noch nicht spüren konnte, mir wohl das Recht gab, mich an den Anfang der langen Schlange vor dem Ticketschalter von British Airways zu drängeln –, die bei jeder Party, bei jeder ihrer zahlreichen Partys mit Leib und Seele Gastgeberin war, von ihrem unverbesserlichen Hang zum Flirten ganz zu schweigen, ist es ein außerordentlich großes Zugeständnis, in ein Land zu gehen, wo sie bestenfalls höfliche Floskeln austauschen und rudimentäre Unterhaltungen führen kann. Ein außerordentlich großes Opfer, wie sie sagen würde. Für Italiener ist ein Zugeständnis immer ein Opfer. Obwohl es ihr nicht nur, oder vielmehr gar nicht, von mir abgerungen wurde, sondern von unserem Arzt, Dottor Vanoli, der so vehement die Ansicht vertrat, daß unsere Abwesenheit sich positiv auf Marcos Zustand auswirken würde. Was Marco braucht, wiederholte Dottor Vanoli beharrlich, und trotz aller Flirterei gelang es meiner Frau nicht, ihn von dieser Meinung abzubringen, ist nicht Ihre Hilfe, sondern Ihre Abwesenheit. Und nicht zum ersten Mal war ich versucht zu denken, daß ihr eigentliches Zugeständnis nicht in der Bereitschaft bestanden hatte, nach England zu gehen, wo sie sich weder unterhalten noch flirten kann, jedenfalls nicht so leicht, sondern in der Bereitschaft, Marco in Italien zurückzulassen. Ein Zugeständnis allerdings, das sie ausschließlich Marco zuliebe gemacht hat. Was vorherzusehen war. Ich spielte bei ihrer Entscheidung keine Rolle. Sie brachte ein Opfer für ihren Sohn. Und wohlgemerkt nur, um das einzige zu versuchen, was noch nicht versucht worden war, noch dazu das, was sie selber für am wenigsten erfolgversprechend hielt. Vielleicht bloß, um Dottor Vanoli zu beweisen, daß er Unrecht hatte. Nun, dachte ich, als ich plötzlich und unerwartet einer Angestellten von British Airways gegenüberstand, deren Namensschild sie ironischerweise als Italienerin auswies – wie war ich so schnell an die Spitze der Schlange gelangt? –, jedenfalls hat meine Frau, das muß man ihr lassen, beträchtliche, anerkennungswürdige Zugeständnisse gemacht. Hatte ich mich etwa wirklich vorgedrängelt? Gestern abend bei Geoff Courteney zum Beispiel hat sie während des gesamten Essens nur äußerst rudimentäre Gespräche führen können und mußte sich beim Flirten auf Blickwechsel, freundliches Lächeln und Gestikulieren beschränken. War ich in eine Art Trance gefallen? Nicht, daß sie auf diesem Gebiet etwa minderbemittelt gewesen wäre. Niemand scheint verärgert zu sein, dachte ich nach einem kurzen Blick über die Schulter. Und selbst als ein gewisser Name fiel, sagte ich mir, mußte aber jetzt, während die eleganten Finger des Mädchens dem Computer eine Frage stellten, gleichzeitig vage an die auf geheimnisvolle Weise verlorengegangenen Minuten zwischen dem Anruf am Morgen und meiner Rückkehr aufs Zimmer denken – selbst als ein gewisser Name fiel, gestern abend auf Geoff Courteneys Dinnerparty, war meine sonst so gesprächige Frau gezwungen gewesen, sich mit fragenden Blicken und interessiertem, aber verständnislosem Kopfnicken zu begnügen. In der Tat ein beträchtliches Opfer. Und ich fragte mich, was ich in diesen fünfzehn Minuten getan und gedacht habe? Dort unten in der Lobby des Rembrandt? Hier in der Schlange am Schalter? Vielleicht waren es auch zwanzig gewesen. Ich hatte nicht auf die Uhr geschaut. Das Mädchen ließ die Tasten klicken. Und obwohl sie sich – um auf die Zugeständnisse meiner Frau zurückzukommen – immer wieder stur gegen den Kauf eines Hauses in London und den Verkauf des Hauses in Rom stemmte, gegen den Gütertransfer, der unseren Entschluß, in England zu leben, vielleicht unwiderruflich festgeklopft hätte, hatten wir dennoch in den zurückliegenden Wochen beide, nicht nur sie, sondern auch ich, manchmal wehmütig darüber gesprochen, wieder zusammenzukommen. Wieder echte Partner zu werden. Vielleicht sogar ein Liebespaar. Vielleicht können wir wieder zusammenkommen, hatte meine Frau gestern abend wehmütig zu mir gesagt. Auf italienisch. Nach unserem Streit im Taxi. Einem Londoner Taxi. Das Wort *heilen* war gefallen, das weiß ich noch – *unsere Beziehung heilen,* hatte sie gesagt. War es das, woran ich in diesen Minuten, die mir fehlten, gedacht hatte? Womöglich in dem Sessel unter dem Porträt sitzend? Jedenfalls werde ich dich kaum, hatte sie lachend gesagt, als wir nach der Dinnerparty bei Geoff Courteney aus dem Taxi stiegen, durch ein Gespräch mit einem *englischen* Zeugen Jehovas verärgern können. Oder? Es war ein erbitterter Streit gewesen. Wir mußten beide lachen. Durch einen *Flirt* mit einem Zeugen Jehovas, korrigierte ich. Sie war äußerst belustigt. Ja, deine Frau hat beachtliche und großzügige Zugeständnisse gemacht, dachte ich. Ganz unvermittelt liefen mir am Ticketschalter von British Airways die Tränen übers Gesicht. Und jetzt ist es aus zwischen uns.

Ms. Iacone blickte auf. Die Maschine nach Turin ist ausgebucht, Sir.

Um die Gefühlswallung einzudämmen, die aus ganz unerwarteter Richtung kam und rein gar nichts mit Marco zu tun hatte, verfiel ich ins Italienische. *Allora a Milano, il primo volo a Milano, per favore,* sagte ich, erstaunt über diese plötzliche, heftige Flut von Gefühlen, die nichts mit Marco zu tun hatten. Und ich erkannte sofort, daß das Mädchen meinen Sprachwechsel als Zweifel an ihrer Kompetenz interpretierte. Mit zusammengepreßten Lippen verkaufte sie mir zwei Erste-Klasse-Flüge nach Mailand-Linate und teilte mir erst anschließend mit, daß alle Flüge Verspätung hatten, weil die Fluglotsen Dienst nach Vorschrift machten. In Frankreich und in Italien. Beträchtliche Verspätung, fügte sie voller Genugtuung hinzu. Die Reaktion deiner Frau wird mit Sicherheit vorwurfsvoll ausfallen, dachte ich. Vielleicht hatte ich mich doch vorgedrängelt. Sie wird vergessen haben, daß nicht ich, sondern Dottor Vanoli darauf gedrängt hatte, es einmal mit unserer Abwesenheit zu versuchen. Mit einer längeren Abwesenheit, hatte er betont. Er, nicht ich. Ich war nur gewissenhaft seinem ärztlichen Rat gefolgt. Hatte ich ihr deshalb erzählt, es sei ein Unfall gewesen und nicht Selbstmord? Und hatten die fehlenden Minuten etwas mit dieser Entscheidung zu tun? Aber es war, als wollte ich mir einen vergessenen Traum ins Gedächtnis zurückholen.

Nach dem Kauf der Tickets ging ich hinüber zu meiner Frau, die mit nach vorne gebeugtem Rücken auf einem der Schalensitze in der Halle saß, genau wie vorher im Bus, wo sie die ganze lange Fahrt von South Kensington nach Heathrow vor Kummer in sich zusammengesunken dagesessen hatte, ohne ein Wort zu sagen. Schließlich hatte sie dem Experiment, Marco für eine Weile allein zu lassen, nur widerstrebend und trotz heftiger Bedenken zugestimmt, dachte ich beim Anblick ihrer zusammengesunkenen Gestalt; wie konnte ihre Reaktion da anders als vorwurfsvoll ausfallen? In welcher Form würden sich ihre Vorwürfe äußern? Das Flugpersonal macht Dienst nach Vorschrift, sagte ich. Es gibt Verspätungen. Sie hatte ein Foto von Marco hervorgeholt, das sie in der Handtasche bei sich trug, und weinte still vor sich hin. Vielleicht in Form von Schweigen, dachte ich. Kaum jemand ist zu so vorwurfsvollem Schweigen fähig wie deine gesprächige Frau. Wir müssen nach Mailand fliegen, sagte ich. Sie schaukelte sachte auf ihrem Stuhl vor und zurück. Zu so ausgedehnten Phasen schrecklicher, abweisender Stummheit. Elektiver Mutismus, lautet der Fachausdruck dafür. Nach Wochen unbekümmerten Geplappers. Ich legte einen Arm um sie, aber ein kurzes Zucken ihrer Schultern signalisierte mir, daß mein Trost nicht gefragt war. Deine Frau, sinnierte ich wie schon so oft, während ich gleichzeitig wünschte, ich könnte meine Gedanken auf etwas anderes lenken, vornehmlich auf Marco, meinen Sohn, hat ihren Kummer, welche Ursache er auch hatte, schon immer auf eine Weise gezeigt, die dir deutlich machen sollte, daß du nichts tun kannst, um sie zu trösten. Und das hat dich schon immer verunsichert. Nicht nur, daß du unfähig bist, im gleichen Ausmaß Kummer zu empfinden wie sie, unfähig bist, dich auf das Objekt deines Kummers zu konzentrieren, weil deine Gedanken kopflosen Hühnern gleichen, die weiter auf dem gewohnten Misthaufen herumirren, nein, du darfst sie in ihrem maßlosen Kummer noch nicht einmal trösten. Sie findet dich zu widerwärtig, um Trost von dir anzunehmen. Ihrer nicht würdig zumindest. Und jetzt, wo in meiner Tasche das Telefon dudelt – das muß mein Kontaktmann sein – und mir, wie vorherzusehen war, in der Speiseröhre der Hering aufstößt, kommt mir der Gedanke, daß in der Ehe eine furchtbare Simultaneität herrscht. In unserer Ehe. Egal, wie lange ein Ereignis zurückliegt, denke ich, während ich das Telefon in meiner Tasche dudeln höre, es ist doch immer wieder dasselbe. Oder nicht? In der Ehe. Immer dieselbe Dynamik. Der lautstarke verbale Schlagabtausch in einem Londoner Taxi oder das sture Schweigen in einer Bar in Trastevere. Kein Wunder, daß ich so viele nervöse Störungen habe. Es wird der Kontaktmann sein, sage ich mir, als ich beim Klingeln des Telefons in meiner Tasche zusammenzucke. Nächtlicher Harndrang, Kratzen in der Speiseröhre. Natürlich rührt das zum Teil vom übermäßigen Essen und Trinken her, vom üppigen Frühstück in teppichgedämpften Hotels und dem nächtelangen Schnapstrinken während des Wartens auf immer wieder verschobene Pressekonferenzen. Aber nur zum Teil. Zu einem sehr kleinen Teil. Und während das Telefon in meiner Tasche dudelt, sehe ich mich vor vielen Jahren – fünfundzwanzig? dreißig? – auf einem anderen Flughafen neben meiner

Frau sitzen, unfähig, damals wie heute, sie zu trösten, nachdem ein weiterer Arzt erklärt hatte, daß sie niemals ein Kind bekommen könne. Sie werden niemals ein Kind bekommen können, Signora Burton, sagte dieser Arzt, freundlich, ernst. Seinen Namen habe ich vergessen, aber an seine freundliche, ernste Art kann ich mich noch erinnern. Das war vor vielen Jahren. Unsere Geschichte ist lang und kompliziert, denke ich, sehr lang und sehr kompliziert, falls irgendwer sie je erzählen will, und dennoch ist von einem anderen Blickwinkel aus betrachtet alles gleichzeitig und so unveränderlich wie die Bahnen der Planeten. Wie kann das sein? Indem ich das Handy aus meiner Tasche ziehe, sage ich zu meiner Frau: Vielleicht ist es Paola, und schalte das Ding aus. Ehrlich gesagt fühle ich mich unwohl und sehne mich nach einer Toilette. Es muß Paola sein, wiederhole ich, und augenblicklich wird mir klar, wenn ich jetzt aufstehe und in Richtung Toilette davoneile, dann wird es zwangsläufig so aussehen, als ginge ich weg, um allein mit Paola zu telefonieren. Als hätte ich das Handy nur ausgeschaltet, um meine Frau zu täuschen. Vielleicht hätte ich rangehen sollen, sage ich, bemüht, herauszufinden, ob meine Frau mich mit Schweigen strafen will. Sie hat vielleicht nähere Informationen. Oder sie weiß es noch gar nicht. In nun eindeutig provozierender Absicht füge ich hinzu: Schließlich hat Paola ein Recht darauf, es zu erfahren. Oder etwa nicht? Plötzlich zwingt mich ein dringendes Bedürfnis, doch auf die Toilette zu gehen.

Der Kontaktmann sagte, Andreotti wolle mich nicht persönlich empfangen, habe sich jedoch bereit erklärt, meine Fragen per Fax zu beantworten. Das nützt mir nichts, sagte ich, automatisch in einen geschäftsmäßigen Ton verfallend. Der Kontaktmann lachte. Es ließe sich umgehen, sagte er. Jedenfalls halbwegs. Da Andreotti glaubte, das Interview sei für eine große überregionale Zeitung, ansonsten auch niemals damit einverstanden gewesen wäre, hatte er, der Kontaktmann, ihm erklärt, es sei ein Fototermin erforderlich. Als besonderes Entgegenkommen gestattet er, daß Sie dabei sind. Dann können Sie mit ihm reden. Ich kann nicht auch noch einen Fotografen bezahlen, wandte ich ein und fand trotz dieser Komplikation noch den gedanklichen Raum, über den Umstand nachzusinnen, daß der Kontaktmann in Rom keine Ahnung davon hatte, daß ich gerade mit zitternden Schenkeln auf einer scheußlichen Kloschüssel in der Abflughalle von Terminal Eins in London-Heathrow saß. Seltsam, dachte ich, dieser situationsbedingte Kontrast zwischen der extremen Schutzlosigkeit deines unbehosten Leibes und der selbstbewußten Entschiedenheit deines Verhaltens, deiner Stimme, die jetzt in einer fremden Sprache spricht. Obwohl der Besuch dieses Ortes sich als falscher Alarm entpuppte. Ich zitterte. Es gibt eine ganze Reihe von ärztlichen Untersuchungen, die ich machen lassen sollte. Bringen Sie einfach einen Freund mit einer Kamera mit. Irgend jemanden. Zur Not geht auch eine Freundin. Der Mann lachte. Wieso sollte er etwas bemerken? Die Kamera braucht bloß teuer auszusehen. Wir haben den Termin für Mittwoch anberaumt. Sie müssen ihm Ihre Fragen heute oder morgen zufaxen. Nicht mehr als zehn. Aber ein richtiges Interview wird er Ihnen nicht gewähren. Nachdem das Gespräch so weit fortgeschritten war, erschien es mir sinnlos, diesem gewitzten Mann, diesem gewitzten Italiener, der mit dem Arrangement dieses Interviews nur seine Arbeit tat, zu erzählen, daß mein Sohn irgendwann im Laufe der vergangenen Nacht in einem östlich von Turin gelegenen Heim für chronisch Schizophrene Selbstmord begangen hatte und ich deshalb diese Vereinbarungen unmöglich einhalten konnte. Von außerhalb der Kabine war leises Rascheln und Scharren zu vernehmen. Ich komme heute abend nach Italien zurück, sagte ich. Und auf der Toilette in Heathrow sitzend, per Handy mit Rom verbunden, womöglich mit einer dortigen Toilette, wer weiß, irgendwo in der Via Nazionale oder auf dem Corso Venezia, verpflichtete ich mich mit ruhiger, entspannter oder zumindest nicht gepreßter als üblich klingender Stimme dazu, heute oder morgen die zehn Fragen aufzuschreiben und sie ihm zu faxen sowie am Mittwoch nachmittag in Andreottis Büro zu erscheinen. Sechzehn Uhr. Piazza Santa Maria in Lucina. Der Kontaktmann beschrieb mir den Weg. Andreotti – sagte ich zu mir selber, während ich gleich hinzufügte, wie unvorstellbar es für mich war, jemals die Worte *Mein Sohn hat Selbstmord begangen* auszusprechen –, Andreotti gehört wohl kaum zu jenen Menschen, mit denen man lange über einen Termin verhandelt. Oder? Das war das mindeste, was sich über ihn sagen ließ. Du gehst hin, wann *er* es will, sagte ich mir im vollen Bewußtsein der Tatsache, daß dies ganz undenkbar war. Es war ganz undenkbar für mich, am Mittwoch zu einem Interview zu gehen. Womöglich dem Tag, an dem die Beerdigung meines Sohnes stattfinden würde. Vergessen Sie nicht, ihn mit *Presidente* anzureden, sagte der Kontaktmann gerade. Einmal Präsident, immer Präsident, sagte er lachend. Selbst im Knast würde er noch darauf bestehen, *Presidente* genannt zu werden.

Dann, beim Verlassen der Toilette, erblickte ich Gregory. Ich erblickte Gregorys Gesicht. Im ersten Moment war mir nicht klar, daß es Gregory war, ich sah nur ein bekanntes und zugleich beunruhigendes Gesicht auf einem großen Schwarzweißfoto, etwa einen Meter hoch, das Gesicht von jemandem, den man aus dem Fernsehen kennt vielleicht, obwohl es sich hier in der Flughafenbuchhandlung befand. Im Fenster. Ausgestellt. Und obgleich ich mir jetzt, ich meine nach dem Telefonat, schmerzlich der Tatsache bewußt war, daß ich mich einzig und allein wegen des Selbstmords meines Sohnes auf dem Flughafen befand und nicht wegen der Arbeit oder gar zum Vergnügen, bewußt auch der dringenden Notwendigkeit, so schnell wie möglich an die Seite meiner Frau zurückzukehren, denn ich weiß aus Erfahrung, was sie in extremen Gefühlszuständen alles anzustellen vermag, weshalb ich oft sowohl Angst *vor* meiner Frau als auch Angst *um sie* habe, und obgleich ich mir außerdem, von der Herrentoilette durch die unnötig schwere Schwingtür in die Halle hinaustretend, bereits töricht vorkam, ja wütend auf mich selber war, weil ich den völlig inakzeptablen Terminvorschlag des Kontaktmanns für dieses wichtige Interview akzeptiert hatte, ihn sogar ohne ein Wort des Widerspruchs akzeptiert hatte, ging ich in meiner Verwirrung, in diesem Zustand, in dem ich mich bereits zweimal an diesem Tag ohne jede Erinnerung an die unmittelbar vorangegangenen Minuten, in beiden Fällen waren es mehr als zehn gewesen, wiedergefunden hatte, dennoch schnurstracks in die Flughafenbuchhandlung, um mir dieses Gesicht genauer anzuschauen, dieses Gesicht, das, wie ich inzwischen erkannt hatte, nicht, oder nicht nur, jemandem gehörte, den man aus dem Fernsehen kennt, sondern Gregory Marks. Gregory Marks. Das moderne Leben erzeugt unaufhörlich solche Ablenkungen, dachte ich abgelenkt, während ich in den Buchladen eilte, um das riesige Gesicht mit der teigigen Nase und dem onkelhaften Lächeln genauer zu betrachten: das Telefon, das klingelt, während du dich mit einer Hotelangestellten unterhältst, die Nachricht, die aus tausend Kilometern Entfernung in dein Leben einbricht, der Zeuge Jehovas, der deine Frau über die Gegensprechanlage vom unmittelbar bevorstehenden Weltuntergang zu überzeugen versucht, ausgerechnet in einem der seltenen, äußerst seltenen Momente, in denen ihr miteinander schlafen wollt. Und ihre Erwiderung: Ich weiß schon, was ich täte, wenn ich erführe, daß die Welt in den nächsten zehn Minuten untergehen wird. Ein herbes Lachen. Ihre herbe Seite. Und dann hat sie den Idioten hereingebeten. Na schön, sagte sie lachend, kommen Sie rauf, lassen Sie uns ein bißchen über den Weltuntergang plaudern. Auf italienisch. Wie erstaunt ich war, als ich in Italien zum erstenmal einem Zeugen Jehovas begegnete. *I testimoni di Geova*. Irgendwie hatte ich immer geglaubt, so dumm könnten nur die Amerikaner und die Engländer sein. Jedenfalls auf diese Art dumm. Schmählich, sich so leicht ablenken zu lassen, dachte ich, als ich meinem Impuls folgend den Buchladen betrat, um mit finsterem Blick Gregorys Gesicht anzustarren, das über einem Tisch mit den *Buchtips für den Sommer* hing. Allerdings – das muß ich zu meiner Verteidigung anführen – war glasklar, daß wir sowieso frühestens in ein bis zwei Stunden ein Flugzeug besteigen und uns auf den Weg zu Marco machen konnten. Worin bestand also mein Vergehen? Was machte es schon, wenn ich in der Zwischenzeit in einen Buchladen ging, um das Gesicht eines Bekannten zu betrachten? Soweit ich sehen konnte, hatte sich auf der Abflugtafel absolut nichts verändert. Wen kränkte ich dadurch? DELAYED, teilte die Anzeige mit, WAIT IN HALL. Was kann man schon *tun*, wenn jemand gestorben ist, fragte ich mich selber – und ich muß es laut ausgesprochen haben –, inzwischen stinkwütend, weil ich mich in dieses Chaos mit Andreotti verstrickt hatte. Was kann man schon tun? Ich sprach diese Worte laut aus. Womit soll man die Leere im Kopf denn füllen? Wenn der eigene Sohn Selbstmord begeht? Das Buch hieß T*ypisch Italienisch*. Ein junger Mann, der mich angestarrt hatte, schaute schnell weg, als ich ihn dabei ertappte. T*ypisch Italienisch*. Ich nahm ein Exemplar in die Hand. Und geriet sofort ins Grübeln. Ist Gregory mir etwa zuvorgekommen? Ausgerechnet Gregory? Mit einem Buch über den Nationalcharakter? Und warum hat Courteney nichts davon erwähnt, als gestern abend sein Name fiel?

Dann befand ich mich erneut in einer Schlange und stand kurz darauf zum dritten Mal an diesem Morgen einer jungen ausländischen Frau gegenüber, diesmal vielleicht aus Osteuropa, vielleicht aus Rußland. Sie lächelte mich an, als sie Gregorys für meinen Geschmack ziemlich teures Buch entgegennahm, das ich ihr über Schokoriegel und Kaugummi hinweg reichte. Zusammen mit meiner Barclay-Karte. Es gibt so viele hübsche Frauen, dachte ich, die an Schaltern und Kassen freundlich lächelnd den Kunden dienen. Hübsche junge Frauen sind wirklich das Wunderbarste, was die Menschheit zu bieten hat, dachte ich, einen uralten Gedanken aufgreifend, gewissermaßen zur Grundeinstellung zurückkehrend, und erinnerte mich dabei vor allem an den wunderbaren Anblick des weichen, fleischigen Halses der deutschen Empfangsdame im Rembrandt, als sie sich jenen fürchterlichen Telefonanruf zwischen Kinn und Schulter geklemmt hatte. Welcher Mann, oder auch welche Frau, dachte ich und führte damit diesen unpassenden, aber vorhersehbaren Gedankengang fort, der oder die eine Dienstleistung zu verkaufen hatte, würde diese nicht gern von einer hübschen jungen Frau hinter dem Schalter verkaufen lassen? Von der die Kunden magnetisch angezogen werden. Besonders wenn es sich um eine ausländische Frau handelt. Junge Frauen aus dem Ausland. Die sind am besten. Aber das waren abgedroschene Gedanken. Und welcher Mann, sinnierte ich nun, hat nicht irgendwann in seinem Leben sein Alter an seiner sich wandelnden Reaktion auf solche hübschen jungen Frauen gemessen? Denn das Phänomen der hübschen jungen Frau, plapperte ich beim Unterschreiben des Kreditkartenbelegs im Geiste weiter, bleibt immer dasselbe, das ist ganz offensichtlich – es bleibt über Jahre hinweg dasselbe, während du selber alterst und dich veränderst, dich unablässig veränderst und alterst. Bis du dich schließlich einer mehrfachen Bypass-Operation unterzogen hast und keinen Hering mehr essen solltest, vom Zigarettenrauchen ganz zu schweigen. Ist das alles, Sir? fragte sie. Vielleicht ist jetzt sogar Sex gefährlich für dich. Jahrelang, denke ich und nehme Gregory Marks' teures neues Buch entgegen, das auf Geoff Courteneys Dinnerparty niemand erwähnt hatte, obwohl alle, besonders Geoff selber, davon gewußt haben dürften, sogar gewußt haben dürften, daß es überall in den Buchläden ausliegt, jahrelang ist man schüchtern in Gegenwart von Frauen wie dieser hier, dieser schönen jungen Osteuropäerin. Vielleicht Russin. In der Pubertät und mit Anfang Zwanzig. Man nähert sich ihnen scheu und macht sich dann eilig wieder davon, schwelgt in der Erinnerung an einen kurzen Moment des Kontakts, ein kleines Blitzen der Augen, einen Hauch von Parfüm. Dann ist man jahrelang vor ihnen auf der Hut, denn man weiß, daß eine Annäherung möglich wäre, muß sich aber vor den Folgen in acht nehmen, denn das Leben dreht sich inzwischen um einen ernstzunehmenden Mittelpunkt, um eine Ehe. Du fragst dich besorgt, was wohl mit deiner Psyche, deiner Frau, deinem Bankkonto geschehen mag, wenn du bei jeder Zufallsbekanntschaft deiner Libido freien Lauf läßt. Dein Blick wird ausweichend. Die Stimme verhalten. Deine Triebe liegen im Clinch, bekämpfen sich erbittert. Und dann fängt plötzlich die nächste Phase an, die, mit der du immer gerechnet hast, obwohl du es nie zugeben wolltest. Plötzlich näherst du dich ihnen ganz offen, machst eine zweideutige Bemerkung, verwickelst sie gezielt in ein eindeutiges Gespräch, in Madrid, in Kopenhagen oder, wie bei der denkwürdigsten Gelegenheit, auf einer Bar-Terrasse mit Blick über die Bucht von Neapel, von wo aus alles seinen Lauf nahm. Auch ein Anruf, den man machen könnte. Jeden Augenblick könnte man diesen Anruf machen. Ja, so geht das jahrelang, sinniere ich. Bis man, vielleicht nach einer endgültigen Blamage, vielleicht auch einfach nur aus Überdruß, aus plötzlichem Desinteresse oder doch begrenztem Interesse, schließlich das derzeitige Verhaltensmuster lernt: ein freundliches Lächeln und der wissende Blick des Eingeweihten, wie gegenüber dem deutschen Mädchen an der Rezeption des Rembrandt. Früher, sagt dieser Blick, hätte ich vielleicht einen Annäherungsversuch unternommen, schon möglich, und vielleicht hättest du mit mir geflirtet, aber heute nicht mehr, die Zeiten sind vorbei. Obwohl meine Frau auch mit fünfundfünfzig noch genauso viel flirtet wie mit dreißig.

Wünschen Sie noch etwas, Sir? Ganz plötzlich wurde mir an der Kasse des Buchladens im Terminal Eins klar, daß die Kassiererin sich wunderte, weil ich mich nicht vom Fleck gerührt hatte. Ich hatte mich nicht gerührt. Hinter mir warteten Leute, die Zeitungen und Schokoriegel kaufen wollten, und ich stand wie angewurzelt da. Ist Ihnen nicht gut, Sir? Sie ist gar keine Ausländerin, dachte ich, jedenfalls nicht dem Akzent nach. Wieso hatte ich sie für eine Russin gehalten? Wo ich doch die russische Physiognomie so gut kenne. Und im Weggehen sagte ich zu mir selber: Deine Frau hat mit dir geflirtet, und mit Gregory Marks, und mit einem Zeugen Jehovas, und vor allem mit eurem Sohn. Eurem einzigen Sohn. Genau so wie all diese Mädchen flirten. Auf ihre hübsche Art, dachte ich. Diese hübschen Mädchen. Eurem eigenen Fleisch und Blut. Wohingegen Marco, soviel ich weiß, nie eine Frau gehabt hat. Ich blieb im Eingang des gut besuchten Buchladens in der Abflughalle von Terminal Eins stehen. Was sehr unklug war. Marco, wiederholte ich mir, hat nie eine Frau gehabt. Die Leute schoben sich an mir vorbei. Und wird auch nie eine haben. Ich stand im Weg. Ich war von diesem simplen Gedanken überwältigt. Ist Ihnen nicht gut, Sportsfreund? Da denkt man, man denkt an etwas Bestimmtes, dachte ich, vollkommen überwältigt, jetzt aber weiterstolpernd, ohne die angebotene Hilfe anzunehmen, während das Gewühl um mich herum an- und abschwoll wie das Rauschen bei gestörtem Radioempfang, und dabei denkt man in Wirklichkeit an etwas ganz anderes. Man denkt, man ist abgelenkt – ich hatte mich inzwischen wieder gefangen –, schämt und verurteilt sich gar dafür, daß man sich ablenken läßt, und dabei ist das Gegenteil der Fall. Man ist kein bißchen abgelenkt. Und ich erkannte plötzlich, daß hinter den fehlenden Minuten dieses Morgens eine drängende, unerträgliche Frage lauerte, die Frage nämlich: *Was haben wir ihm angetan? W*as? Unsere Ehe ist vorbei, dachte ich. Furchtbare Gefühle kommen auf uns zu, fürchterliche Gefühlsstürme. Es war ein vager Gedanke, der kam und ging, sich abwechselnd in den Vordergrund schob und wieder zurückzog. Während ich erneut in Richtung der Toiletten eilte, zog ich mein Handy hervor, ging das Adreßbuch durch und ließ den Apparat Paola anrufen.

Paola war nicht zu Hause. Vom Anrufbeantworter ertönte Giorgios Stimme. Ich habe Giorgio immer gemocht, dachte ich, er übt eine beruhigende Wirkung auf mich aus. Und beim Anhören seiner schlichten Ansage auf dem Anrufbeantworter, die mir erklärte, er und Paola seien ausgegangen und ich möge doch meinen Namen und meine Nummer hinterlassen, wurde mir trotz des bei Ferngesprächen per Handy von einem Flughafen aus unvermeidlichen Rauschens und Knisterns in der Leitung klar, daß es am Tonfall seiner Stimme lag. Giorgio hat eine beruhigende Stimme, dachte ich. Ganz im Gegensatz zu deiner Frau. Oder auch dir selber. Und gleichzeitig wurde mir klar, inzwischen wieder in derselben Toilettenkabine wie zuvor sitzend, daß kein Papier da war. In gewisser Weise war es also ein Segen gewesen, daß ich beim ersten Mal nichts zustande gebracht hatte. Wir nehmen die nächste freie Maschine nach Mailand, sagte ich. Aber jetzt mußte ich die Kabine wechseln, wenn ich die Sache hinter mich bringen wollte. Ich stand auf und zerrte an meiner Hose, merkte dann jedoch, daß ich den Anruf noch nicht beendet hatte. Ich war noch mit Italien verbunden, mit Novara. Unsicher darüber, ob das Signal für das Aufzeichnungsende schon ertönt war oder nicht, fügte ich hinzu: Deine arme Mutter ist völlig durcheinander. Vielleicht wird es Zeit, das Kriegsbeil zu begraben. Ich hielt inne. Gab es noch etwas zu sagen? Ich beendete den Anruf.

Während ich mich in der angrenzenden Kabine niederließ, dachte ich, du hast Angst vor deiner Frau, willst sie aber dennoch beschützen. Das Neonlicht flackerte. Ich zog Gregorys Buch aus der Tüte und betrachtete die toskanische Landschaft auf dem Umschlag. Als wäre sie verletzlicher als du. Bauern arbeiteten mit Hacken in einem Weinberg. Du hinterläßt eine versöhnliche Nachricht auf dem Anrufbeantworter deiner Tochter, in der Hoffnung, sie könne zu einer Wiederannäherung führen und das Leid, an dem deine Frau dich nicht teilhaben läßt, lindern, und jetzt hast du es eilig, den Stuhlgang hinter dich zu bringen, um so schnell wie möglich wieder zu ihr in die Halle zurückzukehren, du, der du von mehr als einem Spezialisten den warnenden Hinweis erhieltst, daß Eile beim Stuhlgang ein Luxus ist, den sich ein herzkranker Mann kaum leisten kann. Der Klappentext erinnerte daran, daß Gregorys Gesicht den Lesern durch seine jahrelange Tätigkeit als Fernseh-Korrespondent bei der BBC bereits bekannt sein dürfte. Vielleicht willst du deine Frau deshalb schützen, sagte ich mir, leicht belustigt beim Gedanken daran, wie gern ich früher einmal selber diesen Job gehabt hätte, weil du befürchtest, daß ihre Reaktion auf diesen Verlust zu deinen Lasten gehen wird. Ich schaute auf die Uhr und stellte fest, daß ich seit über einer Stunde weg war. Ich machte mir jetzt echte Sorgen. Wo war die Zeit geblieben? Meine Frau war durcheinander, dachte ich, vollkommen durcheinander, und ich hatte sie mehr als eine Stunde lang in der überfüllten Abflughalle von Terminal Eins allein gelassen, um der Toilette überflüssige Besuche abzustatten und überflüssige, wenn nicht gar verheerende Telefonate zu führen. Wie sollte ich heute noch die Fragen für Andreotti zu Papier bringen? Ausgerechnet heute! Und dann auch noch überflüssigerweise Gregorys Buch zu kaufen. Das war nicht sehr nett. Es sei denn, ihre Reaktion richtet sich gegen deine Versuche, sie zu schützen, gegen diese ständige Spannung zwischen euch. Du spürst einen heftigen Drang, dachte ich, auf die Toilette zu gehen, so als würdest du jeden Augenblick platzen, und dann bringst du rein gar nichts zustande. Ich muß schnell zurück, sagte ich mir. Zu meiner Frau. Aber dann, immer noch auf dem Klo sitzend, Gregorys Buch hin und her wendend, erlebte ich einen Moment völliger Losgelöstheit, ähnlich wie damals im Krankenhaus unmittelbar nach der Verabreichung des Betäubungsmittels. Dein Sohn ist letzte Nacht gestorben, sinnierte ich, von eigener Hand, nach einer langen Krankheit, die sein wahres Ich schon vor Jahren getötet zu haben schien. Ich fühlte mich vollkommen gelöst. Dein geliebter Sohn ist gestorben, wiederholte ich mir, und deshalb bist du jetzt, um ihn ein letztes Mal sehen, dem armen Jungen die den Toten gebührende Ehre erweisen zu können und ihn dann anständig begraben oder einäschern zu lassen, ganz wie es sich gehört, um also das notwendige Zeremoniell befolgen zu können, eine Zeitlang zum Nichtstun verdammt. Zuerst hier auf dem Flughafen, dann später im Flugzeug und schließlich im Zug. Du befindest dich in einem Zwischenstadium. In dem dir alle möglichen Gedanken in den Sinn kommen werden. Daran besteht kein Zweifel. Gedanken, für die du nicht verantwortlich bist, sagte ich mir. Wir sind nicht verantwortlich für die Gedanken, die uns einfach so in den Sinn kommen, dachte ich, während ich die erste Zeile des Klappentextes las: Vielleicht zum ersten Mal in der Geschichte der Reiseliteratur ... Das Neonlicht flackerte. Und dann wurde ich aus meiner Gelöstheit und meinem Gleichmut, aus dieser zwanzig, vielleicht dreißig Sekunden währenden Heiterkeit des Buddha ganz unvermittelt in einen akuten, heftigen Angstzustand katapultiert. Wenn einer jung stirbt – die Worte tauchten ganz plötzlich auf und gefroren in den Stromschnellen meiner Gedanken zu Kristallen –, wenn einer jung stirbt, dann ist daran jemand schuld. Das weißt du genau, sagte ich mir. Es war, als sei das Bild des flackernden Neonlichts auf meiner Netzhaut erstarrt. Immer. Besonders dann, wenn jemand sich in jungen Jahren umbringt. Meine Stimmung war mit der Launenhaftigkeit eines Wackelkontakts von Gelöstheit in Verzweiflung umgeschlagen, und das an einem so scheußlichen Ort wie der Herrentoilette in Heathrow. Ich brach in Tränen aus. Es kommen immense Gefühlsstürme auf dich zu, sagte ich mir. Je schneller, desto besser vielleicht. Es ist aus zwischen deiner Frau und dir. Was mag in ihrem Kopf vorgehen? fragte ich mich, die Hoffnung auf Stuhlgang langsam aufgebend, während ich gleichzeitig den ersten Satz von Gregorys Vorwort las: Das Erstaunlichste an den Italienern, hatte mein Erzrivale geschrieben, ist ihre unfehlbare Unberechenbarkeit. Ich mußte laut lachen. Er hatte doch tatsächlich diese beiden Vokabeln kombiniert: unfehlbar und Unberechenbarkeit. Das Neonlicht flackerte. Ich bin schon zu lange weg, dachte ich. Gregory war nie eine echte Bedrohung für mich. Ich muß wieder zu ihr. Doch als ich in die Abflughalle zurückkam, war meine Frau nicht mehr da.

3

Als ich vor etwa zehn Jahren mit der ausgedehnten Lektüre begann, die schließlich, auch wenn mir das damals nur sehr vage bewußt war, dazu führen sollte, daß ich den Journalismus aufgab und statt dessen ein Projekt in Angriff nahm, von dem ich hoffte, es würde nicht nur vom Umfang, sondern auch von der Wirkung her monumentale Ausmaße erreichen, da faszinierten mich am stärksten die Zusammenhänge, die Entsprechungen oder, nach der Definition eines ehrfurchtgebietenden, geheimnisvollen Werkes über die wedischen Texte, die *Bandhu.* Manchmal ließen sich über Jahrhunderte, gar Jahrtausende hinweg zwei Schriftsteller finden, die exakt das gleiche gesagt hatten. Ich fand das ungeheuer faszinierend. Weniger die Tatsache, daß sie beide genau das gleiche gedacht und gesagt hatten, obwohl das allein schon faszinierend genug war, sondern den Umstand, daß ich, so viele Jahre später und womöglich in einer Sprache, die keiner von beiden benutzt hatte, diesen Zusammenhang erkannte. Oder vielmehr, daß mein Verstand sie erkannt hatte. Denn beim Erkennen von Zusammenhängen ist die Rolle eines persönlichen Ich schwer zu bestimmen. Zwischen zwei lange verschlossenen Räumen springt eine Tür auf, durch einen Wackelkontakt fließt Strom, man spürt, wie plötzlich eine Verbindung hergestellt wird, und die Erkenntnis kommt von allein, unabhängig von einer persönlichen Absicht. Die *Bandhu,* so wurde in dem geheimnisvollen Werk über die wedischen Texte erklärt, überdauern die individuelle Persönlichkeit: das Ich mag sterben, aber die Verbindungen, die der Verstand hergestellt hat, und das Netz, das sie bilden, bleiben davon unberührt. Während ich in einer Chartermaschine von Monarch Airways sitze, die über Genua Warteschleifen fliegt, und nach der wilden Szene am Flugsteig und dem ausgedehnten Schweigen während des Fluges nun vage an etwas denke, das, glaube ich, sowohl Schopenhauer als auch Leopardi und Platon gesagt haben, wenn auch mit etwas anderen Worten – ein Zusammenhang, den ich in einem Notizbuch festhielt, einem der vielen Notizbücher, die jetzt im Gepäckraum des Rembrandt lagern –, fällt mir plötzlich auf, daß es ungefähr zu dem Zeitpunkt gewesen sein muß, als ich andere Quellen der Befriedigung aufgab – soll heißen die Arbeit und die Frauen – und die Erfüllung statt dessen in meinem Kopf, in meinen Gedanken suchte – daß es ungefähr zu diesem Zeitpunkt gewesen sein muß, als mein Sohn den Verstand verlor.

Etwa zehn Minuten lang lief ich vor der Sitzreihe, in der meine Frau gesessen hatte, auf und ab. Ich überzeugte mich, daß es die richtige Reihe war. Ich wünschte, ich wäre nicht so lange weggeblieben. Ich hätte mich ja auf den alten Platz gesetzt und dort auf meine Frau gewartet, denn nach meiner Erfahrung nehmen zwei Menschen, die sich verloren haben, in der Regel den Ort ihres letzten Treffens als einen Anhaltspunkt, zu dem sie zwischen ihren Erkundungsgängen in regelmäßigen Abständen zurückkehren – ich hätte mich also dort hingesetzt, wären die Plätze nicht von einem jungen Paar besetzt gewesen, das sich zwischen erwartungsvollen Blicken auf die Abflugtafel immer wieder innig umarmte, so als seien sie wild entschlossen, sich ihre Urlaubslaune durch nichts verderben zu lassen. Und zu beiden Seiten des Paares saß eine Gruppe fröhlicher moslemischer Frauen. Eigenschaften, hat Schopenhauer gesagt, und damit meinte er Charaktereigenschaften, bilden ein Kontinuum: Jede menschliche Vollkommenheit ist einem Fehler verwandt, in welchen überzugehen sie droht; jedoch auch, umgekehrt, jeder Fehler einer Vollkommenheit. Geduld gleitet ab in Zaghaftigkeit; Impulsivität reift zu Entschlossenheit; aus Zärtlichkeit wird Umklammerung. Du hast dich in deine Frau verliebt, weil dir ihre Lebhaftigkeit und Leidenschaft gefielen, sage ich mir, hier über den Gewitterwolken, das Gesicht dem schmutzigen Fenster zugewandt. Ihre Energie. Ich habe mir das schon hundertmal gesagt. Nur um festzustellen, daß es sich dabei im Grunde um Dreistigkeit handelte. Oder noch schlimmer, wie vorhin am Flugsteig, um Hysterie. Die Liebe, erläuterte Schopenhauer, womöglich mit Bedauern, sieht von einer gegebenen Eigenschaft nur die positive Hälfte. Meine Hände zittern immer noch. Und entdeckt erst später das Kontinuum in seiner Ganzheit.

Da ich meine Frau nicht finden und mich auch nicht hinsetzen konnte, umkreiste ich in der immer dichter werdenden Menschenmenge unter den großen bleichen Neonlampen die Reihe von Schalensitzen, ließ den Blick schweifen und schaute zwischendurch immer wieder hoch zu den inzwischen völlig erstarrten Anzeigen auf der Abflugtafel. Wie oft haben wir uns schon auf diese Weise verloren, sagte ich mir, an allen möglichen öffentlichen Orten, in fremden Städten oder ganz einfach im Supermarkt, bloß weil deine Frau plötzlich beschloß, etwas vollkommen Unerwartetes zu tun. Etwas, das wir gar nicht vorgehabt, vielleicht sogar ausgeschlossen hatten. Etwas, für das es überhaupt keinen Grund gab. Um dir anschließend Vorwürfe zu machen, weil du es nicht intuitiv wußtest. Wie oft schon habe ich an U-Bahn-Eingängen, in Cafés oder Klinik-Wartezimmern auf sie gewartet. Ein Kleinkind stieß gegen mein Bein und lief heulend davon. Überall standen Koffer herum. An den Abfertigungsschaltern wurde inzwischen niemand mehr abgefertigt. Und obgleich ich immer noch wünschte, ich wäre nicht so lange weggeblieben – das war wirklich ein Fehler gewesen –, und erst recht wünschte, ich hätte den Kontaktmann nicht angerufen und nicht eine gute halbe Stunde – wirklich so lange? – damit verschwendet, in der Buchhandlung von Terminal Eins um den Tisch mit den *Buchtips für den Sommer* herumzustreichen, ärgerte ich mich doch allmählich über meine Frau, denn sie hatte wieder einmal, wie eigentlich vorherzusehen war, etwas getan, das diesen fürchterlichen Vormittag ganz unnötigerweise noch fürchterlicher machte. Hatte Gregory an meine Frau gedacht, als er von »unfehlbarer Unberechenbarkeit« schrieb? Wenn ja, dann hätte er lieber von »berechenbarem Fehlen« sprechen sollen.

Ich umkreiste die Sitzreihe und stieß erneut mit dem Kleinkind zusammen. Ärger, stellte ich fest, war zugleich ein angenehmeres und schlimmeres Gefühl als Verzweiflung. Und während wir über dem Flughafen von Genua kreisen, wo wegen eines Gewitters mit sintflutartigen Regenfällen die Sichtweite am Boden angeblich gleich null ist, und die Maschine wegen der Turbulenzen heftig wackelt und ruckt, muß ich an eine andere schwierige Landung denken, an die Warteschleife über Moskau, vor vielen Jahren. Warteschleife ist ein Wort, das dein Leben in den letzten zehn Jahren treffend beschreibt, fällt mir auf. Deine Ehe. Und mir fällt außerdem auf, daß auch dieser Gedanke ein *Bandhu* ist, ein weiterer Zusammenhang. Wie gern der Geist sich doch an einer Niederlage festkrallt! Ewig um eine unmögliche Landung kreist. Bis das Benzin alle ist. Und wie gut Ärger doch vor Panik schützt, dachte ich in der Abflughalle, während ich weiterhin um das glückliche junge Paar und die kichernden moslemischen Frauen herumlief. Wo war meine Frau? Ausgerechnet in einem solchen Moment? Ich war plötzlich richtig wütend. Wo war sie? Wut ist ein wirksames Gegengift bei Panik, sagte ich mir zu meiner Rechtfertigung. Damals allerdings waren wir glücklich, denke ich. Auf dem Flug von Leningrad nach Moskau, bei stürmischem Wetter, Paola auf dem Schoß. Wir lernten, sie Paola zu nennen. Brachten ihr bei, sich selber Paola zu nennen. Brachten uns bei, sie unser Kind zu nennen. Wie lebhaft, entschlossen und impulsiv deine Frau doch ist! Das waren auf jenem Flug meine Gedanken gewesen. Positive Gedanken. Eine italienische Frau, sagte ich mir.

Mit wunderbaren Eigenschaften! Positiven Eigenschaften. Die Antonov ruckelte heftig in den Gewitterwolken über Moskau. Ich bin so stolz auf dich, sagte ich zu ihr. Meine Frau drückte Paola an ihre Brust, weinte vor Glück und lachte über meine Aeroflot-Witze. Ihr herbes Lachen. Wir waren entschlossen, glücklich zu sein. Nicht imstande, ein Kind zu bekommen – ich erzählte mir selber die Geschichte meiner Frau –, und wegen der verrückten Bürokratie, die in Italien herrscht, auch nicht imstande, ein Kind zu adoptieren, setzt diese großartige italienische Frau Himmel und Hölle in Bewegung, um in einem anderen Land eine Tochter zu finden. Was blieb mir übrig, als sie dabei zu unterstützen? Sie wollte eine Tochter. Was blieb mir übrig, als mir an ihr ein Beispiel zu nehmen? Ein unterernährtes, heimatloses Kind aus Leningrad, käuflich erworben zu einer Zeit, in der Geld für uns noch eine wesentlich größere Rolle spielte als heute und sie sich noch wesentlich weniger Sorgen darum machte. Der Ausrutscher einer Prostituierten, wie es schien. Halb Kasachin, halb Ukrainerin, vermutete der bestochene Beamte. Aber spielte das eine Rolle? Das Flugzeug ging in Schräglage. Das Motorengeräusch wurde lauter. Keine Angst, ich habe gesehen, wie sie massenweise Kohlen eingeladen haben, sagte ich. Sie lachte. Wir waren wild entschlossen, glücklich zu sein. Genau wie das junge Paar in der Abflughalle, das gerade sein schreiendes Kleinkind in die Arme schloß. Jeder Nationalcharakter hat seine guten Eigenschaften, sagt Leopardi in seinem Aufsatz über die Italiener. Und die dazugehörigen Laster.

Nach der wilden Szene am Flugsteig starrt meine Frau jetzt stumm auf die Rückenlehne des Sitzes vor ihr. Sie weigert sich zu sprechen. Ihr Körper ist steif. Sie reagiert nicht. Ich hingegen muß mich sehr zusammenreißen, um nicht jeden meiner Gedanken laut hinauszubrüllen. Wie kommt es, fragte ich mich laut, immer noch zwischen Koffern, Rucksäcken und mittlerweile auch Jugendlichen, die sich auf dem Fußboden ausgebreitet hatten, die

Plastiksitze umkreisend, wie kommt es, daß du so vieles für vorhersehbar hältst, es dir aber nie gelingt, tatsächlich etwas vorherzusehen. Wieso hast du das Verschwinden deiner Frau nicht vorhergesehen? Oder die Verzweiflung deines Sohnes? Und wie soll ich, grübelte ich weiter, meine Fragen bloß formulieren, damit Andreotti jede einzelne genau so beantworten wird, wie ich es will? Ausgerechnet heute. In den nächsten zwölf Stunden. Das glückliche Paar stritt sich plötzlich wegen irgend etwas, das mit dem Verhalten des Kleinkindes zu tun hatte. Der Kleine hatte zuerst den Fußboden angefaßt und sich anschließend die Hände in den Mund gesteckt. Jemand hätte einschreiten sollen. Ich unterbrach meine Kreise, um sie zu beobachten. Die Frau schniefte in ein Taschentuch. Der Mann wirkte gereizt. Es war der Anfang ihres wunderbaren Urlaubs, ihr Flug hatte Verspätung, und jetzt stritten sie sich. Über Kleinkindhygiene. Die Menschen stellen sich unablässig vor, wie sie dieses oder jenes glückliche Leben führen, sinniere ich und denke an das junge Paar auf den verschraubten Sitzen in der Abflughalle, wo ich auf meine Frau wartete, denke aber auch an uns beide während des Aeroflot-Fluges in der Warteschleife über Moskau, sie planen unablässig Ferienreisen in die Südsee, Ruderbootfahrten, Picknicke, den Kauf eines Hauses in der Toskana, die Anschaffung niedlicher Haustiere und fröhlicher Kinder. Vor allen Dingen wollen sie fröhliche Kinder. Nur um dann festzustellen, daß sie unfruchtbar sind oder das Flugpersonal streikt oder ihr Partner sie verlassen hat. Oder aber sie erkennen sich selbst. Sie müssen feststellen, daß sie sich selbst, ihre inneren Widersprüche und Reibungen, nicht einkalkuliert haben. In unseren Träumen ist kein Platz für die Last, die es bedeutet, wir selbst zu sein, dachte ich in der Abflughalle von Terminal Eins. Man sollte nicht meinen, dachte ich beim Anblick eines Werbeplakats, vermutlich für Rum oder Martini – der Flughafen war voll davon –, auf dem sich eine Gruppe junger Leute am Strand vergnügte, man sollte nicht meinen, daß diese glücklichen

Menschen, trotz der atemberaubenden Schönheit ihrer Umgebung und ihrer eigenen Erscheinung, gezwungen sind zu denken, bei Bewußtsein zu sein. Ist es möglich, daß dieses schöne junge Model *denkt?* frage ich mich jetzt beim Durchblättern des Monarch-Magazins. Hoffentlich nicht. Du verführst eine schöne junge Frau, bloß um dann festzustellen, daß sie denkt. Daß sie unglücklich ist. Sie denkt, du liebst sie nicht wirklich. Es macht sie unglücklich. Das ist ein Anruf, den ich vielleicht tätigen könnte, falls ich doch nach Rom fahren sollte, dachte ich. Unser Leben verläuft parallel zu unseren Träumen, dachte ich. Aber nie stimmt beides völlig überein. Unsere Urlaubsreisen sind Parodien unserer Vorstellungen vom Glück. Es ist wirklich nicht schön, dachte ich plötzlich, während ich meinen Blick über die dichte Menschenmenge im Flughafengebäude schweifen ließ, erkennen zu müssen, daß jeder und jede von uns gezwungen ist, sich dauernd irgend etwas durch den Kopf gehen zu lassen, und sei es auch völliger Blödsinn. Oder ein Lied. Wie gern hat meine Frau früher gesungen, wenn sie gut gelaunt war. Immer dasselbe Lied. Wie ein Mantra. Und wie habe ich sie dafür geliebt. Für diese Fähigkeit, ganz im Singen aufzugehen. So banal das Lied auch sein mochte. Wie unermüdlich sie diesem unterernährten Kind vorsang, während das Flugzeug sich über Moskau abwechselnd nach links und nach rechts neigte, bis die Schneepflüge die Landebahn geräumt hatten! *Ninna nanna, ninna nanna, la bambina è della mamma.* Sie hatte jemanden gefunden, den sie bemuttern konnte, jemanden, den sie retten konnte. Ein Kind für ihre altehrwürdige Familie. Aber als sie Marco das letzte Mal etwas vorsang, da hielt er sich schreiend die Ohren zu. Denken kann das reinste Vergnügen sein, überlege ich, die Gewitterwolken betrachtend, von denen ich nur durch das Sicherheitsglas dieses Fensters getrennt bin. So wie für mich in diesen Jahren der Lektüre, der Recherche für ein Buch, das monumental werden wird, da bin ich mir ganz sicher. Aber auch die größte Qual. So wie für Marco in seiner unerklärlichen

Verzweiflung. Oder beides zugleich. Vergnügen und Qual. So wie jetzt. Parallelen treffen sich im Unendlichen, fällt mir ein. Vielleicht auch in der Leichenhalle eines piemontesischen Krankenhauses.

Wir hätten mit Monarch fliegen sollen, sagte der junge Mann. Ich stand peinlich dicht bei ihnen. Fast auf ihren Füßen. War ich schon wieder weggetreten gewesen? Wir hätten nach Genua fliegen sollen, sagte er. Augenblicklich begriff ich, wo sie war. Meine Frau, das wußte ich, würde Himmel und Hölle in Bewegung setzen, um schneller zu Marco zu kommen. Wie sie schon so oft für alles mögliche Himmel und Hölle in Bewegung gesetzt hatte. Himmel und Hölle in Bewegung zu setzen, darin besteht das größte Talent deiner Frau, dachte ich und war zugleich sicher, nicht wieder weggetreten gewesen zu sein. Es war erst Viertel vor eins. Mein Blick folgte dem des jungen Mannes zu der einzigen blinkenden Zeile auf der Anzeigetafel. Ein Flug, der eigentlich um sieben Uhr morgens gehen sollte. Jedenfalls, sofern Himmel und Hölle sich in Bewegung setzen lassen. Ich durchquerte die Halle. An den Abfertigungsschaltern war das Chaos perfekt. Dann fürchtete ich plötzlich, ich könnte mich irren. Denn unser Koffer befand sich bereits in der Obhut von British Airways. Was würde meine Frau unter solchen Umständen tun? Genau dasselbe, wurde mir augenblicklich klar, ohne daß ich den Gedanken formulierte, genau dasselbe wie damals, als sie erfuhr, daß sie keine Kinder bekommen konnte, genau dasselbe wie damals, als Gregory ihr sein Ultimatum auftischte. Nicht klein beigeben. Meine Frau gibt niemals klein bei. Lieber setzt sie Himmel und Hölle in Bewegung. Deshalb war es ein so großes Zugeständnis von ihr, mit nach England zu gehen. Wenngleich nur Bestandteil ihrer Weigerung, in einer anderen Sache klein beizugeben. Sich im Falle von Marco geschlagen zu geben. Ich entdeckte den Abfertigungsschalter von Monarch, aber dort war niemand. Die beiden uniformierten jungen Frauen nebenan bei Britannia zuckten die

Achseln. Du kannst deine Frau, denke ich jetzt, durch hellen Sonnenschein auf bleierne Wolken blickend, nicht gut für ein bestimmtes Verhalten loben und sie dann für ein anderes, dem im Endeffekt genau die gleiche Charaktereigenschaft zugrunde liegt, verurteilen. Platon hat etwas in diesem Sinne über unterschiedliche Regierungsformen gesagt. Die Entschiedenheit, mit der sie die Menschen zu verführen, das Geschehen zu beeinflussen versucht. Ihre Weigerung, klein beizugeben. Man sieht es schon an der Art, wie sie sich kleidet, denke ich. Sie haben nicht zufällig eine Frau in einem knallroten Mantel gesehen? fragte ich die jungen Frauen am Britannia-Schalter. Um die Fünfzig. Blond. Aufgeregt. Ich fand die Art, wie meine Frau sich kleidet, immer wundervoll und peinlich zugleich. Grüner Schlapphut? Ebenso wie ihre Art, sich zu schminken. Und jetzt, hier neben ihrer schweigenden Gestalt sitzend, ärgerlicherweise in einer Warteschleife über Genua kreisend, einer Stadt, in der ich seit dem Jahre zurückliegenden Fährunglück nicht mehr gewesen bin, habe ich plötzlich Angst, sie könne tatsächlich glauben, daß es einen Grund zur Eile gibt. Daß noch etwas getan werden kann. Wozu sonst diese Hast? Diese Verbissenheit? Der starre Blick, die eiserne Entschlossenheit? Wozu? Wen oder was will sie verführen? Und ich fasse einen Entschluß: Gleich nach der Landung werde ich Dottor Vanoli anrufen.

Ausländerin? fragten sie lächelnd. Sprach eine fremde Sprache? Verstand kein Wort. Gestikulierte wild mit den Armen. Meine Frau hatte offensichtlich für einige Belustigung gesorgt. Verschiedene Sprachen, sagten sie. Sie lächelten. Aber kein Englisch. Ich brach meine Zelte ab und eilte hinüber zur Paßkontrolle. Das hat keinen Zweck, solange Ihr Flug nicht aufgerufen wurde, Sir. Als ich meine Bordkarte zeigte, merkte ich, daß ich beide Tickets hatte. Wie hätte sie ohne Bordkarte hier durchkommen sollen? Aber ich befürchtete, daß sie noch zu weit mehr imstande wäre. Ich habe bergeweise Einkäufe zu erledigen, erklärte ich. Deshalb wäre ich lieber auf der anderen Seite, wenn Sie verstehen, was ich meine. Ich lachte sogar. Es erschien mir sinnlos, nach einer Italienerin im roten Mantel ohne Bordkarte zu fragen, denn ich war bereits davon überzeugt, daß sie sich durchgemogelt hatte. Meine Frau kann Berge versetzen. Und natürlich wußte sie, daß ich nachkommen würde. Sie hat es gewußt und nicht einmal einen Gedanken daran verschwendet, welche Ängste ich auszustehen hätte, bis ich eine Eingebung haben würde und ihr folgen konnte. Ich komme immer nach. Kein Wunder, daß ich herzkrank bin, dachte ich. Aber der Zwang zum Handeln schien wenigstens mein Stuhlgangproblem gelöst zu haben. Ich fühlte mich so munter und entschlossen wie der neue Premierminister. Sie hatte einen Vorsprung. Ich mußte mich beeilen.

Ich habe Gregorys Buch während des Fluges nicht hervorgeholt, weil meine Frau es nicht sehen soll. Sie soll nicht wissen, daß es existiert, und vor allem soll sie nicht sehen, daß ich es gekauft habe. Es sei denn, sie weiß es bereits. Es war unpassend, auf dem Weg zu der Klinik, in der dein Sohn Selbstmord begangen hat, das Buch dieses Mannes zu kaufen, den du immer beneidet hast. Um dich um so genüßlicher an seiner Geistlosigkeit weiden zu können und ihm den Erfolg um so mehr zu mißgönnen. In Italien habe ich immer das wunderbare Gefühl, daß alles mögliche passieren kann: So lautet der zweite geistlose Satz in Gregory Marks' geistlosem Buch, gelesen voller Verachtung auf der Toilette im Terminal Eins, als meine Frau sich womöglich schon auf Raubzug befand, wild entschlossen, in der ersten Maschine, die abflog, einen Platz zu ergattern. Wie war es möglich, daß meine Frau, die alles andere als dumm ist, einen solchen Mann nicht durchschaute? Und wie ist es möglich, frage ich mich plötzlich, daß man erst mit jemandem zusammenleben muß, und zwar jahrelang, jahrzehntelang, ehe man sich wirklich allein fühlen kann? In deinem Kopf verbindet sich alles, sinniere ich, fließt alles zusammen, während neben dir die Person sitzt, vor der du deine Geheimnisse bewahren mußt und deren eigene Geheimnisse du nie ergründet hast. Wie du auch die Italiener nie wirklich ergründet hast. Obwohl du dein gesamtes Erwachsenenleben in Italien verbracht hast. Nicht einmal Andreotti. In deiner dreißigjährigen Tätigkeit als politischer Journalist hast du Andreotti nicht wirklich ergründet. Wird er meine Fragen so beantworten, wie ich es erwarte? Ich habe mich nie, das wird mir schlagartig klar, so allein gefühlt wie an der Seite meiner Frau. Das ist die Wahrheit. Nie war ich so sehr ich selbst, so sehr Mensch, mir der größten moralischen Probleme und der kleinsten Fragen des Anstands so deutlich bewußt. Beispielsweise war mir sofort klar, wie unpassend es gewesen wäre, die Mahlzeit, die die Stewardeß uns irgendwo über Frankreich, womöglich über Paris, aufdrängen wollte, anzunehmen. Obwohl ich mittlerweile ziemlich hungrig war. Und obwohl ich das Essen in Flugzeugen perverserweise immer genossen habe. Wäre ich allein gewesen, hätte ich die Mahlzeit angenommen, aber neben meiner Frau tat ich es nicht. Auch den angebotenen Drink lehnte ich ab. Gin-Tonic. Oder Whisky. Werden wir also, frage ich mich, bis der arme Marco unter der Erde ist, nichts mehr essen? Nichts trinken? Oder bis wir beide uns getrennt haben? Das kann nicht mehr lange dauern. Womöglich wird kein Krümel mehr über deine Lippen kommen, bis du dich von deiner Frau getrennt hast, deiner Frau, für die Essen bekanntlich ein Zeichen von Gefühlskälte ist, ein Beweis, daß man nicht genug leidet. Vom Trinken ganz zu schweigen. Das Magazin der Fluggesellschaft enthält einen Artikel über die Toskana, aber keine Anzeige für Gregorys Buch. Jetzt bin ich dazu verdammt, wochenlang überall nach Anzeigen für Gregorys Buch zu suchen, denke ich. So einer bin ich nämlich. Aber dann bricht der wichtigste Gedanke dieses Vormittags wieder mit voller Wucht über mich herein und wischt diese müßigen Überlegungen weg: Am Ende der Warteschleife, verkündet mir eine innere Stimme, steht Marcos Tod. Es gibt keinen vernünftigen Grund, warum meine Frau und ich noch zusammenbleiben sollten, jetzt, wo unser Sohn tot ist. Ist ihr das eigentlich klar?

Je dois partir! Sie stand am Flugsteig und schrie zwei Männer in freundlich wirkenden Uniformen an. Flehte sie an. *Mon fils est malade. Gravement malade. Er ist krank. Verstehen Sie nicht?*

Meine Frau hat selbst in den ruhigsten Momenten noch etwas Ordinäres, Theatralisches an sich. Etwas Lautes. Man hörte ihre Stimme den ganzen Flur herunter. Der knallrote Mantel wirkte vor der tristen Flughafeneinrichtung geradezu königlich. *Il peut mourir, même aujourd hui.* An dem grünen Hut steckt eine Feder. Und die Art, wie sie einen uniformierten Arm umklammerte, hatte etwas Zigeunerhaftes. Als würde sie um Geld betteln. *Est-ce que vous comprenez, messieurs?* Drei Sprachen fließend, aber kein Wort Englisch. Ihre Stimme hallte in dem leeren Raum. Die letzten Passagiere des Charterfluges verschwanden gerade durch eine Schwingtür auf der anderen Seite. Sie lächelte unter Tränen. Haben Sie denn keine Kinder, *messieurs?* Sie flehte die beiden an. Wollte sie verführen. Auf französisch. Auf deutsch. Auf italienisch. Ich muß mit diesem Flugzeug mitfliegen. Hier ist ein Foto von ihm. Schauen Sie ihn doch an. Sie klammerte sich an den Mann. Gekonnt melodramatisch. Bevor er stirbt, flehte sie. Sie log. Auf die Art setzt sie Himmel und Hölle in Bewegung, denke ich, während wir über den Gewitterwolken von Genua unsere Runden drehen, sinnlos Kilometer um Kilometer des leeren Raums draußen vor dem Sicherheitsglas durchmessen und mir nichts zu tun bleibt, als nachzudenken. Immer im Kreis. So macht sie es. Durch Flehen und Lügen. Mich allerdings fleht sie nie an. Sie spielt Theater und lügt, dachte ich, als ich auf dem Flur ihre Stimme hörte und, bereits keuchend, meine Schritte beschleunigte. Aber zugleich ist sie absolut aufrichtig, absolut von ihrem Anliegen überzeugt. Bei der Liebe bewegen sich für meine Frau jedesmal Himmel und Hölle. Zumindest behauptet sie das. Und so scheint es auch, angesichts ihrer außergewöhnlichen und theatralischen

Art im Bett. Die wundervoll ist. Sofern man nicht von den Zeugen Jehovas gestört wird. Genau wie sich für sie Himmel und Hölle bewegten, als Marco geboren wurde. Wie laut ihre Stimme ist. Ich zucke zusammen, denn im Geiste sehe ich, wie sich rotlackierte Nägel tief in meinen Unterarm graben. Blut schießt hervor. Die letzte Preßwehe, ein letzter großer Schrei. Sie hatte es ihnen allen gezeigt. Ich habe mich an jenem Tag so sehr für sie gefreut.

Entschuldigen Sie vielmals, sagte ich höflich. Wir haben Erster-Klasse-Tickets für den British-Airways-Flug. Vielleicht ... Meine Frau fuhr zu mir herum. Mit zunehmendem Alter wird der Haken auf ihrem Nasenrücken augenfälliger. Die beiden Männer waren freundlich, in Umgänglichkeit geschult. Ebenso der ausgeprägte Schwung ihrer Lippen. Du brauchst nicht mitzukommen, sagte sie zu mir. Sie sprach sehr schnell, auf italienisch. Wie üblich war sie von einer Parfümwolke umgeben. Du nimmst den gebuchten Flug und bringst den Koffer mit. Sag ihnen, er hatte einen Autounfall und liegt auf der Intensivstation. Sie hatte heute morgen, während ich törichterweise den Hering verspeiste, noch Zeit gehabt, ihr Make-up aufzulegen. Sie wählt ausschließlich blumige Düfte. Inzwischen hatten die Tränen sie arg verunstaltet. Sie tat mir leid. Ihre Wangen waren von Tränenschlieren überzogen. Ihr dickes Haar fiel offen auf ihre Schultern. Aber ich war immer noch wütend auf sie. Vielleicht können wir die gegen zwei Plätze in dieser Maschine eintauschen, beendete ich schlapp meinen Satz. Der Preisunterschied spielt keine Rolle. Meiner Frau war es gelungen, eine Hand zu ergreifen, die sie nun mit beiden Händen streichelte. Der Uniformierte machte sich sanft los. Sie ist wirklich eine gutaussehende Frau, dachte ich. Was für eine Nase, was für ein Kinn. Eine äußerst attraktive, aristokratische Frau. Unser gemeinsames Leben ist vorbei. Sie hat blaues Blut. Aus und vorbei. Zwischen den nationalen Fluggesellschaften bestanden Abkommen über die gegenseitige Anerkennung von Flugscheinen, sagte der Angestellte. Den beiden war das Ganze peinlich, sie hatten das Bedürfnis, ihre Lage zu erklären. Aber das galt nicht für Charterflüge. Meine Frau griff erneut nach der Hand. Ich wußte, sie würde jetzt nicht mehr aufgeben. Man wird sie schreiend und zappelnd wegtragen müssen, dachte ich. Und gerade darin liegt ihr Genie. Daß sie die Dinge so weit treibt. Wie oft, frage ich mich jetzt, in der Chartermaschine von Monarch Airways, während die Stewardeß sich durch den Gang vorwärtsarbeitet und nach links und rechts Orangensaft austeilt, wie oft bin ich schon in solche Situationen geraten, Situationen, in denen Mr. und Mrs. Burton durch eine unschlagbare Doppelnummer, nie geprobt, aber zahllose Male aufgeführt, irgendeine Dienstperson dazu bringen, ein außergewöhnliches Zugeständnis zu machen? Man denke nur an Paolas Adoption, an Marcos Freispruch. Wir zahlen gern noch einmal, sagte ich und zog trotz ihres Köpfeschüttelns meine Brieftasche hervor. Sie tat ihnen leid. Ich tat ihnen leid, weil ich mich mit ihr abgeben mußte, mit jemandem, der die Dinge so weit trieb. Und genau das war ihre Absicht. Und meine vermutlich auch. Manchmal sind wir nach einem solchen Auftritt vor Lachen fast zusammengebrochen. Wenn es bloß darum gegangen war, die allerletzten Premierenkarten zu ergattern. Oder ohne Einladung zu einer Botschafterparty zugelassen zu werden. Der Preis spielt keine Rolle, fuhr ich fort. Man spielt automatisch weiter. *Dio Cristo,* zeig ein bißchen Gefühl, drängte meine Frau. Sag ihnen, er liegt auf der Intensivstation, in *rianimazione,* beharrte sie, sag ihnen, es ist die letzte Chance, unseren Sohn noch einmal zu sehen. Die Lage ist äußerst dringlich, sagte ich und sprach dabei absichtlich gespreizt, wie jemand, der weiß, was sich ziemt, der die Benimmregeln zu sehr achtet, um sich gehenzulassen. Der dafür aber um so mehr leidet. An der Seite einer Frau, die das genaue Gegenteil ist. Ein Vulkan. Diese Kombination ist ein Erfolgsrezept. Wer würde einem solchen Paar nicht gerne aus der Klemme helfen? Und beim Gedanken an unsere Gesichter, als wir unsere

Rollen spielten, muß ich zugeben, daß während dieser wilden Szene am Flugsteig zwischen mir und meiner Frau eine tiefe Komplizität bestand, eine tiefe, beunruhigende Komplizität. Wie kann es so etwas geben zwischen zwei Menschen, die sich vollkommen allein fühlen, wenn sie zusammen sind? Ein echtes Rätsel. Bis du sie daran erinnert hast, daß Marco tot war. Tot. Das konnte sie dir nicht verzeihen. Seitdem hat sie kein Wort mit dir gesprochen.

Am Flugsteig konnten sie keine Zahlungen entgegennehmen, sagte der Angestellte. Es gab strenge Vorschriften, die den Last-Minute-Verkauf von Flugscheinen einschränkten. Genau dadurch wurde ja ein Charterflug zum Charterflug. Es war der jüngere der beiden, der sprach, während meine Frau immer noch den Arm des Älteren festhielt und dessen Blick suchte. Und wenn nun aber humanitäre Aspekte ins Spiel kommen? fragte ich höflich. *E' malato,* betonte sie mit lauter Stimme. Sie weinte, das Foto in der Hand. *Moribondo, non capite?* Das Geniale an meiner Frau ist, daß sie zugleich vollkommen aufrichtig und vollkommen verlogen sein kann, dachte ich. Aufrichtig in ihrem Kummer, verlogen bei ihren Tricks. Und absurderweise muß ich daran denken, daß ich genau das in dem Andreotti-Interview deutlich machen wollte. Diese famose Geisteshaltung, bei der man an das glaubt, was man tut, und immer das tut, was gerade vorteilhaft ist. Ist diese Haltung also typisch italienisch? Findet sich bei Machiavelli etwas Entsprechendes? Bis man schließlich die eigene Lüge glaubt. Glaubt sie, daß Marco im Sterben liegt, daß er noch nicht tot ist? Womöglich noch gerettet werden kann? Aber an Bord besteht sicher die Möglichkeit, eine Kreditkartenzahlung entgegenzunehmen, sagte ich. Für die Duty-free-Artikel. Sag ihnen, du brauchst nicht mitzufliegen, sagte sie und wandte sich zu mir um. Sag ihnen, wir brauchen nur einen Platz. Sobald sie sich mir zuwendet, wechselt ihr Tonfall von flehendlich zu herrisch. Sie hat mich noch nie angefleht. Paola hat sie angefleht, und Marco und Gregory und zahllose Ärzte und Beamte. Aber nicht mich. *Un posto basta,* sagte sie jetzt. *Solo un posto.* Sie hielt einen lackierten Finger hoch. *One,* sagte sie. Erstaunlicherweise sprach sie englisch. Benutzte ein englisches Wort. *Un-derr-stand?* Einen Platz. Es sind schließlich noch Plätze frei, oder? warf ich plötzlich energischer ein. Es ist doch verrückt, sie leer zu lassen, wenn jemand unbedingt mitfliegen möchte.

Der ältere der Männer griff zu dem Telefon, das vor ihm auf dem Tresen stand, gerade als das Handy in meiner Tasche erneut zu dudeln begann. Ich langte hin, um es abzuschalten. Gib es mir, forderte meine Frau. In dem Moment kamen zwei ältere Passagiere mit einem Kofferkuli voller zollfreier Einkäufe angelaufen. Zwanzig Minuten zu spät für einen Flug mit sechsstündiger Verspätung. Wir hatten die Hoffnung schon aufgegeben, sagte die Frau lachend auf italienisch, während ihr Mann an den Bordkarten herumfummelte. Meine Frau fing an zu stöhnen. Sie preßte sich das Telefon ans Ohr. Durch die ausgeprägtere Nase wirkt ihr Gesicht edler als früher, furchiger. Jetzt lag darauf der Ausdruck schierer Willenskraft. Er liegt im Sterben, verkündete sie. Weiß der Himmel, wer angerufen hatte. Ich gebe nicht vielen Leuten meine Handynummer. Es handelt sich nur noch um Stunden, rief sie. Das ältere italienische Ehepaar horchte erschrocken auf. Meine Frau gab mir das Handy zurück. Unser Sohn hatte einen Unfall, erzählte sie dem neuen Publikum, das ihre Sprache sprach, diesem Ehepaar, das bis vor kurzem den ausgedehnten Vormittag auf dem Flughafen in vollen Zügen genossen hatte. Der Mann hatte getrunken. Sie hatten mengenweise zollfreie Artikel eingekauft, Alkohol, Zigaretten, Schokolade. Die roten Äderchen in seinem Gesicht leuchteten. Manche älteren Ehepaare scheinen richtig glücklich zu sein, überlege ich jetzt, während ich an die strahlenden Gesichter der beiden am Flugsteig zurückdachte. Manche Leute scheinen das Leben zu genießen. Die älteren vermutlich eher als die jungen. Wir haben Schwierigkeiten, einen Platz in dieser Maschine zu bekommen, erklärte ich sachlich. Ich war verlegen, aber inzwischen auch abgebrüht. Und neidisch. Auf die dreiste Unverschämtheit meiner Frau. Auf ihr Talent, andere zu manipulieren. Und aufgeregt. Es hängt anscheinend damit zusammen, daß es ein Charterflug ist. Meine Frau begann zu schluchzen. Sie hatte inzwischen die Stirn auf den Arm des älteren Angestellten gelegt und weinte. Ihre Tränen waren ebenso echt wie wirkungsvoll. Ich drückte einen grünen Knopf, und das Display zeigte mir, daß es Paola gewesen war, die angerufen hatte. Paola. Aberr Sie `aben die Pläzze, nein? fragte der Italiener den jüngeren Angestellten mit komisch starkem Akzent. Er war noch mit ihren Bordkarten beschäftigt. Seine hektischen Bewegungen verrieten einen Anflug von Wut. Sein Kollege sprach inzwischen mit gedämpfter Stimme in den Telefonhörer. Wie albern! Der Neuankömmling war beschwipst. Er nuschelte leicht. Ihr Engländer seid albern. Wenn jemand in Not, man muß nicht die Regeln beachten. Was ist denn passiert? fragte seine Frau meine Frau in sanftem Tonfall. Meine Frau schluchzte. Die Frau wandte sich an ihren Mann und sagte: Wir sollten auch nicht fliegen, wenn sie diese armen Leute nicht mitlassen. Was um Himmels willen hatte Paola gehört? fragte ich mich. Durchs Telefon? Wußte sie schon Bescheid? Oder rief sie nur aufgrund meiner Nachricht zurück? Was hatte ich eigentlich auf ihren Anrufbeantworter gesprochen? Dann traf mich für einen Sekundenbruchteil der Blick meiner Frau. Ein Funkeln. Die Botschaft blitzte unter Tränen und verschmiertem Make-up auf. Meine Hände zitterten. Sie ist unglaublich, dachte ich. Das ist doch albern, sagte der Mann und weigerte sich, seine Bordkarten entgegenzunehmen und durch die Sperre zu gehen. Sie können unsere Plätze haben. Er wandte sich zu mir um. Und dann nahm er die Bordkarten und schickte sich an, sie uns zu geben. Wir lassen uns're Plätze diesen armen Leuten, sagte er. Weiß sie, daß es mit unserer Ehe vorbei ist, oder weiß sie es nicht? Tut mir leid, protestierte der jüngere Angestellte, aber das geht nicht. Doch jetzt legte sein Kollege den Hörer auf und erklärte, wir könnten einsteigen. Er hatte das geregelt. Mit irgendeiner höheren Instanz. Beeilen Sie sich bitte, sonst verfällt unsere Starterlaubnis. Man wird sich im Flugzeug um Sie kümmern, sagte er. *Ottimo*, sagte der Italiener, der vergessen hatte, daß wir angeblich auf dem Weg zu unserem sterbenden Sohn waren. Dies verstößt wahrscheinlich gegen sämtliche Vorschriften, dachte ich. Was, wenn sich in unserem Koffer auf dem BA-Flug eine Bombe befand? Und ganz unpassenderweise hatte ich einen Augenblick lang ein Gefühl des Triumphes. Geschafft. Wir hatten es geschafft!

Dann, kaum hatte sie bemerkt, daß ich neben ihr ging, sagte meine Frau: Was soll das? Du brauchst nicht mitzukommen. Was ist mit unserem Koffer? Sie blieb im Tunnel, der zum Flugzeug hinunterführte, stehen. Geh zurück und warte auf den anderen Flug. Die Angestellten waren weg. Das ältere Ehepaar stieg vor uns ein und mühte sich dabei redlich mit seinen Einkäufen ab. Bald sind auch wir alt, dachte ich, aber dann werden wir kein Paar mehr sein. Mit solchen Gedanken machte ich mir den Vormittag halbwegs erträglich. Aber ich schob damit auch etwas hinaus. Du brauchst wirklich nicht mitzukommen, sagte sie. Wir standen auf der Gangway und hielten eine Maschine mit circa zweihundert Passagieren vom Starten ab. Geh zurück. Ich sah den ungeduldigen Blick des Stewards, der am Einstieg stand. Plötzlich wurde ich wütend. Und wieso mußt *du* fliegen? wollte ich wissen. Wir schauten uns ausnahmsweise direkt in die Augen. Nur ganz kurz. Der Blick meiner Frau war starr und trotzig. Das sonst hochgesteckte Haar fiel ihr in die Stirn. Marco ist tot, sagte ich, und ich sagte es laut. Ich schrie es heraus. Er ist tot. Die Eile ist sinnlos. Verstehst du? Wir können nichts mehr für ihn tun. Und in dem Moment wurde mir klar, daß wir den Jungen ganz vergessen hatten. Der Gedanke traf mich wie ein Schlag. Marco ist vergessen, dachte ich, während meine Frau sich abwandte und hastig ins Flugzeug stieg, ohne mir zu antworten. Nicht unser Sohn zählt für uns, dachte ich, sondern nur das Drama, das wir inszenieren, um zu ihm zu gelangen. Mich überraschte diese Erkenntnis kein bißchen. Sie schien mir auf der Hand zu liegen. Ähnlich wie früher das Drama der Suche nach der richtigen Behandlung für unseren Sohn im Mittelpunkt stand, und noch früher das Drama der Zeugung und Geburt unseres Sohnes. Guten Tag, sagte eine Stewardeß freundlich und reichte mir den *Evening Standard*. Ohne zuerst meinen Platz einzunehmen, ging ich schnurstracks nach hinten durch auf die Toilette. Umsonst, wie sich herausstellte. Glaubt sie etwa, fragte ich mich, während ich den *Standard* auf meinen Knien ausbreitete, bloß weil sie sich damals irrten, als sie ihr sagten, sie könne keine Kinder bekommen, würden sie sich auch diesmal irren? Marco wider alle Wahrscheinlichkeit geboren, Marco wider alle Wahrscheinlichkeit von den Toten auferstanden. Das Drama der Wiedererweckung unseres toten Sohnes. War das als nächstes dran? Ihn ins Leben zurückzuholen? Sie können keine Kinder bekommen, hatte der Arzt zu ihr gesagt. Ihr Sohn hat Selbstmord begangen, Mr. Burton. *Die Regierung startet durch,* behauptete der *Standard*. Schon wieder ein Foto von Blair en famille. Hat sie deshalb, abgesehen von der einen, reflexartigen Frage im Rembrandt, nicht mehr versucht, von mir zu erfahren, wie er gestorben ist? Vielleicht will sie nicht hören, daß sein Körper beschädigt ist, daß er sich nicht wie durch ein Wunder auf der Bahre in der Leichenhalle aufrichten kann. Mein Sohn. *Major: das Wunder fiel aus,* lautete eine kleinere Überschrift. Es ist äußerst ungewöhnlich, dachte ich, daß sie mich nicht mit Fragen nach den Einzelheiten gelöchert hat. Ungewöhnlich, wie verbissen sie ist. Glaubt sie etwa, sie kann ihn zum Weiterleben verführen? Himmel und Hölle einmal mehr in Bewegung gesetzt. Meine Frau und ich vor dem Allmächtigen. Das gleiche Theater spielend wie vor den Flughafenangestellten. Wie vor dem Richter und den Geschworenen, die Marco schließlich freisprachen.

Dann verstieß ich, während ich, die Zeitung auf den Knien, wieder einmal vergeblich auf dem Klo saß, gegen alle Sicherheitsbestimmungen, schaltete mein Handy ein und rief Paola an. Sie weinte. Piccola, sagte ich. Die Verbindung wurde immer wieder unterbrochen. Das Flugzeug fing an zu rollen. Wir sind unterwegs nach Genua, sagte ich. Dann mußte ich erneut anrufen. In zwei Stunden sind wir da. Deine Mutter weiß nicht, daß es Selbstmord war. Sie ist nicht meine Mutter, sagte Paola. Auf dem Weg zu meinem Platz griff ich in meine Tasche und stellte fest, daß ich meine Tabletten vergessen hatte.

4

Wie hat das alles angefangen? Dies war eine der entscheidenden Fragen, die ich Andreotti stellen wollte. Und damit meinte ich den Umstand, daß ein siebenmaliger Premierminister der Beteiligung an Mafia-Verbrechen beschuldigt wird. Wie hatte alles angefangen? Eine Frage, die ich hier auf dem Rücksitz dieses Autos leicht niederschreiben, später vielleicht sogar tippen konnte, falls ich dazu nach unserer Ankunft die Gelegenheit fände, ohne irgend jemanden zu kränken. Und die Antwort, die Andreotti mir geben wird, das heißt in dem sehr unwahrscheinlichen Fall, daß ich den Interviewtermin einhalten kann, oder vielmehr die Nicht-Antwort, dürfte folgendermaßen lauten: In meinem Alter – mit einem entschuldigenden Zucken der gekrümmten Schultern und dem typischen, halb verschlagenen, halb gekränkten Lächeln, das bedauerlicherweise fehlen wird, wenn das Interview per Fax geführt werden muß –, in meinem Alter und nach zehn Jahren Dienst an meinem Land – denn er wird den Dienst an seinem Land mit ebenso großer Gewißheit erwähnen, wie meine Frau, wann immer man sie fragt, wie etwas angefangen hat (ihr unerklärlicher Groll zum Beispiel, oder die Geschichte mit Gregory, die ich nie ganz verstanden habe), unweigerlich ihre jahrzehntelange treue Ergebenheit zu ihrem Ehemann erwähnt –, in meinem Alter, wird Andreotti sagen, darf ich wohl mit Fug und Recht davon ausgehen, über solche verleumderischen Anschuldigungen erhaben zu sein. Oder etwas in diesem Sinne. Worte jedenfalls, die inhaltlich und von der persönlichen Haltung her – denn dies ist der springende Punkt – auf das gleiche hinauslaufen wie die Antwort, die Francesco Crispi vor hundert Jahren gab, als er genau des gleichen Vergehens beschuldigt wurde: der schweren Korruption im Amt. In meinem Alter, sagte Crispi im Parlament mit jener Mischung aus Ehrfurcht und Unverschämtheit, die mir inzwischen so vertraut ist, und nach dreiundfünfzig Jahren Dienst an meinem Land und so weiter und so fort. Er gebrauchte tatsächlich das Wort ›erhaben‹. Ich darf wohl mit Fug und Recht annehmen, darüber erhaben zu sein. Denn ich wollte zeigen, daß Andreotti auf jede meiner Fragen nicht nur so antworten würde, wie es ihm, Andreotti, entsprach und wie ich es in den vorherigen Kapiteln vorausgesagt hatte, sondern auch in genau der gleichen Weise, wie andere wichtige italienische Machthaber aus verschiedenen historischen Epochen unter absolut vergleichbaren Umständen geantwortet hatten. In meinem Alter ... erhaben zu sein. Auf einer tieferen Ebene liegt also die Antwort auf die Frage, wie alles angefangen hat, gerade in dieser ausweichenden, gereizten Reaktion, oder vielmehr in ihrer Ähnlichkeit mit der ausweichenden und gereizten Reaktion anderer in Mißkredit geratener politischer Führer. Die Antwort auf die Frage nach dem Anfang ist stets gegenwärtig. Es fängt mit einer bestimmten Geisteshaltung an. In uns selbst, in jedem Augenblick. Es fängt ständig von neuem an. Hier und jetzt. Denn obwohl es zweifellos im Verhalten jedes Menschen einen Horizont der Vorhersagbarkeit gibt, wie die Mathematiker sagen, hinter dem das Chaos regiert, und du nie genau wissen kannst, welchen von ihren zehn Hüten deine Frau zum Ausgehen aufsetzen wird oder ob sie sich für den roten oder den pinkfarbenen oder den orangefarbenen Lippenstift entscheidet – oder gar für den malvenfarbenen –, so gibt es doch einen *esprit générale*, wie Montesquieu es genannt hat, das heißt, man kann eine bestimmte Art des Handelns vorhersehen, kann wissen, welche Art von Hut sie aufsetzen oder auf welche Art ein in Ungnade gefallener führender italienischer Politiker reagieren wird. Und obwohl man nicht den genauen Zeitabstand vorhersagen kann, mit dem zwei Regentropfen auf eine bestimmte Stelle fallen werden, selbst wenn das Zeug, so wie jetzt hier im dichten Stadtverkehr, wie aus Eimern auf das Autodach prasselt, so weiß man doch, daß es in Preston öfter regnet als in Palermo. Und daß meine Frau, welche Farbe sie auch wählt, zum Ausgehen auf jeden Fall einen grellen Lippenstift auflegen wird. Mit Gloss. Denn wie sollte sie sonst flirten? Wie die Leute verführen? Der italienische Machthaber stirbt entweder im Amt, sage ich mir bei strömendem Regen hier im Auto – Cavour, De Gasperi –, oder er stirbt in Schimpf und Schande – Crispi, Andreotti (keine Frage) und andere. Und zwar durch ein Zusammenspiel von Kräften, das ebenso hoffnungslos italienisch ist, wie das Zusammenspiel von Kräften, durch das Blair ins Amt gehoben wurde, hoffnungslos britisch war. Hoffnungslos. Ich betone, daß ich dieses Wort bewußt gebrauche. Ein italienischer Mann, hat Dottor Vanoli einmal zu mir gesagt – wobei eines meiner Probleme mit Vanoli darin bestand, daß ich nie wußte, wie ernst ich ihn nehmen sollte mit seinem übertrieben säuberlich gestutzten Bart, dem akkuraten Kurzhaarschnitt und dem stets belustigten Blick –, ein italienischer Mann wird von seiner Mutter entweder gemacht oder gebrochen. Er lachte. Manchmal hatte ich den Eindruck, er probierte nur Ideen an mir aus, um zu sehen, wie ich reagierte. So wie Therapeuten es machen. Das Kind entwickelt die Fähigkeit, erklärte Vanoli – obwohl er kein Therapeut war –, oder auch die chronische Unfähigkeit, sich vor den Übergriffen seiner Mutter zu schützen. Vielleicht sogar Klischees. Es muß ihm klar gewesen sein, daß es sich um ein Klischee handelte: italienische Männer und ihre Mütter. Obwohl ja Andreotti, sinniere ich, bei seiner verwitweten Mutter aufgewachsen und ihr immer sehr verbunden geblieben war. Und dann führte er, Vanoli, lang und breit aus, daß jede Nation, und innerhalb jeder Nation jede Altersgruppe, eigene, für sie typische psychische Krankheiten aufwies. Er zitierte Freud und sprach von

Krankheitsbildern, die uns heute völlig unbekannt sind. Bei gutsituierten Wienerinnen um 1890. All das wußte ich natürlich. Ich kannte mich aus. Davon bin ich überzeugt, sagte er und fügte hinzu, daß eine bestimmte, sehr spezifische Art der Schizophrenie bei jungen Männern Anfang zwanzig derzeit zu den italienischen Besonderheiten gehöre.

Er lächelte. Dies war ganz am Anfang, als ich Vanolis Vorgehensweise noch nicht so gut kannte. Ich hatte über eine neue Hormonbehandlung sprechen wollen, die in den USA entwickelt wurde. Ich hatte mich gründlich umgehört und alle Hebel in Bewegung gesetzt, um den besten Psychiater zu finden, den Italien zu bieten hatte. Der auf dem neuesten Stand der Forschung war. Wenn meine Frau Himmel und Hölle in Bewegung setzte, um herauszufinden, was los war, was blieb mir da anderes übrig? Außerdem genoß ich es, meiner Frau zu zeigen, daß ich ihr auf manchen Gebieten deutlich überlegen war. Ich hatte Zugang zu Informationsquellen, von deren Existenz sie nicht einmal etwas ahnte. Ich besorge dir den besten Arzt im ganzen Land, erklärte ich meiner Frau. Nur keine Angst. Koste es, was es wolle. Denn keiner von uns beiden, so rufe ich mir ins Gedächtnis, hat, wenn es um Marco ging, je nach den Kosten gefragt. Und daher dürfte mich die Unterhaltung in Vanolis stilvollem Büro am Lungotevere gut und gerne fünftausend Lire pro Minute gekostet haben. Warum sonst hätte ich angefangen, Steuern zu hinterziehen? Haben Sie von dieser neuen Behandlung gehört? fragte ich. Ich zeigte ihm einen Artikel. Vanoli lächelte sein charmantes Lächeln. Allerdings, bemerkte er zum Thema Mütter, und dies war eindeutig die Spitze, auf die er hinaus wollte, hängt auch viel vom Vorbild des Vaters ab. Von dessen Umgang mit seiner Frau. Und vom Vorbild anderer Familienmitglieder, fügte er hinzu. Eine solche Bemerkung hätte man von einem Therapeuten erwartet, aber doch nicht von einem Psychiater, der sich angeblich mit den neuesten Hormonbehandlungen auskennt. Aber wie gesagt kannte ich Vanolis Vorgehensweise damals noch nicht. Man kann uns wohl kaum als die typische italienische Familie bezeichnen, konterte ich. Ich wollte einen Arzt, keinen Quacksalber. Das hatte ich gleich beim ersten Gespräch klargestellt. Und das ist immer noch meine Einstellung. Sonst hätte ich mich für eine Familientherapie oder so etwas entschieden. Für ein simples Palliativ oder Placebo. Aus dem *Scientific American,* erklärte ich. Vanoli nickte, er hatte den Artikel gelesen. Ich bin Engländer, sagte ich, unsere Adoptivtochter stammt aus der Ukraine. Er nickte. Es folgte eine seiner langen Sprechpausen. Ich habe selbst viel über Rassenunterschiede gelesen, sagte ich. Er lächelte. Ich meine, ich bin auch der Ansicht, daß es, zumindest nach dem heutigen Wissensstand, genetisch kaum einen Unterschied zwischen Ukrainern, Engländern und Italienern gibt, doch bestehen hinsichtlich der Verhaltensmuster innerhalb gesellschaftlicher Gruppen, beispielsweise in der Politik oder der Familie, ganz offensichtliche Unterschiede, die anscheinend ... Er lächelte. Er fragte: Was glauben Sie denn, Signor Burton, wie alles angefangen hat? Ich sagte, ich wolle darüber ein Buch schreiben, beginnend mit Machiavelli in Italien und mit Hobbes in England. Obwohl man natürlich auch weiter zurückgehen könnte. Viel weiter. Es gab zu diesem Thema noch eine Menge zu lesen. Er zeigte sich interessiert, empfahl mir die Studie eines italienischen Genetikers, der in den USA lebte. Den Namen habe ich vergessen. Sforza vielleicht. Aber seine Belustigung war irgendwie irritierend. Bis ich ihn eine Woche später von einem Hotel in Palermo aus anrief. Es hatte einen aufsehenerregenden Mafia-Mord gegeben, und es ging das Gerücht, Andreotti sei darin verwickelt. Gregory wohnte auf der gleichen Etage wie ich. Das war nichts Ungewöhnliches. Wir hatten uns lange und offen über meine Frau und über Marco unterhalten. Gregory ist ganz in Ordnung, wenn man ihn alleine erwischt. Und über die Ehe. Er tat mir beinahe leid. Es fing an, sagte ich an jenem Morgen in meinem Hotelzimmer in Palermo am Telefon zu Vanoli, als Marco sich weigerte, mit seiner Mutter italienisch zu sprechen. Vor etwa drei Jahren. Er sprach plötzlich nur noch englisch mit ihr. Was sie natürlich nicht verstand. Es war äußerst seltsam. Warum lachen Sie, wenn Sie mir das erzählen, fragte er. Dann sagte er: Das war bereits ein erstes Symptom, Signor Burton. Ich möchte, daß Sie mir helfen herauszufinden, wie alles angefangen hat.

Als wir aus dem Flugzeug stiegen, regnete es in Strömen, und das Meer schlug hoch gegen die Felsen unterhalb der Landebahn. Auf dem kurzen Weg von der Gangway bis zum Bus wurden wir völlig durchgeweicht. Oben an der Treppe faßte ich meine Frau bei der Hand, damit sie nicht ausrutschte, und unten hielt ich ihr meine Jacke über den Kopf. In diesen vertrauten Gesten lag etwas Beruhigendes, obwohl man sagen muß, daß die Gesundheit meiner Frau fast schon sprichwörtlich ist. Kannst du dich entsinnen, fragte ich mich, während ich die Jacke über ihrem Kopf, oder vielmehr über dem grünen Filzhut ausbreitete, daß deine Frau je krank gewesen ist? Die Antwort lautete nein. Das gleiche gilt übrigens für meinen Sohn. Ich kann mich nicht entsinnen, daß Marco je krank war. Körperlich krank. Meine Frau und mein Sohn verfügen beide über eine äußerst robuste Gesundheit, dachte ich. Körperliche Gesundheit. T*orello mio* nannte sie ihn immer. *Torello mio*. Paola war eifersüchtig. Wie jede ältere Schwester es gewesen wäre. *Torello mio*. Sie kitzelte seine drallen Babybeine. Nur stärker. Ihr hättet mich nie adoptiert, stellte Paola sachlich fest – sie war damals sechs Jahre alt –, wenn ihr ihn vorher bekommen hättet. Und das stimmte, so heftig ich es auch abstritt. Ihr hättet das nie getan, sagte sie. Keine Angst, *piccola*, sagte ich zu ihr, ich passe schon auf dich auf. Paola war ein unscheinbares Kind. Auch nicht besonders begabt. Oft krank. Kein Wunder, murmelte meine Frau, bei den Eltern. Ganz zu schweigen von ihren ersten beiden Lebensjahren, ohne Essen, ohne Schlaf, ohne Liebe. Marco schlief zwei Jahre lang nicht. *Seiner* Gesundheit hat es nicht geschadet. Ich selber war auch oft krank. Meine Frau nahm ihn mit in unser Bett. Sie gab ihren Beruf auf. Sie hatte gegen jede Wahrscheinlichkeit ein Kind bekommen. Ich schlief auf dem unteren Etagenbett, unter Paola. Aber es waren glückliche Jahre, erklärte ich Vanoli. Bevor wir in das alte Haus eingezogen sind, das Geisterhaus. Es ist mir nie in den Sinn gekommen, daß dort alles angefangen haben könnte, sagte ich. Dann bemerkte ich, wie meine Frau mich am Ärmel zupfte, weil wir aus dem Bus aussteigen mußten.

Und während ich an der Paßkontrolle warten mußte, eilte sie voraus, vermutlich um ein Taxi zu besorgen. Obwohl wir nicht besprochen hatten, wie es weitergehen sollte. Ein Taxi wohin? Zum Bahnhof? Oder direkt nach Turin, was ein Vermögen kosten würde? Um zu zeigen, wie viel uns unser Sohn wert war. Obwohl unser Sohn tot war. Obwohl wir uns in der letzten Zeit so oft und so heftig des Geldes wegen gestritten hatten, erst gestern abend noch, in einem anderen Taxi, auf dem Heimweg von Geoff Courteneys Dinnerparty, als wir über den Kauf eines Hauses in London und den Verkauf eines Hauses in Rom sprachen. Jetzt wird sie wieder in dieses Haus in der Via Livorno einziehen, dachte ich, in das Haus ihrer Familie, das sogenannte Geisterhaus, während ich mir eine kleine Wohnung in London nehmen werde. Jetzt wird sie sich niemals mit dem Verkauf dieses Hauses einverstanden erklären, dachte ich, des Geisterhauses, das von all den Erinnerungen an Marco erfüllt ist. So unangenehm sie auch sein mögen.

Nachdem er mich zuerst auf deutsch angesprochen hatte, musterte der Beamte an der Paßkontrolle jetzt eingehend meinen britischen Paß und verglich den Namen mit den Daten auf seinem Computerbildschirm. Wurde dort angezeigt, daß gegen mich eine Untersuchung wegen Steuerhinterziehung lief? fragte ich mich plötzlich. Daran hatte ich nicht gedacht. Konnten sie unser Haus konfiszieren? Den Familienbesitz meiner Frau? Seit der Ärger begonnen hatte, war ich nicht mehr in Italien gewesen.

Würden sie mich womöglich verhaften? Und warum hielten mich alle Leute für einen Deutschen? Aber dann, während ich den Beamten beobachtete, der seinen Blick immer wieder zwischen Paß und Bildschirm hin und her wandern ließ, fragte ich mich sogar, ob ich nicht letztendlich froh wäre, wenn ich wegen Steuerhinterziehung verhaftet würde. Froh, wenn unser Haus konfisziert würde. Gerade jetzt. Froh über alles, wodurch ich der fürchterlichen Auseinandersetzung mit meiner Frau aus dem Weg gehen könnte, zu der es unweigerlich kommen mußte. Allerdings erst, nachdem unser Sohn anständig begraben worden war. Wenigstens konnten wir ihn jetzt begraben. Ich hatte das Geisterhaus nie gemocht, dachte ich. Aber jetzt maulten ein paar Geschäftsleute hinter mir, das sei bloß die Rache dafür, daß die Engländer das Schengener Abkommen nicht unterzeichnet hatten. Typisch englisch, dachte ich, das Schengener Abkommen nicht zu unterzeichnen, und nachdem ich meinen Paß durch den Schlitz unter der Glasscheibe zurückerhalten hatte, lief ich eilig hinter meiner Frau her.

Dann, als die Milchglastüren auseinanderglitten und ich hindurch trat, hinaus in die bescheidene Halle des kleinen Provinzflughafens, hatte ich plötzlich das Gefühl, als sei ich mit diesem Schritt zu mir selbst zurückgekehrt. In meinem Kopf, in meiner Psyche, verschob sich etwas, und ich war wieder bei mir. War ganz bei mir, klar und deutlich. So wie im Frühstücksraum des Hotel Rembrandt. So wie ich an den meisten Tagen normalerweise bin. Besonders wenn ich lese, wenn ich Zusammenhänge herstelle. Meine Frau ist unausgeglichen, sagte ich mir. Sie ist schon wieder verschwunden. Mein Sohn ist nicht schizophren geworden, weil ich oder seine Mutter irgend etwas falsch gemacht haben, sondern weil seine Mutter, wie ich schon immer, zumindest seit ich etwas besser Italienisch verstehe, vermutet hatte, ebenfalls unausgeglichen war. Zwar auf charmante Art unausgeglichen, aber nichtsdestoweniger unausgeglichen. Wie auch schon ihre eigene

Mutter. Zehn Prozent aller Schizophrenen begehen Selbstmord, sagte ich mir. Das ist statistisch erwiesen. Durch automatische Türen ein erkennbar italienisches Interieur betretend, das Land betretend, in dem ich mein gesamtes Erwachsenenleben verbracht hatte, fühlte ich mich plötzlich ganz klar und vollkommen gefaßt. Marcos Urgroßvater mütterlicherseits hatte Selbstmord begangen. Marcos Tante, meine Schwägerin, war eine verschrobene Eigenbrötlerin. Hier waren gefährliche Gene am Werk, dachte ich. Die niedere Aristokratie Italiens war berüchtigt für ihre Inzucht. Die Schuld, die ich fühlte, oder zu fühlen versuchte, hatte mehr mit meiner christlichen Erziehung und der generellen Schuldgier unserer Gesellschaft zu tun als mit irgendeinem Fehlverhalten von meiner Seite. Was hatte ich denn getan? Oder zu tun versäumt? Gab es irgend etwas, fragte ich mich plötzlich gebieterisch, das ich zu tun versäumt hatte? Etwas, das ich unversucht gelassen hatte? Nein. Die Tatsache – diesen Standpunkt hatte ich Vanoli gegenüber vehement verteidigt –, die Tatsache, daß eine Erkrankung ein Kind dazu verleitet, sich auf merkwürdige Weise in den Konflikt zwischen seinen Eltern einzumischen und ganz plötzlich dem Vater gefallen zu wollen, anstatt wie zuvor, genau genommen seit seiner Geburt, der Mutter, und zwar indem es sich weigert, mit der Mutter in einer anderen Sprache als der des Vaters zu sprechen – einer Sprache, die sie nicht beherrschte und auch nicht beherrschen wollte –, oder auch indem es plötzlich eine unangemessene Intimität mit dem Vater herstellt, die sich in bizarren, obszönen Bemerkungen auf Kosten der Mutter äußert – all das bedeutet noch lange nicht, daß die Erkrankung des Kindes auch durch jenen Konflikt ausgelöst wurde. Keineswegs. Die medizinische Forschung hat das Gegenteil erwiesen. Die medizinische Forschung hat erwiesen, daß wir es in solchen Fällen mit einem unausgeglichenen Enzym- und Hormonhaushalt zu tun haben. Deshalb hatte ich mich schließlich an einen Psychiater und nicht an einen Psychotherapeuten gewandt. Glauben

Sie wirklich, fragte ich Vanoli, mir der aberwitzigen Summe, die mir für diese Unterhaltung in Rechnung gestellt werden würde, nur allzu bewußt, daß ein Mensch einen anderen in den Wahnsinn treiben kann? Wenn ich das glauben würde, wäre ich zu einem Psychotherapeuten gegangen, sagte ich. Einem Quacksalber. Beim Hinausgehen fügte ich noch hinzu, wenn meine Frau *mich* nicht zum Wahnsinn getrieben hatte, dann sei damit ja wohl erwiesen, daß so etwas ein Ding der Unmöglichkeit war. Schluß aus. Dottor Vanoli lachte. Warum sind Sie allein zu mir gekommen? wollte er wissen. Warum sind Sie nicht mit Ihrer Frau gekommen? Weil sie mich zum Wahnsinn treibt, sagte ich. Und er lachte noch lauter. Wir geben weiter Thorazin, sagte er, das stellt ihn ruhig. Im Grunde war Vanoli auf meiner Seite. Das Thorazin wird helfen, sagte er.

Ja, plötzlich war ich mir meiner selbst ganz sicher und schritt forsch über den Kachelfußboden der Flughafenhalle in Genua. Nicht trotz, sondern eher wegen des neuerlichen Verschwindens meiner Frau. Sie war unausgeglichen. Jetzt besteht keine Gefahr von Aussetzern mehr, dachte ich, während ich mich in alle Richtungen nach ihr umschaute. Vermutlich war sie zum Taxistand gegangen. Wenn es um etwas anderes als genetische Faktoren ginge, sagte ich mir auch jetzt wieder, etwas anderes als eine ererbte Geisteskrankheit, dann wäre Paola diejenige gewesen, die verrückt werden mußte, und nicht Marco. Paola hatte weit mehr zu ertragen gehabt. Das liegt auf der Hand. Armes Kind. Aber ich sollte umgehend Vanoli anrufen, dachte ich. Wo war meine Frau? Dann, statt nach draußen zum Taxistand zu laufen, um meine Frau einzuholen, wie ich es mir vorgenommen hatte oder mir vorgenommen zu haben glaubte, stand ich plötzlich an der Kasse des kleinen Flughafencafés. *Cappuccino e brioche, per favore.* Vor mir zwei Carabinieri. Es ärgert mich, daß man in Italien immer zuerst an der Kasse bezahlen muß, ehe man an der Theke bestellen kann. Auch nach all den Jahren ärgere ich mich noch jedesmal über diese Unsitte. Aber ich mußte etwas essen. Es war mir scheißegal, ob meine Frau mich dabei erwischte. Ich brauchte eine Stärkung. Es war fast vier Uhr. Nach italienischer Zeit schon fünf. Nichts von dem, was geschehen war, war meine Schuld. Ich hatte seit dem Frühstück nichts gegessen. Auch nicht geschissen. Und während ich mein Handy hervorholte, um Vanoli anzurufen, wurde mir in meiner wiedergefundenen Klarheit bewußt, daß das Ende meiner Beziehung zu meiner Frau zugleich auch das Ende meiner Beziehung zu Italien bedeuten würde. Ja. Ich bekam endlich meinen Bon und mußte mir dann an der Bar einen Platz zwischen den Carabinieri und etlichen Flughafenangestellten erkämpfen. In Italien muß man sich ständig durch Ellbogeneinsatz Platz verschaffen, dachte ich. Oft genug zwischen Beamten und Funktionären. Italien nervt mich, dachte ich beim Durchsuchen des Speichers nach Vanolis Nummer. Obwohl ich hier sehr leistungsfähig bin. Seltsamerweise. Je genervter, desto leistungsfähiger. Je bedrängter, desto klarer. Nein, das Italienbild – endlich war es mir gelungen, den Mann hinter dem Tresen auf mich aufmerksam zu machen –, das Gregory Marks verbreitet, um einem Massenpublikum zu gefallen, geht mir inzwischen unsäglich auf die Nerven. Wie kann man so unglaublich hohe Steuern bezahlen? Ähnlich wie die Komödien, in denen so getan wird, als seien Verrückte lustig. Oder unglückliche Ehen. Ganz zu schweigen von dem, was sie mit deinen Steuergeldern machen, wenn du doch zahlst. In Italien habe ich immer das wunderbare Gefühl, daß alles mögliche passieren kann. Und meistens tut es das auch. Also wirklich! Wie konnte ich diesen Mann je als ernstzunehmende Konkurrenz betrachten? Nein, wenn einem tatsächlich etwas passiert, dachte ich, wenn man zum Beispiel einen Schizophrenen in der Familie hat oder jemanden wie meine Frau heiratet, jemanden aus einer inzüchtigen, unbedeutenden, verarmten Adelsfamilie, oder wenn man einfach bloß in Italien lebt und sich mit einer byzantinischen, launenhaften Bürokratie herumschlagen muß, dann verdirbt einem das irgendwie den Spaß an solchen Gemeinplätzen über die italienische Lebensart. An den sympathischen Karikaturen. Wenn sie das Haus konfiszieren, wo soll meine Frau dann wohnen?

Pronto? Vanolis Sekretärin meldete sich genau in dem Moment, als die Brioche und der Cappuccino und meine Frau kamen. Alle gleichzeitig. Ich sagte, ich wolle Vanoli sprechen, sagte, es sei dringend, biß in die Brioche, und plötzlich stand meine Frau neben mir und zog mich wild gestikulierend am Ärmel. Giorgio ist hier! sagte sie. Erstaunlicherweise blieb ich ruhig. Ich fühlte mich kein bißchen ertappt. Beim Verspeisen meiner Brioche. Laß mich kurz mit Vanoli sprechen, sagte ich zu ihr. Ich rufe gerade Vanoli an. Hier, trink einen Schluck. Ich reichte ihr den Cappuccino. Erstaunlicherweise nahm sie ihn und trank, ohne zu protestieren. Als wären wir zwei ganz gewöhnliche Leute, die in einer ganz gewöhnlichen Situation nett und freundlich zueinander waren. Und sie schimpfte auch nicht, so fällt mir jetzt auf, weil ich von London aus Paola angerufen hatte. Sie leerte die Kaffeetasse und tupfte sich dann mit der Serviette die geschminkten Lippen ab. Sie trägt immer grellen Lippenstift. Das muß ihr klar gewesen sein. Daß ich von London aus angerufen habe. Giorgio wird es ihr gesagt haben. Wie hätte er sonst darauf kommen sollen, uns hier abzuholen? Aber ehe Vanoli sich melden konnte, war der Akku leer. Die Leitung war tot. Meine Frau und ich liefen eilig durch die kleine Halle, durchschritten eine weitere automatische Tür und zwängten uns schnell in das Auto unseres Schwiegersohns, ehe die Polizei ihn zum Weiterfahren zwingen konnte.

Bei normalem Wetter etwa zwei Stunden, meinte Giorgio. Mein Schwiegersohn ist wohlgenährt und trägt eine Brille. Wir standen an einer roten Ampel, der Regen prasselte auf das Autodach. Wie geht es Paola? fragte ich. Es war mit Erdrutschen zu rechnen, sagte er. Vielleicht hatte er mich nicht gehört. Ich saß hinten. Der Regen war laut. Es gab jedesmal Erdrutsche. Er sprach mit fester, sachlicher Stimme. Kein Wunder, wenn man bedachte, wie nachlässig die Stadt gebaut war. In dieser bergigen Landschaft. Er sprach von versiegelten Oberflächen und Kanalisationsproblemen. Verblüffenderweise nickte meine Frau zustimmend, wie bei einer normalen Unterhaltung. Wir sind auf dem Weg zu Marco, sagte ich mir, um seinen Leichnam zu sehen. Und das bedeutete Tote, sagte er, Skandale, Protestaktionen, gerichtliche Ermittlungen, ohne daß irgendwelche konkreten Schritte folgen würden, bis sich die ganze Geschichte im nächsten Frühjahr wiederholt. Meine Frau nickte. Ihr dickes Haar hing offen herab. Den Hut hatte sie abgenommen. Das ist das Italien, das in Gregorys Darstellung urkomisch wirkt, dachte ich und sah zu, wie die Autos über eine überschwemmte Kreuzung schlitterten. Unendlich drollig. Eine Schlammlawine blockierte die Autobahn Turin – Savona, sagte Giorgio. So wie in jedem Frühjahr. Mein Schwiegersohn redet beim Fahren in ruhigem, nüchternem Tonfall. Ich habe seine Stimme schon immer als beruhigend empfunden. Und die Verbindung der beiden als glücklich. Paola hat eine gute Wahl getroffen. Wenn auch keine sehr aufregende. Aber du siehst ja, was aus meiner aufregenden Ehe geworden ist, habe ich ihr damals gesagt. Wenn du wüßtest, wie aufregend wir unsere Heirat fanden, sagte ich lachend zu Paola, zu meiner Tochter. Das Aufeinandertreffen zweier Nationen. Zweier Kulturen. Hounslower Kleinbürgertum und (sogenannter) römischer Adel. Oh, wenn du wüßtest, hatte ich lachend gerufen. Vom Reihenhaus in Acton ins Geisterhaus in Rom! Dem sogenannten. In der Via Livorno. Dir könnte Schlimmeres passieren als eine Ehe mit Giorgio, sagte ich ihr. Wir waren sehr jung, als wir heirateten. Aber Paola war auch noch sehr jung. Ich kaufe euch eine Wohnung, versprach ich. Und tat es auch. Hochwasseralarm am Arno, sagte Giorgio. Mit ruhiger Stimme. Er seufzte. Es ändert sich nie etwas, sagte er. Sag deiner Mutter nichts davon, bat ich sie. Und mir kommt der Gedanke, die Frage »Wie hat das alles angefangen?« in mein Notizbuch zu schreiben. Hier auf dem Rücksitz. Warum nicht? Vielleicht zusammen mit der Frage nach der Veränderung. Giorgio hatte mich wieder an die Frage nach der Veränderung erinnert. Obwohl ich sie sorgfältig formulieren muß, um die gewünschte Antwort zu erhalten. Was würden Sie denen entgegnen (typisch vorsichtige Einleitung), die behaupten, daß sich trotz der instabilen Lage (übliches Klischee) in Italien kaum etwas verändert und – an dieser Stelle rechnet er mit der Spitze – daß Sie während Ihrer langen Amtszeit – jetzt kommt's – eher darauf hingearbeitet haben, alles beim alten zu belassen, statt Verbesserungen durchzusetzen? Aber diese Spitze ist nur vorgetäuscht. Ein Köder. Vielleicht hättet ihr lieber den Zug nehmen sollen, sagte Giorgio. Ich kann euch immer noch zum Bahnhof bringen, wenn ihr wollt. Seine Stimme ist beruhigend monoton. Ähnlich wie der Regen. Obwohl es da auch Probleme geben soll, wie ich gehört habe. Er seufzte und schaute fragend meine Frau an. Mit einer der Eisenbahngewerkschaften, erklärte er. Aber nicht mit allen dreien. Er hatte die letzten Nachrichten nicht gehört. Ich könnte sogar die Eisenbahn erwähnen, überlege ich. Obwohl es natürlich ausgeschlossen ist, daß ich dieses Interview führen kann. Irgendwann werde ich anrufen und absagen müssen. Signor Presidente, Sie haben es nicht einmal geschafft, das Eisenbahnproblem zu lösen. Vielleicht um ihm seinen alten Witz zu entlocken: Es gibt in Italien zwei Sorten von Verrückten – die einen halten sich für Jesus Christus, die anderen glauben, sie könnten erreichen, daß die Züge pünktlich fahren. Andreotti ist ein Mann, der unermüdlich alte Witze wiederverwertet. So wie meine Frau unermüdlich die Bonmots ihrer Mutter wiederverwertet, die Bonmots eines unbedeutenden Adels, der schlechte Zeiten durchmacht. Ihr Vater war in der Blüte seines Lebens getötet worden. Marco hielt sich weder für das eine noch das andere. Marco hat sich weder für Jesus gehalten, noch hat er je geglaubt, er könne erreichen, daß die Züge pünktlich fahren. Und Marco war mit Sicherheit verrückt.

Giorgio schüttelte den Kopf und trommelte mit den Fingern gegen das Lenkrad. Der Verkehr von rechts und links floß immer noch unvermindert weiter, als unsere Ampel auf Grün sprang. Dann rührte sich nichts mehr auf der Kreuzung. Aber was ich eigentlich von Andreotti hören wollte und was er mit Sicherheit auch sagen würde, wenn es mir nur gelänge, die Frage richtig zu formulieren, war etwas im Sinne von Mussolinis Ausspruch: Keinem anderen großen Mann hat man so wenig gehorcht wie mir. Oder dem Garibaldis: Der einzige Weg, die Italiener zu einen, ist durch Waffengewalt. Den Vorwand also, der so typisch italienisch ist, so typisch Andreotti, daß die Macht in Italien keine wirkliche Macht bedeutet, weil einem niemand gehorcht. Wie soll man etwas verändern in einem Land, in dem niemand gehorcht? Zugegeben, wird er sagen, ich war Premierminister, aber der Premierminister ist doch bloß eine Galionsfigur. Ich war bloß der Vermittler zwischen verschiedenen Ministern, wird Andreotti sagen, zwischen verschiedenen, untereinander zerstrittenen Seiten. Wie hätte ich da das Eisenbahnproblem lösen sollen? Ein Bissen, nach dem ausländische Journalisten nur allzu gern schnappen, weil er ihre Darstellung vom anarchischen Italien unterstützt, einem Land, wie Gregory zweifellos irgendwo geschrieben hat, in dem die Leute bei Rot über die Ampel fahren, selbst wenn sie sehen, daß der Verkehr auf der anderen Seite der Kreuzung stillsteht. Ehe er – ich meine Andreotti – dann behauptet, es habe sich dennoch in Italien einiges verändert, und stolz alle neuen Gesetze aufzählt, die seine Regierung eingeführt hat. Sich kleinmachen und sich selbst beweihräuchern – das waren die typischen Verhaltensweisen, die ich herausstellen wollte. Anscheinend paradox. Meine These geht dahin, daß dem menschlichen Charakter immer ein Paradox innewohnt. Irgendein Widerspruch, der den Knoten festzurrt, zwei unvereinbare Hälften zusammenhält. Marco gehorcht mir nicht, klagte meine Frau. Meine Frau, die sonst so stark ist. Tu etwas, forderte sie. Es ist schrecklich. *Tu* doch etwas.

Wohl wissend, daß ich meinerseits ihr immer gehorchte. Eine Art stabile Schizophrenie, so könnte man es nennen, ein grundlegendes Rätsel. Nur das Unbegreifliche lohnt es zu verstehen. Das soll der Kerngedanke meines Buches sein. Diesen Bereich zu definieren. Den Horizont der Vorhersagbarkeit. Um ihn ein kleines Stück nach hinten zu verschieben. Nein, ein großes Stück. Und ich sagte, ich würde mit dem größten Vergnügen etwas tun, wenn sie das nicht unmöglich gemacht hätte, indem sie dem Jungen in den letzten achtzehn Jahren jeden Wunsch erfüllte. Du hast ihn entsetzlich verzogen, sagte ich zu ihr. Kein Wunder, daß er sich so merkwürdig benimmt. Ich habe einen wundervollen Mann aus ihm gemacht, schluchzte sie, und jetzt ist alles so schrecklich. Sie schluchzte heftig. Wir konnten beide kaum glauben, wie furchtbar sich unser Sohn plötzlich verändert hatte. Sie hat nie zugegeben, daß er sie geschlagen hat. Unser ganzes Leben veränderte sich drastisch. Alles ist anders geworden. Sie war auf den nassen Fliesen ausgerutscht und gegen das Bidet gefallen, sagte sie. Zwei Wochen lang legte sie dunklen Lidschatten auf, puderte sich die Wangen weiß und trug nur ihre großkrempigsten Hüte. Als wir vor Gericht erscheinen mußten, so erklärte ich Vanoli, allerdings bei einem anderen Anlaß, da bat sie mich sogar zu gestehen, daß ich mit einem Messer nach ihr geworfen hätte.

Wie geht es Paola? fragte ich. Ziemlich laut diesmal, wie ich fand. Wenn auch vom Rücksitz. Und ich dachte, deine Frau kann wohl kaum etwas dagegen haben, daß du deinen Schwiegersohn nach dem Befinden deiner Tochter, seiner Frau, fragst. Aber diesmal kam nur Schweigen von vorne. Die auf höchster Stufe laufenden Scheibenwischer ächzten und quietschten. Der Wagen schob sich zentimeterweise vorwärts. Giorgio machte eine Bemerkung über Straßenausbesserungsarbeiten, die nie beendet wurden. Ständig wurden Straßenausbesserungsarbeiten begonnen, aber nie beendet. Er ist wirklich ein Langweiler. Einspuriger Verkehr vor Alexandria, sagte er. Langweiligkeit bedeutet Sicherheit, sinniere ich. Und mir fällt ein, daß ich genau den gleichen Gedanken hatte, als Paola ihn heiratete und ich den beiden die Wohnung kaufte. Langweilige Menschen sind nur selten unausgeglichen, sagte ich mir. Bei uns hat es damals heftig geknallt. Bei deiner Mutter und mir. Langweilige Menschen haben etwas sehr Beruhigendes an sich, dachte ich. Ich mochte Giorgio. Und ich war stolz auf meine Leistung, stolz darauf, meiner Tochter eine Wohnung gekauft zu haben. Sag deiner Mutter nichts davon. Wie geht es Paola? fragte ich noch einmal. Keine Antwort. Ich betrachtete den Verkehr. Bis ich, als es draußen unvermittelt dunkel wurde und hinter der regennassen Scheibe die verzerrten Neonschriftzüge von Möbelkaufhäusern und Einkaufszentren aufschienen, schließlich durch den Spalt zwischen den Vordersitzen sah, daß meine Frau ihre Hand auf die seine gelegt hatte. Auf Giorgios Hand auf dem Schaltknüppel. Mir wurde klar, daß sie weinte. Deine Frau weint. Er lehnte sich leicht zu ihr hinüber. Sie legte ihren Kopf an seine Schulter, die Schulter ihres Schwiegersohns. Deine Frau weint, sagte ich mir, sie sucht Trost an der Schulter deines unerschütterlichen, bebrillten Schwiegersohns. Ich spürte sofort einen tiefen Schmerz, ein tiefes Mitleid mit meiner armen, am Boden zerstörten Frau, war aber gleichzeitig auch tief verletzt, weil sie nicht bei mir Trost suchte. So steht es also um unsere Beziehung, dachte ich plötzlich. Trotz aller schönen Worte, trotz aller Pläne, neu anzufangen, unsere Ehe zu heilen, ist deine Frau nicht in der Lage, Trost bei ihrem Ehemann zu suchen. In dem Moment, in der Sekunde, als ich ihr die Nachricht von Marcos Tod überbrachte – ohne das Wort Selbstmord zu benutzen –, legte sich eine schreckliche Kälte über uns. Eine schreckliche, unüberbrückbare Kluft tat sich auf. Trotz der vielen Gespräche in der letzten Zeit können wir nicht miteinander reden. Obwohl wir noch gestern abend nach dem Essen bei Courteney versucht haben, miteinander zu schlafen. Miteinander zu schlafen! Nach dem Streit im Taxi. Jedenfalls werde ich wohl kaum mit einem englischen Zeugen Jehovas plaudern können, sagte sie lachend. Ich war glücklich. Es entstand sogar ein angenehmes Gefühl der Verbundenheit, als es uns nicht gelang. Aber du hast das hier kommen sehen, sagte ich mir. Besser gesagt, als es *mir* nicht gelang. Womöglich wegen meines Herzens. Kaum hattest du nach diesem schrecklichen Anruf den Hörer aufgelegt, da wußtest du bereits, daß es aus war. Ihr Sohn hat sich umgebracht, Mr. Burton. Warum sonst hast du auf dem Weg in euer Zimmer fünfzehn Minuten verloren? Worüber hast du in diesen fünfzehn Minuten nachgedacht? Deine Frau, überlege ich plötzlich, schreit und rauft sich die Haare vor zwei Flughafenangestellten, aber zu dir sagt sie kein Wort. Sie hat nicht ein Wort über den Tod eures Sohnes zu dir gesagt. Sie sucht Trost bei deinem Schwiegersohn, der am Steuer sitzt; sie ergreift seine Hand und legt den Kopf an seine Schulter, während er über eine vielbefahrene Straße fährt. Ein Langweiler. Bei fürchterlichem Wetter. Aber bei dir suchte sie nicht mal eine Sekunde lang Trost, obwohl du den ganzen langen Flug über neben ihr gesessen hast und nichts zu tun hattest, als dich deinem Kummer hinzugeben. Warum nicht? Warum ist es so weit gekommen? Warum bleibst du von ihren Gefühlsregungen ausgeschlossen? Können Sie meiner Frau nicht auch etwas verschreiben, fragte ich Vanoli, wo Sie schon dabei sind? Ich hatte ihm von ihrem Benehmen gegenüber der Polizei erzählt, wie sie alle Beweise, die Paola vorbrachte, entkräftet hatte. Von ihrer Hysterie. Von ihrer Weigerung, mit ihrer Adoptivtochter zu sprechen. Können Sie meiner Frau nicht etwas verschreiben? Vanoli lächelte. Etwas, das ihr hilft, Englisch zu verstehen? fragte er. Und er fragte: Wie kommt es, daß Marco so gut englisch spricht? Weil wir ihn auf eine englische Schule geschickt haben, sagte ich.

Dann wird mir plötzlich bewußt, daß ich das Andreotti-Interview trotz allem machen muß. Die in der Flughafenhalle so unerwartet wiedergefundene geistige Klarheit kommt mir dabei zu Hilfe. Es ist ein Fehler, sage ich mir mit plötzlicher Entschlossenheit, eine Arbeit zu unterbrechen, die gerade in Schwung gekommen ist. Nach so vielen Jahren der Vorbereitung. Sicher, dein Sohn hat sich umgebracht – eine schreckliche Sache –, sicher, deine Ehe ist gescheitert – in unserem Alter eine furchterregende Erkenntnis. Aber all das ist Schnee von gestern. Vergossene Milch. Milch, die bereits vor Jahren vergossen wurde, sage ich mir. Marco ist schon vor Jahren gestorben, überlege ich. Du weißt das. Es ist die Wahrheit, die unumstößliche Wahrheit. Deshalb trauerst du nicht. Geronnene, übelriechende, schimmlige Milch, die nicht weggehen will. Es gibt nichts, was du tun kannst, sage ich mir und sehe zu, wie meine Frau ihre Hand auf der von Giorgio liegen läßt, obwohl er inzwischen in kurzen Abständen den Gang wechselt, denn wir nähern uns der Mautschranke an der Auffahrt zur Autobahn. Es ist angemessen, sage ich mir, mittlerweile regelrecht berauscht von meiner Klarheit, um Milch zu weinen, die gestern vergossen wurde. Und du hast geweint. Das hast du wirklich getan. Aber etwas anderes ist es, um Milch zu weinen, die schon vor Jahren vergossen wurde. Jetzt war Marco wenigstens auf eine Weise tot, die es uns erlaubte, ihn zu begraben. Vielleicht sogar schon vor Jahrzehnten. Wie hat alles angefangen? fragte Vanoli hartnäckig. Wann? Gerade jetzt, wo du in der Lage bist, einen maßgeblichen Beitrag zu leisten. Die Chaostheorie mit unserem Charakterbegriff, unserem Schicksalsverständnis zusammenzubringen. Ein für allemal und unwiderlegbar die unterschiedlichen Horizonte der Vorhersagbarkeit bei verschiedenen Gruppen und verschiedenen Individuen innerhalb verschiedener Gruppen beziehungsweise im Verhältnis zu verschiedenen Rollen und Beziehungen innerhalb ein und derselben Gruppe, zu benennen. Was für ein monumentaler Beitrag deine Studie werden könnte! Basierend auf der Analyse des Nationalcharakters. Eine herausragende Leistung. Trotz deiner gescheiterten Ehe. Trotz des Selbstmords deines Sohnes. Die Frage nach der Vorhersagbarkeit des menschlichen Verhaltens ein für allemal und unwiderlegbar zu beantworten. Zu definieren, was sich vorhersagen läßt und was nicht. Das wäre herausragend. Die Kinder vieler berühmter Menschen haben Selbstmord begangen. Joyce. Hugo. Das italienische Talent beispielsweise, formuliere ich plötzlich voller Eifer – das italienische Talent, Konflikte in der Schwebe zu lassen, wird immer ein charakteristisches Merkmal der Gruppendynamik in diesem Land sein. Immer. Meine Frau hat immer mit der Beziehung zu Gregory geprahlt, ohne je über deren Wesen Auskunft zu geben. Es kam nichts dabei heraus. Und auf europäischer Ebene muß diese italienische Vorliebe immer wieder mit dem angelsächsischen Drang nach Klarheit kollidieren, werden sich die Engländer immer wieder aus Vereinbarungen heraushalten, weil sie ihnen zu uneindeutig erscheinen. Warum bist du so vehement dagegen, daß ich mich mit Gregory treffe? wollte sie wissen – Schengen ist ebenfalls ein gutes Beispiel –, während sie Lippenstift auflegte oder einen Hut probierte. Er ist der einzige Engländer, den ich kenne, der einigermaßen gut französisch spricht. Ich könnte wirklich einen enorm wertvollen Beitrag leisten, überlege ich. Aber wieviel Zeit bleibt mir dafür? Wieviel Zeit habe ich noch? Normalerweise eine Stunde, von hier bis zu meinem Klienten in Asti, plappert Giorgio weiter. Ein Mann, der einen schweren Herzinfarkt hatte. Der sich einer größeren Bypass-Operation unterzogen hat. Dann noch zwanzig Minuten auf der Landstraße. Würde ich je wieder eine Gelegenheit erhalten, Andreotti zu interviewen? Der womöglich ebenfalls schon mit einem Fuß im Grab steht. Auf die Achtzig zugeht. Von jetzt an nur noch bergab, erklärt Giorgio. Meine Frau nickt. Und jetzt sagt sie: Es war sehr nett von dir zu kommen, Giorgio. Überaus freundlich. Wirklich eine große Hilfe. Plötzlich beuge ich mich zwischen den beiden Sitzen hindurch nach vorne. Ich stehe beinahe. Ich bin in dem Mercedes aufgesprungen. Und ich brülle: Meine Tabletten sind im Koffer! Ich habe meine Tabletten nicht bei mir!

Ich habe meine Tabletten nicht dabei, wiederhole ich hartnäckig, natürlich auf italienisch. Ich brülle auf italienisch. Ich habe über diesen Sprachwechsel, der stattfindet, wenn ich vom Denken zum Sprechen übergehe, oft nachgedacht. Meine Herztabletten! rufe ich. Das Heparin. Um Himmels willen! Du benimmst dich absolut lächerlich, sage ich mir. Ich zittere. Das Heparin! Es ist im Koffer. Und das Ladegerät für mein Handy, fällt mir ein. Auch im Koffer. Wie soll ich jetzt mein Handy laden? Ich habe oft darüber nachgedacht, wie lächerlich ich mich mache, wenn ich vom Denken zum Sprechen wechsle. Meine Ehe wurde auf italienisch geführt, aber ich denke immer noch auf englisch. Tut mir leid, sage ich zu Giorgio und lasse mich zurück auf den Sitz sinken. Irgend etwas geht mir gegen den Strich. Wir sind ganz verstört, erkläre ich. Ich habe nur gerade gemerkt, daß ich vergessen habe, meine Tablette zu nehmen. Meine Medizin. Um Blutgerinnsel zu verhindern, erkläre ich Giorgio. Heparin. Tut mir wirklich leid, aber meine Nerven liegen blank. Das gute alte Herz. Außerdem brauche ich ein Abführmittel. Es ist alles so furchtbar. Wirklich sehr nett, daß du gekommen bist. Meine Frau schweigt mit zusammengekniffenen Lippen. Du kannst dir im Krankenhaus welche geben lassen, sagt Giorgio. Meine Frau verzichtet auf den Hinweis, daß es sich nicht um ein Krankenhaus, sondern um eine geschlossene Einrichtung für chronisch Schizophrene handelt, von denen die meisten bekanntermaßen kerngesund sind. Körperlich. Dort haben sie bestimmt kein Heparin. Gib mir die Tickets, dann rufe ich wegen des Koffers am Flughafen an, schlägt Giorgio vor. Man sieht, wie gern er sich um solche praktischen Dinge kümmert. Meine Frau sagt kein Wort. Macht sie sich Sorgen um mein Herz oder nicht? Ich sitze wieder auf meinem Platz. Ich lasse mich in das Polster sinken. Es war ein Irrtum, denke ich, zu glauben, ich hätte meine Fassung wiedergefunden. Meine geistige Klarheit. Ein großer Irrtum. Ich wäre niemals so unkontrolliert herausgeplatzt, wenn ich mein Gleichgewicht tatsächlich wiedergefunden hätte. Meine Fassung. Vielleicht bist du verstörter, als du dir eingestehen willst.

Giorgio fährt weiter. Meine Frau sagt nichts. Schon in etwa einer Stunde werden wir Marcos Leichnam sehen. Seinen Leib. Wo mögen die Spuren des Schraubenziehers sein? Ich betrachte den Verkehr. Die Scheinwerfer, den Regen. Ich wünschte, ich säße am Steuer. Wenn man am Steuer sitzt, überlege ich plötzlich, erschöpft von meinem lächerlichen Ausbruch, ist das Bewußtsein mit etwas Überschaubarem, Vernünftigem beschäftigt. Wenn man am Steuer sitzt, dient einem das Bewußtsein als Verbündeter im Kampf ums schlichte Überleben. Es schätzt Entfernungen und Bremswege ein. Sitzt man dagegen im Flugzeug oder auf dem Rücksitz eines Autos, ist der Körper gefangen und desorientiert. Zum Nichtstun verdammt. Und dann streift das Bewußtsein umher wie ein Raubtier. Es redet unaufhörlich auf dich ein. Die Worte hören niemals auf, hat Marco einmal zu mir gesagt. In einem seiner klaren Momente. Das waren die traurigsten. Englische Worte, italienische Worte. Aber wenn du am Steuer sitzt, dann unterstützt dein Bewußtsein dich nach Kräften. Es verflucht und beschimpft die anderen Fahrer. Es liebkost das Auto. Es genießt die Geschmeidigkeit der Lenkung, die exakte Einstellung des Pedals. Es achtet auf die Ampeln, auf das Tempo, auf die Temperatur, auf die Straße. Eine Welt, in der alle ständig Auto fahren, wäre eine glückliche Welt, sinniere ich. Den Umweltschützern zum Trotz. Eine Welt glücklicher und zufriedener Bewußtseine. Die vollauf beschäftigt sind mit Lenken, Beschleunigen und Bremsen. Die sich in ihren Körpern wohl fühlen und sich fröhlich gegenseitig beschimpfen, ohne je miteinander zu sprechen. Getrennt und doch vereint. Es hat mir nie etwas ausgemacht, denke ich, in den Norden zu fahren, um Marco zu besuchen, nicht einmal, nachdem Vanoli meiner Frau dringend geraten hatte, für eine Weile auf Besuche zu verzichten. Es hat mir nie etwas ausgemacht, stundenlang am Steuer zu sitzen, während sie schwermütig neben mir saß. Nachdem man ihn in Turin eingesperrt hatte. Selbst als ich krank war, als meine Brust vor Schmerz zu bersten schien, machte mir das Fahren nichts aus. Vielleicht waren das die glücklichsten Stunden mit meiner Frau, denke ich – wenn sie mir sagte, wo ich sie hinfahren sollte, und ich sie dort hinfuhr. Sie wollte, daß ich sie zu unserem Sohn fahre. Sie selber hat nie den Führerschein gemacht. Obwohl es schön gewesen wäre, die Gelegenheit zu nutzen und Paola zu besuchen. Es war albern, von Rom hinauf nach Turin zu fahren, ohne den winzigen Umweg über Novara zu machen und Paola zu besuchen. Zwei Jahre lang fuhren wir jede Woche von Rom nach Turin, ohne auch nur ein einziges Mal Paola und Giorgio in Novara besucht zu haben. Obwohl es nur eine halbe Stunde entfernt lag. Und auf dem Rücksitz von Giorgios Mercedes, der jetzt über die Autobahn in Richtung Turin rast, kommt mir der Gedanke, daß meine Beziehung zu Paola, meiner geliebten Paola, die einzige Beziehung in meinem Leben ist, die immer funktioniert hat. Dieses heimatlose Mädchen, das wir aus der Ukraine mitbrachten, wie man ein Souvenir oder zollfreie Zigaretten mit nach Hause bringt, dieses Mädchen ist der einzige Mensch auf der Welt, mit dem ich immer gern zusammen war und den ich nie enttäuscht habe. Ich muß sie unbedingt sehen.

Ich beuge mich vor und frage, diesmal unmißverständlich, fast schon drohend: Wie geht es Paola? Wie geht es meinem Mädchen? Und wohl wissend, daß meine Frau sich darüber ärgern wird, frage ich: Werden wir sie im Krankenhaus treffen?

Giorgio starrt auf die Straße. Er sagt: Paola und ich haben uns getrennt.

5

Dottor Vanoli will seine Ehefrau wegen einer schönen jungen Frau verlassen. Sagt er. Ich bin zu ihm nach Hause eingeladen, um die Angelegenheit zu besprechen. Er wohnt weniger luxuriös als erwartet. Hätte mich Vanoli nicht persönlich hereingelassen, würde ich glauben, ich sei bei Paola. Die Aufteilung der Zimmer ist dieselbe. Bis hin zur Kochnische. Paolas Wohnung ist ein bißchen trostlos, aber unter den Umständen konnte ich mir etwas Besseres nicht leisten. Die Ehefrau flattert um ihn herum. Wir sind so froh, daß Sie kommen konnten. Sie macht viel Aufhebens. Mein Mantel. Mein Hut. Dann erblicke ich das Mädchen auf dem Sofa. Die Geliebte. Ist das nicht ein bißchen voreilig? Ich überrede die Ehefrau hinauszugehen, während wir reden. Meiner Erfahrung nach ist es sinnvoll, die Leute aufzuteilen, ehe man mit ihnen spricht. Die Anwesenheit des Mädchens spornt mich zugleich an und bestürzt mich. Mein Verstand arbeitet auf Hochtouren, so wie früher, wenn ich beim Nachhausekommen Gregory mit einem Gin-Tonic in der Hand auf dem Sofa vorfand. Das ist pure Provokation, erkläre ich dem Doktor leise. Aber Vanoli entgegnet, im Gegenteil, man sollte alles offenlegen. Seine Kinder sind erwachsen. Er ist es seiner Frau schuldig, seine Geliebte mit nach Hause zu bringen. Ich bin perplex. Ich hatte erwartet, um Rat gefragt zu werden. Wenn schon alles entschieden ist, weshalb bin ich dann hier? Das Mädchen ist nicht so attraktiv wie erwartet. Ganz und gar nicht. Vanoli macht einen Fehler, sage ich mir. Bei den vielen hübschen Mädchen, die es in Rom gibt, ist das doch Wahnsinn. Der modische Kurzhaarschnitt umrahmt ein grobes Gesicht. Sie wird nur so lange attraktiv sein, wie sie jung ist, denke ich. Ein wohlbekannter Gedankengang. Die Ehefrau dagegen hat edle Gesichtszüge. Wenn auch vom Alter und vom Weinen gezeichnet. Ich hatte erwartet, um Rat gefragt zu werden, sage ich zu Vanoli. Ich verstehe nicht, wozu Sie mich eingeladen haben, wenn Sie meinen Rat gar nicht brauchen. Ich zahle fünftausend die Minute. Aber Vanoli entgegnet, er habe sich durchaus noch nicht entschieden. Keineswegs. Die Dinge offenzulegen ist noch keine Entscheidung, sagt er, sondern bloß die notwendige Voraussetzung für eine Entscheidung. Wir haben uns keineswegs schon entschieden, Mr. Burton. Wir wollten zuerst Ihre Meinung hören.

Da sitze ich also auf dem Sofa. Ich halte einen Whisky in der Hand. Wie angenehm, denke ich, während ich mit einem Whisky in der Hand auf dem Sofa sitze und die Beine übereinanderschlage, wie angenehm es doch ist, um meine Meinung gebeten zu werden! Ich habe mich seit Jahren nicht mehr so entspannt gefühlt. Nicht über mich nachdenken zu müssen, sondern über Vanoli, der eine Krise durchmacht, der seine sympathische, elegante Frau wegen irgendeines jungen Dings verlassen will. Ein Mädchen, das Karen nicht das Wasser reichen könnte. Der glaubt, auf diese Weise, indem er seine Frau so demütigt, könne er die Dinge offenlegen, ohne das Ergebnis vorwegzunehmen. Nicht im entferntesten so schön wie Karen. Der Mann ist doch Italiener, oder? Ich beuge mich vor, schwenke meinen Whisky und zitiere Samuel Johnson: Wenn die Ehepartner vom Standesbeamten nach dem Zufallsprinzip ausgewählt würden, sage ich, würde sich das durchschnittliche Maß an Glück und Leid nicht wesentlich ändern. Samuel Johnson, erkläre ich ihm. Eine wichtige Figur in meinem Kapitel über britische Charaktertypen. Ich lehne mich zurück. Das Mädchen hat noch immer kein Wort gesagt. Vermutlich hat sie das nicht verstanden. Sie ist jünger, als Karen es war. Eindeutig weniger attraktiv. Kaum zu fassen, daß Vanoli, Italiens führender Psychiater, einen Fehler begeht, den nicht einmal du begangen hast. Sie machen sich etwas vor, erkläre ich dem Mann. Mit aller Härte. Ich beuge mich erneut nach vorne. Ihre Frau ist Ihr Schicksal, erkläre ich ihm. Verstehen Sie? Sie müssen sie als die für Sie Auserwählte betrachten. Von einer anderen Macht. Zum Beispiel vom Standesbeamten. Ohne Ihr Zutun. Sie sind nicht für ihr Unglück verantwortlich, erkläre ich Vanoli. Oder auch von Gott. Sein Bart ist sauber gestutzt wie immer, seine Augen sind klein und klar. Das hat mich von Anfang an irritiert. Selbst wenn Sie sie verlassen, Doktor, was ich nicht glaube, werden Sie weiterhin das Gefühl haben, daß sie Ihr Schicksal ist. Vanoli zeigt keine Anzeichen von emotionalem Streß. Äußerst irritierend. Sie verletzen Ihre Frau ganz umsonst. Verstehen Sie? Sie hätten es ihr nicht sagen sollen. Sie hätten sich mit dieser jungen Frau vergnügen können, und sie sich mit Ihnen, ohne Ihre Frau zu verletzen. Soviel habe ich von den Italienern gelernt. Sie erstaunen mich. Vanoli wahrt den Anschein der Überlegenheit. Sie provozieren diese Krise bloß für Ihr eigenes seelisches Wohlbefinden, erläutere ich. Sie lieben Ihre Frau, brülle ich schließlich. Sie beide sind ein Team! Verstehen Sie? Verstehen Sie, was das Wort Team bedeutet? Vanoli bleibt ungerührt. Ich bin in Nadia verliebt, sagt er.

Dann bin ich plötzlich überwältigt von so viel Idiotie. Das hier ist idiotisch, sage ich mir. Alle um mich herum benehmen sich vollkommen idiotisch. Paola, Paola, Paola. Selbst das Badezimmer ähnelt dem ihren. Gerade will ich Vanoli, der es besser wissen sollte, das Wesen seines Wahnsinns erläutern, meine Gründe für die Verordnung von Thorazin, denn das wird helfen, selbst wenn es ihn den größten Teil des Tages schläfrig macht, als nach und nach die Gäste eintreffen. Einer, zwei, drei, vier. Sie verteilen sich auf die Stuhlreihen. Eine Menschenmenge hat sich versammelt, Musik wird gespielt. Eine heisere Stimme. *Non posso non ricordarmi di te.* Ich bin eingeladen worden, um über Nationalcharakter und Schicksal zu sprechen. Eine auffällig heisere Singstimme. *Non pos-*

so pensare che l'amore non c'é. Wie gern ich vor Publikum spreche! Obwohl ich anfangs nervös bin. Montesquieu betonte die Rolle des Klimas. Die heisere Stimme singt weiter. Wahrscheinlich ein Radio. Leopardi ebenfalls. Ich sollte sie bitten, es abzuschalten. Wie kommt es, fragte Leopardi, daß der wärmste und lebhafteste aller Nationalcharaktere, der mediterran-italienische, zugleich der kühlste und berechnendste ist? Menschen wie Machiavelli hervorgebracht hat? Der berechnendste und zynischste ist? Das waren Leopardis Worte, erklärte ich meiner Frau, nicht meine eigenen. Mehr oder weniger. Ich mochte Machiavelli. Ein vielgescholtener Mann. Das Paradox knüpft den Knoten im Kern des Charakters. Aber worüber ich heute vor allem sprechen möchte, sage ich und nippe an meinem Whisky, um das Publikum ein bißchen auf die Folter zu spannen, ist die Rolle der Sprache. Nehmen wir zum Beispiel dieses Lied. *Non posso non* etc. – ›Ich muß immerzu an dich denken‹. Dieses verlogene Lied, gesungen von einer heiseren Stimme, die dem großen Gott der Liebe gequält ihren Tribut zollt. *Non posso credere* ... Dieses verlogene Lied – ›Kann nicht glauben, daß die Liebe verloren ist‹. Plötzlich bin ich an einem dunklen Ort, Leute kommen und gehen, Musik schwillt an und wieder ab. Schritte nähern sich über den Flur. Ein langer, sehr langer Flur. *Non posso non ricordarmi di te.* Jedesmal, wenn ich nach Italien zurückkehre, sage ich mir, sage ich meinem Publikum, höre ich irgendwo im Radio eine heisere Stimme, die heiser und gequält der Liebe ihren Tribut zollt. Der verlorenen Liebe. Ihren verlogenen Tribut. Jedesmal. Unweigerlich. Eine Stimme, die sich bemüht, gequält zu klingen. Jede Nation singt sich selber immer wieder das gleiche Lied vor, erkläre ich dem Krankenhauspersonal, das sich auf ein paar Stuhlreihen in Vanolis Vorzimmer versammelt hat. Verstehen Sie, was ich sagen will? Der Kern des Nationalcharakters ist die Sprache, erkläre ich diesen Ärzten. Sie lachen. Er tritt deutlich zutage in bestimmten Songs, bestimmten Kadenzen. Diese gequälten und hoffnungslos verlogenen Liebeslieder – ich bin gezwungen, meine Stimme zu erheben – sind typisch für die italienische Mentalität. Immer wenn ich in Italien bin, fallen mir diese Lieder auf. Verlorene Wärme, zynisch zurückgewonnen durch reine Rhetorik. Verlorene Leidenschaft, umgemünzt in reines Eigeninteresse. Im Dunkeln kämpfe ich gegen den störenden Gesang an, der in Wellen vom Flur hereindringt. Dies ist das Hauptthema meines zweiten Kapitels. Die Sprache ist ihrem Wesen nach ein geschlossenes System, erkläre ich dem kichernden Publikum. Genau wie die Persönlichkeit eines jeden Ihrer Patienten verschiedene geschlossene Systeme enthält. Oder etwa nicht? Sie sprechen mit sich selber. Marco hat dauernd mit sich selber gesprochen. Oder vielmehr: *Sie werden von sich selber angesprochen.* Sprachen sprechen miteinander, betone ich. Durch uns spricht die Sprache mit sich selber. Die italienische Sprache auf englisch zu erklären bedeutet beispielsweise, für alles eine englische Erklärung zu haben. Darin liegt die Dummheit von Gregorys Buch. Die Dummheit aller Reisebücher. Wir sind von Dummheit umgeben. Das Englische erläutert das Englischsein, versuche ich zu erklären. Wie kann ein Mann je seine Frau *erklären,* seine ausländische Ehefrau, oder umgekehrt? Aber letztendlich stammen alle Ehefrauen aus einem fremden Land. Oder seinen Sohn? Man kann nicht in einer Sprache eine Frau heiraten und in einer anderen denken, habe ich einmal zu Vanoli gesagt. Aber wir alle tun es. Die Globalisierung ist bedeutungslos, sage ich. Und ich habe Vanoli auch erzählt, daß die einzige wichtige Affäre, die ich je hatte, die mit einer Engländerin war. Wir unterhielten uns auf englisch. Karen war wesentlich hübscher als Ihre Kleine hier. Halbschwarz, prahle ich. Unglaubliche Haut. Englische Seele, fremder Geruch. Wohingegen meine Frau sich mit ihrem Liebhaber auf französisch unterhielt. Was typisch italienisch ist. Es gilt als eine Art rhetorischer Höhepunkt, sich mit seinem Liebhaber oder seiner Liebhaberin in einer fremden Sprache zu unterhalten. In der die Worte noch frisch wirken, auch wenn die Gefühle es nicht mehr sind. Gregory hat sich in sie verliebt, weil er mit einer italienischen Frau französisch sprechen konnte. So hat er es mir jedenfalls erzählt. Gregory hat es mir tatsächlich *erzählt*. Er spricht besser französisch als italienisch. In einer Hotelbar in Palermo. Hundert Schritte entfernt von der Stelle, an der ein prominenter Politiker kaltblütig niedergeschossen worden war. Andreotti war vielleicht darin verwickelt. Ich bin in deine Frau verliebt, sagte er zu mir. Das Wesentliche an Andreotti ist, daß er in alles oder nichts verwickelt sein könnte. Ein Geheimnis. Ein geschlossenes System. Sie dürften sich darüber im klaren sein, Signor Presidente, daß Sie ein Schleier des Geheimnisses umgibt. Haben Sie es darauf angelegt? Zum Beispiel mit Ihren berüchtigten Geheimakten? Meine Frau führte ein Tagebuch auf französisch. Der Liebessprache der beiden. Nein, die genaue Kenntnis der Sprache, betone ich gegenüber den in Vanolis Vorzimmer versammelten Ärzten, ist für das Studium des Nationalcharakters und des nationalen Schicksals unverzichtbar. Psychiater sollten auch Linguisten sein. Politiker ebenfalls. Die Sprache *ist* das nationale Schicksal, rufe ich. In ihrer Entwicklung liegt die Zukunft. Ich brülle jetzt. Die Ärzte lachen. Und mit einem überwältigenden Gefühl der Frustration und einem stechenden Schmerz in der Brust wird mir klar, daß ich auf englisch zu meinem Publikum spreche. Mein Italienisch – ich dachte, es sei Italienisch – ist englisch. Sie stoßen sich an und lachen, sie verstehen kein Wort. Vanoli schmust mit seiner Kleinen. Ich bin wütend. Meine Brust droht zu zerplatzen. Und plötzlich bin ich hellwach.

Ich liege hellwach im unteren Etagenbett im Kinderzimmer meiner Enkelinnen, und mein erster Gedanke, als ich aus diesem merkwürdigen, seltsam lebhaften Traum auftauche und wieder zu mir komme, ist: Marco wurde immer gelobt, weil er ganz anders war als ich. Mein Herz schlägt schnell. Ich muß Luft holen. Ich habe mein Heparin nicht genommen. Marco wurde immer gelobt, weil er *in jeder Hinsicht* anders war als du, denke ich gleich nach dem Erwachen aus diesem lebhaften Traum. Jedenfalls von deiner Frau. Als sei seine Geburt, sagte ich zu Vanoli, ein Fall von *Parthenogenese* gewesen. Meine Frau bezeichnete seine Geburt immer als ein Wunder. Meine Frau kaufte ein Exvoto und stellte es neben die Madonna in der Kirche Santa Maria degli Angeli. Ein kleiner herzförmiger Schild, in den mit silbernen Buchstaben Marcos Geburtsdatum eingraviert war. Das war verständlich. Ich bin allein zu Ihnen gekommen, sagte ich zu Vanoli, weil ich sonst zusehen müßte, wie meine Frau Sie verführt. Und nun wollen Sie mich statt dessen verführen, lachte er. An seinem Geburtstag zündete sie dort eine Kerze an. Jedes Jahr. Aber wieso dieser Gedanke nach diesem Traum? Parthenogenese. Empfängnis ohne Befruchtung. Und wieso dieser Traum, wenn er die Wahrheit verkehrt: Warum verläßt Vanoli seine Frau, obwohl doch ich derjenige bin, der seine Frau verlassen hat? Du hast deine Frau verlassen, denke ich verblüfft, während ich im Dunkeln in einem Kinderbett liege. Hast nach all den Jahren deine Frau verlassen. Die Rolläden vor dem vorhanglosen Fenster sind geschlossen, aber in der Steckdose neben der Tür leuchtet ein rotes Nachtlicht. Vom oberen Bett ist leises, ruhiges Atmen zu hören. Das sanfte Atmen eines Kindes. Ich bin im Zimmer meiner Enkelinnen. Wieso dieser Gedanke, frage ich mich, nach diesem Traum? Der Gedanke ist ebenso lebhaft wie der Traum: Marco wurde immer gelobt, weil er ganz anders war als du. Wo ist hier der Zusammenhang? Das berühmte *Bandhu?* Und das am ersten Morgen, nachdem du deine Frau verlassen hast. Ich habe meine Frau verlassen. Immerhin hast du nicht von deiner Frau geträumt, sage ich mir. Immerhin hast du nicht von deinem Sohn geträumt.

Ihr Sohn ist ins *policlinico* gebracht worden, Mr. Burton.

Der Regen hatte leicht nachgelassen. Meine Frau hat die Angewohnheit, mich überall vorzuschicken, so als würde sie anerkennen, daß ich praktischer veranlagt bin als sie – bloß um später, wenn ich nicht erreiche, was ich erreichen sollte, selber hereinzustürmen. Gewitterwolken hingen tief über den Hügeln, und Nebel zog auf. Im starren Zwielicht lief ich schnell die paar Meter über den Asphalt zur Haupttreppe. Eine Villa aus dem siebzehnten Jahrhundert mit gepflegter Parkanlage dient jetzt als geschlossene Einrichtung für chronisch Schizophrene. Es gibt sogar einen Klingelzug. Verstehe ich nicht, sagte ich zu der Schwester.

Zur Obduktion, Mr. Burton. Darauf sind wir hier nicht eingerichtet.

Die Patienten aßen gerade zu Abend. Deine Frau hat dich vorgeschickt, dachte ich, so erinnere ich mich jetzt, in der steingepflasterten Eingangshalle dieser wunderschönen, aber unrenovierten Villa, bloß um ein paar Minuten später selber hereingestürmt zu kommen. Du kündigst deine Frau an, dachte ich. Du gehst ihr voraus wie Johannes der Täufer. Das gehört auch dazu, wenn sie Himmel und Hölle in Bewegung setzt. Ihre Beziehung zu dir ist ein Teil ihrer Stärke. Und was könnte Himmel und Hölle, sinniere ich in meiner äußerst seltsamen Stimmung hier im Zimmer meiner Enkelinnen, wo das weiche rote Licht und das leichte, gleichmäßige Atmen dem gehetzten Geist eine unsichere Ruhe aufzwingen, was könnte Himmel und Hölle stärker bewegen als eine Geburt durch Parthenogenese? Oder die Wiedererweckung eines toten Jungen? War die Geburt Christi ein Fall von Parthenogenese? Empfängnis ohne Befruchtung. Jedenfalls bedurfte es dazu einer Person, die vorausgeschickt wurde. Wahrscheinlich war das ein Vorzeichen seiner Auferstehung. Aber solche Zusammenhänge sind zu einfach, sage ich mir. Es ist zu einfach, banale Zusammenhänge herzustellen, nach Analogien zu suchen, die bedeutungslos sind. Und ist es nicht beschämend, wenn nicht einmal deine Träume einen Hinweis darauf enthalten, daß du um deinen Sohn trauerst? Dein Traum, denke ich plötzlich, während ich ganz still im Zimmer meiner Enkelinnen liege und mir zugleich sehr bewußt ist, daß meine Frau höchstwahrscheinlich noch immer an seiner Seite wacht, auch in diesem Moment noch in der Leichenhalle des *policlinico* in Turin sitzt und beim Leichnam unseres Sohnes weint und betet, so wie einst andere Frauen beim Leichnam Jesu weinen und beten wollten – aber solche Zusammenhänge herzustellen ist lächerlich, wenn nicht gar bösartig –, dein Traum enthält keinen einzigen Hinweis auf deinen Sohn – du hättest diesen Traum in jeder beliebigen Nacht haben können, sage ich mir, egal wann – und vor allem keinen Hinweis auf seinen Leichnam, auf den Leichnam deines Sohnes, dessen Körper muskulös war, wie deine Frau immer betonte, so ganz anders als deiner, wollte sie damit sagen. Hat meine Frau, überlege ich plötzlich, auch nur ein einziges seiner Basketballspiele versäumt? Hat sie je vergessen, die Kerze anzuzünden? In der Kirche Santa Maria degli Angeli. An seinem Geburtstag. Dem Tag des Wunders. Basketball ist ein Sport, den ich nie verstanden habe. Paola war völlig unsportlich. Marco ist so, wie du nie sein könntest, sagte meine Frau. Marco ist zu dick, entgegnete ich.

Er ist also nicht hier? fragte ich. Stimmen hallten über den Flur. Jeden Moment, prophezeite ich mir, wird deine Frau hereingestürmt kommen. Warum war sie im Auto geblieben, wo sie doch glaubte, die Leiche sei hier, wenn nicht, um kurz nach dir hereinzustürmen?

Möchten Sie mit Dottor Busi sprechen? fragte die Schwester. Ich mache mir Sorgen um meine Frau, sagte ich. Meine Frau weiß nicht, daß es Selbstmord war. Dottor Busi darf meiner Frau nicht sagen, daß es Selbstmord war. Dann kam meine Frau hereingestürmt. Wo war ihr Sohn? In der Eingangshalle dieser einst vornehmen Villa, die jetzt eine geschlossene Einrichtung für chronisch Schizophrene ist, gibt es ein öffentliches Telefon. Mit einem orangefarbenen Gehäuse, das neben einem Heizkörper an der Wand hängt. Von hier aus habe ich oft Paola angerufen – die Verbindung ist besser als über Handy –, während meine Frau Arm in Arm mit Marco durch den weitläufigen Park spazierte. Das Gelände ist wunderschön, sagte Vanoli. Sie ging immer Arm in Arm mit Marco, lehnte den Kopf an seine Schulter, streichelte seine Hand. Etliche meiner Patienten haben dort große Fortschritte gemacht, sagte Vanoli, aber später wurde mir klar, daß er den Jungen nur so weit wie möglich von seinen Eltern wegbringen wollte. Ich sah das Telefon an. Warum um alles in der Welt trennten Paola und Giorgio sich? fragte ich mich, als meine Frau hereingestürmt kam und zu erfahren verlangte, wo sich der Leichnam unseres Sohnes befand. Vanoli hatte nicht damit gerechnet, daß wir jede Woche zwölfhundert Kilometer fahren würden. Sechshundert hin, sechshundert zurück. Wir haben ihn jede Woche besucht, erinnere ich mich. Dabei beträchtliche Hindernisse überwunden. Wie kommt es, daß andere sich so leicht trennen können und wir nicht? Wie oft haben mir Freunde, Kollegen, Verwandte, ja sogar Fremde erzählt: Meine Frau und ich haben uns gerade getrennt, oder: Mein Mann und ich haben uns gerade getrennt, so als wäre das die natürlichste Sache der Welt? Und sofort frage ich mich: Und wir? Wir sind zusammengeblieben, um Marco zu besuchen, sage ich mir hier im Kinderbett, beim roten Schimmer des Nachtlichts. Um Woche für Woche zwölfhundert Kilometer zu fahren. Sie lief Arm in Arm mit ihm durch den Park, wie mit einem Liebhaber, dachte ich oft, während ich vom Krankenhaus aus meine Anrufe machte. Es hat keinen Sinn, noch zusammenzubleiben, jetzt, wo Marco tot ist.

Meine Frau stand in ihrem roten Mantel und dem grünen Hut da und verlangte eine Antwort. Sie zitterte. Ihr Make-up war verschmiert. Sie hat genauso große Angst wie du, sagte ich mir. Sie beißt sich auf die Lippen. Ich hatte Mitleid mit ihr. Angst davor, den Leichnam zu sehen. Aber sie ist wild entschlossen. Die Obduktion ist eine notwendige Formalität, sagte die Schwester. In solchen Fällen. Wir können sie hier nicht durchführen. Er wurde nach Turin gebracht. Ins städtische Krankenhaus. Und sie fragte noch einmal: Möchten Sie mit Dottor Busi sprechen? Wir fahren direkt ins *policlinico*, sagte ich. Was hätte Busi sagen können, ohne zu erwähnen, daß es Selbstmord war? Ohne zu erklären, was geschehen war? Wie kam es, daß meine Frau noch nicht gefragt hatte, was geschehen war, daß sie noch nicht nach der Todesursache gefragt hatte?

Es kommt selten vor, daß meine Frau ihr Make-up vernachlässigt. Wie viele Italiener ist sie sich ihrer äußeren Erscheinung, ihrer körperlichen Pluspunkte, sehr bewußt. Das liebe ich an ihr. Ich nahm meine Frau bei der Hand und stieß die Tür auf, und zum zweitenmal an diesem Tag ließ sie sich von mir führen wie ein Kind. Als stünde sie unter Schock. Zum zweitenmal an diesem Tag hielt ich schützend meine Jacke über ihren Kopf. Es regnete jetzt wieder. Der Grund, warum du deine Frau verlassen mußt, überlege ich, hier in der sanften roten Stille im Zimmer meiner Enkelin, oder genauer gesagt, der Grund, warum du deine Frau verlassen hast, warum du sie gestern abend verlassen hast, ist, daß sie solche verdrehten Gedanken in dir auslöst, eine solche Spannung zwischen Liebe und Enttäuschung erzeugt. Warum hast du ihr nicht gleich gesagt, daß es Selbstmord war? Du hättest doch vorhersehen müssen, unter welche Anspannung du durch das Verschweigen dieser Tatsache geraten würdest. Ob sie es inzwischen herausgefunden hat, dort bei seinem Leichnam? Giorgio schaute auf die Uhr am Armaturenbrett. Zwanzig Minuten, sagte er. Bei normalem Verkehr.

Der Fußboden ist mit Spielsachen übersät. Gleich werde ich aufstehen müssen, um pinkeln zu gehen. Meine Augen haben sich an die Dunkelheit gewöhnt. Dort drüben steht eine Art Xylophon. Aber es gelingt mir nicht, mich für Kinderspielzeug zu interessieren. Genauso wie das Kochen, sage ich mir, hier im unbequem schmalen Bett meiner Enkelin, sind Spielsachen ein Bereich, den deine Frau schon sehr früh für sich beanspruchte. Habe ich je Spielsachen gekauft? Habe ich je gekocht? Ich wurde angehalten, es nicht zu tun, und später wurde mir dann vorgeworfen, es nicht getan zu haben. Während deiner ganzen Ehe, sage ich mir und drehe mich auf die Seite, um einen rosafarbenen Berg aus Puppen und Buntstiftzeichnungen zu betrachten, wurdest du angehalten, nicht den häuslichen Familienvater zu spielen, und dann ständig daran erinnert, daß du es nicht getan hast. Du wurdest angehalten, keine Spielsachen zu kaufen – ich besorge die Geschenke, es macht mir Freude –, und dann daran erinnert, daß du es nicht getan hast. Womöglich in Gegenwart von Gregory Marks, der mit seinem Gin-Tonic auf dem Sofa saß. Jahrelang machte es deiner Frau anscheinend nicht das geringste aus, daß du in Marcos schmalem Bett im Kinderzimmer schliefst, unterhalb von Paola, so wie du jetzt unterhalb von Maria Christina in Martinas schmalem Bett im Zimmer deiner Enkelinnen schläfst, bis sie dann plötzlich bei einer ansonsten sehr fröhlichen Dinnerparty eine bissige Bemerkung darüber machte. Ihre Dinnerpartys. Die waren großartig. Das gesellschaftliche Leben, das sie so sorgfältig pflegte. Oh, er schläft lieber allein in Marcos Bett, verkündete meine Frau lachend quer über den Tisch. Sie flirtete. Ihre herbe Seite. Es war ein enormes Zugeständnis ihrerseits, mit mir nach England zu gehen. Natürlich erwähnte sie nicht, daß Marco bei *ihr* im Bett schlief. Daß es damit anfing, daß Marco bei ihr im Bett schlief. Hat so alles angefangen? War sie sich ihrer Heuchelei bewußt? Während deiner ganzen Ehe, denke ich, hat deine Frau in privaten Gesprächen mit dir immer betont, wie wichtig ihr deine Karriere ist, hat dich ermuntert, deine Karriere zu verfolgen, wohin sie dich auch führen würde, selbst wenn du dadurch öfter für längere Zeit abwesend wärst, hat dir versichert, sie würde dich in jeder Hinsicht dabei unterstützen, deine beachtliche Begabung voll und ganz zu entfalten, nur um dann ihre Gunst ausgerechnet einem Mann zu schenken, der dir in seiner Arbeit und in seinen intellektuellen Fähigkeiten klar unterlegen ist. Und das bloß, weil er passabel französisch spricht und offizieller Korrespondent der

BBC ist. In Rom. Einer deiner direkten Konkurrenten also, ein Mann, der eine Stelle bekommen hat, für die du weitaus qualifizierter und in jeder Hinsicht besser geeignet warst als er. Nur um dir auf dem Flur des *Policlinico di Torino* voller Verachtung zu erklären, du hättest dich nie für etwas anderes interessiert als für deine Arbeit, deine Karriere. Was war der Ursprung ihres Grolls? Warum hast du deiner Frau nicht gesagt, daß es Selbstmord war? Vielleicht weiß sie nicht, was sie will, sagte Karen manchmal. Liebste Karen. Ob sie für mich die Fotografin spielen würde, wenn ich mich traute, sie zu fragen? Würde sie das tun? Und viele Jahre später sagte ich dann zu Vanoli: Manchmal glaube ich, das Problem meiner Frau besteht darin, daß sie nicht weiß, was sie eigentlich will. Und Sie? fragte er. Er saß hinter seinem großen Schreibtisch, der sein geheimnisvolles Lächeln irgendwie noch geheimnisvoller erscheinen ließ. Wissen Sie denn, was Sie wollen? Dann sagte Vanoli: Wenn sie mit *mir* spricht, scheint sie sehr genau zu wissen, was sie will, Mr. Burton. Sie will, daß Ihr Sohn wieder gesund wird. Dann telefoniert sie also mit Ihnen? fragte ich. Sie läßt sich ab und zu einen Termin geben, genau wie Sie. Ich dachte, Sie wüßten davon. Wir wollten eigentlich darüber sprechen, ob er Marco ein Empfehlungsschreiben für irgendeinen einfachen Job aufsetzen könnte. Es muß also vor der Gerichtsverhandlung gewesen sein. Irgendeine anspruchslose Tätigkeit. Hausmeister einer Schule, glaube ich. Vanoli schaute mich mit seinen kleinen, klaren Augen an, wirkte meilenweit entfernt dort hinter seinem Schreibtisch, und wie immer lag etwas irritierend Selbstzufriedenes in seinem Blick, als ob er sich fragte, wann sein Gegenüber das Offensichtliche endlich sehen würde. Wenn sie zu mir kommt, Mr. Burton, ist ganz klar, daß sie möchte, daß Marco gesund wird, wiederholte er. Schließlich ist *sie* es, der er das Leben zur Hölle macht. Sie ist diejenige, die wäscht, was er beschmutzt. Vanoli schwieg einen Moment. Trotz des Thorazins ging es unserem Sohn immer schlechter. Meine Frau fand es zu peinlich, die

Putzfrau die schmutzigen Laken sehen zu lassen. Es wäre vielleicht praktischer, sagte Vanoli, wenn wir uns einmal alle gemeinsam unterhalten könnten.

Ich habe sie verlassen, erklärte ich Paola. Ich sprach von einem Münztelefon auf dem Bahnsteig von Torino Porta Nuova aus. Das war mein längster Aussetzer, sage ich mir jetzt, während ich ganz still auf dem Etagenbett unter der älteren meiner beiden Enkelinnen liege und beim roten Schein des Nachtlichts ihre Puppen und Zeichnungen betrachte. Mein Herz schlägt wieder fast normal. Gleich werde ich aufstehen müssen, um pinkeln zu gehen. Zwischen dem *policlinico* und dem Bahnsteig. Fast eine Stunde. *Cosa, Papà?* Die Verbindung war erstaunlich gut, aber sie hatte mich nicht verstanden. Vermutlich hatte ich ein Taxi genommen. Ich habe deine Mutter verlassen, sagte ich. Es sei denn, Giorgio hatte mich hingefahren. Ausgerechnet jetzt, fragte sie? Für immer? Und diese Fragen stelle ich mir nun selber, hier auf dem schmalen Bett in diesem kleinen Zimmer in einem der eintönigen Vororte von Novara. Ausgerechnet jetzt? Für immer? Wie spät es wohl sein mag? Sie wird noch bei Marco sitzen, wird bestimmt die ganze Nacht bei ihm bleiben. Sie wird noch gar nicht gemerkt haben, daß ich nicht mehr draußen vor der Tür bin. Meine Frau weiß gar nicht, daß ihr Mann sie verlassen hat.

Man wies uns den Weg, einen Umweg, wie sich herausstellte, durch ein Gewirr von Fluren. Giorgio war weggegangen, um wegen des Gepäcks im Flughafen anzurufen. Mein Heparin. Das Ladegerät. Als mir plötzlich der Gedanke kam, wie unterschiedlich sich Flughäfen und Krankenhäuser anfühlen. Alle Flughäfen dieser Welt, dachte ich mechanisch, während wir eilig den Richtungsangaben eines Pflegers folgten, sind Kaleidoskope aus grellem Neonlicht und Konsumgütern; alle Krankenhäuser dieser Welt dagegen – der Gedanke kam mir ganz unwillkürlich, als wir zuerst nach links, dann nach rechts abbogen – sind unterfinanzierte Labyrinthe aus schmuddeligen linoleumbelegten Korridoren voller grauer Wandschirme, weißer Kittel und warnender Hinweisschilder. In dieser Hinsicht besteht kein Unterschied zwischen England und Italien, dachte ich. Meine Frau war totenbleich, preßte die Lippen aufeinander und wies meine ausgestreckte Hand zurück. Unsere ganze Gesellschaft, dachte ich plötzlich, meiner Frau meine Hand anbietend – das war ein Thema, über das ich früher einen Artikel geschrieben hätte –, ließ sich durch die Betrachtung der unterschiedlichen Gestaltung von Flughäfen und Krankenhäusern begreifen. Obwohl ein solcher Artikel vor der Erleuchtung, die mich zur Abkehr, zur endgültigen Abkehr vom Journalismus veranlaßte, bloß oberflächliches Geschreibsel gewesen wäre. All meine frühen Arbeiten waren oberflächlich, dachte ich, während ich meiner Frau durch die verzweigten Korridore des *policlinico* von Turin folgte. Wie könnte es anders sein? Sie trägt immer noch den roten Mantel und den grünen Hut. Ihr Gang besitzt immer noch die typische forsche Eleganz. Bloß eine Ansammlung leerer Phrasen über gesellschaftliche Prioritäten und Ausgabenpolitik. Ich habe meine Frau oft begehrt, wenn ich sie von weitem sah, ihren eleganten Gang, ihre farbenfrohe Kleidung, ihr auffälliges Make-up. Banale Bekräftigungen der verbreiteten Meinung, Politiker könnten und sollten die Welt verändern. Bis zu jenem Abend mit Gregory im Hotel Garibaldi. Bis zu meiner Erleuchtung. Die mich nach einer schlaflosen Nacht voller Grübeleien über meine Ehe, über Gregory, über Mafia-Morde und Andreotti traf. Meine gesamte intellektuelle Entwicklung hat mit meiner Frau zu tun, denke ich jetzt. Oder vielmehr mit dem Mysterium, das meine Frau darstellt. Flughäfen und Krankenhäuser verkörpern die entgegengesetzten Pole menschlichen Strebens, dachte ich, während ich einen langen Flur mit Milchglasfenstern auf der einen und einem Gewirr von Rohrleitungen auf der anderen Seite entlanghastete: den erwartungsfrohen Aufbruch und den unausweichlichen Moment der Ankunft. Und jetzt bleibt mir nur noch wenig Zeit, das

Gelernte anzuwenden. Das Andreotti-Interview ist gestorben, dachte ich. Du mußt unbedingt irgendwo Heparin auftreiben. Unvermittelt blieb meine Frau stehen. Wir befanden uns vor einer glänzenden Madonnenfigur, zu deren Füßen viele Blumen lagen. Die Blumen waren in glänzendes Zellophan eingewickelt. Glänzende Sträuße. Die Italiener lieben Zellophan. Ich hatte das schon einmal irgendwo geschrieben. In einem meiner banalen Artikel. Sie lieben glänzende Oberflächen und heisere, schmachtende Stimmen. Derartige Reflexionen über Italien habe ich schon oft angestellt – etwa über den Barock als frühestes Beispiel des Kitsches. Auf der Station sind Blumen verboten, stand auf einem Hinweisschild, und mir wurde klar, daß wir uns auf der Entbindungsstation befanden. Man hatte uns über die Entbindungsstation zur Leichenhalle geschickt. Meine Frau stand wie angewurzelt da. Wieder versuchte ich, ihre Hand zu ergreifen. Aber da ging sie auch schon weiter.

Deine Frau hat sich an die Geburt eures Sohnes erinnert, fällt mir jetzt im Zimmer meiner Enkelinnen ein, während ich noch zu erfassen versuche, in welche Situation hinein ich erwacht bin. Der Fußboden ist mit Puppen übersät. Ich muß pinkeln. Sie hat sich an die ihr zuteil gewordene Gnade erinnert, an die Kerzen. Das Exvoto. Aber welche Worte sind eigentlich gefallen? frage ich mich. Welche Worte haben dich veranlaßt, dir ausgerechnet diesen Moment auszusuchen, um deine Frau zu verlassen? Oder genauer gesagt, haben dich *gezwungen,* deine Frau zu verlassen? So etwas sucht man sich nicht aus. Wenn man es sich aussuchen, sich bewußt entscheiden würde, ob man geht oder bleibt, dann wäre man schon vor einer Ewigkeit gegangen. Oder hätte sich zumindest entschieden. Ganz plötzlich hat man einen Aussetzer, besteigt vielleicht ein Taxi, und dann steht man auf dem Bahnsteig in Torino Porta Nuova und erklärt seiner Tochter, daß man seine Frau verlassen hat. Gezwungen war, seine Frau zu verlassen. Aber warum? Auf einer kleinen Korbkommode steht eine Uhr in Form eines Elefantengesichts. Es ist Viertel vor drei. Ich werde nicht wieder einschlafen können, wenn ich nicht pinkeln gehe. Und absurderweise fällt mir ein, daß ein Elefant niemals vergißt. Wie schwierig es doch ist, über irgend etwas Klarheit zu erlangen, denke ich, wenn die Gedanken nie stillstehen. Dennoch bin ich bemerkenswert gelassen. Die Vergangenheit zu erklären, sage ich mir mit bemerkenswerter Gelassenheit, ist so, wie einen verschütteten Traum deuten zu wollen. Ich weiß gar nicht, ob Vanoli verheiratet ist. Warum habe ich diesen Traum gehabt? Warum habe ich einem Mann zugeredet, bei seiner Frau zu bleiben, wo ich doch meine eigene soeben verlassen habe? Erinnern und Vergessen helfen nicht weiter, oder helfen nur wenig, denke ich und erinnere mich daran, wie meine Frau sich auf dem Weg zur Leichenhalle an das Wunder der Geburt ihres Sohnes erinnerte. Helfen nicht viel. Jedenfalls wenn es darum geht, etwas zu verstehen. Wie durch Parthenogenese, pflegte ich zu bemerken, um die Sache zu verharmlosen, sie scherzhaft zu betrachten. Meine Frau prahlte auf ihren Dinnerpartys oft damit, daß ihr Sohn so ganz anders war als sein Vater. *Ein Sohn, der in jeder Hinsicht anders ist als sein Vater,* sagte sie oft. Das war mein erster Gedanke, als ich aufwachte. Seine Geburt war ein Wunder, behauptete sie. Du hattest mit deinem Sohn nichts zu tun, schrie sie vor der Tür zur Leichenhalle. Vorbeigehende Krankenschwestern drehten sich nicht einmal um. Hinter einer angelehnten Tür, im Zimmer der diensthabenden Schwester, lief ein Radio, und eine heisere, schmachtende Stimme sang angestrengt von Reue. Ein Sohn – der alte Gedanke blitzt wieder auf –, der *in so vieler Hinsicht* als Waffe gegen dich benutzt wurde. Bei diesem Gedanken ist es mit meiner Gelassenheit vorbei. Dieser Gedanke erschüttert mich jedesmal. In Nullkommanichts schlägt deine Ruhe in Entsetzen um. Aber das habe ich mir gestern schon gesagt. Ich muß pinkeln. Die Beziehung deiner Frau zu Marco wurde zu einem ständigen Vorwurf, denke ich, starre auf die Kinderuhr und frage mich, ob sie überhaupt geht.

Aus einem vermeintlichen Segen wurde ein Fluch. Jumbos Play Watch. Alle Spielsachen haben englische Namen. Warum? Und warum kommen mir nach diesem Traum solche Gedanken? Deine Frau benutzte euren Sohn, um ihren Groll zum Ausdruck zu bringen. Soviel habe ich begriffen. Aber woher kam dieser Groll, wenn er lange vor Karen begonnen hat? Lange vorher. Ich hätte Karen niemals mit nach Hause gebracht und auf dem Sofa sitzen lassen. Ihre dunkle Haut auf dem pinkfarbenen Sofa meiner Frau. Es ist seltsam, sagte Vanoli, daß Ihre Frau damit einverstanden war, Ihren Sohn auf eine englische Schule zu schicken, wenn sie in dem Kind, wie Sie vermuten, ein Instrument für ihre Vendetta gegen Sie sah. Zehn vor drei. Eigentlich, überlege ich, haben wir ständig versucht, uns gegenseitig zu übertreffen, wenn es darum ging, unsere Sorge um Marco zum Ausdruck zu bringen. Zu zeigen, was wir alles für Marco tun würden. Bei Paola war das nicht so. Wir hatten schon so viel für Paola getan, indem wir sie adoptierten. Und vielleicht ging es uns dabei mehr um das Wetteifern als um Marco selbst. Warum, frage ich mich, war es dir eigentlich so wichtig, daß dein Sohn Englisch lernte? Warum war dir das so wichtig? Paola spricht auch kein Englisch, und trotzdem liebst du sie. Es ist dir nie in den Sinn gekommen, sie nicht zu lieben. Es ist dir nie in den Sinn gekommen, um Paola zu wetteifern. Und warum warst du so aufgeregt, als Marco anfing, zu Hause englisch zu sprechen, seiner *cara mamma* zu Hause Englisch *aufzuzwingen,* obwohl sie sich immer standhaft geweigert hatte, auch nur ein Wort dieser Sprache zu lernen? Er kam übers Wochenende von der Universität in Mailand nach Hause, während seines ersten und einzigen Studienjahres, und wollte in keiner anderen Sprache als englisch mit ihr reden. Warum lachen Sie, wenn Sie mir das erzählen? fragte Vanoli. Und plötzlich hast du mit deinem Sohn gelacht. Mit dem Sohn, den du aufgegeben, an seine Mutter verloren gegeben hattest. Ich konnte mich nie für Basketball begeistern. Für Fußball vielleicht, aber nicht für Basketball. Plötzlich saß seine Mutter, die die Namen der Spieler jeder einzelnen Mannschaft kannte, totenbleich beim Abendessen, mit verkniffener Miene, besiegt. Deine Frau, sagte ich mir an jenem Tag, jenem Abend, als ich sie über den Tisch hinweg betrachtete, ist regelrecht schockiert von Marcos Entschluß, in ihrer Gegenwart englisch zu sprechen, und zwar ausschließlich englisch. Er weigert sich, mit ihr italienisch zu sprechen. Durch einen einfachen, wenn auch befremdlichen Entschluß, dachte ich erstaunt, hat dein Sohn etwas geschafft, was dir nie gelungen ist. Dein Sohn hat deine Frau zur Räson gebracht. Als wärst du durch Parthenogenese auf die Welt gekommen, sagte ich lachend zu ihm, nachdem ich ihm die alte Geschichte erzählt hatte. Wir saßen in einer Bar in den Parioli. Damals hielt niemand sein seltsames Benehmen für ein *Symptom*. Und in einem tadellosen Englisch, einer Imitation meines eigenen, aber irgendwie besser, noch englischer als mein Englisch, oder zumindest vornehmer, sagte er: Oh, aber ich bin dir doch viel ähnlicher als ihr, Dad. Ich bin dir viel ähnlicher. Du solltest dir eine andere zum Vögeln suchen, Dad, so wie sie dich behandelt. Ich war schockiert. Dachte aber, es läge am Alkohol. Vater und Sohn beim Biertrinken. Wir saßen in einer Bar in den Parioli. Wann waren wir je zusammen in eine Kneipe gegangen? Er hatte das Basketballspielen aufgegeben. Die Universität hatte ihn verändert. Er war mir viel ähnlicher als ihr, betonte er. Du solltest dir eine andere zum Vögeln suchen, sagte er. Ich schwieg. Mama ist dauernd mit deinem Freund Gregory zusammen, sagte er. Er beugte sich über den Tisch. Sein Gesicht war dicker geworden, seit er nicht mehr trainierte. Er ißt Unmengen, dachte ich. Du solltest ficken, wen immer du willst, sagte er. Mit lüsternem Grinsen. Es war unangenehm. Warum tust du's nicht? Zum erstenmal bekam ich Angst. Ich rief Karen an und erzählte ihr davon. Wir führen jetzt jeder unser eigenes Leben, sagte sie. Du mußt dich daran gewöhnen, daß ich für dich niemand Besonderes mehr bin. Bald darauf, erzählte ich Vanoli per Telefon von einem Hotelzimmer in Palermo aus, fing er an, die Laken mit Scheiße zu beschmieren.

Ich bin aufgestanden, um pinkeln zu gehen, und steige auf dem Weg ins Bad über Spielsachen hinweg. Meine Enkelin schläft selig. Wie oft ist man nachts über Spielsachen hinweggestiegen und hat beim Anblick eines schlafenden Kindergesichts den vielgerühmten Cocktail aus Zuneigung und Neid genossen? Diese in vielen Filmen und Büchern beschriebene Gefühlsmischung. Wie können sie nur schlafen, fragt man sich beim Betrachten des Kindergesichts, während neben ihnen, im Kopf ihres Hüters, die Alarmglocken schrillen? Die weiche Stirn, die leicht geöffneten Lippen, der sanfte Atem eines kleinen Mädchens. Da drinnen, sagte die diensthabende Schwester. Wir standen vor einer großen Doppeltür. Ich war überrascht von der mangelnden Feierlichkeit. Wir sollten dort hineingehen, um den Leichnam unseres Sohnes zu sehen, einfach so, ohne jede Zeremonie oder Vorbereitung. Später wird er in die *camera ardente* verlegt, sagte sie. Niemand hat uns auf diesen Moment vorbereitet, sagte ich mir, plötzlich starr vor Schreck, weil der Augenblick unmittelbar bevorstand. Gleich würden wir den Leichnam unseres Sohnes sehen. Im *policlinico* von Turin. Wahrscheinlich glauben sie, ihr habt miteinander gesprochen, dachte ich, deine Frau und du, oder mit jemand anderem. Mit Busi. Wahrscheinlich glauben sie, ihr seid vorbereitet. Wenn sie erfährt, daß es Selbstmord war, sagte ich mir, wird sie mich dafür bestrafen wollen. Dann schallte eine Stimme über den Flur. An der halb geöffneten Tür, hinter der die Musik lief, stand ein Arzt und neben ihm ein älteres Paar. Bett drei, sagte die Schwester. Aber was kann einen schon, frage ich mich in dem engen, vollgestellten Badezimmer nach dem Lichtschalter tastend, auf den Anblick der Leiche des eigenen Sohnes vorbereiten? Etwa sein schlafendes Gesicht? Was kann das Bewußtsein auf die Abwesenheit von Bewußtsein vorbereiten? Auf seine Abwesenheit im Gesicht eines geliebten Menschen? Was kann das Leben auf den Tod vorbereiten? Jedenfalls nicht der Schlaf. Ein schlafendes Kind ist von einem Summen umgeben, dachte ich, das Gesicht meiner Enkelin noch vor Augen, während ich auf den Urinstrahl wartete. Wie Strom, der einen Draht zum Singen bringt. Das Summen eines schlafenden Geistes, eines Geistes, der sich im Leerlauf befindet und die Versatzstücke des Lebens im Kaleidoskop der Träume neu anordnet. So wie ich dem Psychiater meines Sohnes gegenüber Samuel Johnson zitierte. Und Vanoli die altbekannte Frage aufwarf, ob ein Geständnis denn Voraussetzung für Veränderung sei. Hätte ich es meiner Frau sagen sollen? Als es aus war mit Karen? Damals wurde dein Herz zu Stein. Hätte ich meiner Frau mein versteinertes Herz ausschütten sollen? Oder meinem Sohn? Wie hat Marco mein Schweigen gedeutet? Wie nahm Marco unsere Ehe wahr? Jedenfalls nicht der Schlaf, dachte ich.

Ich will nicht, daß du mitkommst. Es war meine Frau, die das sagte. Die Schwester war verschwunden. Sie schüttelte den Arm ab, den ich ihr um die Schulter gelegt hatte. Ich wollte meine Frau vor dem Schock schützen, wenn sie unseren Sohn erblickte. Unseren toten Sohn. Die Wunden von dem Schraubenzieher würden zu sehen sein. Ich will nicht, daß du mitkommst, sagte sie. Geh zu Giorgio und kümmere dich um den Koffer. Aus irgendeinem Grund kann ich nicht pinkeln. Wir standen allein auf dem Flur vor der Doppeltür zur Leichenhalle. Er lag in Bett drei. Bett war wohl kaum das passende Wort. Oder hatte sie etwa Tisch gesagt? Ich muß ihn alleine sehen, sagte sie. Ihre Stimme klang eisig. Ich habe ihm Verschiedenes zu sagen. Er ist tot, sagte ich. Ich gab mir Mühe, sanft zu sein. Ich erwähnte nichts von Selbstmord. Ich habe ihm Verschiedenes zu sagen, wiederholte sie. Allein. Ich will nicht, daß du mitkommst. Und was willst du ihm sagen? fragte ich. Sie sagte nicht bitte, fällt mir jetzt, wo ich immer noch in der Wohnung meiner Tochter vor dem Klo stehe, auf. Sie sagte nicht, bitte laß mich eine Weile mit ihm allein. Sie formulierte es wie einen Befehl. Wie hat mein Sohn die Art gedeutet, in der meine

Frau und ich miteinander umgingen? Hat er meine Angst gerochen? Willst du ihm sagen, er soll aufstehen? fragte ich höhnisch. Erwartest du ein Wunder? Ich frage mich, warum ich derart reagiere, warum ich erst so sanft und dann plötzlich so brutal bin. Sie senkte den Blick. Ich will nicht, daß du mitkommst. Ich will mit ihm allein sein. Ihre Stimme war jetzt sanft, sie sprach mit ihrer sanftesten Stimme, aber ihr Tonfall war gebieterisch. Sie würde keinen Ungehorsam dulden. Sie hatte sich schon halb abgewandt, um hineinzugehen. Er ist auch mein Sohn, sagte ich. Ich muß ihn sehen. Du kannst mir nicht verbieten, dort hineinzugehen. Aber – und irgend etwas zwingt mich, mir das einzugestehen, hier im Haus meiner Tochter, während ich unsäglich lange vor dem Klo auf die Pisse warte – ich spürte bereits die Erleichterung darüber, daß ich es nicht durchzuziehen brauchte. Ich brauchte mir die Leiche nicht anzuschauen. Meine Frau wollte es nicht. Die Sache mit dem Selbstmord brauchte nicht besprochen zu werden. Genau wie die Sache mit der Untreue nicht besprochen wurde. Nie, niemals besprochen wurde. Er ist mein Sohn und ich will ihn sehen, wiederholte ich. Es gibt nichts, was du einem Leichnam allein sagen müßtest, erklärte ich. Ich habe Marco geliebt, sagte ich. Ich spürte Tränen auf meinen Wangen. Da erhob meine Frau die Stimme. Ihr Lippenstift war an diesem Tag orangefarben. Ihr Mund zuckte. Allerdings war er verschmiert. Die Augen meiner Frau funkelten. Marco war dir völlig egal, sagte sie. Sie erhob die Stimme. Du denkst doch bloß an deine Karriere. Sie schrie fast. An dein dämliches Buch. Marco war all das, was du nie sein wirst, brüllte sie. Sie brüllte plötzlich. Ich schaute mich um, aber die vorbeigehenden Schwestern schienen nichts bemerkt zu haben. Du hast alles getan, um mich ihm zu entfremden, sagte sie. Du hast den Arzt auf deine Seite gezogen. Du interessierst dich für gar nichts, außer für deine Karriere. Und für England. Du wolltest, daß er uns nach England schickt. Und dein lächerliches Ansehen. Du bist durch und durch verlogen, brüllte sie. Meine Frau brüllte mich auf dem Krankenhausflur vor der *camera mortuaria* ganz unverhohlen an. Zwei Schwestern gingen direkt an uns vorbei. Später würden sie ihn in die *camera ardente* verlegen, die Trauerkapelle. Nach der Obduktion. Und während ich mich mit einer Hand an der gekachelten Wand abstütze und mich frage, warum nichts kommt, warum die Pisse nicht fließen will, denke ich, daß wir noch nie in einer solchen Krise steckten. Es gab noch nie eine Krise, in der alles ausgesprochen wurde. War das nicht der springende Punkt meines berühmten Gesprächs mit Gregory gewesen? In dem Hotel in Palermo? Bringt endlich alles auf den Tisch, sagte er.

Ich sagte nichts. Ich saß auf einem von mehreren Stühlen, die vor der Leichenhalle an die Wand geschraubt waren. Etwa zehn Meter entfernt stand ein Kaffeeautomat. Ich war völlig erschöpft und hatte ein unangenehmes Gefühl im Bauch. Ich kann nicht scheißen, dachte ich. Und jetzt kann ich nicht einmal mehr pissen. Dann kam Giorgio. Ich nahm vage die Musik wahr, die durch eine Tür in der Nähe drang. Er hatte noch den Wagen geparkt. Wie unangemessen das alles ist, dachte ich. Alles was hier vorgeht, egal ob außerhalb oder innerhalb meines Kopfes, ist vollkommen unangemessen. British Airways hat sich geweigert, euren Koffer zu transportieren, wenn ihr nicht an Bord seid, verkündete Giorgio. Für Passagierflüge galten bestimmte Sicherheitsvorschriften. Ich erklärte ihm, ich hätte mich nur für ein paar Minuten hier draußen hingesetzt. Gleich würde ich wieder hineingehen. Meine Frau und ich würden uns die Nacht über abwechseln, sagte ich. Ich war völlig erschöpft und fühlte mich einer Ohnmacht nahe. Ich mußte irgendwo Heparin auftreiben. Du solltest nach Hause gehen, sagte ich. Sie hatten angeboten, den Koffer als Frachtgut zu transportieren, sagte Giorgio, aber ich müßte sagen, ob ich ihn nach Mailand oder nach Turin geschickt haben wollte. Was für ein Langweiler mein Schwiegersohn ist, dachte ich und fragte ihn ganz unvermittelt, warum um alles in der Welt er und

Paola sich getrennt hatten. Ich dachte, ihr wärt glücklich. Deine Stimme ist noch auf dem Anrufbeantworter, beschwerte ich mich.

Giorgio stand auf dem Flur und starrte mich an. Er hat glasige Augen. Sie treten leicht hervor. Sein Vertreteranzug war zerknittert. Giorgio war verblüfft, sinniere ich jetzt in diesem winzigen Badezimmer, an etwas zurückdenkend, das ich ursprünglich kaum wahrgenommen hatte, oder gar schockiert über deine Frage. Über ihre überraschende Unangemessenheit vielleicht. Wo du doch eigentlich um deinen Sohn trauern solltest. Jedenfalls trat im Neonlicht des Krankenhausflurs ein Ausdruck beträchtlichen Erstaunens in seine glasigen Augen. Ich habe gesagt, ich würde umgehend zurückrufen, sagte er, um mitzuteilen, ob du ihn nach Mailand oder nach Turin geschickt haben möchtest. Turin, entschied ich. Paola hat mich gebeten auszuziehen, sagte er, sie wird es dir bestimmt erklären – dann war ich allein auf dem Flur; immer noch drang Musik durch die halb geöffnete Tür des Dienstzimmers. Unwillkürlich schnappte ich ein paar Worte des Textes auf. *Non posso non ricordarme di te.* Es gibt unendlich viel schlechte Musik, dachte ich plötzlich auf meinem unbehaglichen Platz vor der Tür zur Leichenhalle. Meine Frau hatte mich ausgesperrt, mich von sich und unserem Sohn abgeschnitten. Es war eine heisere Stimme, die angestrengt von Reue sang. *Non posso pensare che l'amore non c'é.* Schlechte Musik entspringt einer unerschöpflichen Quelle, dachte ich, der unendlichen Scheinheiligkeit des menschlichen Geistes. Wenn Benedetto Croce, dachte ich plötzlich vor der Tür zur Leichenhalle, wo der Körper meines Sohnes auf seine Obduktion wartete, sich ein von jeglichem rhetorischen und sentimentalen Romantizismus befreites Italien erträumte, ein Italien der unablässigen, aber immer konstruktiven Selbstkritik, dann doch wohl nur deshalb, weil er sah, daß tatsächlich in neun von zehn Fällen das Gegenteil zutraf. Es ist gar nicht so sehr der Text dieses Songs, der so fürchterlich ist, dachte ich, sondern die gekünstelte Stimme. Die sich ihrer Künstlichkeit nicht einmal schämt. Sie geradezu zur Schau stellt. Aber warum um alles in der Welt gingen mir direkt nach einer so furchtbaren Auseinandersetzung mit meiner Frau solche Gedanken durch den Kopf? Dein Gehirn leidet unter schlimmer Reaktionsträgheit, stelle ich fest, während ich von der Toilettenschüssel zurücktrete und mich auf den Rand der Badewanne setze. Ich trage Giorgios grünen Schlafanzug. Jedenfalls nehme ich an, daß es Giorgios ist. Du denkst einfach die Gedanken von gestern weiter. Als hätte die Welt sich nicht plötzlich drastisch verändert. Als hätte dein Sohn sich nicht umgebracht, als hättest du nicht nach dreißig Jahren Ehe endlich deine Frau verlassen. Wenn Croce so viel von der Notwendigkeit sprach, Italien von falscher Rhetorik und falscher Gefühlsseligkeit zu befreien, dann wohl nur deshalb, weil er klar erkannt hatte, wie stark die Italiener dazu neigten, weil er damals schon wußte, daß diese schmalzigen, mit entsetzlich heiserer Stimme gesungenen Liebeslieder absolut typisch für die italienische Mentalität waren. Croce kannte diese Liebeslieder, dachte ich. Vielleicht könnte ich Andreotti fragen, was er von Croce hält. Welches seine Lieblingslieder sind. Plötzlich hatte ich eine Stinkwut im Bauch. Ich stand auf und ging auf die Tür zum Dienstzimmer zu, entschlossen, dafür zu sorgen, daß diese Musik abgestellt wurde. Diese Musik ist auf geradezu obszöne Weise unangemessen, wollte ich der diensthabenden Schwester mitteilen. Ich hielt inne. Es ist ebenfalls auf geradezu obszöne Weise unangemessen, sagte ich mir verwirrt, daß du draußen vor der Leichenhalle sitzt und über Benedetto Croce nachdenkst, statt drinnen deinem Sohn die letzte Ehre zu erweisen. Ich stand auf dem leeren Flur und war vollkommen verwirrt, vollkommen frustriert. Dann ertönten wie aus dem Nichts, aber mit sanfter, klarer Stimme gesprochen die Worte: *Was wir tun, ist immer weniger und schlechter, als was wir sind.*

Jemand anders hatte diese Worte gesagt. Jedenfalls glaubte ich das. Ich schaute mich um. Niemand da. Obwohl es unheimlich war, empfand ich den Gedanken als tröstlich. Was wir tun, ist immer weniger und schlechter, als was wir sind. Durch die Wiederholung dieser Worte mit meiner eigenen Stimme fühlte ich mich getröstet und gestärkt. Mein Sohn, sagte ich mir, den unheimlichen Satz aufgreifend – wo um Himmels willen war er hergekommen? –, ist besser als der junge Mann, der seine Talente vergeudet und sich umgebracht hat. Das war offensichtlich. Meine Frau ist besser als die Frau, die mit allen flirtet und ihren Ehemann nicht an ihrem Kummer teilhaben läßt. Daran zweifelte ich nicht. Wie könnte ich sie sonst lieben? Und du bist besser als der Mann, der sie so oft betrogen hat, während er zugleich schreckliche Angst hatte, selber betrogen zu werden, besser als der Mann, der nicht den Mut fand, ihr zu sagen, daß es Selbstmord war, nicht den Mut fand, seiner Frau zu sagen, daß ihr Sohn sich mit einem Schraubenzieher erstochen hatte. Wie verzweifelt und voller Selbsthaß muß man sein, fragte ich mich, plötzlich angewidert, weil ich dieser Tatsache ins Gesicht sehen mußte, um sich mit einer derart ausgefallenen Waffe so grausam zuzurichten? Mit einem Ruck, wie ein Mann, der sich endlich zum Handeln entschlossen hat, machte ich auf halbem Weg zum Schwesternzimmer kehrt und ging zur Leichenhalle zurück. In dem Moment – daran erinnere ich mich genau, während ich jetzt in der kleinen Wohnung meiner Tochter zitternd auf dem Rand der Badewanne sitze –, als ich mich abrupt umwandte und auf die Tür der Leichenhalle zusteuerte, erkannte ich mit außergewöhnlicher Klarheit, was zu tun war. Mit traumhafter Klarheit. Wie einer, der sich im Traum von einem undenkbaren Aussichtspunkt aus selber betrachtet. Ich muß unverzüglich dort hineingehen, sagte ich mir, die Worte laut aussprechend, ich muß in die Leichenhalle gehen und meiner Frau klarmachen, daß wir uns wie vernünftige Menschen benehmen sollten. Ich konnte mir jetzt vorstellen, es zu tun. Ja, die Zeit war reif für eine offene Konfrontation, sagte ich mir. Ich spürte die Dramatik der Situation. Ich mußte meiner Frau klarmachen, daß ich sie liebte. Mußte sie daran erinnern, daß sie mich auch liebte. Hätten wir uns so lange gegenseitig gequält, wenn wir einander nicht liebten? Ich muß meine Frau um Verzeihung bitten, sagte ich mir, und zwar im Angesicht der verunstalteten Leiche unseres Sohnes. Sie um Verzeihung bitten für all die Verletzungen, die ich ihr zugefügt habe – war es das, was Marco gewollt hatte? Ja, und ich mußte meiner Frau spontan und auf der Stelle alle Verletzungen verzeihen, die sie mir zugefügt hatte. Es ist aus zwischen uns. Ich stand vor der Tür. Ich mußte unverzüglich hineingehen. Unbedingt.

Mi scusi, signore, fragte eine gebrochene Stimme, *è questa la camera mortuaria?*

Ich habe den Heißwasserhahn aufgedreht. Vielleicht hilft ein Bad. Vielleicht sind es nur meine extremen Beklemmungen, die sich derart auf meinen Darm und meine Blase auswirken. Ich hatte die Ferrantes vergessen. Die Ferrantes haben dich dazu bewegt, deine Frau zu verlassen, das wird mir jetzt klar, während ich ein kleines Plastikschiff aus der Wanne fische und auf der Suche nach Badeöl den Blick über eine Reihe von Flaschen schweifen lasse. Ihre Gesichter waren das letzte Bild, das du vor dem längsten deiner Aussetzer noch wahrgenommen hast. Zedernöl. Nivea. Ist das hier die Leichenhalle? wollten sie wissen. Ich sagte ja. Ich glaube, Sie müssen mit der diensthabenden Schwester sprechen, wenn Sie hineingehen wollen, sagte ich. Ich zeigte auf die Tür, hinter der die heisere Singstimme inzwischen von der eindringlichen Stimme eines Nachrichtensprechers abgelöst worden war. Die genauso künstlich klang. Die Eindringlichkeit, mit der uns die Nachrichten vorgelesen werden, ist genauso aufgesetzt und künstlich wie das angestrengte Schmachten der Sänger. Später werden sie dann in die *camera ardente* verlegt, sagte ich. Die beiden setzten sich auf die festgeschraubten Stühle, und sofort berührten sich ihre Köpfe, legten sich ihre Arme umeinander. Ich glaube, Sie müssen mit der diensthabenden Schwester sprechen, wenn Sie hineingehen wollen, wiederholte ich so sanft ich konnte. Ich empfand vom ersten Moment an Respekt und Zärtlichkeit für die beiden, denn ihr Kummer war ganz offensichtlich. Die Nachrichten wurden vom Trällern eines Werbespots abgelöst. Aber der Mann schüttelte den Kopf. Die beiden mochten vielleicht Mitte Vierzig sein, der Mann, fast völlig kahlköpfig, wirkte ausgelaugt, die Augen und Wangen verrieten jedoch einen lebhaften Charakter. Das sonst vermutlich strenge Gesicht der Frau war verquollen, und sie wirkte kurzsichtig, so als hätte sie ihre Brille nicht auf. Vielleicht hatte sie auch ihre Kontaktlinsen nicht eingesetzt. Die beiden hielten einander ganz selbstverständlich im Arm. Wir warten auf jemanden, sagte der Mann zur Erklärung. Es tat ihm offenbar gut, die eigene Stimme zu hören. Sie haben sie noch nicht hergebracht. Wir müssen warten. Seine Frau drückte sich an ihn, während er sprach, zugleich Trost suchend und spendend. An all das erinnere ich mich sehr genau. Im Radio liefen inzwischen Werbespots. Warum hören wir uns derart verlogenes Zeug an? Unsere Tochter, sagte er. Der Mann hatte das Bedürfnis, die Worte laut auszusprechen. Seine Frau hielt ihn ganz fest. Zu hören, daß er in der Lage war, diese Worte laut auszusprechen. Und aus irgendeinem Grund mußte ich an das ältere Paar in Heathrow denken, das uns seine Plätze angeboten hatte. Diese Menschen sind ein Paar, dachte ich und trat von der Tür zur Leichenhalle zurück. Sie sind ein Paar, wie wir es niemals sein können. Das tut mir sehr leid, sagte ich. Ich zeigte auf den Automaten. Möchten Sie irgend etwas? fragte ich. Einen Kaffee vielleicht? Schon ehe sie die Köpfe schüttelten, wurde mir klar, wie töricht mein Angebot war. Warum sollten sie Kaffee wollen? Aber ich wollte ihnen unbedingt mein Mitgefühl zeigen. Wie kommt es, frage ich mich jetzt, während ich in die Wanne steige, in der das heiße Wasser schon ein paar Zentimeter hoch steht, daß du den beiden unbedingt dein Mitgefühl zeigen wolltest? Und zwar so dringend, daß du dich sogar wieder von der Tür zur Leichenhalle abwandtest. Dich von deiner Frau und deinem Sohn abwandtest. Von der offenen Konfrontation. Das Mädchen war auf ihrem Moped angefahren worden, erzählte der Mann. Von einem betrunkenen Busfahrer. Vielleicht haben Sie es in der Zeitung gelesen. Amelia Ferrante. Sie sind ein Paar, dachte ich und wandte mich abrupt von der Tür ab. Was immer ich jetzt auch bekenne und beteuere, sagte ich mir und kehrte dem den Rücken, was mir einen Augenblick zuvor noch als die größte und unausweichlichste Konfrontation meines Lebens erschienen war, meine Frau und ich werden niemals so ein Paar werden wie diese beiden. Nichts an dem Leid dieses Mannes und dieser Frau ist künstlich, aufgesetzt, schwülstig oder sentimental, sagte ich mir. Und mir wurde klar, daß sie das unablässige, geistlose Geplärre des Radios nicht einmal bemerkten. Sie hörten es gar nicht. Ein Paar wie dieses, sagte ich mir, würde sich niemals von etwas so Unangemessenem wie dem Radiogedudel ablenken lassen. Nicht in einem solchen Moment. Diese Verlogenheit und Geistlosigkeit liegen ihnen völlig fern. Nichts ist bezeichnender für den Charakter als die Dinge, von denen man sich ablenken läßt, dachte ich. Die Art, wie dieser Mann und diese Frau gemeinsam leiden, dachte ich, hat nichts Künstliches oder Schwülstiges an sich. Die Frau tastete die Manteltaschen des Mannes nach Papiertaschentüchern ab. Was immer ich meiner Frau sage, wir könnten niemals so vertraut miteinander umgehen. Einander so aufrichtig unterstützen. Wir können die verlorene Zeit nicht mehr aufholen, sagte ich mir. Und hier in der Badewanne, umgeben vom Wasserdampf, der den Spiegel und die gekachelten Wände beschlägt, hier in dem bescheidenen Badezimmer der bescheidenen Wohnung, die ich für meine Tochter gekauft habe, ohne das Wissen meiner Frau, die niemals damit einverstanden gewesen wäre, die sich so tief mit Paola entzweit hatte, daß sie nicht einmal mehr mit ihr sprach, erkenne ich zitternd, daß dieser Gedanke der Auslöser war: die verlorene Zeit. Die Unmöglichkeit, die wundervolle Vertrautheit, die ich heute mitangesehen hatte, jetzt noch zu erlangen. Sie lag ein paar Tage im Koma, fuhr der Mann fort. Es stand in der Zeitung. Die kurzsichtigen Augen der Frau blickten kurz auf, als wolle sie sich vergewissern, daß ihr Mann nicht womöglich mit der falschen Person sprach, mit jemandem, der sich aufregen oder vielleicht nicht verstehen würde. Was für ein Glück, sich im Kummer so nah sein zu können, dachte ich. Ich hätte ihnen gerne gesagt, was für ein Glück sie hatten. Das Allerschlimmste war ihnen zugestoßen – die Ärzte nahmen ihr gerade die Nieren heraus, um jemand anderem das Leben zu retten, sagte der Mann, und die Hornhaut –, das Allerschlimmste und Entsetzlichste, aber dennoch konnten sie sich glücklich schätzen. Hier in der Badewanne erinnere ich mich daran, wie gerne ich ihnen das gesagt hätte. Zu gerne hätte ich das plappernde Radio ausgeschaltet, um ihnen zu sagen, wie tief mich ihre Verbundenheit im Kummer beeindruckte. Daß meine Frau und ich eine solche Verbundenheit niemals erreichen würden. Und während ich die Augen schließe und mich tiefer ins Wasser gleiten lasse, erinnere ich mich an ein Buch, das ich einmal gelesen habe und in dem behauptet wurde, einer der Gründe, warum psychisch Kranke dazu neigen, nach etwa vier, fünf Jahren unwiderruflich in einen chronischen Zustand zu verfallen, sei der, daß ab diesem Zeitpunkt jedes Streben nach Gesundheit dem Patienten nur bewußt mache, wieviel er versäumt hat. Wie lange ist Marco krank gewesen? Vier Jahre? Fünf? Eine Rückkehr zur Gesundheit, so wurde in diesem Buch – einem der zahlreichen Bücher, die ich zu dem Thema gelesen habe – dargelegt, bedeutet die Rückkehr in die Wirklichkeit und damit auch die *Realisierung eines unwiederbringlichen Verlusts,* einer Wahrheit, die so erschreckend ist, daß sie unerträglich erscheint. Die Leiche würde in ein paar Minuten heruntergebracht werden, sagte Signor Ferrante. Hatte Marco sich also in einem Moment geistiger Klarheit getötet? fragte ich mich plötzlich. Draußen vor der Tür zur Leichenhalle. Nicht im Wahn, sondern im Augenblick der Rückkehr aus dem Wahnsinn? Der Bewußtwerdung des unwiederbringlichen Verlusts? Wir könnten nie so werden wie dieses Paar, dachte ich. Wir warten hier, um sie ein letztes Mal zu sehen, sagte Signor Ferrante. Ich wiederholte, daß es mir leid tat, und ergriff die Flucht.

Ich muß in der Badewanne eingeschlafen sein. Das Wasser ist fast kalt. Kein Schlaf, sondern eine Reihe von heftigen Halluzinationen, aus denen der Geist zu erwachen versucht, bloß um sofort in die nächste einzutauchen. Anfangs ist es wie eine Dia-Show. Man gratuliert sich zu seiner Selbstkontrolle. Dann folgt das Abtrudeln in eine Welt, die ein fremder Geist erträumt zu haben scheint. Die Badewanne voller Würmer und Hobelspäne. Oder der Versuch, einer Gruppe von furchtbar mißgebildeten Kindern, die aus ihrem Ruderboot gespült worden sind, eine Rettungsleine zuzuwerfen. Der schlammige Fluß trägt sie davon. Welch sinnlose Fülle und Meisterschaft in diesen Bildern liegt. Welch unbezahlbare, vergeudete Klarheit. Der Kopf des letzten Kindes besteht nur aus einem riesigen, schreienden, faulenden Mund. Das übertrifft die schlimmsten Hollywoodphantasien. Die ausgefallensten Special Effects. Ich drehe den Warmwasserhahn auf. Der Raum füllt sich mit Dampf. Vielleicht kann ich jetzt pinkeln. Ich muß unbedingt pinkeln. Ich steige aus der Wanne, wickle mich in ein Handtuch und gehe zur Toilette am Fenster hinüber, als ich plötzlich, so scheint es jedenfalls, erneut von einer Halluzination heimgesucht werde. Wach auf! Der Dampf macht Buchstaben sichtbar, die mit dem Finger auf die Fensterscheibe geschrieben wurden. Es muß eine Halluzination sein. Es sei denn, ich habe das selber geschrieben. HELP ME. Durch den Wasserdampf werden die Buchstaben ganz langsam sichtbar. Ich schaue gebannt zu, während ich auf das Tröpfeln der Pisse warte. HELP ME. Auf englisch. Aber ich müßte mich doch daran erinnern können, wenn ich das selber geschrieben hätte. Wach auf! Du *bist* wach. Hilf mir, hat jemand an das Badezimmerfenster in der bescheidenen Wohnung geschrieben, die ich vor ein paar Jahren für meine Tochter, meine Adoptivtochter, und ihren langweiligen, aber zuverlässigen Ehemann gekauft habe. Als sie heiraten wollten und ich ihnen dabei behilflich war. Hilf mir.

6

Es war die Ahnung von einer endlosen Vervielfachung der Details, in denen die Geschichte, die Realität, die Wahrheit äußere Gestalt nur annehmen, um ihr eigentliches Wesen zu verbergen, es zu verdunkeln, uns in die Irre zu leiten, die letztendlich meine Abkehr vom Journalismus bedingte. Dies ist mir vage bewußt, während ich an einem Tisch in der Pasticceria Dante sitze, von meinem Cappuccino die Schaumhaube ablöffele und das Gesicht eines berühmten Theaterregisseurs betrachte, dessen Foto die Titelseite sowohl des *Corriere della Sera* als auch der *Stampa* ziert. Jahrelang, denke ich, während mein Blick über die Titelseiten dieser beiden angesehenen Zeitungen gleitet, oder vielmehr jahrzehntelang, habe ich täglich über dieses oder jenes Ereignis berichtet, Gründe, Motive und Folgen untersucht, auf mögliche Lösungen, wirksame Vorsichtsmaßnahmen, notwendige Zugeständnisse hingewiesen. Der berühmte Theaterregisseur ist gestorben. Von mir stammte die preisgekrönte Berichterstattung über die Moro-Entführung, von mir die aufschlußreichsten Interviews mit Sindona und Gelli – die sowohl auf italienisch als auch auf englisch erschienen –, von mir auch die ersten Fotos des abgeschossenen libyschen Kampfflugzeugs, das mutmaßlich in den rätselhaften Absturz bei Ustica verwickelt war. *Eins der größten Genies unserer Zeit,* behauptet die Schlagzeile. Ich beiße in meine Brioche. Ich war am Morgen nach dem großen Erdbeben in der Basilicata: Ich habe Leichen aus den Trümmern gezogen, Backwaren an verwaiste Kinder verteilt und bin jahrelang der Verwendung der Gelder aus den Hilfsfonds nachgegangen. *Letzter Vor-*

hang für den Meister, formuliert *La Stampa. W*ie vorhersehbar! Ich habe Tangentopoli und den Niedergang der Democrazia Cristiana vorhergesagt. Ich habe die Inkompetenz der Verantwortlichen in Seveso aufgedeckt und Pio Della Torre nur wenige Stunden vor seiner Ermordung für T*ime* interviewt. *Der Meister tritt ab,* schreibt *Il Corriere.* Es war klar, daß eine der Zeitungen das schreiben würde. Auf der Hand liegende Analogien sind immer verführerisch. Bis ich eines schönen Frühlingsnachmittags in Palermo einen Bürgersteig in Augenschein nahm, an dem noch das Blut eines anderen Mordes klebte, des Mordes an einem Politiker, der bekanntermaßen zum engeren Kreis um Andreotti gehörte, um den Mann, der mehr und mehr zum Inbegriff all dessen wurde, was mir undurchsichtig geblieben ist in diesem Land, das zwar seit langem mein Tätigkeitsfeld darstellt, das ich mir aber nie wirklich zu eigen gemacht habe, und plötzlich das Interesse verlor, ausgerechnet in dem Moment, da alles, was ich auf den renommiertesten Zeitungsseiten der Welt vorhergesagt hatte, schließlich wahr zu werden begann – der Zusammenbruch des alten Regimes, zu dessen prominenten Vertretern das Opfer dieses Attentats gehört hatte, das Abbröckeln einer der kunstvollsten und protzigsten Fassaden der Welt mit jener stets strahlenden Oberfläche, für deren Glanz ein Mann an diesem Nachmittag sein Leben gegeben hatte. An jenem Frühlingsnachmittag in Palermo, beim Anblick des blutverschmierten Bürgersteigs mit dem Kreideumriß, wo dieser Lakai Andreottis zusammengebrochen war, die eindringlichen Stimmen der Reporter – darunter auch die eindringliche Stimme von Gregory Marks – im Ohr, die in eine oder mehrere Kameras sprachen, während die Carabinieri geschäftig die Fotografen zurückdrängten, wurde mir plötzlich klar, daß ich das Interesse verloren hatte. Und zwar schon vor geraumer Zeit. Vielleicht schon vor Jahren. Zumindest das Interesse an den Details hatte ich verloren. Ich hatte keine Lust, die komplizierte Geschichte wechselnder politischer Allianzen und versteckter Vendettas zu erzählen, keine Lust zu recherchieren, wo das Opfer seine letzten Stunden verbracht hatte und wer über seinen Aufenthaltsort informiert gewesen war. Keine Lust, an Lagebesprechungen teilzunehmen, Kollegen zu befragen, namenlosen Beamten Hinweise aus der Nase zu ziehen. Am Fuß des Treppenaufgangs zu einem pompösen öffentlichen Gebäude, wo das Blut dieses prominenten Politikers, seines Zeichens Oberlakai von Andreotti, hinter einem Spalier von Carabinieri auf dem Pflaster trocknete, wurde mir plötzlich bewußt, daß ich nicht das geringste Bedürfnis mehr verspürte, über mögliche Folgen nachzudenken, den aktuellen Stand im Krieg der Clans zu ermitteln oder mich über die Auswirkungen auf die Wahlen auszulassen, nicht das geringste Bedürfnis, nach den eindringlichen Formulierungen zu suchen, die ein Journalist täglich finden muß, um die maßlose Schadenfreude und Sensationsgier der Welt zu befriedigen. Und zwar schon seit geraumer Zeit nicht mehr. Schon seit geraumer Zeit, sagte ich mir, agierst du rein mechanisch, wie eine alte Dampfmaschine. Angetrieben von altmodischen Ambitionen. Aber an diesem Frühlingsnachmittag in Palermo begriff ich endlich, daß ich an all dem nicht mehr interessiert war. Daß solche Details nur Schein waren. Das Blut, die Waffe, das Motiv. Sie nahmen kein Ende. Die Details nehmen kein Ende, dachte ich. Es wird immer noch mehr Blut, noch bessere Waffen, noch perfidere Motive geben. Du willst gar nicht wissen, wer es war, sagte ich mir und schenkte dem fast schwarz gewordenen Blut auf dem Bürgersteig nicht mehr als einen flüchtigen Blick, ehe ich mich abwandte und in mein Hotel zurückkehrte. Nein, das einzige, was ich wissen möchte, sagte ich zu Gregory, als wir uns, was nichts Ungewöhnliches war, am späten Abend in der Hotelbar trafen, das einzige, was ich wissen will, ist, wie es in Andreottis Kopf aussieht: wenn er frühmorgens in der Kirche sein tägliches Gebet spricht, zweifellos mit der gebotenen Andacht; wenn er Lakaien ins Amt erhebt, von denen er weiß, daß sie korrupt sind, zweifellos mit der gebotenen Gerissenheit. Wie es möglich ist, sagte ich zu Gregory, so italienisch zu sein wie Andreotti. Wie es möglich ist, ein solches Paradox auszuhalten. Oder vielmehr sich darauf zu stützen. Darin verwurzelt zu sein. All seine Energie daraus zu beziehen. Aus dem Paradox. Das war alles, was mich interessierte, erklärte ich meinem alten Rivalen. Gregory runzelte die Stirn. Diese Vertraulichkeit von meiner Seite überrascht ihn, dachte ich. Ich hatte mehr getrunken als gewöhnlich. Mehr als selbst ich gewöhnlich trinke. Das war vor dem Bypass. Vielleicht wurde es Zeit für eine Veränderung, meinte er stirnrunzelnd. Er wirkte besorgt. Vanoli hätte gelacht, denke ich an diesem Morgen in der Pasticceria Dante. Vanoli behandelt dich wie ein unverständiges Kind. Aber Gregory runzelte scheinbar besorgt die Stirn. Zeit für eine Veränderung, sagte er.

Beispiellose Verdienste, meint *Il Corriere*. Wie sehr Italien doch seine Künstler-Helden verehrt, überlege ich, während ich ein paar Zuckerkörner von meinem Ärmel schüttle. Der Tod eines Theaterregisseurs wäre den Engländern niemals eine Schlagzeile wert. Die Verbannung der Taschenrechner aus den Grundschulen ist viel wichtiger als der Tod eines Theaterregisseurs. Selbst eines großen. In England. Der größte, herausragendste Regisseur unserer Zeit, schreibt *La Stampa*. Italien sieht sich gern als Land, das Genies hervorbringt, denke ich. Dieser Gedanke ist mir schon früher gekommen. Geniale Schriftsteller und Künstler. Vielleicht als Ausgleich für die vielen Attentate. In England hingegen vergißt man gern. Selbst geniale Theaterregisseure. In England zählt, daß die Kinder kopfrechnen können, überlege ich, und nicht, daß sie geniale Künstler werden. Sie haben ein Gedicht abgedruckt, das dieser achtzigjährige Theaterregisseur eine Woche vor seinem Schlaganfall für seine junge Geliebte geschrieben hat. Darin ist die Rede von seinen Vorahnungen, von *la notte infinita, il silenzio eterno*. Wie vorherzusehen war. An der Schwelle des Todes zu stehen, ist vielleicht die letzte Trumpfkarte, mit der man die Menschen noch beeindrucken kann. Der Kitzel des unmittelbar bevorstehenden Ablebens. Ein Pik-As. Ein großer Geist auf der Schwelle zum Tod. Ob Karen darauf hereinfallen würde? Das Bewußtsein in Erwartung seiner Auslöschung. Vielleicht solltest du sie anrufen. Hier vom Café aus. Ein bißchen über den Bypass plaudern. Wir führen jetzt jeder unser eigenes Leben. Wie verändert ihre Stimme klang, als sie das sagte. Aller Vertrautheit beraubt. Vertrautheit, sinniere ich, und es gelingt mir nicht ganz, den Zucker von meinem Ärmel zu schütteln, ist etwas, das wir durch unsere Stimme erzeugen. Oder auch durch unsere Stimme vortäuschen. Wenn wir in ein Mikrophon singen. In ein Handy sprechen. Oder das wir ausschließen. Durch unsere Stimme. Bleib doch bei mir, verweile noch in meinen Armen, so endet das Gedicht des alten Mannes. Dabei war er selbst derjenige, denke ich – ich muß mir unbedingt Heparin besorgen –, der Schwierigkeiten hatte zu verweilen.

Ich habe meine Brioche aufgegessen. Ein bescheidenes Frühstück. Ich muß zum Arzt gehen. Wieso fülle ich einen Bauch, der sich nicht entleeren will? Und eine Blase, die sich nicht entleeren will? Hilf mir, hat jemand auf die Scheibe des Badezimmerfensters geschrieben. Dann das Klingeln des Telefons um sechs Uhr morgens. Ich habe meine beiden Enkelinnen zur Schule gebracht. Und jetzt sitze ich zum zweitenmal an diesem Vormittag in der Pasticceria Dante. Kann es sein, daß ich selber diese Worte geschrieben habe? Zum zweitenmal an diesem Vormittag trinke ich Cappuccino, esse eine Brioche und lese Zeitungen, über die ich sonst verächtlich die Nase rümpfe. Ein bescheidenes Frühstück, zweimal hintereinander. Wie die Männer, die zweimal wohlüberlegt heiraten. Ich lächle. Man rümpft über so manches verächtlich die Nase, denke ich, und tut es trotzdem immer wieder. Wir sind besser als das, was wir tun. Seltsam, dieses Gefühl, von einer körperlosen Stimme angesprochen zu werden, die dennoch von außen zu kommen scheint. Auf dem nichtssagenden Flur eines großen städtischen Krankenhauses. War es so auch bei Marco? Unkontrollierbare Stimmen, die von außen zu kommen schienen? Bringt einen so etwas dazu, Worte auf Fensterscheiben zu schreiben, ohne es zu merken? Jetzt streiten sie sich um das beträchtliche Erbe. Die Mutter des Kindes des genialen Theaterregisseurs, seines einzigen Kindes, ist schon vor vielen Jahren aus dem Licht der Öffentlichkeit verschwunden. Seine erste Frau starb bei einem Verkehrsunfall. Manche behaupten, es sei gar nicht sein Kind. Seine zweite, ebenfalls kinderlose Ehe wurde von der Kirche annulliert, ist aber noch rechtswirksam. Seine Geliebte der letzten sechs Monate, eine wie es heißt vielversprechende junge Tänzerin aus einer armen polnischen Familie, spricht von einem kürzlich verfaßten Testament, in dem er ihr sein gesamtes Vermögen vermacht haben soll. Warum lese ich diesen Artikel und nicht den Bericht über Andreottis Prozeß? Ich könnte wenigstens etwas Nützliches für mein Buch lesen. Warum bin ich so brennend interessiert daran, den Grund für die Annullierung der Ehe zu erfahren? Ich vermute, sagte ich zu Gregory, der ebenfalls seine Ehe annullieren ließ, daß es zwischen bestimmten wichtigen Teilen von Andreottis Gehirn keine Verbindung mehr gibt. Darin besteht seine außerordentliche Leistung, sagte ich in der altmodisch-plüschigen Hotelbar in Palermo zu Gregory. Am Abend nach dem Attentat. Er hat unwiderruflich dafür gesorgt, daß seine rechte Hand nicht weiß, was die linke tut. Und es gibt auch keine Verbindung, überlege ich, zwischen dem *Stampa*-Artikel über die Verdienste des Theaterregisseurs und dem ausführlichen Bericht über sein Privatleben, der viel interessanter ist. In ersterem ist von seinem unermüdlichen Streben nach dem Erhabenen die Rede. Unabhängig von der Existenz eines Testaments wird die Pension des Verstorbenen zwischen den Anspruchsberechtigten aufgeteilt, und zwar proportional zum jeweiligen Zeitraum der gemeinsamen Haushaltsführung im Laufe seines Lebens, erläutert letzterer. Diese Regelung wurde vor kurzem durch einen

Gerichtsbeschluß festgelegt. Zwei vollkommen gegensätzliche geistige Haltungen: die erhabene und die bürokratische. Das war Italien, sagte ich ziemlich spät abends in der Bar eines teuren Hotels in Palermo zu Gregory. Ich bekam natürlich Spesen. Zwei vollkommen gegensätzliche Geisteszustände in friedlicher Koexistenz, sagte ich zu ihm. Das Paradox, das den italienischen Charakter zusammenhält, beharrte ich. Das Streben nach dem Erhabenen und die Korinthenkackerei. Ich war nicht im geringsten daran interessiert, über die Details dieses Attentats zu reden, erklärte ich. Zeit für eine Veränderung, alter Freund, sagte Gregory. Er wirkte ehrlich besorgt. Und dann erklärte mir mein Rivale, daß seine große, angesehene Gesellschaft ihre Mitarbeiter dazu ermutigte, sich alle vier oder fünf Jahre beruflich zu verändern, weil sie sonst die Leidenschaft verlören, den Drang, Geschichten zu erzählen. Darauf kam es an im Journalismus, sagte Gregory. Es war eine wohlbekannte Tatsache, betonte Gregory – wir hatten beide ziemlich viel getrunken –, daß ein Journalist nach einer gewissen Zeit in derselben Stellung den Biß verlor. Seine Berichterstattung verlor den Biß. Im Fernsehen mußte man erregt klingen, betonte er. Und eindringlich. Warum sonst hätte er diesen Job bekommen, wo es doch eine Unmenge von Leuten gab, die Italien viel besser kannten als er? Dies war erst sein zweites Attentat, betonte er. Er war noch frisch. Du zum Beispiel, sagte er mit vollem Ernst. Du kennst Italien viel besser als ich.

Gregory ist ein sehr ernsthafter Mensch, überlege ich und frage mich, wie ich in einer Pasticceria sitzen und Zeitung lesen kann, während mein Sohn in einer nahe gelegenen Leichenhalle aufgebahrt ist, meine Frau, die ich verlassen habe, in diesem Augenblick vermutlich eine Nummer nach der anderen anruft, um herauszufinden, wo ich bin, und meine Gesundheit endgültig zusammenzubrechen droht. Ein Mann, der stets darauf achtet, daß die anderen auch zu ihrem Recht kommen. Gregory Marks. Gregory, dachte ich damals und denke ich auch heute noch, besitzt eine edle, wenn auch ungeschliffene Offenheit, eine rauhe englische Direktheit, die durchaus mit der Herablassung vereinbar ist, die darin liegt, andere zu ihrem Recht kommen zu lassen. Es ist also ganz ähnlich wie in der Liebe, witzelte ich. Ich trank zuviel. Auf Spesenrechnung. Zuerst ein brennendes Interesse, das dann über sagen wir fünf, zehn Jahre hinweg langsam abkühlt und schließlich durch die ständige gereizte Frage ersetzt wird: Was zum Teufel geht in ihrem Kopf vor? Zeit für eine Veränderung! Ich lachte, als hätte ich resigniert, mich mit der Desillusionierung abgefunden. Leopardi hat Interessantes zum Thema Desillusionierung zu sagen, erklärte ich Gregory. Journalismus als eine Art serielle Monogamie, kicherte ich. Rom, Prag, Peking. Claudia, Sabina, Karen. Ich lachte lauthals. Als hätte ich etwas Besseres auch nie erwartet. Der Theaterregisseur, so schien es, hatte seine junge Geliebte in seiner Villa am Meer untergebracht, übernachtete selber aber meistens in Hotels in Venedig. Doch Gregory hatte keinen Sinn für ein bißchen therapeutische Misogynie. Das glaubst du doch nicht wirklich, sagte er. Er schaute mir so ernst und eindringlich in die Augen, wie es sonst nur viel jüngere Männer tun. Es ist ganz schön unverschämt, denke ich, jemandem so hartnäckig in die Augen zu schauen. Sich aufzuführen, als sei man viel jünger, als man ist. Als sei tiefe Aufrichtigkeit im Leben eine Konstante und nicht ein Geschenk des Augenblick beziehungsweise eine momentane Gefühlsverirrung, wenn man zum Beispiel auf einer Terrasse mit Blick über die Bucht von Neapel sitzt. Das sagst du nur, sagte er, weil es dich davor bewahrt, etwas tun zu müssen. Im Grunde bist du kein Zyniker, sagte er. Verunsichert gab ich zu, daß er recht haben mochte, obwohl ich immer noch das Gefühl hatte, es bestünde da eine Analogie. Das analoge Bedürfnis, entweder wegzugehen oder mehr in die Tiefe zu gehen. Im Journalismus wie in der Liebe. Eine oberflächliche Erfahrung anderswo zu wiederholen oder sich am selben Ort mit derselben Person auf eine neue Erfahrung einzulassen, so unergründlich und so wenig vielversprechend sie auch sein mochte. Eine alte Erfahrung zu vertiefen. Ich bin plötzlich fasziniert von Analogien, sagte ich. Und ob es mir nun gefällt oder nicht, prahlte ich, ich neige ganz instinktiv dazu, mehr in die Tiefe zu gehen. Statt wegzugehen, meine ich. Das gilt für beide Bereiche. Meine Worte waren nichts als eitle Prahlerei. Glatt gelogen. Die Herausforderung liegt in der Tiefe, sagte ich, nicht in der Suche nach einer neuen glatten Oberfläche. Ich zitierte Montale, und ich war stolz darauf. Das konnte er natürlich nicht wissen. Ich hatte ganz schön viel getrunken. Wir müssen in die Tiefe gehen, beharrte ich, Montale zitierend, das ist das Entscheidende. Der BBC-Korrespondent kannte den Literaturnobelpreisträger bestimmt nicht. Und dann sagte Gregory, der mir die ganze Zeit in die Augen geschaut hatte – und noch während er sprach, überfiel mich ein eisiger Schauer, als mir klar wurde, daß mein Rivale sich mutig und überlegen vorkam, stolz darauf war, derjenige zu sein, der endlich zur Sache kam und mit dem Finger auf den Übeltäter zeigte –, Gregory sagte: Nun, dann werden wir wohl irgendwann darüber sprechen müssen, daß ich in deine Frau verliebt bin.

Meine Frau hatte Giorgio geweckt und ihn gebeten, Paola anzurufen. Nachdem sie zweimal selber angerufen und gleich wieder aufgelegt hatte, erzählte Paola. Um sechs und um halb sieben. Martina suchte gerade ihre Schulsachen zusammen. Es mußte meine Frau gewesen sein. Wer sonst würde so früh am Morgen anrufen und dann auflegen? Maria Cristina erschien in ihrem bunten Schlafanzug. Ein blondes kleines Mädchen im noch bettwarmen Schlafanzug. Brioches! Opa hat Brioches zum Frühstück geholt. Aus der Pasticceria! Begeistertes Händeklatschen. Mit Sahne gefüllt! Und Marmelade! Opa wußte genau, wie man sich einen Kuß verdiente. Ich habe ihm gesagt, daß du hier warst, aber weggegangen bist, sagte Paola. Deine Tochter, denke ich jetzt, während ich mich frage, wann ich wohl von diesem Tisch in der Pasticceria Dante wieder aufstehen werde, deine Adoptivtochter schaut dir nie so direkt in die Augen, wie Gregory es an jenem Abend tat, mit der schamlosen Direktheit eines Menschen, der unbedingt will, daß du zu deinem Recht kommst. Aber sie weicht deinem Blick auch nicht aus, wie deine Frau es aus Angst und Groll tut, weil sie beschlossen hat, dir ihre bürokratische Seite zuzuwenden und das Erhabene anderswo zu suchen: bei Gregory, bei Marco, beim erstbesten Zeugen Jehovas, der an der Tür klingelt. Nein, Paola schaut ihren Vater, ihren Adoptivvater, kurz an, ihr Blick trifft den deinen nur für einen Moment, über die morgendliche Unordnung von Kindersachen hinweg, um festzustellen, wieviel gesagt werden kann, um festzustellen, ob es dir gut geht, um zu sagen, ich bin für dich da, aber ich bedränge dich nicht und möchte auch selber nicht bedrängt werden. Hatte Giorgio sie vielleicht zu sehr bedrängt? Ich habe gesagt, du warst hier, sagte sie, bist aber schon wieder weg. Du müßtest wohl sehr früh gegangen sein. Paola hat lebhafte braune Augen. Ich wußte nicht, wo du bist. Die Mädchen rissen die Papiertüte mit den Brioches auf. Meine Frau und ich haben die Freuden des Familienlebens verschmäht, denke ich jetzt in der Pasticceria Dante, während ich im Geiste die beiden kleinen Mädchen vor mir sehe, wie sie eifrig die Tüte mit den Brioches aufreißen, die ich in ebendieser Pasticceria für sie gekauft hatte. Eine große weiße Papiertüte. Ursprünglich hatten wir diese Freuden gewollt, hatten Himmel und Hölle in Bewegung gesetzt, um sie erleben zu dürfen, die Freuden des Familienlebens, aber dann langweilten wir uns plötzlich. Himmel und Hölle in Bewegung zu setzen war aufregender als diese kleinen Freuden. Wir wollten etwas anderes. Und dann wollten wir sie zurückhaben. Wir brauchten sie. Diese Freuden. Aber Himmel und Hölle ließen sich kein zweites Mal in Bewegung setzen. Man setzt einmal Himmel und Hölle in Bewegung, dachte ich, und im nachhinein scheint es ganz einfach gewesen zu sein, aber beim nächsten Mal hat man keine Ahnung mehr, wie man es anfangen soll. Wie man sich zurückholen kann, was einen letztendlich gelangweilt hat. Die Mädchen stritten sich um die größte Brioche. Welche war die größte? Es ist der Gedanke an die verlorenen Jahre, die einen Schizophrenen von der Rückkehr zur Gesundheit abhalten. Ich weiß nicht mehr, wie das Buch hieß, in dem das stand. Vermutlich reine Spekulation. Ich habe kaum etwas über Schizophrenie gelesen, das nicht nach reiner Spekulation roch. Paola sagte leise: Du bist wahrscheinlich weggegangen, als du das Telefon klingeln hörtest, nicht wahr, Papa? Noch so ein kurzer Blick. Wenn du rangegangen wärst, hätte sie nicht aufgelegt. Nicht wahr? Ebensowenig wie in ihren Blicken, denke ich, lag auch im Tonfall deiner Tochter etwas Herausforderndes, als sie das sagte. Sie will nur nicht mit mir sprechen, oder? Kein Vorwurf in ihrer Stimme. Und jetzt willst *du* nicht mit *ihr* sprechen. Ich erzählte ihr, ich hätte nicht schlafen können. Ich war aufgestanden und nach draußen gegangen. Das Haar der Kinder, die sich über ihre Brioches beugten, war golden und braun. Aber nur eine, schimpfte Paola. Dir wird schlecht werden, Tina, warnte sie. Laß sie doch essen. Die habe ich für euch gekauft, sagte ich zu meinen Enkelinnen. Sie sind doch noch so klein, sagte ich zu Paola. Ich sehe mich lächeln, den großzügigen Großvater spielen. Probier eins mit Marmelade, Mari. Man spielt den großzügigen Großvater, um seine Feigheit zu kaschieren, denke ich. Seine Unfähigkeit, ans Telefon zu gehen. Oder einfach zum Ausgleich. So wie große Theaterregisseure einen Ausgleich für Attentate schaffen. Ein abwegiger Zusammenhang. Man muß erhellende Zusammenhänge von nichtigen unterscheiden können. Und ich sagte zu meiner Tochter, ich hätte eigentlich vorgehabt, einen frühen Zug nach Turin zu nehmen, aber dann sei mir eingefallen, daß heute morgen die Obduktion stattfinden sollte. Es hatte also keinen Sinn, vor dem Nachmittag hinzufahren, sagte ich. Am Nachmittag würden sie ihn in die *camera ardente* bringen. Ich bin zum Bahnhof gegangen, aber gleich wieder umgekehrt, sagte ich. Natürlich hast du deiner Tochter nicht erzählt, daß du von sieben bis halb acht an einem Ecktisch der Pasticceria Dante gesessen und deine zehn Fragen an Andreotti niedergeschrieben hast.

Von meinem Ecktisch in der Pasticceria Dante, wo ich jetzt erneut sitze, kann ich die Uhr an der gegenüberliegenden Wand erkennen, die mir sagt, daß es inzwischen fast halb elf ist. Der Theaterregisseur starb gestern in den frühen Morgenstunden. Im Badezimmer. Sein Hund hat ihn gefunden, nicht seine Geliebte. Wie taktvoll das klingt, ›im Badezimmer‹! Keine Rede von einem Schraubenzieher, obwohl mein Sohn sich fast genau zur gleichen Zeit umgebracht haben dürfte. In einem Anfall von Wahnsinn oder von geistiger Klarheit? Oder führt letzteres zu ersterem? Wieviel von einer Leiche wird in der Leichenhalle gezeigt? Nur der Kopf, das Gesicht? Der Rest von einem Laken verhüllt? O Gott, bitte laß es so sein. Schon um meiner Frau willen. Im Badezimmer, wiederholt der *Corriere.* Soviel ich weiß, habe ich noch nie im Leben etwas auf eine Fensterscheibe geschrieben. Und ich sage mir, daß es trotz des versäumten Abendessens gestern nicht sehr klug von mir wäre, jetzt noch einen Kaffee zu bestellen. Noch eine Brioche. Der Hund heißt Boccaccio. Die Geliebte sagt, sie wird ihn auf jeden Fall behalten. Noch ein Künstlergenie. Als Andenken. Er hatte vor ihrer Zimmertür gestanden und gebellt, um sie zu wecken. Was dich betrifft, denke ich, so war es ziemlich genial, die Fragen an Andreotti mit der Hand auf schlichtes weißes Papier zu schreiben. Frühmorgens kann ich immer am klarsten denken, selbst wenn ich schlecht geschlafen habe. *Presidente,* was würden Sie antworten, wenn jemand Ihnen eine gespaltene Persönlichkeit unterstellte? Denn das würde Andreotti gefallen. Die freimaurerische Verschworenheit derer, die zu bedeutend sind, um sich mit Computern und dergleichen abzugeben. Derer, die das Geheimnis der Handschrift bewahren. Die am Tisch einer Pasticceria sitzen und auf schlichtem Papier etwas niederschreiben. Nur jemand, wird er antworten – etwas im Sinne seines berühmten Ausspruchs: Die Macht ermüdet, erst recht aber die Opposition –, nur jemand – ohne zu bemerken, daß es sich um einen Köder handelt, daß er genau so antwortet, wie ich es vorhergesagt habe –, der nie an mehr als eine Sache zugleich denken mußte, kann eine solche Anschuldigung aussprechen. Ich sehe sein Lächeln vor mir. Nur Neider äußern solche Anschuldigungen. Das ist Andreottis Standardaussage. Die Aussage des der Korruption beschuldigten italienischen Regierungschefs. Mit den gekrümmten Schultern. Sehen Sie doch selber zu, daß Sie an die Futtertröge kommen, antwortete ein gewisser Bürgermeister aus dem Süden, als man ihn der Korruption beschuldigte. Mit seinem verschlagenen, kurzsichtigen Blick. Auch ein Detail, worüber ich berichtete.

Paola schaute mich an und gleich wieder weg. Tut mir leid wegen gestern abend, sagte ich. Ich habe dich sicher erschreckt. Du warst krank, sagte sie. Sie sagte, sie habe Giorgio erzählt, daß ich krank war. Daß ich Tabletten brauchte. Er hatte gegen Viertel nach sieben angerufen. Als ich gerade meine Fragen niederschrieb. Sie hatte sich Sorgen um mich gemacht. Angst gehabt, daß ich womöglich in einem Anfall von Katatonie durch die Gegend irrte. Was für ein intimer Moment, als sie traurig lächelnd eine Schranktür schloß und sich für einen Augenblick dagegen lehnte. Die Mädchen verschlangen ihre Brioches. Papa, sagte sie. Sie ist nicht mit Schönheit gesegnet. Sie ist keine attraktive Frau, aber sie hat eine angenehme Art. Papa. Wie sie ihr Gewicht von einem Bein aufs andere verlagert, mit einer Haarsträhne spielt. Die Fotos von der Geliebten des Theaterregisseurs im *Corriere della Sera* zeigen ein traumhaft schönes Mädchen mit rabenschwarzem Haar. Die annullierte Ehefrau, die er mit Anfang Fünfzig geheiratet hatte, war eine Strandnixe aus Sardinien, aus der inzwischen eine unbedeutende Politikerin geworden ist. Die erste Ehefrau ist mit einem Literaturpreis ausgezeichnet worden. Und dann mit dem Auto von einer Brücke gestürzt. Giorgio sagt, du hast ihn weggeschickt, sagte ich. Keine von ihnen so hübsch wie Karen, dachte ich. Dann, in der Pasticceria Dante, während ich über die relative Schönheit der verschiedenen Frauen nachsinne, über Paola, meine Frau, Karen, die junge, eindeutig begehrenswerte polnische Geliebte des Theaterregisseurs – sie haben ein großes, offenherziges Foto des Mädchens abgedruckt –, werde ich von einer neuen Welle von Gefühlen überrollt. Mein Sohn war im selben Alter wie dieses Mädchen. Nein, doch nicht, es ist dieselbe Welle wie zuvor. Mein Sohn hat nie eine Frau gehabt! Die Seiten der *Stampa* rascheln in meinen zitternden Händen. In meinen Ohren rauscht ein riesiger dunkler Strom. Seit vierundzwanzig Stunden, sage ich mir, versteckst du dich in einer Gegenströmung, einem Stauwasser, an dem eine finstere Flutwelle von Gefühlen vorbeischwappt. Du bist im Stauwasser gefangen. Wie Strandgut drehst du dich auf einem Strudel im Kreis, direkt neben einer tosenden Flut. Das kann nicht so weitergehen, sage ich mir. Einer Flut, der du nicht standhalten kannst. Es sei denn, das geht schon dein Leben lang so. Dein Leben lang schon weichst du einer riesigen, schwarzen Flutwelle aus, klammerst dich neben ihr ans Ufer. Neben deiner Frau. Wer hat *Hilf mir* geschrieben? Jemand, der drauf und dran ist, sich der Flut zu stellen. Du hast zu Gregory gesagt, du wollest mehr in die Tiefe gehen, denke ich im Bemühen, mich wieder unter Kontrolle zu bekommen, entschlossen, keinen weiteren Aussetzer zuzulassen, um nicht noch einmal im Zustand völliger Verwirrung zur Wohnung meiner Tochter gebracht werden zu müssen, so wie gestern abend, nicht einmal in einem Taxi, sondern im Auto eines wildfremden Menschen, aber dennoch stellst du dich dieser Flut nicht. Du gehst weder weg, wie Gregory dir dringend empfohlen und dein Verstand dir oft geraten hat, noch gehst du in die Tiefe, sondern du schwimmst bloß im Flachen herum, treibst auf dem Strudel des Stauwassers, während deine Frau an dir vorbeitost. Was hat sie in der Leichenhalle gesehen? Was zeigen sie einem dort? Als Martina aufsprang und sich an ihrem Rock die Hände abwischte, sagte ich, ich würde meine Enkelin zur Schule fahren. Es wäre mir eine Ehre, sagte ich entschlossen, meine entzückende Enkelin zur Schule zu fahren.

Und so saß ich, denke ich jetzt, das Treiben in der Pasticceria Dante beobachtend, heute morgen fünf Minuten lang neben einem hübschen sechsjährigen Mädchen im Auto und brachte es zur Schule, und zwanzig Minuten später saß ich neben einem hübschen dreijährigen Mädchen und brachte es in den Kindergarten. Beide Mädchen plapperten unterwegs fröhlich drauflos, fragten, wie lange ich bleiben wolle und ob ich morgen früh wieder Brioches holen würde. Mama kaufte ihnen nie Brioches. Ich schaute Martina nach, als sie ins Schulgebäude lief. Sie trug einen gelben Rucksack auf ihrem roten Pulli. Ich hätte sie daran erinnern sollen, sich die Haare zu kämmen. Und während meine Enkelin in der Menge der Kinder verschwand, kam mir der Gedanke, daß ich jetzt, nachdem ich meine Frau verlassen hatte, eine Weile bei meiner Tochter und ihren Kindern bleiben könnte. Du könntest eine Weile bei Paola wohnen, dachte ich auf der Rückfahrt von Martinas Schule, jetzt, wo Giorgio und sie sich getrennt haben. War es das, was mein Traum mir sagen wollte? Es hat Zeiten gegeben, dachte ich, da schwebte der Gedanke im Raum, daß Paola und du ohne deine Frau sehr glücklich zusammen leben könntet. Zeiten, in denen du dich nach einer solchen Konstellation sehntest. Du könntest ihr durch diese schwierige Zeit hindurchhelfen, dachte ich. Wenigstens logistisch. Seltsam, daß ich im Traum in Paolas Wohnung war. Seltsam, wie lebhaft mir dieser Traum im Gedächtnis geblieben ist. Lebhafte Träume galten schon immer als gute Basis für Vorhersagen, dachte ich. Dann stellte ich verstört fest, daß ich erneut einen Gedankengang durchspielte, den ich vor Jahren schon einmal gehabt hatte: die Überlegung, daß ich mit Giorgio nur einverstanden gewesen war, ich meine, mit der Heirat der beiden, weil er so langweilig war, weil er für mich keine Bedrohung darstellte, meine eigene vertraute Beziehung zu meiner Tochter nicht gefährden konnte. Ist das wahr? Ist es reiner Zufall, daß du nur wenige Stunden, nachdem du von Paolas und Giorgios Trennung erfuhrst, eigentlich nur wenige Minuten, nachdem du erfuhrst, daß Paola diejenige war, die ihn vor die Tür gesetzt hat und nicht umgekehrt, deine Frau verlassen hast? Aber warum willst du unbedingt solche abwegigen Zusammenhänge herstellen? Solche entwürdigenden, beunruhigenden Zusammenhänge? Wenn Träume als gute Basis für Vorhersagen gelten, dachte ich, während mir im selben Moment auffiel, daß Giorgio den Mercedes behalten hatte und für Paola bloß der Fiat Uno geblieben war, dann zeigt das nur, wie begrenzt unsere Vorhersagemöglichkeiten sind. Wenn wir dabei auf so unberechenbare Bereiche wie Träume oder die Astrologie angewiesen sind. Du kannst der beste Kopfrechner der Welt sein, sinniere ich, und dennoch nicht die leiseste Ahnung haben, wie du dich verhalten sollst oder wirst. Kann mir irgend jemand sagen, was ich heute noch tun werde? Kann mir irgend jemand sagen, wie ich die Geschichte mit meiner Frau abschließen werde? Meiner Frau, die ich verlassen habe.

Dann, zehn Minuten später, fuhr ich Maria Cristina in den Kindergarten. Aus irgendeinem Grund trug die Kleine einen pinkfarbenen Papphut. Den hat mir Papa geschenkt, sagte sie. Du könntest deiner Tochter und deinen Enkelinnen durch diese schwierige Zeit hindurchhelfen, dachte ich, könntest für eine Weile den Mann ersetzen, den deine Tochter unerklärlicherweise rausgeschmissen hat. Vielleicht gerade weil er zu langweilig war, weil er kein vollwertiger Ersatz für dich war. Aber ich muß aufhören, derartige Zusammenhänge herzustellen. Ich darf Paolas Ehe nicht in bezug auf mich selber deuten. Marcos Wahnsinn in bezug auf den Ehekonflikt seiner Eltern deuten zu wollen wäre ebenfalls Wahnsinn. Das war mir immer glasklar. Und Vanoli hat mir nicht widersprochen. Schließlich ist er Psychiater und kein

Psychotherapeut. Ich möchte nicht darüber reden, sagte Paola, als ich zwischen den Fahrten zu Martinas Schule und Maria Cristinas Kindergarten kurz wieder zu Hause war. Okay, Papa? Ich möchte nicht über Giorgio reden. Es ist meine Sache. Sie warf mir einen ihrer Blicke zu. Ihre Augen stellen einen Kontakt her und unterbrechen ihn gleich wieder, wie ein Funkfeuer. Sie kann seinen Namen ohne Schwierigkeiten aussprechen, fiel mir auf. Den hat mir Papa geschenkt, sagte Maria Cristina, als ich sie an der Hand in den Kindergarten führte. Mit der anderen Hand hielt sie den pinkfarbenen Papphut auf ihrem Kopf fest. Die heitere Stimmung, dachte ich, in die mich das Zusammensein mit diesen entzückenden Kindern versetzen würde, und die Befriedigung, Menschen, die mir lieb und teuer sind, genaugenommen den einzigen Menschen, die mir lieb und teuer sind, in einer schwierigen Zeit nützlich zu sein, würden es mir ermöglichen, mit der Arbeit an meinem Buch zu beginnen, mir das Gefühl geben, dazuzugehören und etwas Vernünftiges zu tun zu haben. Drei Monate lang nur in Hotels zu leben war äußerst erschöpfend gewesen, sowohl für mich selber als auch für meine Frau. Wir lebten in einer Art Schwebezustand, überlege ich, waren nicht fähig, unserem Leben eine Struktur zu geben, ohne die wöchentlichen Besuche bei Marco, ohne die vertraute Umgebung des Hauses, so sehr es mir auch verhaßt war und so schwer es auch in Mitleidenschaft gezogen worden war. Marco war der Ballast gewesen, der das Boot im Gleichgewicht hielt. Ich war nicht so dumm, das nicht zu begreifen. Vielleicht braucht jeder Mensch einen Schmerz oder ein Leid, um seinem Leben den nötigen Ballast zu geben. Einen kranken Sohn, ein verhaßtes Haus. Um das Boot in der Flut im Gleichgewicht zu halten. Anstatt den Schaden reparieren zu lassen, wollte ich weg aus dem Haus. Ich weigerte mich, die nötigen Reparaturen vorzunehmen, genau wie meine Frau sich weigerte, es zu verkaufen: das Geisterhaus. Aber bei Paola würde ich arbeiten können. Ich muß ein Faxgerät auftreiben, um die Fragen durchzufaxen, denke ich. Wozu habe ich sie sonst niedergeschrieben? Und ich muß mir Rasierzeug besorgen. Obwohl ich natürlich nicht nach Rom fahren werde. Es wird ein Fax-Interview werden. Du hast dich nicht rasiert, Großpapa! rief Maria Cristina, als sie mir ihr vollkommenes kleines Gesicht zum Abschiedskuß entgegenreckte. Was für scharfe Augen Kinder haben! Schließlich konnte ich sie schlecht Paola ins Büro mitgeben. Du piekst! beklagte sich die Kleine. Mit einem Schlag, einem echten Schlag, wurde mir klar, wie traurig es war, daß meine Frau sich die Freude an ihren Enkelkindern versagte. Die Freude an kleinen Mädchen, die einem die Wangen entgegenrecken, damit man sie küßt. Es hat etwas beklagenswert Selbstzerstörerisches, wenn eine Frau sich den Trost ihrer Enkelkinder versagt, sage ich mir. Den Trost dieser perfekten Apfelbäckchen. Paolas Aussage war nicht von Rachsucht geprägt gewesen. Der Theaterregisseur hatte sich ebenfalls von seinem Kind distanziert, wenn es denn sein Kind war, und damit auch von seinen Enkelkindern. Die Mutter, inzwischen Großmutter, war schon vor Jahrzehnten aus dem Licht der Öffentlichkeit verschwunden. Der geniale Alte hatte ganz offensichtlich anderswo Trost gefunden. Er wird immer, fällt mir auf, mit erhobenem Kinn fotografiert, dieser geniale Theatermann, meistens im Profil, um die edle Nase zur Geltung zu bringen und das wellige weiße Haar, das bis über den Kragen fällt. Wie sorgfältig muß er dieses lange, wellige weiße Haar gepflegt haben! Dieser herausragende Mann!

Aber warum sitze ich hier und lese Zeitung, wo ich doch soviel anderes zu tun und zu bedenken habe? Ihr werdet euch Gedanken über die Beerdigung machen müssen, sagte Paola, als sie mich auf dem Weg ins Büro an der Piazza absetzte. Darüber werdet ihr euch gemeinsam Gedanken machen müssen. Du kannst nicht einfach aufhören, mit ihr zu sprechen. Warum lese ich überhaupt noch Zeitung, frage ich mich, wo ich doch soviel Aufhebens um meine Abkehr vom Journalismus gemacht habe? Der Hauptgedanke in Dantes *Purgatorio,* sagte ich an jenem Abend in der Hotelbar zu Gregory, war der, daß die Geschichte die Hölle war und man sich aus ihr zurückziehen sollte, um sich auf die Pilgerreise zur Vollkommenheit zu begeben. Dante hat die Geschichte abgelehnt, und mit ihr den Journalismus, überlege ich in der Pasticceria Dante, obwohl sein *Inferno* zu den großen Meisterwerken der Geschichte und des Journalismus gehört und weltweit sehr viel mehr Ansehen genießt als das *Purgatorio* oder das *Paradiso,* die sich mit der Pilgerreise zur Vollkommenheit beschäftigen. Der Journalismus ist eine endlose Beschreibung der Hölle, sagte ich streitlustig zu Gregory, ein paar Stunden nachdem wir am blutverschmierten Bürgersteig gestanden hatten. Daß ich diesen Gedankengang verfolgt hatte, überraschte mich. Solche Überlegungen hatte ich noch nie angestellt. Jedenfalls nicht bewußt und nicht mit einer derartigen Klarheit. Der Klarheit von Gedanken, die einem scheinbar von außen eingeflüstert werden, die quasi schon vorformuliert sind. Die Vervielfachung von Details ist ein Teil der Hölle, die er beschreibt, dachte ich viel später an jenem Abend. An einem bestimmten Punkt muß man dem Journalismus den Rücken kehren, hatte ich mir noch vor dem Morgengrauen des nächsten Tages gesagt, so wie Dante beim Verlassen der Hölle Vergil den Rücken gekehrt hatte, obwohl Vergil der denkbar beste Führer war und die Hölle vielleicht das einzige ist, das eine Beschreibung lohnt. Der Gemütszustand meines Sohnes ist mit Sicherheit die Hölle, dachte ich in jener Nacht in Palermo, als ich in meinem Hotelbett über meine lange Unterhaltung mit Gregory Marks, seines Zeichens BBC-Korrespondent in Italien, nachgrübelte und zu verstehen versuchte, wie alles angefangen hatte. So wie meine Beziehung zu meiner Frau für mich zur Hölle geworden ist.

Dir bleibt gar nichts anderes übrig, als wegzugehen, sagte Gregory. Ich bin in deine Frau verliebt, und sie ist in mich verliebt, sagte er. Das weißt du, sagte er. Wir saßen inzwischen an einem

Tisch. Ich weiß nicht mehr, wie es dazu gekommen war. In einer Nische. Du mußt es gemerkt haben. An der Art, wie wir miteinander sprachen. Auf französisch. Sie führt ein Tagebuch über unsere Liebe. Auf französisch. Sie schreibt jeden Tag etwas hinein, sagte er. Ich hörte ihm zu. Ich betrachtete diesen ernsten, onkelhaften, schonungslos direkten Mann – vielleicht fünf Jahre älter als ich, vielleicht auch zehn –, der über den Tisch hinweg meinen Blick suchte, der mir erzählte, er sei in meine Frau verliebt, und zwar mit der Begeisterung eines Teenagers, einer Begeisterung, die ich selber womöglich auch an den Tag gelegt hätte, wenn ich je mit irgend jemandem über Karen gesprochen hätte. Aber ich habe mit niemandem gesprochen. Vielleicht hat das Attentat uns in eine feierliche Stimmung versetzt, dachte ich. Und wenn ich Dante zitierte, sagte er, obwohl ich Dante gar nicht zitiert hatte, dann könnte er genausogut Guinizelli zitieren. *Al cor gentil ripara sempre amor.* Also sprach der Dichter im dreizehnten Jahrhundert. Gregory beugte sich über unseren Nischentisch. Es lief leise Musik, aber gottlob ohne heiseren Gesang. Dem edlen Herzen strebet stets die Liebe zu, übersetzte er überflüssigerweise. Liebe erhöht, verkündete er, von leiser Musik begleitet. Sie verhindert, daß ein Mann zum Zyniker wird. Also kommentierte der BBC-Korrespondent den Dichter aus dem dreizehnten Jahrhundert. Guinizelli. Einer der Lieblingsdichter meiner Frau. Bestimmt nicht Gregorys üblicher Lesestoff. Und bei seinen Italienischkenntnissen viel zu hoch für ihn. Wenn er schon Montale nicht gelesen hatte, dann hatte er Guinizelli erst recht nicht gelesen. Also spricht sie doch ab und zu italienisch mit dir, bemerkte ich. Du mußt gehen, beharrte er. Ihr verletzt euch nur gegenseitig. Thérèse und ich haben unsere Ehe annullieren lassen, eröffnete er mir, weil wir uns darüber einig waren, daß wir uns nie geliebt haben. Wir waren jahrelang Freund und Freundin. Er lehnte sich zurück, um das vor dem Hintergrund leiser Jazzmusik genauer zu erklären. Alle rechneten damit, daß wir heiraten würden, erklärte er. Das Ganze wurde uns aufgezwungen. Es war eine Kraft am Werk, erklärte er, der wir uns nicht widersetzen konnten, weil wir zu jung waren, um sie zu erkennen. Er beugte sich vor. Aber sie kam von außen, verstehst du, nicht aus uns selbst. Gregory ist äußerst beredt, wenn es um die Annullierung seiner Ehe geht, dachte ich. Vor dem Kirchentribunal hatten sie einfach erklärt, die ganze Angelegenheit sei von außen gesteuert gewesen, sei ihnen von Anfang an aufgezwungen worden. Keine bewußte Wahl. Sie waren zu jung gewesen. Sie hatten sich vom gesellschaftlichen Druck beeinflussen lassen. Keine wirklich eigene Entscheidung. Wäre es echte Liebe gewesen, die tief aus dem Herzen kam, sagte Gregory, dann hätte sie angedauert. Verstehst du? Aber so haben wir uns nur gegenseitig verletzt. Verstehst du? Die Liebe sollte die Menschen erhöhen, sagte Gregory und bediente sich damit wieder bei Guinizelli, den meine Frau als Studentin gelesen hatte. Sie ruft im Liebenden die *virtú* hervor, beharrte er. All dies vor einem Hintergrund aus sanfter Jazzmusik und dem wiederkehrenden Geräusch der sich öffnenden und schließenden Fahrstuhltüren. Aber statt dessen verletzten wir uns gegenseitig, sagte er. Ihm standen die Tränen in den Augen. Wir – was ist das Gegenteil von erhöhen? Ich habe zuviel getrunken, gab Gregory zu, aber ich bin heilfroh, daß wir uns endlich aussprechen. Seine Augen glänzten, und er schaute mir ernst ins Gesicht. Erniedrigen, sagte er schließlich. Wir erniedrigten uns. Gingen aufeinander los. Wir haben uns nie geliebt, sagte Gregory mit großem Nachdruck. Der Priester, mit dem wir sprachen, hat das gemerkt. Er meinte, er könne einem Paar anmerken, ob es in bezug auf seine Ehe ehrlich war oder nicht. Dann erzählte mir Gregory, meine Frau habe ihm erzählt, sie könne mich wegen Marco nicht verlassen. Marco sei durcheinander, äußerst empfindsam, es ginge ihm nicht gut, und es würde ihn noch mehr durcheinanderbringen, wenn wir uns trennten. Ich sagte nichts. Aber er hatte ihr ein Ultimatum gestellt, sagte er. Ihr beide verletzt euch, wiederholte Gregory und beugte sich erneut über den Tisch. Die Polster in der Sitzecke waren grün. Ihr seid nicht glücklich. Ihr geht ständig aufeinander los. Die Beleuchtung war rot. Es würde mich nicht wundern, wenn Marco deswegen krank geworden ist, sagte Gregory angriffslustig. Das ist etwas, das Vanoli nie angedeutet hat, denke ich, während ich immer noch grübelnd in der Pasticceria Dante sitze. Obwohl ich keinen Appetit auf eine weitere Brioche habe. Und unter keinen Umständen noch einen Cappuccino trinken könnte. Nicht, bevor ich einen Arzt konsultiert habe. Nicht, bevor ich irgendwo Heparin aufgetrieben habe. Und ein Abführmittel. Sie bleibt bei dir, erklärte er mir, weil sie fürchtet, du könntest Marco von ihr weglocken. Sie hat Angst, ihn zu verlieren. Gregory ist äußerst beredt, dachte ich, wenn es um das Gefühlsleben meiner Frau geht. Diese Unterhaltung fand fast auf den Tag genau vor drei Jahren statt. Jedenfalls war es im Frühling. Kurz vor den Wahlen. Wann sonst werden Politiker ermordet? Ihr habt euch nie ausgesprochen, sagte Gregory hartnäckig. Aber das solltet ihr. In eurem eigenen Interesse, fügte er ernst hinzu. Er wirkte ehrlich besorgt, ähnlich wie zuvor, als er Mitgefühl für meine Schwierigkeiten mit meinem Job, meiner journalistischen Arbeit gezeigt hatte. In eurem eigenen Interesse, wiederholte er, zweifellos, damit ich zu meinem Recht kam. Sonst ist euer Leben nichts als eine Lüge, sagte er. Ihr belügt euch selbst, sagte er. Ich habe ihr drei Monate gegeben, teilte er mir mit. Es war ein Ultimatum. Ich habe lange gewartet, sagte er, wir lieben uns, aber es muß etwas geschehen, sonst werde ich verrückt. Er war sehr erregt. Man denkt, man kann so etwas nicht tun, hub er erneut an, aber man kann es durchaus. Thérèse und ich waren an einem Punkt angelangt, wo wir unsere Ehe für, wie soll ich sagen, notwendig hielten, sagte er. Teil des großen Plans. Verstehst du? Seine Augen leuchteten in dem roten Licht. Fünfundfünfzig Jahre alt vielleicht. Oder achtundfünfzig? Aber so war es nicht. Ihr könntet sogar ebenfalls eine Annullierung erwirken, erklärte Gregory. Beide hatten wir reichlich viel getrunken. Die Polster waren furchtbar häßlich. Ihr habt so jung geheiratet, sagte er. Vielleicht habt ihr beide damals noch gar nicht verstanden, worum es geht. Sein Haar war jungenhaft zerzaust. Sein breites, attraktives Gesicht, im Buchladen von Terminal Eins in Heathrow deutlich sichtbar ausgestellt, erweckt einen überzeugenden Eindruck von Offenheit. Ein schonungslos direkter Engländer mittleren Alters. Von Aufrichtigkeit. Aber warum hat er mir nie erzählt, daß er an einem Buch schrieb? Noch dazu über mein Thema. Deine Frau ist eine echte Katholikin, sagte er. Genau wie ich. Deshalb verstehe ich sie. Vielleicht besser als du. Sie würde niemals wieder heiraten, sagte Gregory, es sei denn, ihre erste Ehe würde annulliert. Wollte er ihr einen Heiratsantrag machen? Ihr habt gute Aussichten, eine Annullierung zu erwirken, sagte er. Natürlich, er hatte unsere Ehe als erste Ehe bezeichnet. Die erste Ehe meiner Frau. Allein die Tatsache, daß du kein Katholik bist, wäre Grund genug, sagte er.

Ich war weniger überwältigt als vielmehr verblüfft. Der Alkohol hatte mich träge gemacht. Im *Corriere della Sera* stand nichts Genaues über die Annullierung der zweiten kinderlosen Ehe des Theaterregisseurs, obwohl ich in diesem Fall vermute, daß sie hauptsächlich mit den politischen Ambitionen seiner Frau und seinen eigenen Verbindungen zur Democrazia Cristiana zu tun hatte. Die es damals noch gab. Ich hatte ihren Niedergang vorhergesagt. Das Attentat an diesem Tag gab mir recht. Was ist eigentlich los mit Marco? fragte Gregory dann. Ich weiß nicht mehr, ob die Musik immer noch lief. Ist er ernstlich krank? Ich gab keine Antwort. Kann ich irgendwie helfen? fragte er. Offensichtlich sind dem, was deine Frau ihm erzählt, Grenzen gesetzt, dachte ich. In ihrem eleganten Französisch. *Amor e il cor gentil sono una cosa,* sagte Gregory, eine weitere Zeile aus dem Schulmädchenrepertoire meiner Frau zitierend. Wie konnte er glauben, ich hätte diese Worte noch nie gehört? Die Liebe und das edle Herz sind eins. Wie konnte er glauben, meine Frau hätte diese Zeilen nicht auch für mich tausendmal zitiert? Himmel, als wir uns kennenlernten, studierte sie diese Texte noch! Und kaum hatten wir uns kennengelernt, heirateten wir. Wir bestellten noch zwei Whisky. Ich darf nichts mehr zu essen oder zu trinken bestellen, ehe ich nicht einen Arzt konsultiert habe, sage ich mir. Ehe ich nicht mein Heparin habe. Dann antwortete ich endlich auf Gregorys langen Monolog und sagte, ich könne das mit der Annullierung nicht verstehen. Eine Trennung oder Scheidung war für mich leicht nachvollziehbar. Aber nicht eine Annullierung. Mit einer Annullierung leugnet man alles, was war. Man tut so, als wäre man nie verheiratet gewesen. Als hätte es keine Ehe gegeben, aus der man ausbrechen wollte. Soviel zum Thema des Sich-selbst-Belügens, brüllte ich plötzlich in der plüschgrünen Sitzecke der Hotelbar. Bei der Annullierung einer Ehe, ich senkte die Stimme, waren die gleichen einander widersprechenden Regungen des Geistes am Werk, wie ich sie beim Premierminister, bei Andreotti, festgestellt hatte. Erhabenheit auf der einen, bürokratische Erbsenzählerei auf der anderen Seite. Ob Gregory diesen Gedanken in seinem Buch verwertet hat? frage ich mich. Das rote Licht ließ die grünen Polster glänzen. Der Glaube an die erhabene Heiligkeit der Ehe, sagte ich zu Gregory Marks, und eine zynische, kleinliche Kirchenbürokratie, die sich anmaßt zu entscheiden, ob diese Erhabenheit erreicht wurde oder nicht. Für Gedanken gilt kein Copyright. Soviel zum Thema des Sich-selbst-Belügens, brüllte ich. Es war lächerlich, beharrte ich bei gespenstischem Licht. Als wolle man das Problem, entweder wegzugehen oder mehr in die Tiefe zu gehen, lösen, indem man erklärte: Ich bin gar nicht dagewesen. Ich bin nie verheiratet gewesen. Ich bin nie in Paris gewesen. Aber im Grunde war das doch nichts anderes als ein Weggehen, sagte ich. Ich bin nie in Bonn gewesen. Ohne die Niederlage zuzugeben. Ohne auch nur zuzugeben, daß man sich gelangweilt hatte und weitergezogen war. Man konnte nicht mehr voller Erregung über seine Frau sprechen. Man konnte keine Überzeugung mehr in seine Stimme legen, wenn man mit ihr vögelte. Also zog man weiter. Als wäre jeder Auftrag dein erster, sagte ich. Du bist nie woanders gewesen. Hast nie aus Paris, aus Bonn oder aus Moskau berichtet. Jedes Attentat dein erstes. Selbst für dich ist es das zweite Attentat, sagte ich zu Gregory Marks. Selbst du sprichst von der ersten und der zweiten Ehe. Als wir noch zwei Whisky bestellten, warf uns der Barkeeper den wohlbekannten Blick zu, der besagt, Sie hatten schon mehr als genug. Die Musik war inzwischen abgestellt, das Licht gedämpft worden. Seine langjährige Erfahrung, erinnere ich mich gedacht zu haben, während ich immer wacher wurde und endlich auf Gregorys langen Monolog einging, sagt diesem Barkeeper, daß ihr schon mehr als genug getrunken habt. Ich habe diesen Ausdruck schon im Gesicht so manch eines Barkeepers gesehen. Und sogar während ich redete, nachdem ich die letzten zwanzig Minuten – seit mein Kollege Gregory Marks gesagt hatte: Ich bin in deine Frau verliebt – so gut wie gar nicht gesprochen, kaum den Mund aufgemacht hatte, vielleicht deshalb, weil ich mir im Hinterkopf immer wieder die quälende Frage stellte: wird er mir jetzt sagen, daß sie miteinander geschlafen haben, wird er das sagen, und haben sie es überhaupt getan, oder kommen sie dank ihrer absurden katholischen Frömmigkeit auf ihren heimlichen Treffen bei Kerzenschein über verkrampfte Romantik und *dolce stil nova*-Gedichte nicht hinaus? –, sogar während ich redete, wünschte ich, irgendein anderer Kollege würde auftauchen und unser Gespräch unterbrechen, hoffte, irgendein anderer Journalist würde erscheinen und dieser Vertrautheit ein Ende bereiten, damit ich nach ein paar abschließenden höflichen Floskeln endlich in mein Bett flüchten könnte, wo ich dann wachliegen und über all das nachdenken würde, was sich an jenem Tag in meinem Kopf abgespielt hatte, all das, was mir über mich selber und über andere klar geworden war, denn ich wußte sehr wohl, daß man, wenn man so viel getrunken hat, das heißt, daß ich, wenn ich so viel getrunken habe wie an diesem Abend, höchstens ein, zwei Stunden schlafen kann, wenn überhaupt, ehe ich wieder aufwache, den Kopf voller Gedanken, voller rasender Gedanken, die wie wild um all das kreisen, worüber im Verlauf des alkoholseligen Abends geredet, oder vielmehr, wie es im Morgengrauen meistens erscheint, aneinander vorbeigeredet worden war. Eine Annullierung ist absurd, sagte ich. Eine italienische Absurdität, betonte ich. Kein Kollege kam. Du bringst meine ganze Theorie über den Nationalcharakter ins Wanken, scherzte ich. Wie kann ein Engländer, selbst wenn seine Frau halb Französin ist, etwas so Absurdes tun, wie seine Ehe annullieren zu lassen? Wo bleibt da die Vernunft? Zweifellos, denke ich jetzt in der Pasticceria Dante und lese noch einmal das Liebesgedicht des Theaterregisseurs, das nicht besonders gut ist, zweifellos hat Gregory meiner Frau dieselben Gedichte vorgelesen, die er einst Thérèse, seiner ersten Frau, vorgelesen hatte. Oder besser gesagt, die Thérèse ihm vorgelesen hatte. Gregory ist der Typ, der Gedichte von anderen Leuten übernimmt, sinniere ich, der Gedichte zitiert, die andere ihm vorgelesen haben. Von sich aus liest er keine Gedichte. Eigentlich ist das Gedicht des Theaterregisseurs so schlecht, daß es weh tut, sage ich mir. Du wirfst meinen Glauben an Stereotypen über den Haufen, sagte ich lachend und hob mein Glas. Ich habe für meine Geliebte bessere Gedichte geschrieben, denke ich. Es war ein hohles Lachen. Bessere als die dieses berühmten Theaterregisseurs. Allerdings, fuhr ich fort, plötzlich sehr gesprächig, viel zu gesprächig, nachdem ich zwanzig oder dreißig Minuten lang kaum ein Wort gesagt hatte – was das betrifft, so weiß ich noch gut, wie verwirrt ich war, als ich entdeckte, daß es in Italien auch Protestanten gibt, daß es sogar italienische Zeugen Jehovas gibt. Ich hatte immer genaue Vorstellungen vom Nationalcharakter gehabt, erklärte ich Gregory – versuchte ich, das Thema zu wechseln? –, aber dann entdeckte ich eines Tages, daß es italienische Zeugen Jehovas gibt. Wie ist das möglich? Ich lachte. War ihm je einer von ihnen begegnet? Kamen sie in seinem Buch vor? Ich hatte große Schwierigkeiten, sagte ich zu Gregory, die *testimoni de Geova* in mein Bild vom Italienischsein einzufügen. Ich lachte. Das war ein ganz schöner Rückschlag. Und dann, mich jetzt meinerseits unter der roten Lampe und vor dem Hintergrund der grünen Plüschpolster über den Tisch beugend, erzählte ich Gregory ganz bewußt, daß meine Frau kürzlich unser Liebesspiel unterbrochen hatte, um mit einem Zeugen Jehovas zu sprechen. Wir liebten uns gerade leidenschaftlich, sagte ich zu Gregory Marks – von Themawechsel keine Rede –, es war noch gar nicht lange her, betonte ich, und sie brach mittendrin ab, um mit einem Zeugen Jehovas zu sprechen. Ich prahlte, war aber zugleich wütend, und ich schaute ihm tief in die Augen, um zu sehen, ob ich etwas in Erfahrung bringen könnte, ob sein offener und geradezu kriminell selbstzufriedener Blick mir wohl verraten würde, ob er mit meiner Frau schlief. Unser Liebesspiel war immer leidenschaftlich, sagte ich, Worte aussprechend, die ich nie zuvor ausgesprochen hatte. Nicht Karen gegenüber, und ganz bestimmt nicht Vanoli gegenüber. Es mag schlecht um unsere Ehe stehen, gab ich vor Gregory Marks zu, dem Mann, der behauptete, er sei in meine Frau verliebt. Aber es ist und bleibt eine Ehe. Unsere Ehe wurde uns nicht aufgezwungen, sagte ich zu Gregory, um das Salz so tief ich konnte in die Wunde zu reiben, und hocherfreut stellte ich fest, daß sich nun erste Anzeichen von Besorgnis in seinem Gesicht zeigten. Aber zugleich wütend wegen des Zeugen Jehovas. Wir schliefen gerade miteinander, wie lange mag es her sein, drei Monate vielleicht, sagte ich, obwohl ich keine Ahnung hatte, wie lange es her war, als dieser Typ an der Haustür klingelte. Ich habe meistens nur eine sehr vage Vorstellung vom Zeitpunkt irgendwelcher Ereignisse in unserer Ehe. Um sich über das Ende der Welt zu unterhalten. Du kennst ja die Sprüche. In einer Ehe scheint alles simultan abzulaufen. Aber gern, sagt meine Frau über die Gegensprechanlage. Jedenfalls in unserer Ehe. Obwohl ich schon weiß, was ich tun würde, sagt sie, wenn ich wußte, daß in zehn Minuten die Welt untergeht. Wir liebten uns auf dem Sofa, erzählte ich Gregory. Ich betonte das. Ich fand mich geschmacklos, dachte aber gar nicht daran, aufzuhören. Ich hatte ziemlich viel getrunken. Und als er hereinkam, fast noch ein Junge, ein netter Junge in einem bürograuen Jackett, eine Ausgabe des *Wachturm* auf italienisch in der Hand, ich habe vergessen, wie der hier heißt, da fängt sie an, mit ihm zu flirten. Im Nachthemd, sage ich. *La Torre di Guardia*. Sie bietet ihm Champagner an. Aus irgendeinem Grund hatten wir ein Flasche Champagner aufgemacht. Das waren überflüssige Details, aber ich wollte, daß Gregory sie hörte. Vielleicht zur Feier irgendeines Jahrestages oder Geburtstages. Eines x-ten Jahrestages. Sie schenkt ihm ein Glas Champagner ein. Es gibt so viele davon. Ich weiß schon, was ich tun würde, wenn der Weltuntergang bevorstünde, sagte meine Frau lachend. Vielleicht Marcos Geburtstag. Sie flirtet schrecklich gern, sagte ich. Meine Frau. Das wird dir auch schon aufgefallen sein. Sie setzte sich im Nachthemd neben ihm aufs Sofa und zwinkerte mir über die Schulter zu, während sie Champagner trank und erzählte, was sie tun würde, wenn die Welt unterginge. Vögeln natürlich. Jetzt sah ich Bestürzung in Gregorys Blick. Und Unglauben. Ich sah an seinem Blick, daß er und meine Frau nicht miteinander geschlafen hatten. Jedenfalls nicht sehr oft. Er kennt ihre herbe Seite noch nicht, sagte ich mir. Sie hat Guinizelli zitiert. Etwas, das sie mir gegenüber schon lange nicht mehr gemacht hat. Sie hat über Marco geredet. Über ihre Hoffnungen, ihren Kummer, ihre Gebete. Aber nicht darüber, daß er sein Bett mit Scheiße beschmiert. Nicht über sein unzusammenhängendes Gestammel und seine furchtbaren Wahnvorstellungen. Nicht über seine Anzüglichkeiten, sein Übergewicht, seine Gewalttätigkeit. Das kann ich ihr verzeihen, sinniere ich jetzt in der Pasticceria Dante. Nein, meiner Frau das zu verzeihen fällt mir wirklich nicht schwer. Daß sie das Leben, das sie ihrem Liebhaber präsentierte, sorgsam zurechtgestutzt hat. Wir hatten eine leidenschaftliche Liebe und eine leidenschaftliche Ehe, sagte ich unvermittelt zu Gregory. Ich stand auf. Meine Beine trugen mich sicherer als erwartet. Das kann irgendwann zu Ende sein, sagte ich. Das kann durchaus irgendwann zu Ende sein, sagte ich. Höchstwahrscheinlich wird es sogar bald zu Ende sein, brüllte ich. Aber es kann niemals annulliert werden. Viel Glück, Gregory, sagte ich zu ihm. Und gute Nacht. Dann drehte ich mich um und ging zum Fahrstuhl.

Kaum war ich oben in meinem Zimmer, so erinnere ich mich jetzt, immer noch in der Pasticceria Dante herumlungernd und immer noch fasziniert von den Fotos des großartigen Theaterregisseurs, der seine wunderbare Nase würdevoll in die Höhe reckt, fasziniert von seinem chaotischen Privatleben und seinen großen künstlerischen Leistungen, vor allem aber von der Tatsache, daß die Zeitungen sich darüber so vollkommen ausschweigen, über diesen Kontrast, meine ich, zwischen dem Chaos seines Privatlebens und der Größe seiner Leistungen, rief ich meine Frau an. Oder hätte mich an diesem Vormittag jede Schlagzeile gefesselt? Es war fast zwei Uhr morgens, aber in einem Anfall von Wut und Liebe rief ich trotzdem meine Frau an, etwas, was ich normalerweise nicht tun würde. Ich wollte unbedingt bestimmte Sachen aussprechen. In der Hinsicht hatte Gregory recht. Bestimmte Sachen mußten ausgesprochen werden. Und jetzt, hier in der Pasticceria, kommt mir der Gedanke, daß es womöglich im Charakter jedes Menschen Dinge gibt, die er lieber verschweigt. Liegt darin die Bedeutung des komplizierten Konzepts des Sich-selbst-Belügens? Ich habe nie verstanden, wie man sich selbst belügen kann. Kann man die Wahrheit kennen und sich selber dennoch die Unwahrheit sagen? Oder handelt es sich vielmehr um ein verschwörerisches Stillschweigen der widersprüchlichen Teile der eigenen Persönlichkeit? Könnte man eine Person, ein Paar, eine Nation, so frage ich mich, zum Beispiel Andreotti, womöglich am besten anhand dessen verstehen, was sie vor sich selber verschweigen: anhand ihrer Tabus, ihrer *omertà?* Nationale Identität als Verschwörung falschen Bewußtseins? Sprache als Verschwörung des Schweigens? Jedenfalls hat kein einziger Journalist die Frage aufgeworfen, was es zu bedeuten hat, daß dieser unumstritten großartige Künstler ein absolut unverzeihliches Privatleben führte. Was hat das zu bedeuten? Wie kann man sich selbst belügen, überlege ich, außer indem man schweigt? Indem man bestimmte Teile seiner Persönlichkeit voneinander fernhält. Ein nicht hinterfragter Widerspruch. Der Journalismus verbirgt das Schweigen, dachte ich, indem er von den falschen Dingen spricht, die Details vervielfacht, die Stille mit Geplapper füllt. Ich muß mit meiner Frau sprechen, dachte ich an jenem Abend im Hotel. Eine Ecke der grünen Bettdecke war zurückgeschlagen und auf dem Kopfkissen lag ein Täfelchen Schweizer Schokolade. Die Bettdecke war grün und die Nachttischlampe rot. Ich muß aussprechen, was nie ausgesprochen wurde, dachte ich. Ich hatte eindeutig zuviel getrunken. Ich war ganz offensichtlich erschüttert. Attentate erschüttern mich immer. Das Aufrechterhalten unserer Beziehung ist eine Verschwörung des Schweigens, sagte ich mir. Auf beiden Seiten. Ich war entschlossen, das auszusprechen. Und Gregory tat mir inzwischen ein bißchen leid. Als ich Gregory in die Augen schaute, während ich ihm, vielleicht mit ein paar kleinen Übertreibungen, die Geschichte von dem Zeugen Jehovas erzählte, hatte ich plötzlich gespürt, daß mein Kollege nicht bekommen würde, was er wollte. Hatte sie sich wirklich neben den Jungen aufs Sofa gesetzt? Nein, es war bedauernswert naiv von unserem BBC-Korrespondenten, dachte ich, jemandem wie meiner Frau ein Ultimatum zu stellen. Guinizelli hatte seinen Geliebten keine Ultimaten gestellt, dachte ich. Ebensogut könnte man der Mafia ein Ultimatum stellen. Oder Andreotti. Obwohl ich Guinizelli gar nicht kannte. Abgesehen von dem, was meine Frau mir vorgelesen hatte. Es war ein Fehler gewesen, in Gregory eine ernsthafte Bedrohung zu sehen, dachte ich. Sein Buch

Typisch Italienisch, überlege ich jetzt in der Pasticceria Dante, nachdem ich darin hier und da ein paar Zeilen überflogen hatte, erscheint geradezu unverzeihlich naiv. Ich wählte noch einmal die Nummer. Meine Frau würde vielleicht Himmel und Hölle in Bewegung setzen, um sich Gregory als Quelle romantischer Gefühle zu erhalten, dachte ich, als Traum, vielleicht auch als gelegentlichen Liebhaber, aber sie würde mit ihm ebensowenig durchbrennen wie mit dem armen Jungen, der ihr ein Exemplar des *Wachturms* andrehen wollte. Warum ging keiner ans Telefon? Und jetzt, hier in dieser Pasticceria, ironischerweise benannt nach dem größten aller italienischen Dichter, das heißt, die Piazza war nach dem Dichter benannt worden und dann die Pasticceria nach der Piazza, eine Art anti-platonische Demonstration der Tatsache, daß Namen keine besondere Beziehung zu dem haben, was sie bezeichnen, geht mir auf, daß dieser Moment, als ich um zwei Uhr morgens von einem Hotel in Palermo aus versuchte, meine Frau anzurufen, dem Moment gestern abend vor der Tür zur Leichenhalle ähnelte. Und auch einer ganzen Reihe anderer Momente in meinem Leben. Ich war entschlossen gewesen, überlege ich, in die Leichenhalle zu gehen und mir das letzte Gefecht mit meiner Frau zu liefern. Wenn nötig über Marcos Leiche. So wie ich drei Jahre zuvor entschlossen gewesen war, meiner Frau zu sagen, daß Gregory mir alles erzählt hatte. Entschlossen, mir das letzte Gefecht mit ihr zu liefern. Wenn nötig durchs Telefon von einem Hotel in Palermo aus. Wie oft schon habe ich dieses letzte Gefecht geplant! Ihr zu sagen, daß Gregory Guinizelli zitiert hatte. Ihr von Karen zu erzählen. Von meinem versteinerten Herzen. Das inzwischen mit mehreren Bypässen versehen wurde. Vielleicht hatte das Attentat den Anstoß gegeben. Andreotti ist erledigt, dachte ich, jetzt, wo sie seinen wichtigsten Lakaien in Sizilien ermordet haben. Niemand ging ans Telefon. Damit dürfte seine Allianz mit der Mafia beendet sein, dachte ich, und folglich wohl auch seine politische Karriere. Plötzlich verspürte ich das dringende Bedürfnis, meiner Frau zu sagen, daß dieses Attentat mit seinen Implikationen für mich von größter Bedeutung war, die Erfüllung von etwas, was ich schon vor Jahren vorhergesagt hatte, daß ich aber dennoch nicht die Absicht hatte, darüber zu schreiben. Ich wollte mehr in die Tiefe gehen, würde ich ihr erklären. Und ich würde versuchen, ihr zu suggerieren: auch mit dir. Ich möchte mit dir mehr in die Tiefe gehen. Weißt du noch, würde ich sagen, weißt du noch, wie ich Italien verlassen wollte, um nach Moskau zu gehen, und du mir sagtest: Aber du hast ja noch nicht einmal dieses Land verstanden? Es dauert länger als fünf Jahre, um ein Land wie Italien zu verstehen, hast du gesagt. Mir war eben wieder eingefallen, daß es meine Frau gewesen war, die das gesagt hatte. Ich hätte es Gregory erzählen sollen. Ich muß sofort mit ihr sprechen, dachte ich. Und es lag nicht nur daran, daß meine Frau selber nicht weggehen wollte. Nicht aus Rom weggehen wollte, das Geisterhaus, ihr Zuhause nicht verlassen wollte. Nein, daran lag es nicht. Ganz und gar nicht.

Ich saß neben dem Telefon und steigerte mich immer mehr in meine Gefühle hinein. Ich weinte. Ich duschte, um die Wartezeit zu überbrücken, dann rief ich erneut an. Ich würde ihr sagen, es stehe zwar schlecht um unsere Ehe, aber ich für meinen Teil wolle mehr in die Tiefe gehen, bis zur Wurzel vordringen. Auch mit Marco müssen wir mehr in die Tiefe gehen, würde ich sagen. Und mit Paola. Wir müssen aufhören mit den Nörgeleien, dem Kleinkrieg, der ehelichen Bürokratie. Wir müssen uns auf das Erhabene besinnen. Niemand nahm meinen Anruf entgegen. Gerade als du in die Leichenhalle gehen wolltest, haben die Ferrantes dich davon abgehalten, sinniere ich. Und niemand hat meinen frühmorgendlichen Anruf aus Palermo entgegengenommen. Ich war perplex. Ich konnte mir vorstellen, daß meine Frau noch auf einer ihrer Partys war, auf einem der ausgedehnten Empfänge nach einer Theatervorstellung, die das einzige Überbleibsel ihrer halbaristokratischen Herkunft darstellten, einem Botschaftsempfang vielleicht, oder zumindest noch auf dem Heimweg von einer solchen Party, einer ähnlichen Party wie der, auf der ich sie kennengelernt hatte. Aber wo war Marco? Seine Medikamente haben ihn in Tiefschlaf versetzt, dachte ich. Er hört das Telefon nicht. Aber Marco weigert sich doch, seine Medikamente zu nehmen, sagte ich mir, während ich im Hotelzimmer auf und ab ging und die Schokolade aß, die auf dem Kopfkissen gelegen hatte. Er nimmt nie seine Medikamente. Wenn Marco nur seine Medikamente nehmen würde, dann wäre alles in bester Ordnung. Ich versuchte es noch einmal.

Aber selbst wenn jemand rangegangen wäre, hättest du dann wirklich gesagt, was du deiner Frau sagen wolltest? Heute morgen, hier in der Pasticceria Dante, muß ich mir diese Frage stellen, denn dahinter steht eine weitere, viel drängendere Frage: Werde ich mich mit meiner Frau aussprechen, irgendwann am heutigen Tag, oder morgen, vielleicht in der *camera ardente,* oder werde ich sie einfach verlassen? Ohne ein Wort? Die Menschen machen so etwas. Trotz solch drängender Details wie der Planung der Beerdigung, der Trauerfeier, der Frage, wo wir beide wohnen werden. Die Menschen gehen manchmal einfach weg. Packen ihre Sachen und verschwinden. Nein, sage ich mir, ich darf die Pasticceria Dante auf keinen Fall verlassen, solange alles ungeklärt ist, solange dieser bedeutungsvolle Tag noch ungeplant ist. Wie lange hast du eigentlich vor der Leichenhalle gestanden, ehe die Ferrantes dir eine Ausrede lieferten, nicht hineinzugehen? Wie lange hast du da gestanden, mit der Hand auf der Türklinke? Ehe der Anblick der Vertrautheit und Würde der Ferrantes im Angesicht einer Tragödie dir Gelegenheit gab, dir einzureden, es sei zu spät. Zu spät, um deine Frau zu bitten, zur Vernunft zu kommen. Die verlorenen Jahre verhindern die Rückkehr des Verlorenen, sinniere ich. Waren das Marcos Gedanken gewesen, vor nicht einmal achtundvierzig Stunden? In einem Augenblick geistiger Klarheit? Der Theaterregisseur und seine Geliebte hatten getrennte Schlafzimmer, erklärte das polnische Mädchen der Presse. Deshalb hatte der Hund ihn gefunden. In gebrochenem Italienisch, wie *La Stampa* behauptete. Vielleicht genau zur gleichen Zeit, als Marco sich umbrachte. Nein, du behauptest zwar, du hättest diese Dinge zu deiner Frau gesagt, in jener Nacht am Telefon, im Hotelzimmer in Palermo, aber höchstwahrscheinlich hättest du es nicht getan. Du bist gar nicht dazu in der Lage. Höchstwahrscheinlich hättest du Gregorys Eröffnung nicht einmal erwähnt. Solche Anlässe, denke ich – das Attentat in Verbindung mit Gregorys Eröffnung, und jetzt, wie ungeheuerlich, der Selbstmord deines Sohnes –, entzünden das Bedürfnis nach einer entscheidenden Auseinandersetzung, setzen eine Flut von Gefühlen frei, eine gewaltige Welle heftiger Emotionen, aber letztendlich sagst du doch nichts. Du paddelst weiter im Flachen herum. Bleibst nah am Ufer. Oder du gehst weg. Wenn man dich am meisten braucht, gehst du weg.

Zwei Carabinieri betreten die Pasticceria, schäkern mit der hübschen *barista* herum und erinnern mich absurderweise an meine Steuerhinterziehung. Hiermit teilen wir Ihnen mit, daß gegen Sie wegen Steuerhinterziehung ermittelt wird. Du sagst, du willst mehr in die Tiefe gehen, denke ich, während ich die gutaussehenden jungen Carabinieri, ohne Zweifel aus dem Süden, dabei beobachte, wie sie mit der hübschen *barista* schäkern, aber dann machst du dich seitwärts davon wie ein Krebs, vergräbst dich in Büchern, flüchtest dich mehr und mehr in Analogien und Gedankenspiele, ohne dich den Rätseln direkt zu stellen: deiner Frau, deinem Sohn. Du hast dich deinen Problemen nie direkt gestellt. Zuerst bist du seitwärts in den Ehebruch geflüchtet, bist den Schwierigkeiten mit deiner Frau, deiner Familie, ausgewichen, und später, als das beendet war, weil du nicht zulassen wolltest, daß daraus mehr als eine Zerstreuung wurde, hast du dich seitwärts in deine Bücher geflüchtet, da hilft auch kein Protest gegenüber deinem Kollegen Gregory Marks, keine Behauptung, du würdest ganz instinktiv mehr in die Tiefe gehen, nein – du bist seitwärts ausgewichen in das obskure und lächerliche Vorhaben, ein Monumentalwerk über den Nationalcharakter und die Vorhersagbarkeit menschlichen Verhaltens zu verfassen. Obwohl ich ein solches Vorhaben für umsetzbar halte. Du bist nur da in die Tiefe gegangen, wo es nicht darauf ankam, sage ich mir. Obwohl ich glaube, daß ein solches Buch zum Meilenstein werden könnte. Und was soll ich sonst mit dem anfangen, was ich gelernt habe? Du bist sogar vor der Leiche deines Sohnes geflohen, denke ich. Du mußt hingehen und dir die Leiche deines Sohnes ansehen, wird mir plötzlich klar, hier in der Pasticceria Dante. Jetzt gleich. Die Carabinieri wischen sich die Sahne von den Lippen. Hör auf, an Andreotti zu denken, geh dir lieber deinen Sohn anschauen. Wenigstens seine Leiche. Über dem hübschen Kopf der *barista* in der Pasticceria Dante hängt ein Kruzifix. Auch in der Ecke meines Hotelzimmers in Palermo hing ein Kruzifix. Und zweifellos hängt auch eins in der Leichenhalle, in der Marco liegt. In Italien hängen überall Madonnen oder Kruzifixe. Die Stoff für endlose Analogien bieten. Für Fluchten in die Analogie. Die Madonna vor der Tür zur Entbindungsstation, die wir auf dem Weg zur Leichenhalle gesehen haben. Meine Gedanken an Parthenogenese und Wiederauferstehung. Meine Frau als Maria am Grabe. Unverzeihlich unpassende Zusammenhänge. Und während ich zwischen den vergeblichen Anrufen aus dem Hotel in Palermo, das, glaube ich, Hotel Garibaldi hieß, noch einmal das Revue passieren ließ, was gesagt worden war, über Gregorys frommen Glauben an das Weggehen nachdachte und über den lange vergessenen Einwand meiner Frau, daß ich Italien nicht verlassen dürfe, ehe ich es wirklich kannte, nicht nach ein paar Jahren einfach wieder weggehen dürfe, da kam mir die altbekannte Erkenntnis, daß man sich dem angleicht, was man kennt. Ich kenne Italien jetzt, wurde mir in meinem Zimmer im Hotel Garibaldi bewußt. Italienische Hotelzimmer sind mir vollkommen vertraut, dachte ich, mit ihren schweren, gerahmten Spiegeln und den röchelnden

Abflüssen. Ich war zum Italiener geworden. Jedenfalls insoweit, als ich keine Lust mehr hatte, über das Land zu sprechen. Insoweit, denke ich, als ich nach all den Jahren beißender Kritik an der Korruption selber zum Steuerhinterzieher geworden war. In Rom wie die Römer. Die beiliegende Erklärung ist umgehend per Einschreiben an obige Adresse zu senden. So stand es in dem Brief. Du hast deine Frau erkannt, dachte ich – und der biblische Sinn ist hier der einzig wahre –, und deshalb wirst du im Endeffekt wie sie werden. Du nagst an dem Apfel, nur um dann festzustellen, daß er an dir nagt. Du bist gar nicht so englisch, wie du glaubst, dachte ich. Du bist zum Italiener geworden. Du bist wie deine Frau geworden. Du besitzt Wissen, folglich hat dieses Wissen auch von dir Besitz ergriffen. Wenn also Italien und deine Frau dir weiterhin undurchschaubar vorkommen, dann nur deshalb, weil du ebenfalls undurchschaubar bist. Für dich selber. Wie sie es auch für sich ist. Wir alle sind für uns selber undurchschaubar. Sich jemandem anzugleichen bedeutet nicht, diese Person zu verstehen. Erkenntnis führt in die Leere, überlege ich, so wie Licht das Auge zur Sonne führt. Ist es tatsächlich möglich, daß ich wie meine Frau geworden bin? Am liebsten hätte ich auf der Stelle Gregory angerufen und ihm erklärt, daß er den Sinn für das Pathos verloren hatte. Das Gespür für das Verhängnis, dafür, daß er sich dem angeglichen hatte, was er kannte, daß er aber trotzdem schmerzlich davon getrennt blieb und verhängnisvollerweise trotzdem imstande war, anderes kennenzulernen, so wie ich Karen kennengelernt, auch sie erkannt hatte, obwohl ich bereits mit meiner Frau vereint war. Verhängnisvollerweise trotzdem imstande, in den Zustand der Unwissenheit zurückzukehren, den Sinn für das Schicksal zu verlieren. Du solltest dir eine andere zum Vögeln suchen, sagte Marco, sechs oder sieben Jahre danach. Nachdem dieser Behelf ausprobiert worden war. Immer und immer wieder. Sein Gemütszustand muß die Hölle sein, dachte ich. Wir führen jetzt jeder unser eigenes Leben, sagte sie. Paola hat geheiratet, um von zu Hause wegzukommen, denke ich, sie hat aus Verzweiflung viel zu jung geheiratet, ohne einen Mann gefunden zu haben, der mich ersetzen konnte, sie ist ausgezogen, als ihr klar wurde, daß das Gerede von unserem Zusammenleben ohne ihre Mutter nur Gerede war, nur eine Wunschvorstellung, die mich ergriff, wenn ich wütend war. Ich hätte so etwas nie zu meiner Tochter sagen dürfen, denke ich jetzt in der Pasticceria Dante. Daß wir beide zusammenleben sollten. Flirte ich womöglich genauso viel wie meine Frau? Vanoli jedenfalls hat so etwas angedeutet. Ist Marco ebensosehr nach mir wie nach ihr geraten? Vielleicht benehme ich mich ganz genauso wie sie. Ich möchte nicht darüber reden, Papa, sagte meine Tochter. Sie warf mir über das Sofa hinweg einen ihrer kurzen Blicke zu und wandte dann die Augen gleich wieder ab. Manche von uns werden überwältigt von dem, was sie kennen, sinniere ich, von dem, dem sie sich gezwungenermaßen angleichen. Ihren Frauen, oder ihren Vätern. Wir können der Flut nicht standhalten. Dann war die Leitung plötzlich besetzt. Statt daß niemand ranging, war die Leitung besetzt. Beim zehnten oder zwanzigsten Versuch. Es war halb fünf. Ich versuchte es weiter. Statt ranzugehen, dachte ich, hat meine Frau den Hörer danebengelegt. Ich schäumte vor Wut. Es sei denn, sie war eben von einer ihrer albernen Partys zurückgekehrt und telefonierte jetzt mit Gregory. Mitten in der Nacht. Auf französisch. Vielleicht wird meine Frau ihm Pathos beibringen, dachte ich. Wenn sie ihn mitten in der Nacht mit ihrem Französisch aufweckt. Mit ihrem Guinizelli. Meine Wut war plötzlich verschwunden. Ich weiß noch, daß ich lachen mußte. Ich war erschöpft. Das kann meine Frau gut, dachte ich, anderen Pathos beibringen. Du mußt den Journalismus aufgeben, dachte ich, als ich mich in dieser Nacht in Palermo endlich ins Bett legte. Gleich nach dem Aufwachen, um kurz nach neun, rief ich einem Impuls folgend Dottor Vanoli an. Es fing damit an, sagte ich, daß Marco mit seiner Mutter plötzlich englisch sprach. Warum lachen Sie, wenn Sie das sagen? fragte der Psychiater. Und er fügte hinzu, das sei nur ein Symptom gewesen. Was ihn interessierte war, wie ursprünglich alles angefangen hatte. Ich legte auf und wählte erneut die Nummer meiner Frau, entschlossen, ihr diese Frage zu stellen, diese Frage zu benutzen, um ihr von meinem Gespräch mit Gregory zu erzählen, von meiner Abkehr vom Journalismus, von meiner Auffassung, daß unsere Ehe, auch wenn es schlecht um sie bestellt sein mochte, doch immer noch eine Ehe war und daß wir deshalb entscheiden mußten, ob wir sie heilen oder sterben lassen wollten. Wie erstaunlich, denke ich jetzt, während ich zusehe, wie die Carabinieri eilig die Pasticceria verlassen und die *barista* ihnen mit gespieltem Bedauern nachwinkt, wie erstaunlich, daß sie auf dem Heimweg von Courteney im Taxi das Wort heilen benutzte. Kein Wunder, daß du weinen mußtest. Vielleicht gleichen die Gemütsregungen deiner Frau deinen eigenen aufs Haar, sage ich mir. Sie ist so geworden wie du, und du so wie sie. Ich wählte erneut. Wir müssen mehr in die Tiefe gehen, wollte ich ihr sagen. Wir müssen uns der Tatsache stellen, daß Marco ernstlich psychisch krank ist, nicht bloß durcheinander, nicht bloß empfindsam, oder was auch immer sie Gregory erzählt hatte. Wir müssen aus dem eingefahrenen Hin und Her gegenseitiger Anschuldigungen ausbrechen, unsere konkurrierenden Allianzen mit den Kindern aufgeben. Warum hatte Marco so plötzlich die Seiten gewechselt? Gab es etwas, wovon ich nichts wußte? Ich wählte. Pronto, sagte eine männliche Stimme. Eine fremde Stimme. Ein Carabiniere, erklärte er. Ihrer Frau hat man Beruhigungsmittel verabreicht, sagte er. Ihr Sohn wurde verhaftet. Marco hatte sie die ganze Nacht wie eine Geisel gefangengehalten. Im Badezimmer. Der Fall wurde als tätlicher Angriff behandelt. Ihre Tochter kam nach Hause und wählte sofort die Notfallnummer. Sie will Anzeige erstatten. Möchten Sie mit Ihrer Tochter sprechen? Hilf mir, sagte Marco, als ich ihn am nächsten Morgen besuchte. Er sprach englisch. Hilf mir! Und jetzt bin ich endlich von meinem

Tisch aufgestanden. Ich bezahle mein Frühstück. Marco hat die Worte an das Badezimmerfenster geschrieben! Mein Sohn. In der Wohnung meiner Tochter. Hilf mir, sagte er. Es gibt Dinge, von denen ich nichts weiß. Ich muß nach Turin fahren. Ich muß mit meiner Frau sprechen.

Eine Viertelstunde später schickte ich vom Hauptpostamt in Novara aus ein Fax mit folgenden Fragen ab:

An Presidente Giulio Andreotti:

Presidente …

1. Ein siebenmaliger Premierminister wird der Zusammenarbeit mit der Mafia beschuldigt. Wie hat das alles angefangen?
2. Ein Schleier des Geheimnisses umgibt Sie. Haben Sie dieses Image bewußt gepflegt?
3. Trotz aller Instabilität ändert sich in Italien kaum etwas. War Ihre lange Amtszeit eher darauf ausgerichtet, alles beim alten zu belassen, anstatt Verbesserungen herbeizuführen?
4. Welches sind Ihre Lieblingslieder?
5. Kurz vor seiner Ermordung hat Moro Sie mit folgenden Worten charakterisiert: »kalt, undurchsichtig, ohne jede menschliche Regung, der Erlangung der Macht verschrieben, um Böses zu tun«. Dennoch gehen Sie jeden Morgen zur Messe, sind Redakteur einer religiösen Zeitschrift und rühmen sich der Freundschaft mit Päpsten und Kardinälen. Wie wichtig ist Ihnen das Gefühl, sich tugendhaft zu verhalten?
6. Hat Ihre Frau für Ihre Karriere eine bedeutende Rolle gespielt?
7. Was würden Sie antworten, wenn jemand Sie beschuldigen würde, eine gespaltene Persönlichkeit zu haben, und was bedeutet für Sie der Ausdruck ›sich selbst belügen‹?
8. Sie werden oft für Ihre Kompromißbereitschaft gelobt, aber

ebenso häufig sind Ihre Regierungskoalitionen mit dysfunktionalen Familien verglichen worden. Ist Ihnen je der Gedanke gekommen, daß Sie aus Angst vor Veränderung in einer Sackgasse steckengeblieben sind? Hatten Sie gehofft, das alte System würde noch intakt sein, wenn Sie sterben?

9. Man sagt, Sie besäßen das Talent, anderer Leute Verhalten vorherzusagen. Nehmen wir an, Sie halten das für zutreffend: Glauben Sie als religiöser Mensch, daß die anderen dadurch herabgesetzt werden, oder handelt es sich nur um eine notwendige Folge der Herrschaft der Vorsehung über den freien Willen?
10. In welcher Figur aus *I promessi sposi* finden Sie sich am meisten wieder?

7

Es war notwendig gewesen, *I promessi sposi* noch einmal zu lesen, um die kontinuierliche Wiederkehr einer Reihe italienischer Typen aufzeigen zu können, eine Verwandtschaft der Heiligen und Gauner aus dem *Inferno* mit denen aus dem *Decamerone* bis hin zu denen bei D'Annunzio, Pasolini und Fellini nachzuweisen. Natürlich läßt sich über eine einzelne Figur oder Eigenschaft nicht sagen, sie verkörpere das Italienische schlechthin oder enthalte etwa den Kern des italienischen Nationalcharakters, denn für sich allein kann man ebensowenig italienisch oder englisch sein wie man für sich allein menschlich oder unmenschlich oder ohne Mutter ein Sohn sein kann. Dennoch gibt es eine Konstellation bestimmter Typen, die sich gegenseitig definieren, die mehr und mehr als typische Figuren hervortreten, wenn man sie in Beziehung zueinander setzt und in ihrer Interaktion miteinander betrachtet. Eine Art italienische Dynamik, wenn man so will. Eine Gemeinschaft einander ergänzender Persönlichkeiten. Eine besondere Art, Geschichten zu verknüpfen, verfügbare Handlungsräume zu beschreiben, sich über andere zu definieren und so man selber zu werden. Die Existenz dieser Dynamik zu beweisen, ihr Ausmaß, ihre Entwicklung, ihre Empfänglichkeit für Verschiebungen und ihren Widerstand gegen Veränderungen eingehend zu betrachten würde bedeuten, so hatte ich geglaubt, lange Zeit geglaubt, der Vorhersagbarkeit neue Gebiete zu erschließen. Kurz gesagt, mehr in die Tiefe zu gehen. Das war mein Ziel. Viel tiefer zu gehen, als ich im Journalismus je gegangen war. Andreotti war insoweit berechenbar, dachte ich, als er sich in der Welt der italienischen Politik bewegte, die Menschen um sich herum definierte und seinerseits von ihnen definiert wurde. Einschließlich der Leiche auf dem Bürgersteig an jenem Frühlingsmorgen in Palermo. Wäre er in Lytham oder Lissabon aufgewachsen, dann hätte Andreotti sich völlig anders verhalten. Ich hatte das Gefühl – nein, ich war ganz sicher –, daß auch ich selber mich in London oder Los Angeles, oder auch in Rom, aber mit einer englischen Ehefrau, völlig anders verhalten hätte. Oder mit einer tibetanischen Ehefrau. In Rom. Ich las Manzoni nicht deshalb noch einmal, weil ich zeigen wollte, was für überzeugende, gar zeitgenössisch anmutende Figuren Don Abbondio, Lucia, der Avvocato Azzeccagarbugli und Don Rodrigo, um nur vier zu nennen, sind, sondern weil ich zeigen wollte, wie sie *im Verhältnis zueinander* dazu werden. Und auch im Verhältnis zu vielen anderen, die vor und nach ihnen kamen, seien sie nun echt oder erfunden. Das Schicksal ist etwas, das wir gemeinsam erschaffen, dachte ich.

Dies waren jedenfalls die Überlegungen, die ich untermauern wollte, und deshalb las ich neben einer ganzen Reihe anderer Bücher noch einmal *I promessi sposi* und stieß dabei auf die Geschichte der Nonne von Monza – an die hatte ich jahrelang nicht gedacht –, vor allem aber auf den Kapitelanfang, wo Manzoni schreibt: Es gibt Augenblicke, in denen das Gemüt des jugendlichen Menschen sich in einer Stimmung befindet, in der auch die kleinste Bitte hinreicht, daß man alles von ihm erlangt, was einen Anschein von Güte und Aufopferung hat: wie eine frisch erblühte Blume sich auf ihrem gebrechlichen Stengel willig hergibt und gerne ihre Düfte dem ersten Hauche der sie umspielenden Luft überläßt. Diese Augenblicke, fährt Manzoni fort – allerdings zitiere und übersetze ich aus dem Gedächtnis –, diese Augenblicke, welche die anderen mit scheuer Ehrfurcht bewundern sollten, sind gerade diejenigen, welche die eigennützige Arglist aufmerksam erspäht und ausnutzt, um einen Willen zu fesseln, der nicht auf der Hut ist.

Warum befiel mich Entsetzen beim Lesen dieser Zeilen in *I promessi sposi?* Beim Wiederlesen der Geschichte über Gertrude von Monzas ungeheuer skrupellosen Vater? Schließlich hatte ich meine Tochter nicht mit einem Trick dazu gebracht, gegen ihre Überzeugung Nonne zu werden, und sie dadurch zu einem Doppelleben verdammt. Ich hatte sie nicht skrupellos manipuliert; ich hatte ihr nicht einmal zugeredet, Giorgio zu heiraten. Ich hatte kein persönliches Interesse daran. Ich hatte ihr nicht die Mitgift verwehrt. Ganz im Gegenteil, ich hatte mich dumm und dämlich gezahlt, um den beiden einen guten Start zu ermöglichen. Gegen den Willen meiner Frau. Und meinen Sohn Marco hätte ich gar nicht manipulieren können, selbst wenn ich gewollt hätte, denn Marco unterlag ganz und gar dem Einfluß seiner Mutter. Das war offensichtlich. Und ihrer Zuständigkeit. Marco steht immer noch völlig unter dem Einfluß seiner Mutter, sagte ich mir oft, wenn ich von einer italienischen Stadt in die nächste reiste, über diese oder jene Gaunerei oder Tragödie berichtete und an dem arbeitete, was mittlerweile als bedeutende Karriere gilt. Sie hat die uneingeschränkte Kontrolle über sein Leben. Eigentlich ist er gar nicht mein Sohn, dachte ich manchmal irgendwo in einem Hotelzimmer. Es war die Zeit, in der man allmählich anfing, mich als maßgeblichen Experten für das zeitgenössische Italien zu bezeichnen. Wann wird er endlich ihre Schürzenbänder loslassen? fragte ich mich. Ich hatte von irgendeinem Parteikongreß aus zu Hause angerufen, nur um von Paola zu erfahren, daß meine Frau und mein Sohn zusammen ausgegangen waren. Es ärgerte mich, daß Marco regelmäßig zur Kirche ging. Mit seiner Mutter. Sie hat ihn vollkommen vereinnahmt, dachte ich. Ich kann auf seine Erfolge im Basketball und seine guten Noten in Mathematik kaum stolz sein, dachte ich, obwohl ich zu gerne anders empfunden hätte, denn im Grunde ist er gar nicht mein Junge. Ich kenne nicht einmal die Regeln beim Basketball. Zweifellos macht sie mich bei ihm schlecht, dachte ich. Ich selber war immer hoffnungslos schwach in Mathe gewesen. Mein Sohn ist in jeder Hinsicht anders als sein Vater, betonte meine Frau immer wieder auf ihren zahllosen, amüsanten Dinnerpartys. Hätte ich dagegen versucht, sie bei ihm schlecht zu machen, hätte er sich vermutlich die Ohren zugehalten. Er war loyal. Es ärgerte mich, wenn ich sah, wie Marco sich bekreuzigte. Wenn ich sah, wie willig er sich unter ihren Einfluß begab. Er hat nichts von meiner Weltsicht geerbt, dachte ich. Ich habe meinen Sohn nicht im geringsten beeinflußt. Und erst recht nicht manipuliert. Dennoch war mir bewußt, daß ich an Marco dachte, als ich die Stelle las, wo Manzoni beschreibt, wie die Nonne von Monza schließlich für Jahre als lebende Tote in eine Zelle eingemauert wird. Auch Marco ist in eine Zelle eingemauert, sagte ich mir. Ich weiß nicht mehr, wo ich gerade war, als ich diese Seiten las, als ich diese schrecklichen Worte zu mir selber sagte, aber ich vermute zu Hause, denn das Buch ist zu umfangreich, um es mit sich herumzutragen. *I promessi sposi* ist ein umfangreiches Buch. Marco ist seit Jahren eingemauert, dachte ich, in dem Haus, das er an jenem Abend, als ich immer wieder von Palermo aus anrief, demoliert hat. Die Treppe seiner Ahnen, zertrümmert mit einem Holzhammer. In einer einzigen Nacht. Dieses Kapitel bei Manzoni, erinnere ich mich jetzt, diese schreckliche und schrecklich italienische Geschichte, löste in mir ein Entsetzen aus, wie ich es nie zuvor gekannt hatte. Es war das Bild von der schönen Gertrude, die hinter steinernen Mauern in ihrer Zelle sitzt, hoffnungslos verloren und unwiederbringlich jeder Gesellschaft beraubt, das mich so erschreckte. Es ist eine erschreckende Vorstellung: eine schöne, sinnliche Frau bis ins Innerste zerstört infolge von Umständen, über die sie zumindest anfänglich keinerlei Kontrolle hatte. Ihr jugendliches Pflichtbewußtsein von einem manipulativen Vater schamlos ausgenutzt. Mit Unterstützung der Mutter. Warum hatte Marco sich gegen seine Mutter gestellt? In der Geschichte der Nonne von Monza, dachte ich, ging es um den uralten Zwist zwischen den geltenden

Sitten und dem widerspenstigen Individuum. Darum, wie diese beiden Kräfte zusammenwirken, um ein Einzelschicksal zu formen. Der Nationalcharakter entstellt den Individualcharakter, dachte ich. Obwohl beide für sich allein nicht bestehen können. Ohne die Gesellschaft gibt es keine Individuen. Gertrude fügt sich, aber sie rebelliert. Sie erfüllt ihre Pflicht, und dann rebelliert sie. Hat es einen Moment gegeben, in dem die Schürzenbänder sich zu einer Schlinge verknoteten? Für Marco? Gertrude nimmt den Schleier, gegen ihren Willen, aber sie rebelliert dagegen. Sie kann hinter dem Schleier kaum atmen. Hätte ich die Schlinge lösen müssen? Hätte ich es gekonnt? Aber rebellieren kann sie hinter dem Schleier. Sie liebt, sie treibt Unzucht, sie tötet. Mit dem tiefen Groll und der Gerissenheit eines Menschen, der hinter einem Schleier rebelliert. Sie wäre gern weiterhin so pflichtbewußt wie früher, als ihr junger Geist bereitwillig dem Willen ihres Vaters folgte und sie sich opferte, aber sie kann nicht mehr atmen. Ihr Vater wollte nichts weiter, als die Mitgift, die Kosten für eine Heirat sparen. Sie wird vom Schleier erstickt. Erstickt von der Gier ihres Vaters. Ich hingegen habe für meine Tochter freiwillig eine Wohnung gekauft. Zerstört durch seine Gleichgültigkeit gegenüber ihren innersten Bedürfnissen. Sie bricht ihren Schwur, sie liebt einen Mann, sie tötet einen Erpresser. Sie wird verraten. Sie wird bestraft. Sie wird in eine Zelle eingemauert. Er war ein so lieber Junge, sagte meine Frau weinend bei der anschließenden Gerichtsverhandlung. Wie üblich hatten wir ganz automatisch Himmel und Hölle in Bewegung gesetzt. Ich brauchte kaum etwas zu sagen, er gehorchte mir ganz von selbst, schluchzte sie. Es waren nur wenige Leute im Saal. Ein braveres Kind kann man sich nicht vorstellen, beharrte sie. Sie trug ihre grüne Jacke, fast scharlachroten Lippenstift und auf den Wunden, die nicht heilen wollten, eine dicke Puderschicht. Er war immer sanft wie ein Lamm zu mir, sagte sie flehentlich. Die Polizei hatte Fotos von dem Loch in unserer Schlafzimmerwand und dem zertrümmerten Treppengeländer gemacht. Ich wollte es nicht reparieren lassen. Als man Paola vorschlug, keine Anzeige zu erstatten, weigerte sie sich. Um deinetwillen, Papa, sagte sie. Um Marcos willen. Er hat sich immer gut benommen, sagte ich im Zeugenstand schlicht und tat so, als sei mir der Gefühlsausbruch meiner Frau peinlich, um dadurch ihre Aussage um so wirkungsvoller zu bekräftigen. Wir sind ein unschlagbares Team. Nein, ich wiederhole es noch einmal, sagte ich ruhig, ich weiß von keinen Zwischenfällen von der Art, wie meine Tochter sie beschrieben hat. Wir müssen um jeden Preis die Unterbringung in der Forensik verhindern, hatte Vanoli gewarnt. Das Trauma eines Gefängnisaufenthalts könnte von einschneidender Wirkung sein. Marco ist eingemauert, dachte ich beim Lesen dieser Seiten des großen Manzoni, beim Lesen der empörenden Geschichte der Gertrude von Monza. Nicht in der Villa Serena, sondern in seinem Kopf. Eine Geschichte ohne jede Erlösung oder Katharsis, dachte ich. Dieses Bild von einer eingemauerten Frau, von einer Frau, die es *akzeptiert,* eingemauert zu werden, es deshalb *akzeptiert,* weil sie in der gemeinschaftlichen Auffassung von ihrem Verbrechen und seiner Bestrafung gefangen ist. Sie *wählt* ihre Strafe. Marco durfte die Villa Serena unter bestimmten Bedingungen für begrenzte Zeiten verlassen. Aber er tat es nur selten. Er war in seinem Kopf eingemauert. So sicher wie die mörderische Nonne. Das Haus der Ahnen seiner Mutter kaputtzuschlagen hatte auch nicht geholfen, dachte ich. Welcher Trost läßt sich in einer solchen Geschichte finden, fragte ich mich, indem ich die Seiten von Manzonis großartigem Buch umblätterte? Gertrude, dachte ich, war schon von dem Moment an eingemauert, als ihr schrecklicher Vater sie dazu brachte, den Schleier zu nehmen, ihren Jungmädchenwillen manipulierte, ihren Wunsch zu gefallen ausnutzte, um sie für immer begraben zu können und die Mitgift zu sparen. Marco war für immer begraben, dachte ich. Es gibt immer eine treibende Kraft bei solchen Dingen. Aber es war völlig abwegig zu glauben, ich sei dafür in ähnlicher Weise verantwortlich wie Gertrudes Vater für die Leiden seiner Tochter. Warum stelle ich solche Analogien her? Er glaubt, ich leite einen internationalen Spionagering, erzählte ich Vanoli. Ich sei ungeheuer mächtig. Deswegen muß ich so viel reisen. Mal lasse ich riesige fremde Armeen aufmarschieren, um ihn zu zerstören, dann wieder bin ich der einzige, der ihn beschützen kann. Er behauptet, seine Mutter hätte seinen Hund getötet. Er besaß nie einen Hund. Seinen Welpen erstickt. Ich kann mich an keinen Welpen erinnern. Er behauptet, sie habe das Tier unter ihr Kleid gesteckt und erstickt. Jedesmal eine neue Geschichte. Meine vielen Reisen haben damit zu tun, daß ich das Weltklima bestimme, sagte ich mit nervösem Lachen. Ich bringe seiner Mutter kleine Kinder zu essen. Oder Paola ist sein Schutzengel. Die rettende Schwester. Obwohl sie diejenige war, die ihn anzeigte. Er hat gesehen, wie sie auf der Stazione Termini mehreren Männern einen geblasen hat.

Vanoli hatte es an jenem Nachmittag eilig. Ich sprach schnell, las gehorsam aus den Notizen vor, die ich mir bei unserem ersten oder zweiten Besuch in der Villa Serena gemacht hatte. Nach der Verhandlung. Die langen Fahrten in den Norden. Seit der Verhandlung, seit seiner Einweisung in die Villa Serena, wurde Marco eigentlich nicht mehr von Vanoli behandelt, aber ich suchte den Mann weiterhin regelmäßig auf. Er lächelte. Solche Aussagen waren typisch bei Schizophrenen, sagte er. Nicht besonders auffällig. Darin bestand das Wesen der Schizophrenie, sagte er. Aber das wußte ich bereits. Ich sollte ruhig bleiben und so oft wie möglich die Wahrheit wiederholen, sagte er, ihm sagen, wie es wirklich war. Daß wir seine Eltern waren, ihn liebten und uns wünschten, daß er bald gesund würde und wieder nach Hause käme.

Sagen Sie ihm einfach immer wieder die Wahrheit, sagte Vanoli, ganz ruhig und vor allem beharrlich. Erinnern Sie ihn hartnäckig daran, wie die Welt wirklich ist. Und achten Sie darauf, daß er seine Medikamente nimmt. Wenigstens haben wir die Forensik vermeiden können, sagte Italiens führender Psychiater. Die Villa Serena ist ein gepflegtes Haus. Eigentlich ein Wunder, wenn man bedenkt, was Ihre Tochter ausgesagt hat. Und er nimmt jetzt wieder seine Medikamente. Offenbar gab es Dinge, über die ich nicht informiert wurde, sagte Vanoli. Aber Ihre Frau hat einen bemerkenswerten Auftritt hingelegt. Er war sichtlich beeindruckt. Es gibt nur wenige Menschen, die sich von meiner Frau nicht beeindrucken lassen. Beziehungsweise verführen. Sie hatte sich für den Anlaß eine neue Dauerwelle legen lassen. Sie hat prachtvolles Haar. Viele meiner Patienten haben in der Villa Serena entscheidende Fortschritte gemacht, sagte er. Dottor Busi ist ein ausgezeichneter Psychiater. Aber als ich von Vanolis Büro am Lungotevere nach Hause zurückkehrte und die Geschichte der Nonne von Monza noch einmal las, war ich überwältigt. Es war nicht die Wahrheit, dachte ich. Ich wollte gar nicht, daß du nach Hause kommst, sage ich meinem Sohn jetzt, während ich bei seinem Leichnam sitze. Das war eine Lüge. Ich wollte deine Mutter für mich allein haben. Endlich. Ich wollte dich aus dem Weg haben. Wir führen jetzt jeder unser eigenes Leben, sagte Karen. Ich habe mich entschieden, nicht mehr zu reisen, sagte ich zu meiner Frau. Endlich. Es hatte zwei Jahre gedauert, bis diese Worte zu mir durchgedrungen waren. Ich gebe den Journalismus auf, sagte ich zu meiner Frau. Ich werde zu Hause gebraucht, sagte ich. Ich möchte bei dir sein. Wie flach und leblos Karens Stimme klang, als sie diese Worte sagte. Ich habe die Treppe nie reparieren lassen. Ich werde ein Buch schreiben, beschloß ich: Der Nationalcharakter und die grundsätzliche Vorhersagbarkeit des menschlichen Verhaltens. Aber beim nochmaligen Lesen der Geschichte der Nonne von Monza, für immer in ihrer Zelle eingemauert, überfiel mich Entsetzen.

Warum hatte ich mich daran erinnert – an *I promessi sposi,* an die Nonne von Monza –, was hatte mich in diesen wenigen, kostbaren Minuten in der *camera ardente,* bevor ich so rücksichtslos gestört wurde, ausgerechnet darauf gebracht? Waren es die Kerzen? Die religiösen Bilder? Der Gedanke an eine Leiche, die demnächst eingemauert werden würde? Meine listige Frage an Andreotti? Was wird er antworten? Oder bloß ein allgemeines, ganz absurdes Schuldgefühl? Ein absurdes, masochistisches *Bandhu*. Das eine Verbindung zwischen mir selber und Gertrudes schrecklichem, manipulativem Vater herstellte. Einen Zusammenhang, den es nicht gab. Paranoia, eindeutig. Marco wirkt tot weniger beeindruckend als lebendig: das war mein erster Gedanke, als man mich in die *camera ardente* führte, das dachte ich in diesen wenigen Minuten, bevor ich so rücksichtslos gestört wurde. Ich war überrascht und wahrscheinlich auch froh, daß meine Frau nicht da war. Sehr überrascht. Ich setzte mich auf einen Stuhl. Zu meiner großen Erleichterung war er angezogen. Die Leiche war bekleidet. Meine Frau war nicht da. Dunkle Hosen, blauer Pullover. Die Villa Serena muß seine Sachen hergeschickt haben, dachte ich. Wie nett. Die Schwestern hatten ihn angezogen, seine Wunden bedeckt. Wie großherzig. Ich war überrascht und gerührt von so viel Großherzigkeit. Sie hatten den Jungen nach der Obduktion angezogen. Am Kopf- und Fußende brannten Kerzen. Dies war die *camera ardente,* nicht die Leichenhalle. In dem Raum standen zwei oder drei schwere Möbelstücke aus dunklem Holz, und an der Wand hing ein Herz-Jesu-Bild. Ein öffentlicher Ort, der das Private nachäfft, dachte ich, oder vielmehr eine Vorstellung des Privaten aus ferner Vergangenheit. Der es einem erspart, den geliebten Verstorbenen mit nach Hause zu nehmen und ihn unter einer Halogenlampe neben dem Fernseher aufzubahren. Aus einer bedeutungsvolleren Vergangenheit, gekennzeichnet durch sargähnliche Truhen und Anrichten mit Herz-Jesu-Bildern darauf. Allerdings in einem unterfinanzierten öffentlichen Krankenhaus. Ich setze mich auf einen rot gepolsterten Holzstuhl. Der Vergangenheit unserer Eltern. Ich setzte mich. Oder der Eltern unserer Eltern. Es war eindeutig Marco. Eindeutig sein Gesicht.

Er lag in einem flachen Sarg, dessen glänzendes dunkles Holz zum Holz der anderen Möbelstücke paßte, das im Kerzenlicht schimmerte. Es gab ein Kruzifix und ein Herz-Jesu-Bild. Diese Gegenstände erzeugen die Illusion von Sinn, fiel mir auf. Tot wirkt er weniger beeindruckend als lebendig, dachte ich. Weniger wild. Mehr wie der pflichtbewußte Marco, der jeden Sonntag in der Kirche neben seiner Mutter kniete. Wie mich das geärgert hat! Nicht wegen ihrer Religiosität, die ich durchaus achte, um die ich sie sogar beneide, sondern weil er sie so artig nachahmte. Der gewissenhafte Marco, der bei der Trauerfeier für seine Großmutter nach vorne ging, um die Hostie zu empfangen, während Paola mit mir auf einer der hinteren Bänke sitzen blieb. Gehst du nicht nach vorne, um die Hostie zu empfangen? fragte ich meine Tochter. Schließlich war es die Beerdigung ihrer Großmutter. Sie hielt meine Hand und blieb mit mir hinten sitzen, während die anderen nach vorne gingen. Ich weiß noch, daß ihr Gesicht an jenem Tag in dem gedämpften Licht besonders fremdländisch wirkte, besonders starr um den Mund herum. War es die religiöse Bildlichkeit in der *camera ardente,* die mich an die Nonne von Monza denken ließ? An Gertrudes schrecklichen, skrupellosen Vater, ihr furchtbares Schicksal, daran, daß sie eingemauert wurde, so wie auch Marco in seinem Kopf eingemauert gewesen war, Marco, der jetzt jenseits aller Mauern ist.

Du mußt paranoid sein, dachte ich. Kaum hatte ich mich in der *camera ardente* auf den Stuhl gesetzt, wurde ich von Schuldgefühlen überwältigt. Du willst anscheinend unbedingt schlecht von dir denken. Vielleicht lag es an der englischen Schule, sagte ich einmal zu Vanoli. Mein einziger Einfluß auf meinen Sohn war im Grunde die englische Schule gewesen. Vielleicht war das der Fehler. Und während ich selber, so erklärte ich dem Psychiater, dauernd für etwas gehalten wurde, was ich nicht war, einen Deutschen in Italien, einen Amerikaner in England, und meine Frau niemals für etwas anderes gehalten wurde als das, was sie war, nämlich eine Italienerin, vielmehr eine Römerin, egal in welcher Sprache sie redete, egal wie fließend sie diese Sprache auch beherrschte, besaß Marco – so erklärte ich Vanoli – das unheimliche Talent, in England für einen hundertprozentigen Engländer und in Italien für einen hundertprozentigen Italiener gehalten zu werden. Sein Englisch war eine perfekte Imitation meines eigenen, sagte ich, nur ohne dieses gewisse Etwas, was immer es auch sein mag, das die Engländer veranlaßt zu glauben, ich sei Amerikaner. Sein Italienisch klang wie das Italienisch seiner Mutter. Genau wie das seiner Mutter, sagte ich. Geoff Courteney hatte erst vorgestern abend beim Essen eine Bemerkung über Marcos ausgezeichnetes Englisch und seine ausgezeichneten Manieren gemacht, fiel mir jetzt ein, als ich mich in der *camera ardente* auf den Stuhl setzte und mich fragte, warum meine Frau, die in der kalten Leichenhalle die ganze Nacht bei ihm gesessen hatte, diese Gelegenheit nicht nutzte, um bei ihm zu sein, ich meine jetzt, da er ordentlich aufgebahrt war, umgeben von Kerzenlicht und glänzenden dunklen Möbeln. In einer angemessen religiösen Atmosphäre. Wir sollten in diesem Moment zusammensein, dachte ich. Wie eine Familie. Man benutzt dafür das Wort angemessen. Meine Frau sollte hier bei mir sein. Und Paola sollte auch hier sein. Unsere Familie ist radikal gespalten, dachte ich. Sie hat sich radikal gespalten an dem Tag, als Marco nach vorne ging, um die Hostie zu empfangen, und Paola nicht. Bei der Beerdigung ihrer Großmutter. Es hätte ihm so leid getan, sagte Geoff Courteney, von Gregory zu hören, daß unser Sohn krank war. Meine Frau spitzte angestrengt die Ohren. Es war ein beachtliches Zugeständnis ihrerseits gewesen, mit nach England zu gehen, Gregorys Namen hören zu müssen, ohne zu wissen, wovon die Rede war. Er ist tot, dachte ich. Seine Haut ist kalt. Deine Mutter hat es nicht geschafft, dich von den Toten aufzuwecken. Ein dummer Gedanke. Ich hatte mich nicht einmal nach dem Ergebnis der Obduktion erkundigt. Das Englische war ihr fremd, hatte sie mir gesagt.

Und ich hatte es Vanoli gesagt. Das Englische steht meinem Geist feindselig gegenüber, sagte sie lachend. Und das zu einer Zeit, in der sie womöglich noch Guinizelli zitiert hat. Für mich, meine ich. Oder Foscolo. *I sepolcri*. Sie spitzte angestrengt die Ohren, als diese Namen fielen. Marcos Name, Gregorys Name. Meine Frau hat ein hinreißendes Lachen. Es gibt niemanden, der geeigneter wäre als du, räumte Geoff erst vorgestern abend ein – obwohl er mir keinen Vertrag anbot –, um eine vergleichende Studie über Nationalcharaktere zu verfassen. Ist das ein Hinweis? Auf das, was schiefgegangen ist? Diese Sprachgeschichte? Aber jetzt, in diesem Moment, darfst du dich nicht ablenken lassen, sagte ich mir ruhig, aber bestimmt. Ich hatte eben erst in der *camera ardente* Platz genommen. Jetzt, in diesem Moment, mußt du dich konzentrieren, sagte ich mir. Du mußt die Leiche betrachten. Schließlich blieben mir nur noch wenige Minuten, obwohl ich das natürlich nicht wissen konnte, bis ich auf absurde Weise gestört werden sollte. Du darfst nicht an die Nonne von Monza oder an Vanoli oder an verschiedene Sprachen denken. Darfst deinen diversen Gedankengängen nicht folgen. Die so nützlich sind, wenn man nicht hinsehen will. Du mußt hinsehen, sagte ich mir. Schau dir deinen Sohn an. Jetzt sofort.

Ich schaute hin. Wenn Marco englisch sprach, dachte ich, dann war er Engländer, dann betrachtete er sich selber als Engländer und wurde auch für einen gehalten. Sommerferien in England. Mit den Courteneys. Und wenn er italienisch sprach, galt dasselbe. Ich schaute seine bleichen Lippen an. Ist das ein Hinweis? Zwei völlig unzusammenhängende Denkmuster, sagte ich zu Vanoli. Hätten wir ihm das nicht aufzwingen dürfen? Meine Frau findet, daß sie sich feindselig zueinander verhalten, erklärte ich ihm. Sie hat sich immer geweigert, Englisch zu lernen, sagte ich. Auf italienisch weiß man Dinge, versuchte ich dem Psychiater zu erklären, die man auf englisch nie wissen kann. Auf englisch wird man zu etwas, das man auf italienisch nie werden kann. Zwei verschiedene Arten, sich selber von sich zu erzählen, sagte ich. Stand die Sprache am Anfang des schismatischen Prozesses? Die halbe Welt ist zweisprachig, sagte Vanoli lächelnd, ohne daß dieser Umstand ungünstige Auswirkungen hätte. Er verwarf die Idee. Er ist Psychiater, kein Psychotherapeut.

Aber ist es überhaupt sinnvoll, fragte ich mich plötzlich in der *camera ardente,* ziemlich erschöpft, aber zugleich sehr überrascht von meiner Ruhe, meiner Klarheit, der Kohärenz meiner Gedanken, nach solchen Hinweisen zu suchen, in Begriffen von Schuld und Kausalität über diese Geschichte nachzudenken? Hatte es irgendeinen Sinn, verstehen zu wollen, was geschehen war? Ich fühlte mich in Gegenwart der Leiche meines Sohnes völlig erschöpft und eindeutig krank, ich hatte sogar Schmerzen, aber dennoch war ich wesentlich ruhiger, als ich erwartet hatte. Ich war erstaunt, daß meine Frau nicht hier war. Wo war sie? Tot wirkte er so viel weniger beeindruckend als lebendig. Ich war geradezu unheimlich ruhig. Und klar. Er war krank, dachte ich. Courteney hatte das richtige Wort benutzt. Diese Krankheit. Ich war Geoff Courteney dankbar. Es kann wohl kaum von Verschulden die Rede sein, wenn ein Sohn sich mit Grippe infiziert, dachte ich. Nach neuesten Erkenntnissen handelt es sich um Virusmutationen, sagte Vanoli. Außer natürlich, wenn man das arme Kind draußen in der Kälte hat stehen lassen. Warum kehren solche Gedanken immer wieder? Oder ihn in der Kälte eingemauert hat. Und ich fragte mich, ob meine Frau wohl gleich hereinstürmen würde. Fragen würde, wo ich gewesen war. Menschen, die man in der Kälte stehen läßt, infizieren sich leicht mit dem Grippevirus. Hysterisch würde angesichts dieses Anblicks, der das letzte war, was sie je von ihrem Sohn zu sehen bekäme. Von meinem Sohn. Diesmal konnte sie nicht Himmel und Hölle in Bewegung setzen. Sie kann ihn nicht von den Toten auferstehen lassen. Deine Frau wird jeden Augenblick hereinstürmen, sagte ich mir. Du mußt dich konzentrieren.

Dann endlich legte ich meine Hand auf seine Stirn. Ich zwang mich, meine Hand auf Marcos kalte Stirn zu legen, so wie man einem schlafenden Kind eine Hand auf die Stirn legt, um seine Temperatur zu prüfen. Er war krank, nichts weiter. Ein Virus. Hier bist du nun, bei der Leiche deines Sohnes, dachte ich. Du hast es geschafft. Bei Marco. Es ist Marco. Marcos Gesicht, Marcos Kinn. Es ist Marco. Du bist kein Feigling, sagte ich mir. Es riecht nach gar nichts, nur nach Kerzen und poliertem Holz. Du bist hergekommen, um ihn zu sehen. Der arme Marco. Trotz der möglichen Anwesenheit deiner Frau. Du berührst ihn sogar. Trotz deiner Angst vor Verwesungsgeruch. Obwohl ich davor als Journalist nie Angst hatte. Als Journalist ließ mich der faulige Geruch verwesender Leichen ganz unbeeindruckt. Und ich beugte mich vor, bis meine Lippen sein Ohr streiften. Wo war sie? Die Haut sah in dem Kerzenlicht ockergelb aus. Das Fieber ist weg, *ciccio,* flüsterte ich, die Hand auf seiner Stirn. Sie nannte ihn *ciccio,* wenn sie ihn mit zu sich ins Bett nahm. *Ciccio, ciccietto. Principino.* Unsere Koseworte stammten alle von ihr, dachte ich. Es ist vorbei, mein Kleiner, flüsterte ich. Das Fieber ist weg. Dann, in dem Moment, als die Gefühle, die ich herausgefordert hatte, auch prompt in meiner Kehle hochstiegen und meine Augen mit Tränen füllten, Gefühle, so schien es mir plötzlich, die mich mitreißen und weiter weg tragen würden, als ich je zuvor von Gefühlen getragen worden war, über den Punkt der Rückkehr hinaus bis hin zu der Person, die ich war, genau in diesem Moment sprach eine andere Stimme sehr deutlich, fast sachlich und mit großer Autorität zu mir: Dies in aller Historizität zurückzuholen, verkündete diese Stimme durch meine Tränen hindurch, liegt außerhalb deiner Macht. Es war eine sehr förmliche Stimme. Sie formte die Worte auf meinen Lippen. Obwohl Historizität, soweit ich mich entsinnen kann, kein Wort ist, das meine Lippen je zuvor geformt haben. Und ich war in jenem Moment der Verstörung auch nicht ganz sicher, was dieser Satz bedeuten sollte. Eine solche Aufgabe liegt außerhalb deiner Macht, wiederholte die Stimme. Sie hatte einen seltsamen, metallischen Beiklang. Dennoch wirst du dir jetzt eine Stunde lang die Geschichte deines Sohnes erzählen. Und sofort ebbte die Gefühlsflut ab.

Du warst nicht schockiert über die Einmischung dieser Stimme, überlege ich jetzt, da ich schon kurz nach der rücksichtslosen Unterbrechung erneut in der *camera ardente* sitze. Sie hatten mir fünfzehn Minuten zugestanden. Im Gegenteil, du warst erleichtert. Die Gefühlsflut wurde sogleich eingedämmt. Du hattest Gefühle gerufen, und die Stimme hat sie fast automatisch wieder beschwichtigt und dich davor bewahrt, daß sie dich überwältigen. Du wirst dir die Geschichte deines Sohnes erzählen, sagte ich zu mir. Ich war verblüfft, wie schnell ich mich wieder gefaßt hatte. Du wirst sein Leben zurückholen. Die Stimme sprach nur einmal, dann verschwand sie. Mit der Hand auf seiner Stirn. Ähnlich wie Vanoli dir geraten hatte, ihm immer wieder die Wahrheit zu sagen, die wahre Geschichte zu erzählen. Sagen Sie ihm immer wieder die schlichte Wahrheit und stellen Sie dabei am besten einen körperlichen Kontakt her. Legen Sie Ihre Hand auf seine Hand, oder auf seine Schulter. Zeigen Sie ihm die Wirklichkeit, so wie sie ist, die Normalität, so wie sie ist. Erzählen Sie eine normale Geschichte, sagte Vanoli, von einer normalen Mutter, einem normalen Vater und einem normalen Sohn, die nichts mit Klimakontrolle und erstickten Welpen zu tun haben. Sparen Sie sich die Mühe, solch albernem Geschwätz zu widersprechen. Die Ursache war eine Virusmutation. Etwas, das vermutlich vorhersagbar wäre, wenn wir die Mechanismen kennen würden. Eines Tages könnte es sogar einen Impfstoff dagegen geben. Warum hatte er dann von italienischen Müttern und ihren Söhnen gesprochen, wollte ich wissen, von typisch italienischen Formen der Schizophrenie? Und es überraschte mich erneut, wie sehr diese Leiche tatsächlich meinem Sohn glich. Keine leere Hülle, wie ich erwartet hatte. Keine Horrormaske. Viel mehr dein Sohn, dachte ich, als beim letzten Mal, beim letzten Gespräch mit ihm. Weniger beeindruckend. Ich war erleichtert. Irgendwie weniger erschreckend. Du wirst diese kostbare Zeit nutzen, um dir selber die Geschichte deines Sohnes zu erzählen. Jetzt kann er nicht mehr halluzinieren, dachte ich. Meine Hand schien an seiner klammen Stirn zu kleben, die damals, als wir uns zum letzten Mal trafen, fiebrig gewesen war von den Stimmen, die ihn plagten. In der *camera ardente* riecht es nach gar nichts. Nur nach Kerzen. Ich hörte sie zum ersten Mal, als ich aufs College kam, behauptete er. Die Kerzen flackerten. Aber er änderte seine Geschichte häufig. Er hatte Probleme mit seinen Zimmergenossen gehabt. Mit den Mädchen. Wer wird je die Wahrheit hinter diesen Geschichten erfahren? Und wer hätte schon keine Probleme mit Mädchen? Er war überzeugt, die Mädchen machten sich über ihn lustig. Das Fieber ist jetzt weg, flüsterte ich, wenige Minuten bevor ich gestört wurde. Du warst ein süßes Kind, flüsterte ich. Deiner Mutter ständig im Weg und ihr absoluter Liebling. Sie hat dich geliebt und mit dir geschimpft und dich mit in ihr Bett genommen, flüsterte ich. Es klang banal, aber ich gehorchte der Stimme, so gut ich eben konnte. Ich hatte ihre Autorität gespürt. Eine unanfechtbare und rettende Autorität. Welche Erinnerungen gibt es sonst aus jener Zeit? Du warst ein liebes Kind, sagte ich. Ich erinnere mich nur an sehr wenig aus seiner frühen Kindheit. Das eine oder andere Foto. Elba. Rimini. Suffolk. Ein kleiner Junge, der lächelnd in einem großen Eimer sitzt. Schnappschüsse aus den Sommerferien. Im Haus der Courteneys in Suffolk. Haben wir Gregory dort kennengelernt? Du warst ein lieber Junge, flüsterte ich. Du warst brav. Was für eine Geschichte kann ein Kleinkind haben? Wenn nicht die Geschichte seiner Eltern? Ich fragte mich, was meine Frau ihm gestern hatte sagen wollen. Als sie darauf bestand, mit ihm allein zu sein. Wo war sie jetzt? Du warst artig. Mama hat dich geliebt. Ich war nicht eifersüchtig. Ich freute mich so für deine Mutter. Freute mich, daß sie doch noch ein eigenes Kind bekommen hatte. Es hat ihr so viel bedeutet. Du kannst reisen, soviel du willst, sagte sie. Sie gab ihre Arbeit auf. Das war eine Überraschung. Ihre geliebte PR-Arbeit. Die großen Hotels. Die Gesellschaften. Du brauchst ihm keine Geschenke zu kaufen, sagte deine Mutter, ich weiß, was er sich wünscht. Der gesellige Aspekt ihres Berufs hatte ihr gefallen. Ich weiß, was mein *ciccino* sich wünscht. Paola war eifersüchtig. Das war ganz natürlich. Ob sie sein Gesicht geglättet hatten? fragte ich mich. War es furchtbar verzerrt gewesen, als sie ihn fanden? Ich mußte mich nach dem Ergebnis der Obduktion erkundigen.

Du siehst so friedlich aus, Marco, sagte ich plötzlich laut. Unvermittelt wandte ich den Kopf und schaute hoch zu den Kerzen. Die Fenster haben Vorhänge. Wo war ich? Es ist unheimlich, wenn man sich wieder umdreht und der andere noch in genau der gleichen Position daliegt. Paola war krank. Sie war schwach. Zu der Zeit war Paola krank, und du warst gesund, Kleiner. *Ironia della sorte.* Deine Mutter war schon vor deiner Geburt von Paola enttäuscht, erklärte ich meinem toten Sohn, während meine Hand auf seiner Stirn lag. Man würde mir die Sterbeurkunde an der Rezeption aushändigen, sagte der Arzt. Darin würde vermutlich die Todesursache vermerkt sein. Gott sei Dank ist er angezogen. Wirklich großzügig von ihnen. Ich betrachtete seine großen Hände, die neben seinem Körper lagen. Größer als meine. Basketballerhände. Nicht nötig, den Rest seines Körpers anzuschauen, sagte ich laut. Wenn man sich von einem Menschen verabschiedet, braucht man seinen Körper nicht zu sehen. Wohin hatte er sich mit dem Schraubenzieher gestochen? Nicht einmal den einer Geliebten. Man will den Körper nicht noch einmal sehen. Man führt jetzt sein eigenes Leben. Warum mußt du dich immer wieder auf diese Weise herausfordern? fragte ich mich. Man verabschiedet sich von dem Gesicht. Von den geschlossenen Augen. Im klammen Kerzenlicht schien meine Hand an seiner Stirn zu kleben. Kerzen sind feierlicher als elektrisches Licht, dachte ich, weil sie flackern und ausgehen können. Was hatten sie bei der

Obduktion gemacht? Kerzen verzehren sich selbst, genauso wie wir. Ihn aufgeschnitten? Das Licht in den Augen ist das Feuer, das den Geist verzehrt wie die Flamme die Kerze. Das hatte ich irgendwo gelesen. Ich sagte laut: Marcos Augen sind für immer geschlossen. Das Licht ist für immer ausgelöscht. Aber ich darf mich jetzt nicht ablenken. Wenn ich mich ablenken lasse, dachte ich, werden die Gefühle wieder hochkommen und mich mit sich reißen. Während ich an diese toten Augen denke. Oder die Stimme wird sich wieder einschalten. Die rettende autoritäre Stimme. Vielleicht hast du mich angesteckt, flüsterte ich. Ich brachte meinen Mund ganz nah an sein Gesicht heran. Das Gesicht meines toten Sohnes. Vielleicht habe ich jetzt dein Fieber, Kleiner. Ich lächelte. Ich habe eine Stimme gehört, sagte ich. Ich würde nie wieder in seine Augen schauen. Irgendwie mußt du die nächsten paar Tage durchstehen, sagte ich mir. Irgendwie. Manche Stimmen können dir helfen, wenn du sie läßt, hatte Marco zu mir gesagt. Ich weiß nicht mehr, bei welcher Gelegenheit. Sie treffen Entscheidungen für dich, erklärte er. Aber welche Entscheidungen fielen meinem Sohn so schwer? Zieh doch zu Paola, wenn du unglücklich bist, sagte ich zu ihm. Paola wohnt ganz in deiner Nähe. Es ist eine schwierige Zeit, wenn man von zu Hause weggeht, wenn man mit dem Studium beginnt. Was beunruhigte ihn? Nicht einmal eine Stunde mit dem Zug von Mailand. Zieh zu deiner Schwester. Du kannst auch von Novara aus die Seminare besuchen. Sie wird nichts dagegen haben. Und Giorgio auch nicht. All das nur wenige Minuten vor der Störung. Ich versuchte, mit meinem toten Sohn ein vertrauliches Gespräch zu führen. Und es erschien mir leichter, als ich befürchtet hatte. Wenn auch nicht sehr befriedigend. Aber wann war ein Gespräch je befriedigend gewesen? Wann sind vertrauliche Gespräche mit anderen schon befriedigend? Jedenfalls wesentlich leichter als bei unserer letzten Begegnung. Oder auch die mit sich selber? Als er seine Mutter auf den Mund geküßt hatte. Und ihr anschließend

Schlamm ins Haar schmierte. Was hat diese Geste für dich bedeutet? fragte ich unvermittelt die Leiche. Ich verlasse deine Mutter jetzt ebenfalls, sagte ich. Er hat mir Butter ins Haar geschmiert, sagte Paola aus. Und mich gegen die Wand gedrückt. Ich liebe Marco, sagte sie, aber er hat uns achtzehn Monate lang das Leben zur Hölle gemacht. Er hat achtzehn Monate bei uns in Novara gewohnt, erklärte sie. Bei mir und meinem Mann. Ich habe das Gefühl, er wäre in irgendeinem Heim besser aufgehoben. Er sagte, ich sei eine Kopie, gab Paola zu Protokoll. Bei der Gerichtsverhandlung. Ich sei nicht echt. Er ist überzeugt, daß einige Menschen durch Außerirdische ersetzt worden sind. Allen voran seine Mutter und sein Vater. Er ist überzeugt, ich hätte ihn gerettet, wenn ich nur ich selber wäre. Aber unter den gegebenen Umständen müßte er mich leider töten. Die Außerirdischen müßten eliminiert werden. Er hat versucht, mich zu vergewaltigen, sagte Paola aus. Ihre Stimme zitterte kein einziges Mal. Er wandte Gewalt an, sagte sie aus. Er sagte, er selber wäre auch eine Kopie, sonst würde er so etwas niemals tun.

Deine Mutter war enttäuscht von Paola, flüsterte ich Marco zu, die Lippen nah an seinem Ohr. Sie konnte mit Paola nichts anfangen, sagte sie. *Non mi da corda,* sagte sie. Ich weiß nicht mehr, wie alt sie damals war. In meiner Erinnerung ist alles gleichzeitig. Und unermeßlich fern. Du wurdest drei Jahre lang gestillt. Ich schlief im unteren Etagenbett. Später zogen wir in das große Haus, das Haus deiner Großmutter. Deine Mutter war wild entschlossen zu verhindern, daß du ähnliche Schäden davonträgst wie Paola. Ich senkte die Stimme. Sie stillte dich drei Jahre lang. Meine Lippen streiften beinahe seine Wange. So war das, Marco. Das war der Anfang. Ja. Oder jedenfalls einer der Anfänge. Deshalb gab sie ihre Arbeit auf. Deine Mutter war entschlossen, *dir Paolas Schicksal zu ersparen.* Sie wollte dir all die Liebe geben, die Paola von ihrer leiblichen Mutter nie bekommen hatte. Sie fand es schwierig, Paola zu lieben. Paola konnte sich nicht lieben lassen, sagte sie. Diese entscheidende Phase im Leben war ihr vorenthalten worden. Die ersten zwei Jahre. In den Waisenhäusern in der Ukraine. Aber dich hätte sie notfalls ewig gestillt. Paola ist verhärtet, sagte deine Mutter. Sie ist geschädigt. Wir haben uns deswegen oft gestritten. Manchmal ist es sogar schwierig, sein eigenes Fleisch und Blut zu lieben. Die Mutter war eine kasachische Hure. Aber Paola hat immer auf dich aufgepaßt, wenn deine Mutter ihren verschiedenen Verpflichtungen nachging. Wenn ich auf Reisen war. Deine Mutter ist religiös. Das wissen wir. Und sie hatte natürlich ihre Partys. Ihren Kreis. Sie trifft sich gerne mit Leuten. Ihre Arbeit fehlte ihr. Ich mußte viel reisen. Sie engagiert sich gern für Projekte. Es ist schon komisch, überlege ich plötzlich, wieder hier beim Leichnam meines Sohnes, während ich nach dieser absurden Störung immer noch meine Gedanken sammle, mich immer noch frage, wie um Himmels willen ich mich nach dem, was passiert ist, verhalten soll – schon komisch, wie meine Frau es immer geschafft hat, gegensätzliche Extreme in sich zu vereinen. Sie ist religiös und sie flirtet gern. Sie ist stark und unabhängig, braucht aber die Gesellschaft anderer. Sogar meine. Sie stellt sich taub, will aber an allem beteiligt sein. Weil er so früh schon desillusioniert wird, schrieb Leopardi, wird der von Natur aus leidenschaftliche Italiener zum hoffnungslosen Zyniker. Sie haben mir fünfzehn Minuten zugestanden. Wegen der frühen Desillusionierung. Unser Leben war mit Sicherheit nicht so romantisch, wie sie es sich erhofft hatte. Wessen Leben ist das schon? Aber ich werde unkonzentriert. Es spricht nichts gegen gesellschaftliche Verpflichtungen, sagte ich gerade zu Marco, wenige Augenblicke, bevor ich auf so schockierende Weise gestört wurde. Das rege gesellschaftliche Leben deiner Mutter gefiel mir, auch wenn es mir manchmal gehörig auf die Nerven ging, ich liebte sie, weil sie Leben ins Haus brachte, auch wenn du mir sicher manchmal meinen Ärger angesehen hast. Wahrscheinlich hast du meine Angst gerochen. Hier riecht es nach gar nichts, nur nach den Kerzen.

Paola war deine Babysitterin. Ich versuchte erneut, meinem toten Sohn die Geschichte unserer Familie zu erzählen, seine eigene Geschichte. Paola war deine Babysitterin. Wir waren in den Familienbesitz in der Via Livorno gezogen. Das Geisterhaus, wie deine Mutter es nannte. Im Scherz. Das Haus ihrer Familie. Viele Generationen waren dort gestorben. Ihre eigene Mutter war endlich tot. Vielleicht war ich nicht eifersüchtig auf dich, Marco, weil du deine Mutter von ihrer Mutter weggezogen hast. Seit Jahrhunderten waren sie dort gestorben. Von den ewigen Wochenenden bei ihrer Mutter. Außer ihrem Vater natürlich, der war über Malta abgeschossen worden. Der Vater deiner Mutter. Es gibt kein Grab. Keine Spur. Er hieß auch Marco. Von den Engländern abgeschossen. Kein Leichnam, kein Grabstein. Sein Vater war der, der sich umgebracht hat. Dein Urgroßvater hat sich umgebracht. Paola war im Geisterhaus deine Babysitterin. Sie hat dich geliebt. Sie war sehr eifersüchtig. Aber woher soll ich wissen, wie die Beziehung zwischen dir und Paola aussah? Manche Dinge geraten außer Kontrolle. Ich war unterwegs. Einmal habe ich gehört, wie du sie Xenia nanntest. Aber das war, glaube ich, nicht ihr ukrainischer Name. Weißt du, daß ich Paolas ukrainischen Namen vergessen habe? Ich war oft unterwegs. Ich fand es richtig von deiner Mutter, sie gleich umzutaufen. Damit sie unsere Tochter wurde, damit sie Italienerin wurde. Woher soll ich wissen, was sich zwischen dir und Paola abgespielt hat? Ihre Freundinnen machten sich über dich lustig. Aber alle großen Mädchen machen sich lustig über kleine Jungs mit abstehenden Ohren. Wie hätte ich da Gefahr wittern sollen? Ich kann nicht leugnen, daß ich mich zu manchen von Paolas Freundinnen hingezogen fühlte. Wenn sie ihr beim Babysitten Gesellschaft geleistet hatten und ich sie anschließend nach Hause fahren mußte. Das war eine seltsame Zeit. Hat man mir das angemerkt? Woher soll ein Vater wissen, wie man in der Pubertät am besten mit seinen Kindern umgeht? Besonders wenn man sich zu den Freundinnen seiner Tochter hingezogen fühlt? Du schienst dich in der Schule ausgesprochen vernünftig zu benehmen. Kamst viel besser zurecht als Paola. Paola hätten wir nie auf die englische Schule schicken können. Sie war weit zurück, sie lernte so langsam. Es erschien mir richtig, aus ihr eine hundertprozentige Italienerin zu machen, damit sie das Gefühl hatte, dazuzugehören. Woher soll ich wissen, was sich zwischen euch beiden abgespielt hat, als du in Novara wohntest? Ich war sehr beschäftigt. In dem Jahr. Warum hast du geglaubt, wenn du bei Paola wohnst, könntest du den Stimmen entfliehen? Es war das letzte Jahr des alten Systems. Mein letztes Jahr als Journalist. Ich habe unglaublich viel gearbeitet. Solche Krankheiten brechen immer dann aus, wenn man nach Unabhängigkeit strebt. Mit achtzehn, neunzehn, oder Anfang Zwanzig. Zu Paola zu ziehen nützte nichts. In diesem Punkt ist die Literatur eindeutig. Aber auch viele normale Krankheiten brechen in bestimmten Lebensphasen aus. Paola hatte dich gekränkt, sagte deine Mutter. Dich aus ihrer Wohnung in Novara hinausgeworfen. Mir schien es wahrscheinlicher, daß Giorgio dich gebeten hatte zu gehen. Ich konnte ihnen keine größere Wohnung kaufen. Deine Mutter durfte nichts davon wissen. Aber jedenfalls habe ich mich nicht um die Mitgift gedrückt. Die Gerichtsverhandlung war eine Offenbarung für mich, Marco. Ich hätte mir nie träumen lassen, daß Paola solche Dinge sagen würde. Ich hatte keine Ahnung. Deine Mutter hat dich immer für sich behalten. Vielleicht bestand das Problem schon jahrelang, ehe ich etwas merkte, ehe du das Basketballspielen aufgabst, ehe du plötzlich nur noch englisch sprechen wolltest. Bis dahin hatte ich nichts gemerkt. Bis zu diesen dramatischen Veränderungen. Schließlich sind wir insgesamt nur drei-, vielleicht viermal zusammen in die Kneipe gegangen, ehe du durchgedreht bist. Ehe du das Haus demoliert hast. Ehe deine Mutter und ich uns gezwungenermaßen wieder zusammentaten, um Hilfe für dich zu finden. Das Wichtigste war, eine forensische Anstalt zu vermeiden, ein Gefängnis. Daran hatte Vanoli keinen Zweifel gelassen.

Ich betrachtete das Gesicht meines Sohnes. Das Profil seiner hageren Nase. Es ist nicht so, daß ich dich verraten hätte, Marco, das habe ich dir schon erklärt. Mir wurde nur plötzlich klar, daß du krank warst. Daß die Haltung, die du mir gegenüber einnahmst, im Kranksein bestand. Anfangs habe ich das nicht begriffen. Ich war wütend auf deine Mutter. Ich dachte wirklich, du hättest die Dinge endlich einmal aus meiner Sicht betrachtet. Dich auf meine Seite gestellt. Gab es etwas, das ich hätte sagen sollen, die paar Male, als wir zusammen aus waren? Hätte ich irgend etwas sagen sollen? Zweifellos habe ich Dinge gesagt, die ich lieber nicht hätte sagen sollen. Schlechtes über deine Mutter. Im Grunde war ich immer froh, im unklaren gelassen zu werden. Das mußt du gespürt haben. Aber die Literatur sagt auch sehr deutlich, daß es sich um eine rein chemische Veränderung handelt. Eine Virusmutation, die sich auf die Enzyme auswirkt. Du warst krank, Kleiner. Meine Beziehung zu deiner Mutter gab mir immer das Gefühl, es wäre unklug, den Dingen auf den Grund zu gehen. Ich bin durchaus in der Lage, Französisch zu lesen, wenn es sein muß, aber ihr berühmtes Tagebuch habe ich mir nie angesehen. Und die berühmte Korrespondenz mit Gregory habe ich auch nicht gelesen. Und nie herausgefunden, wie ihr Verhältnis beendet wurde. Es wurde beendet. Kurz nach der Gerichtsverhandlung, nachdem wir Himmel und Hölle in Bewegung gesetzt hatten, um die Unterbringung in der Forensik zu vermeiden. Zumindest nehme ich an, daß es beendet wurde. Man kann sich durchmogeln, ohne den Dingen auf den Grund zu gehen, dachte ich. Durch den Schock hat sie einfach das Interesse verloren, vermute ich. Wir begriffen, daß wir um deinetwillen stark sein mußten. Gemeinsam für dich stark sein mußten. Oft muß man etwas erst zerbrechen, um zu verstehen, wie es funktioniert, glaubte ich damals. Aber ich wollte es nicht zerbrechen. Wir schliefen miteinander, wenn du und Paola in der Schule wart. Deine Mutter und ich. Obwohl ich gleichzeitig davon sprach, ich wolle mehr in die Tiefe gehen. In jener Nacht mit Gregory im Hotel Garibaldi. Ich fürchte mich davor, ein Feigling zu sein. Ich liebe deine Mutter, teilte ich meinem toten Sohn mit. Ich hegte die Illusion, daß ich jemand sei, der gern in die Tiefe geht, aber ich war zu ängstlich, um den Dingen auf den Grund zu gehen. Dann sagte ich laut: Und jetzt ist es vorbei.

Ich nahm die Hand von der Stirn meines Sohnes, nur wenige Sekunden, bevor ich gestört wurde, und flüsterte: Ich kann mich überhaupt nicht an dich erinnern, Marco. Und ich fragte: Warum hast du die Seiten gewechselt? Haben dich die Schürzenbänder plötzlich eingeschnürt? Warst du es, der *Hilf mir* an die Scheibe geschrieben hat? An die dampfbeschlagene Badezimmerscheibe? Hast du die Villa Serena unerlaubt verlassen? Hast du dich umgebracht, weil sie dich mit Gewalt zurückgebracht haben? Weil Paola angerufen hat, damit sie dich abholen und zurückbringen? Aber warum haben sie mir nichts davon erzählt? Warum hat sie mir nichts davon erzählt? Weißt du, wann Paola und Giorgio sich getrennt haben? fragte ich unvermittelt meinen toten Sohn.

Ich hatte die Hand von seiner Stirn genommen. Ich schaute meinem toten Sohn direkt ins Gesicht. Die Haut ist stumpf, die Augen eingesunken. Ich würde mich niemals trauen, ein Augenlid hochzuziehen und in sein Auge zu schauen. Sie haben seine Haare gekämmt. Es ist lächerlich, dachte ich plötzlich, daß deine Mutter dauernd davon sprach, wie verschieden wir waren. Von Geburt durch Parthenogenese sprach. Du hast mein Profil, Marco. Über Nacht sind deine Augen ebenso tief eingesunken wie meine, sagte ich zu ihm. Endlich redete ich offen und ehrlich mit meinem Sohn. Deine Nase ist so geworden wie meine, sagte ich zu ihm. Dieser Tote könnte ich sein, dachte ich. Ich sollte der Tote sein. Andererseits, lieber tot als lebendig in einer Zelle eingemauert. Ich würde eigentlich sagen, daß er Ihnen sehr ähnlich sieht, bemerkte Vanoli, als ich ihm die Geschichte erzählte, als ich das Wort Parthenogenese erwähnte. Obwohl ich nie deinen Körperbau hatte. Warum, glauben Sie, verhält sich Ihre Frau so provozierend? fragte Vanoli. Und ich sagte, wenn Schizophrenie ein rein biologisches Problem war, dann könnte ich nicht verstehen, was die Beziehung zwischen mir und meiner Frau dabei für eine Rolle spielen sollte. Warum stellte er mir also diese Fragen? Die rein gar nichts mit der Krankheit meines Sohnes zu tun hatten. Vielleicht, weil Sie selber ein so großes Bedürfnis verspüren, darüber zu sprechen, sagte Vanoli lachend. Und jetzt siehst du mir sogar noch ähnlicher, sagte ich zu Marco. Und meine eigenen Körperfunktionen scheinen auch zum Stillstand gekommen zu sein. Genau wie deine. Ungefähr seit dem Moment, in dem du gestorben bist, sagte ich zu ihm. Mein Darm arbeitet nicht mehr, seit du gestorben bist, Kleiner. Meine Blase weigert sich, sich zu entleeren. Mir fielen wieder der Hund und der Theaterregisseur ein. Wer würde mich wohl finden? Würden die sardinische Ehefrau und die Geliebte beide auf die Beerdigung gehen? Ich habe schmerzhafte Krämpfe, Marco. Ich muß mir unbedingt Heparin besorgen. Wie oft habe ich mir Karen auf meiner Beerdigung vorgestellt. Nur meine rasenden Gedanken, die immer wieder um diese Themen kreisen, halten mich vom Schreien ab, sagte ich zu ihm. Plötzlich, bei Kerzenlicht in der *camera ardente* auf dem Holzstuhl sitzend, war ich völlig durcheinander. Ich erhob mich halb und setzte mich gleich wieder hin. Das Licht flackerte. Die *Bandhu* überdauern den Tod, stand in dem Buch. Draußen vor der Tür waren klappernde Geräusche zu hören. Den Titel habe ich vergessen. Die Zusammenhänge, die mein Gehirn herstellt, überdauern seinen physischen Verfall. Ich schaute meinen Sohn direkt an, betrachtete seinen Kopf auf dem lilafarbenen Kissen in dem flachen Sarg, und ich war plötzlich sehr durcheinander und ganz sicher, daß nichts den Tod überdauern konnte. Vermutlich weinte ich. Als die Tür mit einem Knall aufgestoßen wurde, tropften die Kerzen wie wild. Wir wurden gestört.

Giorgio! Kurz darauf war ich am Telefon im Flur. Neben der

Treppe gibt es Kartentelefone. Paola hatte mir seine Handynummer gegeben. Sie hat mir nichts erzählt, sagte er. Seiner vorsichtigen Formulierung nach zu urteilen, war er gerade bei einem Kunden. Aber sie sind hier, um ihn wegzubringen, beharrte ich. Nach Rom. Sie wollen ihn jetzt gleich mitnehmen. Giorgio sagte, er könne nichts tun. Er wußte nicht, was sie vorhatte. Vermutlich wollte sie ihn in der Familiengruft beisetzen lassen. Unten in Rom. Mein Koffer müßte inzwischen am Flughafen in Turin eingetroffen sein, sagte er. Ich muß sofort nach Rom, sagte ich. Das Guthaben auf dem Display schmolz rasend schnell dahin. An die Familiengruft hatte ich gar nicht gedacht. Hatte ich noch das Originalticket, wollte er wissen, mit dem Gepäckaufkleber? Den brauchten sie. Wo ist sie? fragte ich. Ich wartete ungeduldig, bis er den Satz beendet hatte. Schweigen. Mein Guthaben war fast aufgebraucht. Geht es dir gut? fragte er. Paola sagte, du seist heute morgen krank gewesen. Sie macht sich Sorgen um dich. Ich war außer mir. Kommt sie noch einmal ins Krankenhaus oder nicht? Er wußte es nicht. Warst du beim Arzt? fragte er. Dann war mein Guthaben alle und die Verbindung wurde unterbrochen. Wie kann es angehen, fragte ich mich beim Einhängen des Hörers, daß diese beiden Menschen, die sich erst vor kurzem getrennt haben, den Namen des anderen so leichthin, so nüchtern aussprechen können, so als gäbe es keinerlei Groll zwischen ihnen? Als sei ihre Ehe kaum mehr als ein freundschaftliches Einvernehmen gewesen? Und wie konnte es angehen, daß Italcom für Gespräche mit Handys so hohe Summen berechnete? Fünftausend Lire blitzartig futsch. Noch dazu für Gespräche von öffentlichen Telefonen in Krankenhäusern aus? Als ich über den Flur zurückeilte, drang aus einem Radio hinter einer Zimmertür eine heisere Stimme, die von verlorener Liebe sang. Italien, dachte ich. Das ist Italien. Hier habe ich mein Leben verbracht.

Sie hatten den Sarg auf einem Rollwagen neben den flacheren Krankenhaussarg geschoben, bei dem es sich, wie mir jetzt klar wurde, vermutlich um eine Leihgabe für Familien handelte, die noch keine Zeit gehabt hatten, einen eigenen Sarg zu kaufen. Als ich die Tür aufstieß, hörte ich das Wort Juventus. Meine Frau hat die Zeit gefunden, einen Sarg zu kaufen, dachte ich. Und die Kraft. Sie ist wirklich unverwüstlich! Die Leichenbestatter sprachen über Fußball. Dir hat sie leid getan – du hast sie völlig im Stich gelassen –, und sie ist in aller Ruhe einen Sarg kaufen gegangen. Sie erklärten noch einmal, daß sie nicht damit gerechnet hatten, trauernde Angehörige vorzufinden. Fußball ist weniger unpassend als zweitklassige Liebeslieder, dachte ich. Sie hatten strikte Anweisung, ihn nach Rom zu bringen. Selbst wenn sie sofort losfuhren, erklärte der älteste der vier, würden sie kaum vor neun Uhr ankommen. Sie müßten sich ein Hotel suchen. Auf wessen Veranlassung hin? wollte ich wissen. Ich war der Vater. Nur ich hatte das Recht zu entscheiden, was mit meinem Sohn geschehen sollte. Der Mann war Mitte Fünfzig, groß, skipistengebräunt und hatte ein Klemmbrett in der Hand. Diese Leute sind an den Tod gewöhnt, dachte ich. Die anderen waren bloß gutgekleidete junge Männer. Vielleicht ist der Tod weniger bemerkenswert, als wir glauben, dachte ich. Vielleicht ist es ganz leicht, sich an den Tod zu gewöhnen. Ich selber hatte schließlich in meinem Leben auch schon etliche Leichen gesehen. Ich war auch an den Tod gewöhnt. Damals in der Basilicata waren die Leichen zu Haufen gestapelt gewesen. Einer der Jungen beugte sich über den leeren Sarg und schob ihn auf dem Rollwagen leicht hin und her. Ich habe eine ganze Reihe von Mordopfern gesehen. Aber den Leichnam seines Sohnes sieht man nur einmal.

Der Sarg sah schon auf den ersten Blick teuer aus. Ein Rad quietschte. Fast luxuriös. Falls man das sagen kann. Typisch meine Frau, dachte ich plötzlich wütend, ehe mich ein Gedanke, den ich vorübergehend vergessen hatte, beschwichtigte: daß die Toten in Italien sehr schnell beerdigt werden. Nach ein, zwei Tagen. Heute war Dienstag. Die Fußballspiele fanden sonntags statt. Wenn Marco sich für Fußball interessiert hätte, wäre ich sicher hingegangen, um ihn spielen zu sehen. Ich wäre bestimmt mit ihm zu Juventus Turin gegangen. Ich mag Fußball. Meine Frau wußte das. Sie wußte, daß ich Fußball mochte. Der Theaterregisseur sollte am Mittwoch nachmittag beerdigt werden, in Bari, trotz all der erlesenen Gäste, die eingeladen werden mußten, trotz der zu erwartenden Zusammenstöße seiner verschiedenen Frauen. Dann fiel mir ein, daß ich genau zu dieser Zeit Andreotti treffen sollte, obwohl mir natürlich klar war, daß ich Andreotti nicht treffen konnte. Es wäre ungeheuerlich, mich unter diesen Umständen mit Andreotti zu treffen. Mein Sohn war fast genau um die gleiche Zeit gestorben wie der Theaterregisseur, vor sechsunddreißig Stunden. Gut möglich, daß er auch um genau die gleiche Zeit beerdigt werden würde. Dann, wenn ich mich mit Andreotti treffen sollte. Auf wessen Veranlassung? wiederholte ich, indem ich einen zweiten Blick auf den eindeutig sehr teuren Sarg warf. Der Leichenbestatter zog ein Handy hervor und rief in seiner Firma an. Aus der *camera ardente.* Heutzutage hat jeder ein Handy. Sogar die Leichenbestatter. Sie telefonieren von der Trauerkapelle aus, während sie neben den Toten stehen. Zweifellos auch von der Skipiste aus. Niemand schaute Marco an. Meine Frau hat meine Trauer gestört, dachte ich und mußte zugleich absurderweise an eine italienische Filmkomödie denken, in der einem Herzchirurgen, als er die Leiche seiner Frau zum Abschied küßt, unbemerkt das Handy in den Sarg fällt, und als sie dann neben seinen drei anderen verstorbenen Frauen in der Familiengruft beigesetzt wird, hört er es klingeln. Das ist absolut typisch für meine Frau, dachte ich, meine einzige Frau, und ich mußte an die vielen Male denken, als Marco einfach still auf dem Sofa gesessen oder gelegen hatte, während andere sich seinetwegen stritten. Sollte er ein Moped bekommen oder nicht? Sollte er in Mailand auf die Universität gehen oder lieber in Rom bleiben? Eine der wenigen Schlachten, die ich gewonnen hatte. Ich hatte kaum Einfluß auf sein Leben. Wir trugen unsere Machtkämpfe auf Marcos Rücken aus. Auf eine Art und Weise, wie wir es bei Paola nie getan hatten. Es war nie klar, wer bei uns zu Hause die Macht hat, im Haus der Familie meiner Frau. Ich hätte mich nie damit einverstanden erklären dürfen, dort zu wohnen. Bis zu dem Wochenende, als er auf die Idee kam, aus Mailand beziehungsweise aus Novara zurückzukommen und das Haus zu demolieren. Die Wände mit dem Holzhammer zu zertrümmern, als wären es diese Mauern, die ihn gefangenhielten. Das Geisterhaus. Sie würde es jetzt auf keinen Fall mehr verkaufen, nachdem Marco dort seine Spuren hinterlassen hatte. Seinen Geist denen der anderen hinzugefügt hatte. Marco gehört zur Familiengeschichte meiner Frau, dachte ich. Sie wird das Haus ihrer Familie niemals verkaufen. Nicht zu meiner. Er sperrte sie ins Badezimmer und machte sich dann mit dem Holzhammer über das Haus her. Zu dem unbestatteten Piloten und all den anderen. Ihr Großvater hat sich ebenfalls umgebracht. Sein Geist wird mit einem Holzhammer auf der Treppe umgehen. Allerdings, fällt mir plötzlich ein, hatte ich sie wirklich allein gelassen. Was hätte sie denn tun sollen, außer einen Sarg zu bestellen? Und warum sollte es kein luxuriöser Sarg sein? Meine Frau ist zutiefst erschüttert, dachte ich. Das mindeste, was man tun kann, ist, einen teuren Sarg zu kaufen.

Zwei der jungen Männer gingen hinaus, und kurz darauf drang der Geruch von Zigarettenrauch unter der Tür hindurch. Sie kicherten. Zerstreut dachte ich, während der Bestatter telefonierte und der Rauch durch die Tür drang, an ein Kapitel in Gregorys Buch, das »Die paranoide Halbinsel« hieß und voller von mir geklauter Gedanken steckte. Ich hatte es auf der Zugfahrt von Novara durchgeblättert. Schließlich muß man irgendwie die Zeit totschlagen. Selbst wenn man unterwegs ist, um die Totenwache bei seinem Sohn zu halten. Um bei jemandem zu wachen, der selber nie mehr aufwachen wird. Ich hatte nicht mal fünf Minuten allein mit ihm, beschwere ich mich bei dem Mann, der immer noch telefoniert. Sie hat gesagt, sie sei die einzige Trauernde, erklärte er mir, ohne sich die Mühe zu machen, das Telefonmikro abzudecken. Es gab keinen Anlaß zu glauben, daß wir warten müßten. *Si, c'è un problema,* sagte er ins Telefon. Und ich habe nur die Adresse für die Ablieferung, sagte er, sich wieder mir zuwendend. Via Livorno, dachte ich, merkte dann aber an seinem Nicken, daß ich es laut ausgesprochen haben mußte. Der Ort der Trauerfeier oder der Beisetzung wurde nicht erwähnt, sagte er. Sprach ich etwa auch meine anderen Gedanken laut aus? Er klappte das Handy zu. Ich vermute, die örtlichen Behörden werden den Fall übernehmen, wenn wir ihn abgeliefert haben. So läuft das in der Regel. Geben Sie mir fünfzehn Minuten, sagte ich. Bitte. Dann rückte ein plötzlicher Schmerz meine Gedärme wieder in den Vordergrund. Unglaublich heftig. Ein heftiges Stechen. Mir wurde übel, und vielleicht geriet ich ins Schwanken. Ganz tief in den Eingeweiden. So als hätte mein Darm sich verknotet. Ich bin ganz blaß geworden, sagte ich mir. Wie soll man es schaffen, sich nicht ablenken zu lassen, wenn man Gedärme hat? Wenn man einen Körper hat? Doch noch im gleichen Augenblick saß ich überraschender- und unerklärlicherweise schon wieder auf dem Holzstuhl neben dem Sarg. Ich rief dem Leichenbestatter, der schon an der Tür war, noch zu: Aber werden sie ihn denn beisetzen, obwohl es Selbstmord war? Als er den letzten seiner Assistenten hinausscheuchte, bemerkte ich, daß er hinkte. Irgendwie erschien mir das ungewöhnlich passend für einen Leichenbestatter. Einen Moment lang verschwamm alles vor meinen Augen, aber dann wurde mein Blick wieder klar. Ich meine, in der Familiengruft, fügte ich hinzu. Auf geweihtem Boden. Ein Leichenbestatter hinkt, weil er mit einem Fuß im Grabe steht, dachte ich. Albernerweise. Er geht gar nicht Skilaufen. Gibt es keine Bestimmungen, fragte ich, was Selbstmörder betrifft? Einer der Gründe, warum ich in Italien lebte, erklärte ich oft scherzhaft bei den Dinnerpartys meiner Frau, und deshalb muß Gregory es mindestens einmal, wenn nicht gar mehrmals gehört haben, war der, daß in diesem Land die kollektive Paranoia so offensichtlich und so lachhaft war, daß ich das Gefühl hatte, sie wirke sich heilsam auf meine eigene aus. In Italien würde die armselige Paranoia eines Engländers gar nicht auffallen, dachte ich. Ein Land mit Mafia und *omertà* ist zwangsläufig ein zutiefst paranoides Land, so formulierte ich es etwas ernsthafter in einem meiner Artikel. Meine Frau glaubt an den bösen Blick. Marco ist auf jeden Fall paranoid gewesen, wenn er glaubte, ich könne Armeen in Marsch setzen und das Wetter bestimmen. Und Gregory hat diesen Gedanken wortwörtlich geklaut. Ich habe es im Zug gelesen. Er hat das von mir geklaut. Sie würden meinen Sohn niemals auf geweihtem Boden bestatten, dachte ich. Meine Frau würde völlig verzweifelt sein. Und ich sagte, *Mi scusi?* Denn ich merkte, daß ich dem Leichenbestatter gar nicht zugehört hatte. Ich glaube, das hängt vom jeweiligen Pfarrer ab, sagte der Mann, vielleicht bereits zum zweiten Mal. Er gab sich Mühe, nett zu sein, obwohl dies für ihn zweifellos ein lästiger Zwischenfall war und sein Tag nun endlos lang zu werden drohte. Von Turin nach Rom ist es eine lange Fahrt. Heutzutage erheben sie kaum noch Einspruch, sagte er. Seiner Erfahrung nach jedenfalls nicht. Andererseits, dachte ich, sollte ein Bestatter im Umgang mit bedrückten Menschen geübt sein. Ich bin bedrückt, dachte ich. Er hinkt. Ich bin schon seit Jahren bedrückt. Meine Frau muß untröstlich sein. Fünfzehn Minuten, sagte er. Vermutlich nickte ich.

Also sitze ich seit fast fünfzehn Minuten hier in der *camera ardente* und betrachte meinen Sohn. Im Tode sieht er mir bemerkenswert ähnlich. Die tiefliegenden Augen, die vorstehende Nase. Weniger beeindruckend als im Leben. Ich sehe ihn jetzt zum letzten Mal. Meine Gedanken sind inzwischen etwas geordneter. Ich werde sein Gesicht nie wieder sehen. Seine Augen habe ich vor ein paar Monaten zum letzten Mal gesehen. Damals funkelten sie wie wild. Ich traue mich nicht, seine Augenlider zu berühren. Ich werde es auf später verschieben müssen, mir ein zusammenhängendes Erinnerungsbild von ihm zu schaffen, sinniere ich, inzwischen ein bißchen ruhiger. Aber an unsere letzte Begegnung in der Villa Serena kann ich mich erinnern. Es gab ein Handgemenge, als er ihr den Schlamm ins Haar schmierte. Gute Wünsche, die Schatten werden länger, sagte er. Seine Augen funkelten. Er muß es fünf-, sechsmal wiederholt haben, kichernd. Gute Wünsche, die Schatten werden länger. In jedem Fachbuch wird die Vorliebe der Schizophrenen für kryptische Bemerkungen erwähnt. Du hast dich über uns lustig gemacht, murmele ich im Kerzenlicht. Sein Gesicht sieht friedlich und glatt aus. Vielleicht, weil wir uns auf noch schlimmere Art über dich lustig gemacht haben. In der *camera ardente* sind die Schatten tatsächlich lang. Es ist unmöglich zu sagen, wie sehr ich ihm Gutes wünsche, und wie weit jenseits aller guten oder bösen Wünsche er sich befindet. Gute Wünsche scheinen niemandem zu nützen, sinniere ich. Obwohl sie sicher eine gute Sache sind. Hatten seine Worte also doch einen Sinn: Gute Wünsche, die Schatten werden länger? Seine Mutter wünschte ihm alles Gute der Welt. Und er sagte: Heute geben, morgen geben, und den Spielern gute Nacht. Das war ein italienisches Sprichwort, aus irgendeinem Theaterstück, aber auf englisch klang es seltsam und fremd. Ich versuchte Vanoli zu erklären, daß die Angewohnheit, italienische Redewendungen wörtlich übersetzt zum besten zu geben, seine Art war, die Inkompatibilität der verschiedenen Seiten in ihm selber zu demonstrieren. Redewendungen, die seine Mutter benutzte, ausgesprochen in der Sprache seines Vaters. Du willst die Frau betrunken und das Faß voll, schrie er. Eine italienische Redewendung klang auf englisch verrückt, erklärte ich ihm. Du gibst mir kein Seil, sagte er lachend. Du gibst mir nie Seil. *Non mi dai corda,* übersetzte ich. Warum wolltest du in Gegenwart deiner Mutter nur noch englisch sprechen? frage ich murmelnd den Leichnam. Ich mußte ihr alles, was du sagtest, übersetzen. Es ist unheimlich, neben jemandem zu sitzen, der sich überhaupt nicht bewegt. Sogar ein schlafendes Kind bewegt sich. Hinter den Augen scheint etwas zu summen. Selbst als du sagtest: Sodomie, brech's übers Knie, Lobotomie, sonst schaffst du's nie, mußte ich das übersetzen. Deine Mutter bestand darauf. Ich bringe dich um, wenn ich hier rauskomme, hast du gesagt. Ich werde dir schon Seil geben, verlaß dich drauf. Ich weiß noch, wie er das fast beiläufig sagte, schwer atmend, übergewichtig, und sofort meldet sich meine angeborene Paranoia und ich frage mich, ob jemand wohl absichtlich sterben konnte, um andere zu verletzen und zu verfolgen? Sie einzumauern? Er hatte wieder starkes Übergewicht. Konnte man sterben und dann zurückkehren? Um sie für ihre Verbrechen bezahlen zu lassen? Ich hatte irgendwo gelesen, daß aus Selbstmördern Vampire werden. Werde ich bereits verfolgt? Ich mache dir einen hölzernen Mantel, wenn ich das nächste Mal draußen bin, hast du gesagt. Noch eine Redewendung. Ich übersetzte. Deine Mutter weinte. Schließlich sagte sie, sie würde doch mit nach England gehen. Und jetzt trägst du den hölzernen Mantel, Marco. Sogar einen äußerst luxuriösen. Mit purpurrotem Samt gefüttert.

In diesen fünfzehn Minuten in der *camera ardente,* in denen ich bei Kerzenlicht flüstere, mit meinem toten Sohn rede – dessen Gesicht jetzt, da es still ist, meinem eigenen viel ähnlicher ist, als ich es je für möglich gehalten hätte –, gebe ich mir große Mühe, meine Gedanken zu sammeln, geradeheraus und vor allem kohärent zu sprechen, denn darauf habe ich immer großen Wert gelegt. Deine Mutter arrangiert gerade deine Beisetzung im Familiengrab, sage ich zu ihm. Da bin ich ganz sicher. Neben deiner Großmutter. Ich für meinen Teil hätte eine Einäscherung vorgezogen. Ich versuche, mich auf sein Gesicht zu konzentrieren. Die Lippen haben einen bestimmten Schnitt, der eindeutig von seiner Mutter stammt. In meiner journalistischen Arbeit habe ich immer den größten Wert auf Kohärenz gelegt. Aber die Stirn hat er von mir. Die Nase auch. Es gibt noch zwei freie Plätze, sage ich ihm, ein Gesicht anstarrend, das mein eigenes sein könnte. Abgesehen von den Lippen. Aber das weißt du ja. Oder, aus anderer Sicht betrachtet, das meiner Frau. Abgesehen von der Nase. Wenn man Asche in den Wind streut, überlege ich, entsteht nicht das Gefühl des Einsperrens, des Eingemauertseins. Glaubst du nicht auch? Die fünfzehn Minuten sind fast um. Ich merke, wie ich warte, so als rechnete ich mit einer Antwort. Die Geschichte meines Sohnes ist mir entfallen. Das ist die Wahrheit. Ich kenne Andreottis Leben besser als das meines Sohnes, denke ich. Ein schrecklicher Gedanke. Je näher man an etwas herankommt, desto weniger versteht man es. Er wird sich zweifellos mit einer der unbedeutenderen politischen Gestalten in Manzonis Geschichte vergleichen. Vorhersehbare falsche Bescheidenheit. Oder mit einem der Kirchenvertreter. Ein gequältes Lächeln auf den Lippen. Deine Geschichte ist mir entfallen, sage ich zu meinem Sohn. Ich könnte sie nicht aufschreiben. Aber die Geschichte von mir und deiner Mutter ist überwältigend. Alle anderen Geschichten zusammengefaßt. Alles, was ich weiß. Deine Mutter hat dafür gesorgt, daß du im Familiengrab beigesetzt wirst, sage ich ihm. Neben deiner Großmutter, deiner Tante und deiner Urgroßmutter. Ich atme langsam, spreche leise. Das war leicht vorherzusehen. Und ich habe mal wieder nachgegeben, Marco. Das hast du schon öfter erlebt. Ich habe ihr ihren Willen gelassen. Auch das war vorherzusehen. Vermutlich hätte ich diesen Männern erklären können, daß sie kein Recht hatten, dich ohne meine Zustimmung wegzubringen. Dich im Familiengrab meiner Frau zu bestatten. Ohne meine Zustimmung. Ich hätte eine Einäscherung vorgezogen. Aber ich habe es nicht getan. Zweifellos will sie den Platz neben ihm, den letzten freien Platz, für sich aufsparen. Will mir sogar im Tod noch den Platz an ihrer Seite vorenthalten. Sie hat dafür gesorgt, daß du nach Rom gebracht wirst, wiederhole ich, und ich habe nur pro forma dagegen protestiert. Ich will den Platz neben ihr gar nicht. Genau wie ich gestern abend, wie du weißt, nur pro forma protestiert habe, als sie dich allein sehen wollte, als sie nicht wollte, daß ich mit in die Leichenhalle komme. Ich hätte durchaus darauf bestehen können, mit ihr in die Leichenhalle zu gehen. Vielleicht wollte meine Frau ja, daß ich darauf bestehe. Vielleicht wäre es meine Pflicht gewesen, darauf zu bestehen. Aber ich tat es nicht. Ich mache immer wieder Pausen, so als warte ich auf eine Antwort. Aber Marco ist jetzt vollkommen berechenbar geworden. Für immer still. Das Außergewöhnliche an der Geschichte der Nonne von Monza ist die Tatsache, sinniere ich, daß sie überhaupt keinen Raum für erlösende Komik oder Katharsis läßt. Daß sie nichts als eine entsetzliche sozio-psychologische Dynamik darstellt, die dazu führt, daß eine junge Frau für immer in einer Zelle eingemauert wird, wo ihr das Essen durch ein Loch hineingeschoben wird, die Exkremente sich auf dem Boden sammeln und sie darauf wartet zu sterben, obwohl sie eigentlich längst tot ist. Der Tod verschiebt den Horizont der Vorhersagbarkeit ins Unendliche, denke ich. Es besteht keine Gefahr mehr, sich zu irren. Mein Sohn wird sich nie mehr bewegen. So eine Behauptung läßt sich nicht anzweifeln. Hinter seinen Augen ist kein Summen. Aber diese Gewißheit ist keine Erleichterung. Marco, ich habe immer nur pro forma dagegen protestiert, daß du in unserem Bett schliefst, in ihrem Bett. Ich hätte mich dagegen wehren können, sage ich zu meinem Sohn, aber ich habe es nicht getan. Vielleicht war das der Anfang. Ich war wütend, wenn ich in unser Bett kam und du schon auf meinem Platz lagst. Ich war müde, besorgt, und da lagst du, auf meinem Platz. Ich war zutiefst frustriert. Aber ich habe nur pro forma protestiert. Ich würde eine Einäscherung vorziehen, würde lieber deine Asche in den Wind streuen, aber ich sehe keinen Grund, darauf zu bestehen. Das ist die Wahrheit. Ich sehe keinen Grund, mich durchzusetzen. Ich mache ironische Bemerkungen über die Religiosität meiner Frau, aber ich habe selber nichts Besseres zu bieten. Nichts, das dir geholfen hätte. Ich habe die Politiker kritisiert, aber nie selber Politik gemacht. Ich habe über den bösen Blick gelacht, über das Exvoto und über die italienische Paranoia, aber was ich statt dessen zu bieten hatte, war nur eine unbestimmte Angst, ein vages Unbehagen, das sich in besorgten Artikeln über den Zustand der Demokratie und der Umwelt niederschlug. Deine Mutter hat wenigstens ihren Glauben, sage ich zu meinem toten Sohn. Du darfst ihr keinen Vorwurf machen. Such dir eine andere zum Vögeln, hast du gesagt. Das habe ich getan, aber sie war nie eine Alternative zu deiner Mutter. Zu ihrer Kraft. Nur Teil meines generellen Eklektizismus, meiner generellen Distanziertheit. Ich hatte nie vor, euch meine Geliebte aufzudrängen. Ich habe nie daran gedacht, sie mit nach Hause zu bringen, sie aufs Sofa zu setzen und zu sagen, okay, laßt uns darüber reden. Sosehr ich sie auch geliebt habe. Deine Mutter hat sehr viel Kraft, Marco. Das ist die Wahrheit. Das macht sie ja gerade so obszön, so unmöglich und doch so attraktiv. Ich fühle mich von ihr zugleich angezogen und abgestoßen. Meine Geliebte war nur eine Geliebte, Marco. Wer wäre ich ohne deine Mutter? frage ich unvermittelt meinen toten Sohn. Ich bin ein Niemand. Ich finde diese *camera ardente* lächerlich. Das Herz-Jesu-Bild. Das Kruzifix. Wenn man es sich recht überlegt, ist es lächerlich zu glauben, Leichen sollten von dunklem Holz und Kerzenlicht umgeben sein. Aber ich kann mir auch keine Alternative vorstellen. Und keinen Grund, anderen meine Sichtweise aufzudrängen. Ich finde Italien lächerlich, mit seinen überlieferten Traditionen, seinem oberflächlichen Idealismus, seiner Geschmacklosigkeit, seinem aufgeblähten Nationalstolz und seiner katholischen Paranoia – Italien ist ziemlich lächerlich, erkläre ich meinem toten Sohn, die Leute hier glauben an den bösen Blick und wittern überall Verschwörungen –, aber ich würde es nicht gegen das eintauschen wollen, was ich selber zu bieten habe. Den blutleeren, pragmatischen Eklektizismus eines Engländers. Warum habe ich nie Vorstellungen und Ideale entwickelt, die ich denen meiner Frau hätte entgegensetzen können? Um dir dabei zu helfen, erwachsen zu werden. England ist eine planlose Nation, hatte ich Geoff Courteney gegenüber neulich behauptet. Seine Begeisterung über Blair war absurd. Eine Nation, die sagt, wir machen mit, wenn es uns gerade paßt. Und wenn nicht, dann lieber nicht. Eine Nation ohne Träume, ohne Visionen, beharrte ich. Selbst eine falsche Vision ist besser als gar keine, erklärte ich Courteney beim Abendessen. Wir stritten uns wegen Europa. Ich will den Taumel des Schicksals spüren, sagte ich zu ihm. Er pries die Haltung des Abwartens und Teetrinkens. Abwarten, dann wird man schon sehen. Irgendein Schicksal, beharrte ich. Während ich gleichzeitig dachte, daß mein ganzes Leben genau darin bestanden hatte: abzuwarten, um zu sehen. Warten in Konferenzräumen. Die Stelle sehen, an der die Leiche auf der Straße gelegen hatte. Abwarten, um zu sehen, ob es mit unserer Ehe besser würde. Deine Mutter hatte Pläne, erkläre ich Marco unvermittelt und fast ärgerlich, so als wolle ich meinen Streit mit Courteney hier fortsetzen, mit Geoff Courteney, der die Macht besitzt, mein Buch zu veröffentlichen. Deine Mutter hatte unendlich viele Pläne. Haarsträubende Pläne. Ich liebte sie deswegen, doch dann ist alles schiefgegangen. Schrecklich schiefgegangen. Ich liebte ihre Energie, Marco, aber ich war unfähig, ihr bei der Verwirklichung ihrer Pläne zu helfen. Ich sah zu, wie alles schiefging, war aber unfähig zu helfen. Courteneys Gerede von gesunder Vorsicht und Lieber-auf-Nummer-sicher-Gehen ist hoffnungslos blasiert. Mir ist durchaus bewußt, ab wann es mit Paola schieflief. Das ist schließlich das Wesen des Journalismus. Man wartet ab und darf sich dann ansehen, wie alles schiefgeht, wie es zum Inferno kommt. Ich erinnere mich sehr genau an den Moment, als deiner Mutter klar wurde, daß Paola keine schöne Frau werden würde. Wie der wedische Vogel, der auf dem Baum sitzt und dem anderen Vogel beim Fressen zuschaut. Ich und deine Mutter. Ich hatte ihren Träumen keine eigenen entgegenzusetzen. Auch nicht, als alles anfing schiefzugehen. Es war an dem Tag, an dem Paola ihre Brille bekam und deiner Mutter ganz plötzlich klar wurde, daß sie niemals schön sein würde. Sie war tief enttäuscht. Und sie verbarg ihre Enttäuschung nicht. Deine Mutter vereinte immer beide Seiten eines Extrems in sich, Marco. Sie nahm dich mit zur Kirche, und sie flirtete mit dir. Sie betete mit Gregory, und sie beging Ehebruch mit ihm. Sie war großzügig und zugleich grausam zu Paola. Aus irgendeinem Grund bin ich aufgestanden und habe mich über den Sarg gebeugt. Mein Gesicht ist nur wenige Zentimeter von seinem entfernt. Vom Gesicht meines Sohnes. Aber wenn es ums Reflektieren oder ums Handeln ging, Marco, wenn es darum ging, wer tatsächlich etwas tat und wer nur darüber nachdachte, nur notgedrungen mitmachte – nun, da verkörperten wir beide gegensätzliche Extreme. Was war die Entscheidung gewesen, die mein Sohn nicht treffen konnte, frage ich mich, damals, als es in Mailand anfing schiefzugehen? Hätte ich ihm helfen können? Was hat ihn dazu getrieben, sich einen Schraubenzieher in die Schlagadern zu rammen? Ohne ihn zu küssen, ohne auf das Klopfen an der Tür zu warten, ohne mich zum Gehen zu entschließen, bin ich gegangen.

Dottor Vanoli? Ich habe mir eine neue Telefonkarte gekauft. Sie haben mein aufrichtiges Mitgefühl, sagt er. Es tut mir sehr leid. Busi hat es mir heute morgen mitgeteilt. Ich hatte gehofft, Sie würden sich melden. Es ist … Auf dem Totenschein steht Selbstmord, verkünde ich. Ich stehe in der belebten Eingangshalle des *policlinico*. Selbstmord. Meine Frau weiß nichts davon. Ich fürchte, sie werden ihn nicht im Familiengrab beisetzen. Sie wird verzweifelt sein. Es wird eine Szene geben. Sie wird fuchsteufelswild werden.

Ich habe einen ganzen Stapel Telefonkarten gekauft, um nicht wieder unterbrochen zu werden. Ich habe noch einmal mit Giorgio gesprochen und nichts als höfliche Dementis zu hören bekommen. Ich habe mit Paola gesprochen, die sagt, sie sieht keine

Möglichkeit, an einer Beerdigung in Rom teilzunehmen. Sie fürchtet, meine Frau wird eine Szene machen. Sie weiß, sie sollte zur Beerdigung kommen, sagt sie, aber sie kann einfach nicht. Sie weigert sich, das Wort Mama zu benutzen. Deine Frau, hat sie gesagt. Es lag eine gewisse Kühle in Paolas Stimme, als sie sagte, sie könne nicht kommen, denke ich jetzt, während ich mir Vanolis Beileidsbekundungen anhöre, als sie sich weigerte, das Wort Mama zu benutzen. Paola ist entschlossen, sich von euch zu distanzieren, sage ich mir, während Vanoli noch einmal wiederholt, was schon der Leichenbestatter gesagt hatte, nämlich daß die Pfarrer heutzutage kaum noch Einwände erheben. Vielleicht ist Paola wirklich ein bißchen halsstarrig. Aber Ihre Frau ist doch sicher informiert worden, oder? fragt Italiens führender Psychiater. Ich habe sie verlassen, erzähle ich ihm. Es gibt keinen Grund mehr für uns, noch zusammenzubleiben, jetzt, wo Marco tot ist. Es ist aus zwischen uns, verkünde ich. Jetzt macht er sich Sorgen, ob es mir gutgeht. Wie soll ich Paola beibringen, daß ich eine Weile bei ihr wohnen möchte? Oder hatte ihre kühle Zurückhaltung mit dem zu tun, was auf der Badezimmerscheibe gestanden hatte? Mit etwas, das sie vor mir verbirgt? Solche Verlassenheitsgefühle sind bei derartigen Verlusten durchaus nichts Ungewöhnliches, sagt Vanoli. Achte ich auch gut auf mich? Esse ich genug? Er sagt mir, meine Gefühle seien nichts Ungewöhnliches. Ich solle nichts überstürzen. Wenn die Beerdigung in Rom stattfindet, dann kommen Sie doch bei mir vorbei. Vielleicht kann ich Ihnen etwas verschreiben, schlägt er vor. Und ganz plötzlich brülle ich los: Es geht nicht darum, etwas zu verschreiben. Es ging die ganze Zeit nicht darum, irgend etwas zu verschreiben. Ich schiebe eine neue Telefonkarte in den Apparat. Diesmal werde ich mich nicht unterbrechen lassen. Mr. Burton, es ist ganz natürlich, daß Sie aufgeregt sind, sagt er. Es ist lächerlich zu glauben, Sie könnten mir helfen, indem Sie mir etwas verschreiben, brülle ich durch die Eingangshalle. Es war vollkommen töricht, schreie ich laut in der Eingangshalle des Krankenhauses, zu glauben, Sie könnten meinem Sohn mit Thorazin helfen. Mit einem einfachen Medikament. Jemandem, der den Verstand verloren hat. Es war unsere Schuld, schreie ich Vanoli ins Ohr. Es war meine Schuld. Weil ich den Dingen ihren Lauf gelassen habe. Weil ich nicht aufgepaßt habe. Weil ich keine Träume hatte. Nein, lassen Sie mich endlich ausreden. Mr. Burton ... Es war unsere Schuld, und Sie haben es gewußt. Wir haben ihn in den Wahnsinn getrieben. Wir haben es ihm unmöglich gemacht zu leben. Und Sie wußten das. Wir haben ihn eingemauert. So sicher wie mit Ziegelsteinen und Mörtel. Das wußten Sie. Ich bin zu Ihnen gekommen – es sind noch viertausend Lire auf dieser Karte –, um der Klärung der Beziehung zwischen meiner Frau und mir *aus dem Weg zu gehen,* um anderen Ärzten aus dem Weg zu gehen, die vielleicht angedeutet hätten, daß diese Krankheit möglicherweise keine klinischen Ursachen hatte. Sie *wußten* das. Sie wußten, warum wir einzeln zu Ihnen kamen, warum wir nie zusammen kamen. Sie haben nie die entscheidenden Fragen gestellt. Wir tragen die volle Verantwortung für das, was mit Marco geschehen ist. Das ist die Wahrheit, Dottor Vanoli. Sie wußten es, und Sie haben nichts unternommen. Sie waren nie ehrlich zu uns. Sie sind auf die glänzende Fassade meiner Frau hereingefallen. Sie haben Fragen gestellt, sie aber nie weiterverfolgt. Sie haben immer bloß etwas verschrieben. Leuten wie uns kann man nicht einfach etwas verschreiben. Sie sollten sich schämen, sage ich zu Italiens führendem Psychiater. Dann bin ich plötzlich vollkommen erschöpft. Dies ist schon mein dritter aufgebrachter Anruf. Zweitausendsechshundert. Zweitausendvierhundert. Ganz plötzlich wird mir klar, daß er lächelt. Sechshundert Kilometer entfernt lächelt Vanoli sein wissendes Lächeln. Aber ich habe nicht die Kraft, noch einmal loszulegen. Mr. Burton, sagt er. Es entsteht eine Pause. Es tut mir leid, Doktor, es tut mir leid, ich habe die Kontrolle verloren. Mr. Burton, wenn ich etwas sagen darf ... Verzeihen Sie mir, Doktor. Bitte, Mr. Burton, lassen Sie mich Ihnen sagen, daß die Neigung, uns für alles, was schiefgeht, verantwortlich zu fühlen, eine heutzutage in den westlichen Kulturen sehr verbreitete emotionale Störung ist. Seine Stimme ist so ruhig und ausgeglichen wie immer. Aber von der Frage der Krankheitsursache im Falle Ihres Sohnes einmal abgesehen, möchte ich Ihnen zwei Ratschläge geben – als Arzt, aber nach all den Jahren auch als Ihr Freund, hoffe ich. Ich warte. Ich bin sicher, daß er lächelt. Das alles läßt ihn völlig unberührt. Es sind noch tausend Lire auf der Karte. Zunächst vermute ich, daß Sie dringend Medikamente brauchen. Sie scheinen vollkommen außer sich zu sein, Mr. Burton. Und zweitens – er hält inne. Zweitens habe ich das Gefühl, daß die Person, gegen die sich Ihre Wut in Wirklichkeit richtet, Mr. Burton, Ihre Frau ist. Ich sehe zu, wie die Lire weggezählt werden. Mr. Burton? Ferngespräche kosten weniger als Gespräche mit Handys, denke ich. Etwas, das ich nie verstanden habe. Vanoli lächelt, wie er es immer getan hat, in seinem Büro, in meinem Traum. Was ich sagen will ist, daß Sie eigentlich nicht mich, sondern Ihre Frau anbrüllen möchten. Aber wenn ich Ihnen noch eine Warnung mit auf den Weg geben darf, was das betrifft, so habe ich das Gefühl, daß es in diesem kritischen Moment …

Ohne zu warten, bis das Geld alle ist, hänge ich auf. Wie kann der Mann mir etwas verschreiben wollen, frage ich mich, und dann eine so erschreckend akkurate Analyse meines Gemütszustands abliefern? Ich lasse mich von meinen Füßen zum Hauptausgang und die Treppe hinunter tragen. Ich scheine völlig berechenbar zu sein. Für einen Mann wie Vanoli. So berechenbar wie ein Leichnam. Für einen bedeutenden Psychiater. Ich recke mein Gesicht einem strahlend blauen Nachmittagshimmel entgegen. Und natürlich für mich selber. Ich würde jeden anbrüllen, nur meine Frau nicht.

8

Man hat mir Straferlass angeboten. Genauer gesagt, man hat mir vorgeschlagen, den üblichen Straferlaß, der allen angeboten wird, zu beantragen. Selbstmord ist vielleicht ein etwas irreführender Begriff bei Patienten mit diesem speziellen Krankheitsbild. Es war Busi, der das sagte. Er saß leicht zusammengesackt auf seinem Drehstuhl. Die offizielle Bezeichnung lautet *condono.* Ich habe einen Stapel Papiere auf dem Schoß, den Busi mir über seinen Schreibtisch hinweggereicht hat, ohne Karton oder Tüte. Ein Patient mit diesem speziellen Krankheitsbild, sagte Busi – er ist ein unscheinbarer junger Mann, aber höflich und zweifellos kompetent –, nimmt seine Identität oft nicht als etwas wahr, was zeitlich mit der Spanne zwischen Geburt und Tod zusammenfällt. Ich konnte seinen Worten nur schwer folgen. Ich habe immer noch nicht ganz begriffen, was er sagte, denn ich hatte zu meiner Verblüffung ein Bündel Briefe entdeckt, die an mich und an meine Frau adressiert waren. Der oberste verwies auf eine Tabelle, in der die jeweiligen Ausgleichszahlungen für bestimmte Unregelmäßigkeiten aufgeführt waren. Und das Verb, das sie in diesem ersten Brief benutzten, das Wort, auf dem mein Blick haften blieb, war *sanare,* gesund machen, heilen. Sie haben das Wort heilen benutzt, dachte ich. Deine Unregelmäßigkeiten heilen – wie war Marco an diese Briefe gekommen? Diese an mich und meine Frau adressierten Briefe? –, und Busi sagte: Diese Patienten, will ich damit sagen, glauben häufig, daß ihre Identität, ihr Ich, schon vor der Geburt beginnt und sich nach ihrem Tod fortsetzt. Der Geist des Patienten wird nicht normal verkörpert, könnte man sagen. Ich starrte ihn an. Busi hat diese Sätze schon öfter gesagt, dachte ich. Der Körper wird dann manchmal als eine Last empfunden, oder gar als etwas Fremdes. Busi hat diesen Zustand schon öfter erklärt, sagte ich mir, dieses Auseinanderfallen von Körper und Geist. Der Mann hat ein sympathisches Gesicht, wenn auch etwas unscheinbar. Wenn also ein Patient mit diesem speziellen Krankheitsbild Anzeichen masochistischer Selbstzerstörung zeigt, Signor Burton, dann kann es durchaus sein, daß er diese gar nicht als Angriff gegen sich selbst versteht, vielleicht nicht einmal als Bedrohung der normalen Ausdehnung seiner individuellen Identität.

Jetzt fällt mir ein, daß ich Busi an dieser Stelle hätte fragen sollen, wie es sich denn mit dem Schmerz verhielt? Eine Schmerzquelle dürfte doch wohl ein unmißverständlicher Hinweis auf die individuelle Identität sein. Woher kann denn Schmerz kommen, fragte ich mich später selber, als ich mich unter Schmerzen durch die Fahrkartensperre in Torino Porta Nuova zwängte, wenn nicht von einem selbst? Ich hatte keine Fahrkarte, aber niemand hielt mich auf. Soviel hatte ich vorhersehen können. Wie kann man Schmerz empfinden, ohne zu wissen, wo er herkommt? Von einem selbst. Sie müssen sich schleunigst ein Katheter setzen lassen, hatte Busi gesagt, sonst können Sie ernsthaften Schaden davontragen. Die Ausdehnung meiner individuellen Identität könnte bedroht werden, dachte ich, während ich die Abfahrtstafel studierte. Wie spät war es? Er hatte die Nieren erwähnt. Wer sind wir und womit identifizieren wir uns, wenn nicht mit unserem Schmerz? fragte ich mich, während ich mich nach dem Bahnsteig umsah, von dem der Zug um einundzwanzig Uhr fünfundfünfzig abfahren sollte. Alles ist rätselhaft, außer unseren Schmerzen. Stammt das von Foscolo oder von Leopardi? Danach hätte ich ihn fragen sollen. Meine Frau müßte es wissen. Jahrelang – dieses auf der Hand liegende Beispiel hätte ich Busi gegenüber anführen können – hat meine Frau ihre Identität, ihr innerstes Selbst, auf dem Kreuz der unglücklichen Mutterschaft aufgebaut. Meine

Frau ist zu ›der Mutter mit dem kranken Sohn‹ geworden. Das hätte ich Busi erzählen können. So sieht sie sich selbst: als Personifikation eines Schmerzes, eines Kummers. Nicht in der banalen Rolle als Gregorys Geliebte, der Euphorie romantischer Illusion. Meine Frau hat sich nie als Gregorys Geliebte betrachtet, sich nie über diese Rolle definiert. Ist ihm das klar? Geht es darum in diesem Brief? Auf französisch geschrieben. In dem Stapel auf meinem Schoß, der mir ohne Karton oder Tüte über Busis Schreibtisch hinweg gereicht wurde. Auf der anderen Seite der Bahnhofshalle wirbt eine Neonschrift in Pink auf schwarzem Grund für einen FREE SHOP. Ähnlich wie meine Frau sich früher als ›die Frau, die keine Kinder bekommen kann‹, ›die Frau, die ihres Frauseins beraubt ist‹ sah. Nicht als meine Geliebte und Ehefrau. Nicht als Mrs. Burton. Es sind die Enttäuschungen, die uns unsere Identität verleihen, dachte ich, einen Moment lang von der Neonschrift verwirrt. FREE SHOP. Die Enttäuschungen und der Schmerz. Die Tatsache, daß sie keine Kinder bekommen konnte, war für meine Frau wichtiger als die Tatsache, daß sie meine Frau war. Im FREE SHOP wurden Sandwiches und Getränke verkauft. Es ist das Leid, das uns unsere Identität verleiht. FREE SHOP ist ein alberner Name, dachte ich, ein paradoxer Name. Und Pink und Schwarz ist eine garantiert schreiende Farbkombination. Die Italiener spielen mit der englischen Sprache, dachte ich, wie Gregory und meine Frau mit der französischen gespielt haben. Es war nur Spiel. Ein Spiel mit Worten. Wohingegen der Schock, überlege ich jetzt – und ich habe plötzlich eine sehr genaue Vorstellung davon –, der Schock, wenn ein Schraubenzieher tief ins eigene Fleisch gestoßen wird, doch wohl ein deutlicher Hinweis auf den Ort des Ich sein dürfte. Daran war nichts Spielerisches oder Rätselhaftes mehr. Ich spüre förmlich, wie sich die Metallspitze durch meine Haut bohrt. Das Ich findet sich im Schmerz und im Leid, dachte ich. Das ist offensichtlich. Ich beschloß, mir kein Sandwich zu kaufen. Stigmata sind unsere Vergangenheit. Warum spielen die Italiener so gerne mit dem Englischen? fragte ich mich: FREE SHOP, AUTOGRILL. Schmerz schärft unsere Selbstwahrnehmung, dachte ich. Ich darf weder essen noch trinken. Der Urin könnte zurück in die Nieren gedrängt werden, sagte Busi. Obwohl Mönche härene Hemden trugen, fiel mir ein, jetzt, da ich neben dem langen, düsteren Zug den Bahnsteig entlanglaufe. Auch sie betrachteten das Fleisch als etwas Fremdes. Es war ein alter *Espresso*-Zug, der durch die Nacht kriechen würde, durch die Nacht nach Rom kriechen würde, zum Familiengrab. Die Christen glauben nicht, daß die individuelle Identität mit dem Tode aufhört, und die Buddhisten glauben, soviel ich weiß, nicht, daß sie mit der Geburt beginnt. Die Verrückten befinden sich da in guter Gesellschaft, sagte ich mir. Entkörpert, hatte Busi gesagt. Oder etwas in dem Sinne. Ich mußte sogar lachen, während ich überlegte, in welchen Wagen ich einsteigen sollte. Es war ein langer, düsterer Zug. Man kasteit den Körper, um die Seele zu befreien, und leugnet die Tatsache, daß die Identität zeitlich mit der Spanne zwischen Geburt und Tod zusammenfällt. Jetzt habe ich es. Die *Bandhu* überdauern den Tod. Dieser Gedanke kehrt immer wieder. Den Geist und all seine Analogien. Obwohl ich überzeugt bin, daß das nicht stimmt. Ganz unvermittelt sah ich dort auf dem Bahnsteig ein bestechend klares Bild meines toten Sohnes vor mir, seine Augenlider, die sich nie wieder öffnen werden. Nie, nie wieder. Selbstmord, schloß Busi – er saß bequem auf dem Drehstuhl in seinem höhlenartigen Büro –, Selbstmord, Mr. Burton, im herkömmlichen Sinne einer absichtlichen Auslöschung des Ich, ist deshalb vermutlich nicht der passende Ausdruck.

Der Arzt hatte Prämissen aufgestellt, einen Syllogismus konstruiert und seine Schlußfolgerung gezogen. Einerseits war es Selbstmord gewesen, andererseits aber auch wieder nicht. Jedenfalls nicht bei einem Patienten mit diesem speziellen Krankheitsbild. Busi scheint diese Wendung sehr zu mögen. Er drehte sich leicht auf seinem Stuhl hin und her. Ähnlich wie Totschlag nicht dasselbe ist wie Mord, sagte er. Aber wenigstens lächelte er nicht, war mir aufgefallen. Aus dem Grund finden wir auch in Fällen dieser Art nie einen Abschiedsgruß oder einen erklärenden Brief, fuhr er fort. Seine Selbstzufriedenheit beim Aufzeigen dieses Unterschieds, beim Definieren der Besonderheit von Fällen dieser Art ist frei von jeder Überheblichkeit, dachte ich. Er hat das alles schon öfter gesagt, und natürlich hat er die Papiere, die er mir ausgehändigt hat, durchgesehen, hat Gregorys Brief gesehen, das Straferlaßangebot wegen der Steuerhinterziehung – woher wollte er sonst wissen, daß es keinen Abschiedsbrief gab? –, aber er scheint aus seiner Kompetenz auf diesem Gebiet wirklich kein Gefühl der Selbstgefälligkeit oder Überlegenheit abzuleiten. Das war eine Art von Professionalität, für die ich mich erwärmen konnte. Aber hat der Junge denn keinen Schmerz empfunden? Danach hätte ich den Doktor fragen sollen. Hat der Schmerz ihn nicht gewarnt? Schmerzen hätten ihm gezeigt, wo das Ich sich befand. Läßt sich nicht wenigstens so viel vorhersagen? Sogar bei Patienten mit speziellen Krankheitsbildern? Alles ist rätselhaft, außer unserem Schmerz. Abrupt blieb ich stehen, denn ich hatte in der glänzenden grün-weißen Außenverkleidung eines *Eurostar* mein Spiegelbild erblickt. Wo kam der plötzlich her? Das war nicht mein Zug. Aber du selber ignorierst doch auch die warnenden Schmerzen, sagte ich laut. Du läufst ziellos auf dem Bahnsteig umher. Du hast Schmerzen, aber du beachtest sie nicht. Versuchst sie nicht zu beachten. Dies ist der falsche Zug. Du wärst beinahe in den falschen Zug eingestiegen. Das lag an dem Bild von Marcos Gesicht. Läufst auf dem Bahnsteig hin und her. Von der richtigen auf die falsche Seite. Hast Schmerzen. Nein, du selber, wiederholte ich – ich habe schon seit Stunden heftige Schmerzen –, gehst auch alle möglichen Risiken ein, was die Ausdehnung deiner individuellen Identität betrifft. Ist das Selbstmord? Wenn man seine Schmerzen nicht beachtet? Möglicherweise Nierenversagen, erklärte Busi. Obgleich das nicht sein Gebiet war. Dann fiel mir ein, daß ich irgendwo gelesen hatte, Schmerzunempfindlichkeit wäre bei bestimmten Geisteskrankheiten ein häufig auftretendes Symptom.

Fühlen Sie sich nicht wohl, Signor Burton? fragte der Doktor. Der *Eurostar* ist ein schöner Zug, dachte ich, mit seiner glänzenden grün-weißen Verkleidung, in der sich die Menschenmenge spiegelt. Aber jetzt ertönte ein Pfiff. Mein düsterer *espresso* war *in partenza. W*oher hatte er diese Papiere? wollte ich wissen. Ich nahm den Stapel auf meinem Schoß in die Hand. Es waren hauptsächlich Briefe an mich und meine Frau, manche neueren Datums, andere eher nicht. Gregorys Handschrift. Auf französisch. Vielleicht konnte Busi kein Französisch. Diesen Brief vom Finanzamt jedenfalls, in dem man mir empfahl, Straferlaß zu beantragen, weil ich sonst mit strafrechtlicher Verfolgung rechnen müßte, hatte ich nie gesehen. Dem Datum nach war er drei Monate alt. Die Frist ist längst abgelaufen. Der Doktor saß geduldig auf seinem Stuhl, leicht zusammengesackt – er hat eine schlechte Haltung –, und drehte sich ab und zu leicht zur Seite und wieder zurück. In seinen Händen, die in seinem Schoß auf dem weißen Kittel lagen, war absolut keine Spannung. Er gewährt dir das Gespräch, auf das du als trauernder Vater ein Anrecht hast, dachte ich, obwohl mein Sohn sich – ob man es nun Selbstmord nennen will oder nicht – inzwischen jenseits des Sachverstands dieses Mannes befand. Jenseits des Sachverstands von Dottor Busi, jenseits all dessen, was er in jahrelanger Ausbildung gelernt hatte. Dieses Gespräch ist eine reine Gefälligkeit, sagte ich mir, eine Geste der Solidarität, und als solche sollte ich es auch betrachten. Eine routinemäßige Liebenswürdigkeit. Wie das Ankleiden des Leichnams. Sein Arbeitstag ist offiziell schon beendet. Das hatte man mir bei meiner Ankunft gesagt. Dottor Busi hat um sechs Uhr Dienstschluß. Busi ist nicht defensiv, dachte ich. Es war Glück, an ihn zu geraten. Er hat ein reines Gewissen. Es gibt nichts, was Busi hätte tun sollen, aber nicht getan hat. Für meinen Sohn. Warum ihn also wegen dieser Papiere bedrängen? Oder was er nicht hätte tun sollen, aber getan hat. Seine Hände sind reglos. Er bemüht sich, nett zu sein, spricht nach Feierabend noch mit dir, nachdem sein langer Arbeitstag offiziell schon beendet ist. Wohingegen meine Frau unablässig mit ihren scharfen Nägeln an ihrer Nagelhaut pult. Die Hände meiner Frau, ihre lackierten Finger, sind ständig unruhig. Ich habe keine Ahnung, sagte er. Sie lackiert sich die Fingernägel gern in der Farbe ihres Lippenstifts. Er beugte sich vor: Was sind es denn für Papiere? Ist er wirklich so sicher, daß es keinen Abschiedsbrief gibt, fragte ich mich, daß er nicht einmal die Papiere durchgesehen hat, die im Zimmer meines Sohnes gefunden wurden? Kaum zu glauben. Vielleicht gibt es ja doch einen Brief. Wenn jemand weiß, wo er sie her hat, dann die Schwester, sagte Busi. Er lehnte sich wieder zurück. Was für Papiere sind es denn? Da die Villa Serena noch nicht renoviert wurde, ist das Büro des Arztes ein höhlenartiger, hoher Raum, an dessen Wänden noch Teile alter Fresken zu sehen sind: hier ein Bein, dort das Gesicht eines Märtyrers. In Italien gibt es lauter solche Gebäude. Schizophrene machen oft ein großes Geheimnis um ganz unwichtige Dinge, sagte er. Sie heben die seltsamsten Sachen auf. Busi mißt diesen Papieren auffallend wenig Bedeutung bei, dachte ich. Ich blätterte den Stapel schnell durch, um festzustellen, ob etwas in der Handschrift meines Sohnes dabei war. Was für Sie und mich ganz unwichtig erscheint, sagte Busi, könnte für einen Patienten mit diesem speziellen Krankheitsbild eine geradezu mystische Bedeutung haben. Nichts. Ich blickte hoch. Direkt über dem Kopf des Arztes befand sich eine Frauenhand. Eine schlanke weiße Hand. Könnte es sein, Dottor Busi, fragte ich, daß Marco am Abend vor seinem Tod im Haus meiner Tochter gewesen ist?

Alle Fahrgäste müssen vor dem Einsteigen einen Fahrschein lösen und ihn abstempeln lassen, verkündet eine Stimme über

Lautsprecher. Es ist eine Routinedurchsage in mehreren Sprachen. Der *capotreno* sagt, ich solle trotzdem einsteigen. *Faccia presto,* erklärt er mir. Ob es in Gregorys Buch ein Kapitel gibt, frage ich mich, in dem es um die widersprüchlichen Imperative geht, um die alltäglichen ausweglosen Konflikte, die das Leben in Italien prägen? Der Steuerzahler darf keinen Straferlaß für Unregelmäßigkeiten in seiner Steuererklärung beantragen, wenn deshalb bereits gegen ihn ermittelt wird. So steht es im Kleingedruckten der Standardanlage. Unter Bezugnahme – so der Begleitbrief – auf die laufende Ermittlung wegen der oben genannten Unregelmäßigkeiten empfiehlt der Steuerprüfer dem Steuerzahler, einen Straferlaß gemäß DL/783/97 (siehe Anlage) zu beantragen. Andernfalls droht strafrechtliche Verfolgung. Entweder hat Marco jemanden überredet, ihm unsere Post zu bringen, oder er hat die Klinik unerlaubt verlassen und sie sich selber geholt. Meine Schmerzen ignorierend, lasse ich mich auf einen Erste-Klasse-Sitz fallen. Beides ist gleichermaßen unwahrscheinlich. Es sind schöne, geräumige Sitze, mit weichem, grasgrünem Polster, die zweifellos vor vielen Jahren einmal entworfen wurden, um den Anschein von außergewöhnlichem Luxus zu erwecken. So wie heutzutage der *Eurostar.* Diese Sitze, diese Erste-Klasse-Ausstattung wurden entworfen, um dem Reisenden von vor zwanzig Jahren den Eindruck zu vermitteln, die staatliche italienische Eisenbahn biete ihm das Maximum an Kompetenz und Bequemlichkeit, überlege ich, während ich unter Schmerzen meinen Platz einnehme. Warum schenke ich dieser Bedrohung meiner Nieren, meiner ganzen Person, keine Beachtung? Ohne Fahrkarte kann ich genausogut in der ersten statt in der zweiten Klasse sitzen. Warum habe ich nicht schreckliche Angst? Ähnlich wie die professionellen Worte eines Arztes, diese höflichen, wohltuenden Worte, darauf abzielen, keinen Raum für Zweifel an seiner Kompetenz zu lassen, keinen Anlaß zu geben, seine selbstsichere Einschätzung in Frage zu stellen. Obwohl der Reisende natürlich genau weiß, daß das Gegenteil der Fall ist, denke ich. Ich bin schließlich nicht mein Leben lang kreuz und quer auf dieser Halbinsel herumgereist, ohne zu bemerken, daß die staatliche italienische Eisenbahn weit davon entfernt ist, das Maximum an Bequemlichkeit und Kompetenz zu bieten. Auf Reisen mit der italienischen Eisenbahn kann einem alles mögliche passieren – das weiß der Patient genau –, egal, ob man mit einem düsteren *espresso* oder einem schicken, glänzenden *Eurostar* fährt. Irgend etwas stimmt hier nicht, Dottor Busi, beharrte ich. Es muß etwas geben, das man mir verschwiegen hat. Hier sind irreführende Eindrücke und widersprüchliche Imperative an der Tagesordnung, denke ich, während ich es mir auf meinem Platz bequem mache. Free Shop, allerdings! Hinter seinem Tod steckt etwas, von dem ich nichts weiß, erklärte ich. Plötzlich stand ich auf. Unter Schmerzen. Wie kann mein Sohn an diese Briefe gekommen sein? wollte ich wissen. Es muß etwas vorgefallen sein, Dottor Busi, das meinen Sohn zu diesem drastischen Entschluß bewogen hat. Vielleicht hat es mit diesen Briefen zu tun. Man bietet mir Straferlaß an, und ich werde strafrechtlich verfolgt. Oder mit meiner Tochter. Er hat sich nicht bloß aus Versehen umgebracht, sagte ich. Er wußte ganz genau, daß es lebensbedrohlich ist, sich einen Schraubenzieher in die Venen zu rammen. Irgend etwas muß der Auslöser gewesen sein. Mein Sohn war kein Narr, so verrückt er auch gewesen sein mag. Vielleicht unsere Abwesenheit. Die Abwesenheit seiner Eltern. Vielleicht das Scheitern der Ehe meiner Tochter. Er war am Tag vor seinem Tod in der Wohnung meiner Tochter, sagte ich in aggressivem Ton zu Dottor Busi. Da bin ich ganz sicher. Ich weiß es. Ich habe Beweise.

Erst jetzt bemerke ich, daß alle Plätze in diesem Erste-Klasse-Abteil reserviert sind. Ich werde von einem höflichen jungen Deutschen verscheucht, der sein Ticket in der Hand hält und auf seine Platznummer zeigt. Ich setze mich um und werde erneut verscheucht, diesmal von einem fröhlich lächelnden Mann mit

Handy am Ohr, der dicker ist als ich. *Non esiste*, sagt er ins Telefon, während er mich anlächelt. *Non esiste.* Das kann nicht sein! Er lacht. Ich stehe wieder auf und trotte den Gang entlang, die Papiere umklammernd, die Dottor Busi mir gab. Es ist ein Brief an meine Frau dabei, von der International Professional Women's Association, die sie bittet, die PR-Arbeit für ihren jährlichen Frühjahrsempfang zu übernehmen. Und bestürzte Zeilen von Gregory, auf französisch. *Pourquoi n'as-tu pas repondu? Pourquoi tu ne veux pas m'écrire? J'ai été toujours fidèle. Non esiste,* lacht der Dicke, halb im Gang stehend, als ich wieder an dem Abteil vorbeikomme. Auf dem Gang ist der Empfang meistens besser. Und ein Angebot, einen Beitrag für den *European Liberal,* ein Magazin für jeden Geschmack, zu schreiben. Vielleicht hätte ich zum Flughafen fahren und das Ladegerät für mein Handy holen sollen, denke ich. Vielleicht gab es einen Spätflug, den ich noch erwischt hätte. Ganz zu schweigen von dem Heparin. Zwei Tage ohne Heparin. Das wäre besser gewesen, als die Nacht im Zug zu verbringen. Mein Herz. Was kann ich schon erwarten von einer Nacht im Zug? In einem Zug der staatlichen italienischen Eisenbahn? Trotz der Pfiffe stehen wir immer noch im Bahnhof. Ich setze mich hin, stehe jedoch gleich wieder auf. Neben Schwätzern will ich nicht sitzen.

Ihre Tochter kam häufig zu Besuch, gab Busi zu. Er wäre noch darauf zu sprechen gekommen, sagte er, aber es war ihm wichtig erschienen, zunächst das Wesen des Verstorbenen zu betrachten, um die Frage nach dem Selbstmord zu klären. Bitte setzen Sie sich doch, Signor Burton, sagte Dottor Busi. Sie sind verständlicherweise erregt. Eigentlich war ich davon ausgegangen, daß Ihre Tochter Ihnen inzwischen alles erzählt hat. Mir war nicht klar, daß Sie noch nicht Bescheid wissen. Aber die Sache ist ganz einfach. Ihre Tochter kam häufig zu Besuch, Signor Burton. Immerhin war Marco ihr Bruder. Wie dem auch sei, das hiesige Personal, im Verbund, wenn ich das so sagen darf, mit Dottor Vanoli, der diesen Fall schon wesentlich länger kennt als wir, stimmte mit ihr, mit Ihrer Tochter, darin überein, daß es am besten wäre, Sie über diese Besuche nicht zu informieren, denn es stand zu befürchten, daß Ihre Frau in irgendeiner Weise eingreifen würde. Daß sie etwas dagegen gehabt hätte. Ich setzte mich wieder hin. Paola hatte mir kein Wort davon gesagt. Es gab Dinge, die sie mir verschwieg. Mir war Straferlaß angeboten worden, dachte ich. Straferlaß! Aber die Frist war verstrichen. Wir waren besorgt wegen der möglichen Reaktion Ihrer Frau. Ich betrachtete Busi, während er sprach. Mir droht strafrechtliche Verfolgung. Das Fresko muß eine dieser wirren Massenszenen dargestellt haben, wo ein Heiliger den Märtyrertod stirbt. Neben der linken Schulter des Doktors war ein Kopf zu sehen. Eine Frauenhand und ein Männerkopf. Wird man mich anklagen, wenn ich nach England zurückgehe? Und in den letzten Monaten, sagte Busi, haben wir Marco, wenn wir das Gefühl hatten, sein Zustand sei stabil genug, insgesamt dreimal einen Tag Ausgang mit Ihrer Tochter gestattet, natürlich unter der Voraussetzung, und wirklich *nur* unter der Voraussetzung, daß ihr Ehemann sie begleitet. Ich starrte auf den liegenden Kopf. Wie gesagt, wir kamen überein, diese Ausgänge streng geheimzuhalten, denn es war klar, daß diese Entwicklung angesichts der Animositäten innerhalb der Familie jemandem, insbesondere Marcos Mutter, mißfallen und sie womöglich veranlassen könnte, auf irgendeine Weise einzuschreiten oder gar nach Italien zurückzukehren, noch ehe das Experiment Ihrer Abwesenheit ausreichend Wirkung zeigen konnte. Es war nicht zu erkennen, ob er abgehackt worden war oder nicht. Wir hatten den Eindruck, daß dieses Experiment positive Ergebnisse brachte. Insbesondere, das sollte ich hinzufügen – vielleicht sah es wegen der bröckligen Oberfläche des Freskos nur so aus –, befürchtete Ihre Tochter, Ihre Frau könne annehmen, sie ginge nur mit Marco aus, um ihn in Situationen zu bringen, die es ihr ermöglichen würden, fälschlicherweise zu behaupten, er habe sie angegriffen. Wie berechtigt diese verzwickte Befürchtung war, weiß ich nicht, aber unter den gegebenen Umständen und im Hinblick auf das, was in der Vergangenheit vorgefallen war, erschien es mir angebracht, der Bitte Ihrer Tochter um Geheimhaltung zu entsprechen.

Ich war fassungslos. Und bin auch jetzt noch fassungslos, hier auf meinem Platz in einem Zweite-Klasse-Abteil, aus dem ich immer noch auf denselben Bahnhof hinausblicke. Ich habe ein eindeutig zweitklassiges Abteil gefunden, in dem eine ältere, weise aussehende und vor allem schweigsame Frau sitzt, die ein seriöses Wirtschaftsmagazin liest, für das ich früher als geachteter Autor regelmäßig tätig war. Wenigstens habe ich das richtige Abteil gefunden, sage ich mir, auch wenn ich für ein bißchen Ruhe und Frieden die Bequemlichkeit opfern mußte. Die Einrichtung ist gräßlich, das Licht trübe. Es machte mich fassungslos, daß Paola nach allem, was geschehen war, nach allem, was sie durchgemacht hatte, sich noch freiwillig bereit erklärte, Marco in einer vierzig Kilometer entfernten Anstalt zu besuchen, und daß auch Giorgio noch die Großzügigkeit besaß, mit seinem schizophrenen Schwager auszugehen. Dann hat er sich also umgebracht, weil es mit diesen Besuchen vorbei war, erklärte ich. Weil Paola und Giorgio sich getrennt hatten. Das lag auf der Hand. Wir waren in England, und es gab sonst niemanden, mit dem Marco hätte ausgehen können. Die Regeln der Villa Serena waren sehr streng: Die Patienten erhalten nur Ausgang, wenn sie von zwei verantwortlichen Erwachsenen, vorzugsweise Verwandten des Patienten, begleitet werden. Marco war in der Villa Serena eingemauert. HELP ME hatte auf der Badezimmerscheibe gestanden. Er hatte es geschrieben. Er hatte soeben erfahren, daß sie sich getrennt hatten, daß dies sein letzter Ausgang mit ihnen gewesen war, sein letzter Ausgang überhaupt.

Busi schüttelte den Kopf. Ich bin zwar um einiges jünger als Sie, Mr. Burton, doch wenn Sie erlauben, möchte ich Ihnen gern meine Erfahrungen mit derartigen Verlusten darlegen. Für einen

Mann, der den ganzen Tag gearbeitet hat, ist Busi erstaunlich ruhig, dachte ich, während ich ihn von meinem Sessel aus betrachtete. Sein Körper ist immer noch völlig frei von Spannungen. Er drehte sich leicht auf seinem Stuhl hin und her. Er erweckt den Eindruck, als überlege er, wie er einen schwierigen Gedankengang formulieren soll, obwohl er das, was er gleich sagen wird, natürlich schon oft gesagt hat, sinnierte ich. Er wird es mir auf dieselbe Art beibringen, wie er es schon etlichen anderen vor mir beigebracht hat. Nach einem solchen Ereignis, hub Busi an – es ist nichts Ungewöhnliches an dem, was mir widerfahren ist, dachte ich –, ich meine, nach einem solchen Todesfall, Signor Burton, versuchen die Eltern, die Geschwister und alle, die dem Toten nahestanden, natürlich zu verstehen, wie es zu der Tragödie kommen konnte. Ich betrachtete zuerst ihn, dann die schlanke Frauenhand über ihm und den liegenden Kopf daneben. Ein Männerkopf. Das Abteil hat graubraune Sitze und ist mit Schwarzweißfotos von Ferienzielen geschmückt. Sie haben das Bedürfnis, die bösen Geister auszutreiben oder irgendwo einen Sündenbock zu finden. Man könnte sogar sagen, sie brauchen eine Geschichte, die sie sich selber erzählen können, eine Geschichte, die alles erklärt, die vielleicht sogar erklärt, wer dafür verantwortlich ist. Das ist eine verständliche Reaktion. Vielleicht die menschliche Reaktion *par excellence*. Aber wie wir bereits besprochen haben, Signor Burton, sind Modelle von Ursache und Wirkung und erst recht das Konzept der vorsätzlichen Tat auf Patienten mit diesem speziellen Krankheitsbild nicht ohne weiteres anwendbar. Gott sei Dank müßte man aufstehen, um in den Spiegel zu schauen. Lassen Sie uns rekapitulieren. Ihre Tochter und ihr Mann haben Marco am Sonntag für ein paar Stunden aus der Klinik abgeholt. Wie sie es schon zweimal zuvor getan hatten, jeweils im Abstand von einem Monat. Mehr oder minder seit Ihrer Abreise nach England. Jetzt können wir ja ruhig darüber reden. Und plötzlich, als eine jüngere Frau die Tür aufschiebt und dieses graubraune

Abteil mit den abgewetzten Polstern und den tristen Fotografien betritt – denn der Zug steht noch immer im Bahnhof –, wird mir klar, daß Paola diesen Ausgang, der an dem Tag stattfand, an dem mein Sohn sich umbrachte – ich sehe sein Gesicht vor mir, den liegenden Kopf, die geschlossenen Augen –, nicht erwähnte, auch mit Giorgio übereingekommen ist, ihn nicht zu erwähnen, weil sie Angst hatte, ich würde das meiner Frau nicht verschweigen können und diese würde dann die Schuld an seinem Tod ausschließlich ihr, Paola, zuschreiben, die Ursache in diesem letzten gemeinsamen Ausflug von Bruder und Schwester suchen. Die eigentlich gar nicht Bruder und Schwester waren. Das war die Geschichte, die meine Frau sich zweifellos zurechtgelegt hätte, denke ich, genau so hätte sie, an ihren Fingern pulend, die Teile zusammengefügt. Busi hatte recht. Deine Frau bestimmt all deine Beziehungen, wird mir bewußt. Mit den Geschichten, die sie erfindet. Wegen deiner Frau kann deine Tochter nicht offen mit dir reden, denn du würdest mit deiner Frau reden und die würde ihr, Paola, die Schuld geben. Und natürlich ist es sehr gut möglich, daß ich meiner Frau die Geschichte tatsächlich erzählt hätte, ihr gegenüber den Ausflug erwähnt hätte, und sei es nur, um sie davon zu überzeugen, daß Paola das Herz auf dem rechten Fleck hatte. Meine Loyalität liegt bei Paola, sage ich mir. Wie soll ich ihr beibringen, daß meine Anwesenheit in den schwierigen Monaten, die vor ihr lagen, eine große Hilfe sein könnte?

Ihre Tochter hat mir erklärt, daß sie und ihr Mann sich trennen wollten, sagte Busi, aber soweit ich verstanden habe, wollten sie die Ausflüge mit ihrem Sohn dennoch fortsetzen. Der Mann Ihrer Tochter war Marco sehr zugetan, das war offensichtlich. Er hat ihn etliche Male allein besucht und mit ihm Schach gespielt. Auch darüber war ich fassungslos, denn ich wußte nichts von einer Beziehung zwischen Giorgio und Marco. Giorgio hatte Marco auf der langen Fahrt vom Flughafen nicht ein einziges Mal erwähnt. Der liebe langweilige Giorgio mit der langen Hakennase und dem kahl werdenden Schädel. Paola hatte ihn gebeten, es nicht zu tun. Er ist kein attraktiver Mann. Aber er besitzt eine beruhigende Ausstrahlung. Er hatte das Schachspielen nicht ein einziges Mal erwähnt. Ich staunte, daß er es überhaupt konnte. Mit mir hat er nie Schach gespielt. Jedenfalls war Marco am frühen Sonntagabend zur üblichen Zeit von seinem Ausgang zurückgekehrt, sagte Busi. Er schien in stabiler Verfassung zu sein. Er aß sein Abendessen. Er war äußerst fügsam. Ihre Tochter berichtete der diensthabenden Schwester, daß sie einen schönen Tag zusammen verbracht hatten. Sie hatten in einer Pizzeria gegessen. Dann hatten sie bei ihr zu Hause ferngesehen. Anscheinend hat er ein Bad genommen. Ehrlich gesagt waren wir alle sehr zufrieden mit seiner Entwicklung. Er machte Fortschritte im Umgang mit anderen Menschen, schien aber gleichzeitig unabhängiger zu werden. Immerhin gab es eine Zeit, Mr. Burton, da war Ihr Sohn gar nicht in der Lage, alleine zu baden. Kurz gesagt, wir waren optimistisch. Busi hielt inne. Und dann, Signor Burton, war er plötzlich tot.

Busi schwieg. Sie haben mein aufrichtiges Mitgefühl, sagte er schließlich. Es tut mir wirklich sehr leid. Wer hat ihn gefunden? wollte ich wissen. Ich hatte mich im Sessel aufgerichtet. Busi fuhr fort: Als Wissenschaftler sage ich das ungern, aber wir stehen in diesem Fall vor einem Rätsel, Signor Burton. Wir werden nie wissen, warum er das zu diesem Zeitpunkt getan hat, wir können nicht einmal sagen, ob ihm bewußt war, was er tat. Sie dürfen nicht weiter darüber nachgrübeln. Ich für meinen Teil kann nur sagen, daß uns Ihre Entscheidung, nach England zu gehen, klug und sehr mutig erschienen war – es war zweifellos ein großes Opfer für Sie – und wir berechtigte Hoffnung auf ein positives Ergebnis hegten. Wer hat ihn gefunden? wiederholte ich. Unwillkürlich mußte ich an den Hund denken, an Boccaccio, an den seltsamen Umstand, daß der Theaterregisseur mit seiner entzückenden jungen Geliebten nicht in einem Bett schlief. Die diensthabende Schwester, sagte Busi. Das war völlig unwichtig. In seiner Stimme liegt überhaupt keine Anspannung, dachte ich. Er ist vollkommen ruhig. Warum hat meine Tochter mir nichts davon erzählt? wollte ich wissen. Woher hatte er den Schraubenzieher? In einer Nervenklinik werden Sie doch wohl kaum so gefährliche Waffen wie Schraubenzieher einfach herumliegen lassen, oder? Ich hatte die Stimme erhoben. Warum bin ich von Leuten umgeben, die sich weigern, offen zu reden? schrie ich. Als ich von meinem Stuhl aufstand, wurde ich ohnmächtig.

Nachdem sie mehrmals auf die Uhr geschaut hat, fragt die jüngere Frau die ältere Frau und sich selber, wann der Zug abfahren sollte. Im selben Augenblick setzt sich der *espresso*, eine ungeheure Trägheit überwindend, die der Fahrgast als Anstrengung und zugleich als Widerstand gegen diese Anstrengung, als zwei einander entgegenwirkende Kräfte empfindet, ächzend in Bewegung. Die ältere Frau schaut über ihre Brille hinweg hoch. Vor zwanzig Minuten, sagt sie und lächelt, aber für sie ist es schon ein Wunder, wenn ein Zug überhaupt losfährt. Ein Wunder. Ein stechender Schmerz, als der Waggon holpert. Die jüngere Frau, nicht unattraktiv mit ihrer praktischen, eifrigen Art, bemerkt, daß manche Züge verläßlicher sind als andere. Sie hat volle Lippen. Man muß nur wissen, welche. Leuchtend rot geschminkt. Strahlende braune Augen. Der Schmerz sitzt tief im Unterleib. Die ältere Frau schlägt ihr renommiertes Magazin zu. Vollkommen vorhersehbar verfallen die beiden in eine Unterhaltung über Erlebnisse auf Zugfahrten. Man sagt in eine Unterhaltung verfallen, sinniere ich. Man sagt auch der Liebe verfallen. Mein Gesicht erscheint plötzlich scharf umrissen in der glänzenden dunklen Scheibe. Wir haben den Bahnhof verlassen. Man verliert sich selbst. Verliert die Kontrolle. Schmerz schärft durchaus die Selbstwahrnehmung, überlege ich, unfreiwillig mein Spiegelbild betrachtend, aber dennoch ignorierst du ihn. Der Zug ist in die Nacht eingetaucht. Du ignorierst Busis Rat, ignorierst einen immer stärker werdenden Schmerz. Die ältere Frau ist davon überzeugt, daß alles immer schlimmer wird. Schlechterer Service, steigende Preise. Und die Regierung konfrontiert die Gewerkschaften nicht mit dem Problem des zu hohen Personalbestands. *Ma i nodi stanno arrivando al pettine,* erklärt sie. Noch eine Redewendung, die Marco gerne auf englisch benutzte. Die Knoten nähern sich dem Kamm, sagte er oft. Er bestand darauf, daß ich für seine Mutter übersetzte, was er sagte. Ich mache dir einen hölzernen Mantel, drohte er. Aber den Wahnsinn, der darin lag, das auf englisch so auszudrücken, den konnte ich nicht mit übersetzen. Und jetzt hat er sich selber einen gemacht. Die jüngere Frau meint, die linke Regierung wird Verbesserungen erwirken. Aber das braucht Zeit. Der *superrapido* um neunzehn Uhr zehn ist nie verspätet, sagt sie. Sie plaudern weiter. Normalerweise nimmt sie den Zug um neunzehn Uhr zehn. Ich dachte, ich hätte mir das richtige Abteil ausgesucht, sinniere ich, ein ruhiges, wenn auch nicht sehr bequemes Abteil, genaugenommen ein schrecklich trostloses Abteil, aber wie vorherzusehen war, habe ich mich geirrt. Eine vollkommen vorhersehbare Unterhaltung über Eisenbahnerlebnisse und die aktuelle politische Lage entspinnt sich. Das Licht ist trübe. Ich, der ich ein Buch über die Vorhersagbarkeit des menschlichen Verhaltens schreiben will, sollte mich über dieses Beispiel freuen, sage ich mir, über die Vorhersehbarkeit der Unterhaltungen, die in italienischen Zügen geführt werden. Die ältere Frau – die Lesebrille an einem Band um den Hals gehängt – nimmt beflissen einen Tonfall und eine Haltung an, die Erfahrung und Weisheit suggerieren. Hatte ich sie deshalb irrtümlich für weise gehalten? Bloß weil sie ein Magazin las, für das ich früher geschrieben habe? Vieles ist vorhersehbar, aber man macht auch vorhersehbare Fehler. Ich sitze im falschen Abteil. Ich habe keine Ohrstöpsel dabei, ich habe kein Heparin, ich habe kein Ladegerät für mein Handy. So kann es nicht weitergehen, sagt sie, und wiederholt: *I nodi stanno arrivando al pettine.* Ich habe das in Italien schon unzählige Male gehört. Ich habe es selber unzählige Male prophezeit. Irrtümlich. In Italien nähern sich die Knoten ständig dem Kamm, aber ankommen tun sie nie. Die Ablösung von Andreotti & Co. hat keinerlei Auswirkungen auf die Probleme der staatlichen italienischen Eisenbahn gehabt. Andreotti, überlege ich, war der Begründer des Prinzips der Straffreiheit für Steuerhinterzieher, der fragwürdigen Moral hinter solcher Straffreiheit. Aber auch ohne ihn gibt es sie weiterhin. Selbst die linke Regierung gewährt Steuersündern Straferlaß. Die Frauen reden jetzt vorsichtiger weiter, denn sie haben erkannt, daß sie an verschiedenen Enden des politischen Spektrums stehen. Man spricht vom politischen Spektrum. Die ältere stellt die weise Skepsis einer Frau zur Schau, die rechts wählt, die jüngere den gutinformierten Optimismus einer Frau, die links wählt. Sie sind beide gleich. Beide haben das Bedürfnis zu plaudern. Über Hochgeschwindigkeitszüge. Über den Komfort von schweizerischen und deutschen Waggons. Es ist eine Schande für unser Land, meint die ältere Frau. Ihre Stimme klingt leicht schrill. Ihr graues Haar ist zu einem Helm frisiert. Ich bin fasziniert von der Vorhersehbarkeit dieser Unterhaltung. Und zugleich eingemauert in meinem Schmerz. Sie schüttelt ihren alten Kopf, aber ihr spraygestärktes Haar bewegt sich nicht. Die Schweizer stöhnen bestimmt jedesmal, wenn sie in einen italienischen Waggon steigen müssen! Ich sollte mir Notizen machen. Wenn die ältere Frau von nationaler Schande spricht, dann tut sie das mit einstudierter Theatralität. In Wirklichkeit schämt sie sich kein bißchen, denke ich. So schlimm sind die italienischen Züge nun auch wieder nicht. Im Gegenteil, sie genießt die Gelegenheit, sich zu beklagen. Was würden wir tun, wenn wir nicht ab und zu eine Gelegenheit fänden, uns zu beklagen? Die erschreckende Vorhersehbarkeit dieser Unterhaltung fasziniert und erschreckt mich gleichermaßen. Die Kämpfe zwischen deiner Frau und dir waren erschreckend vorhersehbar, sage ich mir. Wie gern deine Frau sich beklagte! Ob pünktlich oder verspätet, schnell oder langsam, unsere Streitereien bewegten sich immer in ausgefahrenen Gleisen. Aber du auch. Du beklagst dich auch gerne. Von Rom nach Turin und wieder zurück nach Rom. Beklagst dich über England, beklagst dich über Italien. Marcos Tod hat das vorhersehbare Hin und Her unserer Streitereien unterbrochen, denke ich. Ich habe meine Frau verlassen. Habe die Frau verlassen, um die sich all meine alten Klagen drehten, den Schmerz hinter mir gelassen, durch den ich mich selbst spüren konnte. Auch wenn er mich eingemauert hat. Marco hat den Bann gebrochen. Die ältere Frau hebt die Brille an die Augen und senkt sie wieder, verweist großspurig auf einen Artikel in ihrem Wirtschaftsmagazin. Die jüngere spielt die eifrige *studentessa,* widerspricht redegewandt, bekundet aber auch theatralisch Respekt für die theatralisch zur Schau gestellte Lebenserfahrung der älteren. Ich fahre nur wegen Marcos Beerdigung nach Rom, sage ich mir. Zum Familiengrab. Nicht, um in die ausgefahrenen Gleise der Streitereien mit meiner Frau zurückzukehren. Nicht, um Giulio Andreotti, den alten Fuchs und siebenmaligen Premierminister, zu interviewen. Warum halten wir die Alten für weise, frage ich mich, bloß weil sie angesehene Wirtschaftsmagazine lesen? Bloß weil sie siebenmal Premierminister waren? Der Schmerz ist inzwischen ständig da. Betäubend. Du bist jetzt in einen anderen Schmerz eingemauert. Wird er seinen alten Witz von den Geistesgestörten recyceln, die sich entweder für Jesus Christus halten oder glauben, sie könnten die italienische Eisenbahn aus ihrer Finanzmisere retten, *sanare?* Ich hätte den Kontaktmann wegen des Faxes anrufen sollen. Vielleicht hat er schon geantwortet. Die Todkranken heilen. Andreotti war der Begründer des Prinzips der Straffreiheit für Steuersünder, denke ich, der Baumeister einer Gesellschaft, in der jeder ein Sünder ist und jeder Vergebung findet, sowohl im weltlichen als auch im religiösen Sinne. In der jeder der Gnade und dem Gutdünken des Staates unterliegt, ebenso wie jeder Christ der Gnade und dem Gutdünken des Allmächtigen unterliegt. Die Sünder stehen Schlange, um Vergebung zu erbitten. Aber wer könnte mir mein Verhalten gegenüber meinem Sohn vergeben? Mein Verhalten gegenüber meiner Frau? Die Frist ist verstrichen.

Quälen Sie sich nicht mit Selbstvorwürfen, sagte Busi. Er half mir wieder auf den Sessel. Es nützt niemandem etwas, wenn Sie sich krank machen, sagte er. Meinen Sie nicht auch? Ihre Frau braucht Ihre Unterstützung, sagte er. Manche Dinge lassen sich nicht erklären, wiederholte er, und er klang jetzt überzeugender als vorher, als er von Patienten mit speziellen Krankheitsbildern gesprochen hatte. Alles ist geheimnisvoll. Das stammte von Leopardi. Außer unser Schmerz. *Arcano è tutto fuor che il nostro dolor.* Die beharrliche Suche nach einer Erklärung für das Geschehene wird Ihnen nur Kummer bereiten, sagte Busi. Als spräche er mit einem Kind, dachte ich. Sie können es nicht wissen, sagte er. Als ich ihm von meinen Schmerzen berichtete, sagte er, ich müsse mir sofort ein Katheter setzen lassen. Sonst könne das schlimme Folgen haben. Aber das sind einfache, mechanische Vorgänge, Signor Burton, sagte er und stützte mich, während wir den Flur entlanggingen. Die Blase, die Nieren. Obwohl das nicht sein Spezialgebiet war. Dafür braucht man nichts weiter als gesunden Menschenverstand und die richtigen Utensilien. Manchmal wünschte er, er würde auf einem anderen Gebiet arbeiten. Einem Gebiet, wo man bloß einen Katheter zu setzen brauchte, um die Schmerzen zu lindern. Könnte man doch einen Katheter in die Seele einführen, scherzte er. Man stelle sich das vor! Als spräche er mit einem Kind, dachte ich. Ich habe meiner Frau nicht gesagt, daß es Selbstmord war, verkündete ich. Sie dürfen sich keine Vorwürfe machen, sagte er. Sie müssen sich gegenseitig unterstützen, so gut Sie können. Ich saß in einer Art Krankenzimmer auf einem Stuhl. Er telefonierte. Der Patient hat um Mitternacht zum letzten Mal Wasser gelassen, also vor zwanzig Stunden. Ich war jetzt Patient. Er gibt an, seitdem nichts getrunken zu haben. Bloß zwei Tassen Kaffee. Die diensthabende Schwester kommt gleich, sagte er. Andere Leute übernehmen das Ruder, dachte ich. Ich bin Patient. Ich bin krank. Eingemauert in Schmerzen. Ich schreibe Ihnen schnell ein Rezept für Ihr Heparin, sagte Busi. Wir haben keins da, aber die Schwester kann Ihnen sagen, welche Apotheken Spätdienst haben. Sie kommt gleich mit dem Katheter. Kaum war er gegangen, öffnete ich das Fenster und ließ mich anderthalb Meter tief hinaus auf die Kieseinfahrt fallen.

Die ältere Frau spricht über den unterentwickelten italienischen Aktienmarkt. Zwei schwarze Mädchen gehen auf dem Gang vorbei und schauen kurz in unser Abteil. Zweifellos Prostituierte. Die angebliche Weisheit der Alten ist nichts als schöner Schein, denke ich, nichts als Theater. Plötzlich gehen mir die Stimmen dieser Frauen ungeheuer auf die Nerven, diese albernen Kommentare über den Aktienmarkt. Wenn sie aussteigen, kannst du dir vielleicht eine Prostituierte nehmen, sage ich mir. Ein Mann, der ein Monumentalwerk über die Vorhersagbarkeit des menschlichen Verhaltens zu schreiben gedenkt, sollte sich darüber freuen, daß man heutzutage in Italien mit neunundneunzigprozentiger Sicherheit sagen kann, daß es sich bei zwei schwarzen Mädchen, die in einem Nachtzug den Gang entlanglaufen, um Prostituierte handelt. Angesichts der derzeitigen sozialen Lage und angesichts der Miniröcke kann man das mit Sicherheit sagen. Die beiden Plaudertaschen hier werden bestimmt in Genua aussteigen. Frauen aus der Mittelschicht reisen nicht die ganze Nacht hindurch mit der staatlichen italienischen Eisenbahn. Nicht alleine. Nicht ohne Liegewagenreservierung. Die Liegewagen sind ausgebucht, sagte der *capotreno. Faccia presto.* Obwohl ich keine Fahrkarte hatte. Irgend jemand muß diese schwarzen Mädchen doch ficken, denke ich. Aber wie kannst du auch nur daran denken, dir eine Prostituierte zu nehmen, wo du seit zwanzig Stunden nicht einmal in der Lage bist zu urinieren! Du hast starke Schmerzen. Nach vierundzwanzig Stunden wird es kritisch, sagte Busi. Du bewegst dich auf eine Deadline zu. Vielleicht auch eine

Stunde mehr oder weniger. Seltsamerweise habe ich eine Erektion bekommen. Entweder wird der Urin durch schlichtes Überlaufen herausgepreßt, sagte Busi, oder es entsteht ein Rückstau in den Nieren. Es ist schmerzhaft. Das ist die Gefahr. Eine Deadline im wahrsten Sinne des Wortes also. Obwohl er den Tod meines Sohnes nicht mal ansatzweise erklären konnte. Jetzt beklagen sie sich auch noch über die empörende Haltung der Steuerhinterzieher. Die Lesebrille der älteren Frau hängt an einem schwarzen Band um ihren hohen Kragen, um den gepuderten Hals. Sie ist gut gekleidet. Dezente Diamantohrringe. Warum sitzt sie nicht in der ersten Klasse? Es ist ein Skandal, sagt sie – eindeutig Diamanten –, eine Schande für unser Land. Meine Frau trägt nie dezente Ohrringe. Und während sie das sagt – meine Frau reist immer erster Klasse –, weiß ich, daß auch sie Steuern hinterzieht. Und ebenso das ernsthafte junge Mädchen, das überzeugt ist, daß die neue Regierung sich des Problems annehmen wird, neue Wege sucht, um Steuerhinterziehern auf die Schliche zu kommen. Auch sie hinterzieht Steuern. Da bin ich mir ganz sicher. Steuerhinterziehung ist in Italien eine Form von Erbsünde, sage ich mir. Da kann man zu neunundneunzig Prozent sicher sein. Wie könnten sich diese Leute sonst ihren Schmuck leisten? Meine Frau würde niemals so viel Geld ausgeben, um dezent auszusehen. Und ihre Prostituierten? Wir müssen alle um Straferlaß bitten. Darin bestand Andreottis Genie. Es den Menschen unmöglich zu machen, nicht auf einen Straferlaß angewiesen zu sein. Unter der Oberfläche dieser empörten Unterhaltung verbirgt sich eine tiefe Verschworenheit, denke ich. Genau wie unter der Oberfläche der Auseinandersetzungen zwischen mir und meiner Frau. Unsere Streits gaben uns immer die Möglichkeit, alles beim alten zu belassen. Andreotti war ebenfalls entschlossen, alles beim alten zu belassen. Darauf muß ich ihn festnageln. Dafür zu sorgen, daß alle weiterhin Steuern hinterzogen. Jede Veränderung, die er durchsetzte, sorgte dafür, daß alles beim alten blieb, daß alle weiterhin die Gesetze umgingen. Auch ich würde Straferlaß beantragen, wenn die Deadline nicht schon vorbei wäre. Wenn mein Sohn nicht meine Post konfisziert und vor mir verborgen gehalten hätte. Auch ich würde weiterhin Steuern hinterziehen, mich dabei in der Sicherheit wiegen, daß es immer einen Straferlaß geben würde. Warum hatte er das getan? Und jetzt blieben mir nur noch vier Stunden bis zur nächsten Deadline. Der endgültigen Deadline. Nur noch vier Stunden, bis etwas Furchtbares geschehen wird, sage ich mir. Zum hundertsten Mal blättere ich die Papiere meines Sohnes durch. Es sei denn, ich werde bloß inkontinent. Es fängt einfach an zu lecken und zu tröpfeln. Das Licht in den Zweite-Klasse-Abteilen ist trübe. Wie schlau von ihm, und wie sinnlos, einen Nachsendeantrag für unsere Post zu stellen. Ein Brief von einem amerikanischen Freund ist dabei, mit Lektüreempfehlungen über genetische Abweichungen in der vorkolonialistischen Bevölkerung Nordamerikas. Vielleicht wollte er Kontrolle über unser Leben gewinnen, so wie wir Kontrolle über seins hatten. Vielleicht ging es ihm darum. Ein Machtkampf. Der Schmerz ist manchmal geradezu brutal, er kommt in heftigen Wellen. Ein Problem, das in unserer Familie nie gelöst wurde. Hatte Rousseau nicht das gleiche? Einen Dauerkatheter. Bei dem trüben Licht kann ich kaum lesen. Die jüngere der Frauen empört sich darüber, daß der Klempner ihr nie eine Quittung gibt, einfach keine Steuern zahlt. Ich sehne mich genervt nach Stille. Es ist ihr Gequatsche, das mir das Lesen erschwert, nicht das Licht. Ihr dummes Gespräch macht mich wütend, die erbitterten Klagen über Steuerhinterzieher, obwohl sie ganz offensichtlich selber dazugehören. Rousseau hatte ebenfalls Ärger mit den Wasserleitungen. Empörung, gepaart mit Selbstgefälligkeit, ist ein verbreitetes Phänomen, denke ich. Ich verzichte darauf, Gregorys Brief ganz zu lesen. Vermutlich hat mein Sohn im Namen von meiner Frau und mir an die Post geschrieben, unsere Unterschriften gefälscht und um Nachsendung der Briefe gebeten. Ist das möglich? Dann finde ich schließlich tatsächlich etwas in Marcos Handschrift Geschriebenes. Etwa ein Dutzend Zeilen. Ich hatte sie vorher übersehen, weil sie ganz leicht mit Bleistift in die Zwischenräume eines Rundbriefes geschrieben wurden, in dem man mich zur Teilnahme an einer Konferenz über Italien und den Ersten Weltkrieg einlud: Die Erschaffung des zeitgenössischen italienischen Bewußtseins, so lautet der Titel. In der wohlbekannten kindlichen Druckschrift, in die er im Verlauf seiner Krankheit wieder verfallen war, hat mein Sohn die folgenden Zeilen geschrieben: Die Villa Serena ist Treffpunkt einer beachtlichen Vielfalt menschlicher Gemüter. Warum kehren Schizophrene immer zur Druckschrift zurück? frage ich mich. Als einer der Patienten, hat mein Sohn geschrieben, bin ich immer wieder überrascht von der Unterschiedlichkeit der Gemüter, denen ich in der Villa Serena begegne. Es ist wirklich bemerkenswert, hat er geschrieben, auf englisch, und vielleicht zeigt sich darin Gottes Gnade, daß wir alle hier in der Villa Serena unter einem Dach zusammenleben können, in derselben Kantine essen und zu zweit, zu dritt oder gar zu viert in einem Zimmer schlafen können, wenn man sich überlegt, wie sehr sich unsere Gemüter unterscheiden, ganz zu schweigen von unserer problematischen Verfassung, denn wir alle sind Menschen, die ernste Probleme gehabt haben. Wenn ich über diesen außergewöhnlichen Umstand nachdenke, dann denke ich gleichzeitig, wenn das hier in der Villa Serena möglich ist, wenn all diese verschiedenen und schwierigen Menschen an einem Ort zusammenleben können, warum gibt es dann keinen Weltfrieden? Warum nicht?

Die Banalität dieser Worte verblüfft mich. Diese Notiz meines Sohnes sagt mir nichts. Sie schreiben offensichtlich in Druckschrift, um sich zu tarnen. Die ältere Frau meint gerade, das Problem sei, daß die Steuern übertrieben hoch sind und die Bestimmungen übertrieben kompliziert. Um ihre Persönlichkeit abzulegen. Nichts darüber, warum er sich umgebracht hat. Das hätte ich selber schreiben können, denke ich. Kein Wunder, daß die Leute Steuern hinterziehen, sagt sie erneut. In irgendeinem langweiligen Artikel. In England wird es einem leichter gemacht, seine Steuern zu bezahlen, hätte ich geschrieben, aber dafür gibt es keinen Straferlaß, wenn man beschließt, es nicht zu tun. Warum sollte sich Marco Gedanken über den Weltfrieden machen? Dem Pfeil über einer armseligen Zeichnung mit dem Umriß eines Soldaten vor einem Berggipfel folgend (*Caporetto,* lautet die Bildunterschrift, *Italien findet in der Katastrophe zu sich selber),* wende ich das Blatt und sehe, daß mein Sohn noch etwas hinzugefügt hat, diesmal in Blockschrift: VIELLEICHT LIEGT ES DARAN, DASS WIR HIER IN DER VILLA SERENA ALLE REGELMÄSSIG UNSERE MEDIZIN EINNEHMEN! Als die beiden Frauen gerade die langerwartete Attacke auf die Korruption im Süden starten, die vorhersehbare Ausrede anführen, es sei unmöglich, das Problem im Norden zu lösen, solange der Süden sich so träge und korrupt verhielt – darüber herrscht quer durch das politische Spektrum Einigkeit –, erhebe ich mich unter Schmerzen von meinem Sitz und stürze aus dem Abteil.

Der Zug gleitet durch die Nacht. Über Weichen hinweg. Er fährt jetzt mit voller Kraft. Gleitet leicht über ein Gewirr aus Weichen, findet seinen metallenen Weg. Sollte das ein Witz sein? Die Fensterscheibe an meiner Stirn ist angenehm kühl. Ein trauriger Witz: VIELLEICHT WEIL WIR IN DER VILLA SERENA ALLE UNSERE MEDIZIN EINNEHMEN! Der Zug schlüpft in einen Tunnel. Weltfrieden durch Medizin. Ich habe meine schon lange nicht mehr genommen. Mit Ausrufezeichen. Dann wieder hinaus. Durch Beruhigungsmittel und kindliche Druckschrift. In die Tunnel entlang der dunklen ligurischen Küste hinein und wieder hinaus. Ein kurzer Blick auf das dunkle Meer. Könnte es sein, daß Marcos Denken, wenn er seine Lage betrachtete, absolut vernünftig, ja sogar banal und gelegentlich geistreich war? Dieser Kommentar über die Villa Serena, über die mit Beruhigungsmitteln vollgestopften Leute, die friedlich zusammenleben. Heiter, allerdings! Ganz wie der Name Serena sagt. Auf ein Flugblatt über den Ersten Weltkrieg geschrieben. Das Ausrufezeichen entbehrt nicht der Komik. Vielleicht hat er seine Botschaften nur anderen gegenüber kodiert. Mir und meiner Frau gegenüber. Vielleicht machte er das nur mit uns, in der falschen Sprache zu sprechen, italienische Redewendungen wörtlich zu übersetzen oder rätselhafte Phrasen von sich zu geben: Gute Wünsche, die Schatten werden länger. Vielleicht um Konflikten aus dem Weg zu gehen. Um Auseinandersetzungen zu vermeiden. Du wirst diese Schmerzen nicht mehr lange aushalten können. Ganz bestimmt nicht bis nach Rom. Die Rückkehr nach Rom bedeutete für mich schon immer eine Rückkehr in die Ehe, denke ich, eine Rückkehr zu Konflikten und nie gefällten Entscheidungen. Bei jeder Rückkehr nach Rom war mir beklommen zumute. Das Familiengrab. Bei der Abreise dagegen war ich unbeschwert. Ich traf Karen in Neapel, obwohl sie in Rom wohnte. Um Konflikten aus dem Weg zu gehen, wurde Marco krank, mauerte sich ein. Ist das ein mögliches Szenario? Sich selber diesen Schizophrenie-Virus zu wünschen? Daher der Friede. Durch die Beruhigungsmittel. Welches war die Entscheidung, die er nicht treffen konnte? Er entzog sich. Du wirst jetzt auch krank. Du brauchst auch Beruhigungsmittel. Wer wollte dir vorwerfen, daß du die Angelegenheit mit deiner Frau nicht ins reine bringst, wenn du mit Nierenversagen im Krankenhaus liegst? Eingemauert in deine Schmerzen? Oder tot. Eingemauert im Grab. Wenn wir in Rom ankommen, werden es siebenundzwanzig Stunden sein. Weit über die Deadline für eine geschwollene Blase hinaus. Aber warum denkst du in Begriffen wie Schuld? In Begriffen wie Straferlaß? Wir fahren jetzt über eine Art Viadukt, das die Schlucht zwischen zwei Tunneln überbrückt, die große bauliche Meisterleistung auf der Strecke Turin – Genua. Das glänzende Meer taucht für einen Augenblick auf. Mehr als einmal hat Vanoli mir erklärt, wenn ich unbedingt mir selber die Schuld geben wolle, weil ich die häuslichen Beziehungen vernachlässigt hatte, oder wenn ich hartnäckig daran festhielt, daß meine Frau schuld war, dann träfe nach derselben Logik auch Marco eine Schuld, weil er sich törichterweise in den Konflikt zwischen seinen Eltern hatte hineinziehen lassen. Dann wären Sie alle drei verantwortlich, sagte er. Alle drei schuldig. Erst wünschen Sie sich, es möge sich um ein rein physiologisches Problem handeln, dann wieder fürchten Sie, alles sei Ihre Schuld. Oder die Ihrer Frau. Vanoli lachte. Wenn es meine Schuld war, könnte mir Straferlaß gewährt werden, überlege ich. Dann wußte ich, woran ich bin. Andererseits, wenn mir Straferlaß gewährt würde, dann wußte ich, daß es meine Schuld war. Die angenehme Kühle der Scheibe an meiner Stirn überdeckt die Schmerzen in meinem Bauch. Jedenfalls für einen Moment. Ihre Wut richtet sich gegen Ihre Frau, sagte Vanoli, nicht gegen mich. Ähnlich wie die Schmerzen in deiner Blase das unvorhersehbare Rätsel des kommenden Tages überdecken. Wir sind stolz auf unsere technischen Errungenschaften, sinniere ich, als der Zug in einen weiteren Tunnel rast. Es geht jetzt bergab. Stolz auf unsere baulichen Meisterleistungen. Unsere Verkehrsverbindungen. Unsere Vorhersagen. Aber es sind die Rätsel, die uns rufen. Die Meisterleistungen und die Vorhersagen überdecken nur die Rätsel. *Arcano è tutto.* Der Schmerz ist ein alter Freund. Ein verläßlicher Freund. Aber man sollte seinen Stolz dareinsetzen, sich über ihn hinauszuwagen. Hatte er das im Sinn gehabt, als er zum Schraubenzieher griff? Weiter zu gehen? Mehr in die Tiefe zu gehen? Das Metall immer tiefer hineinzustoßen, über den Schmerz hinaus? Eine technische Lösung, die direkt zum Kern des Rätsels führte? Zum Rätsel des Todes. Plötzlich, hier am Fenster dieses düsteren Zuges, bin ich vollkommen klar im Kopf, vollkommen befreit von der Flut von Gefühlen, die mich den ganzen Tag lang hin und her geworfen hat. Jetzt, so sage ich mir, könnte ich das Gesicht meines Sohnes emotionslos betrachten. Diese Klarheit, verkünde ich plötzlich unwillkürlich, ist die Grenze der geistigen Gesundheit. Die Worte sprechen sich wie von selbst laut aus. Sie beschlagen das Glas zwischen mir und meinem Spiegelbild, meinem über dunkle Hügel gleitenden Gesicht. Diese Klarheit – ich sage die Worte laut – ist die scharf umrissene Gestalt vor dem Fall, der Soldat auf dem Berg.

Amore. Eine schwarze Frau steht neben mir. Sex, ja? Willst du? Ihr Gesicht in der Scheibe grinst. Ich umklammere immer noch den Stapel Papiere. Ihre Freundin steht ein paar Meter entfernt; ihr Rock spannt sich über den kräftigen afrikanischen Schenkeln. Fickie Fickie, sagt sie. Gregorys Buch habe ich anscheinend verloren. Wo ist Gregorys Buch, *Typisch Italienisch?* Und mein Handy? Ich habe nichts außer dieser seltsamen Sammlung loser Blätter. Und eine verpaßte Deadline. Und schmutzige Kleider. Die Konferenz dreht sich darum, daß Italien durch das Debakel von Caporetto, durch die außergewöhnliche und unvorhersehbare Reaktion auf die unmittelbar bevorstehende Katastrophe zu seiner Identität gefunden hat. Sie trägt einen Lederrock und eine malvenfarbene Glitzerbluse. Hätte ich Interesse, eine Rede zu diesem Thema zu halten? Die Verteidigung des Piave. Opfer für die Nation. *Amore,* wiederholt sie. Sie hat sich bei mir untergehakt. Vielleicht sollte ich Gregorys Brief doch ganz lesen. Wurde Marco womöglich dadurch traumatisiert? Durch die Lektüre eines Briefes vom Liebhaber seiner Mutter? Ich bin krank, sage ich zu dem Mädchen. Ein andermal, murmele ich. Sie zerrt an meinem Arm. Vielleicht hat Gregory etwas geschrieben, was Marco das Weiterleben unmöglich gemacht hat. Etwas über Marcos Mutter. An der der Junge sehr hing, trotz der Nacht mit dem Holzhammer. Ich habe jetzt an jedem Arm ein Mädchen. Oder vielmehr, sie haben mich. Die beiden schwarzen Mädchen. Sie zerren mich den Gang hinunter. Und sie werden mich weiterzerren, bis ich mich wehre. Zu einem Waschraum. Oder in irgendein Abteil. Warum wehre ich mich nicht? Typisch ich. Vielleicht haben sie eine Abmachung mit dem *capotreno.* Steigen Sie ein, sagte er. Obwohl ich keine Fahrkarte hatte. Bestimmt läßt sich meine mißliche Lage durch eine Geldstrafe in Ordnung bringen, *sanare.* Auf einer Fahrt mit der staatlichen italienischen Eisenbahn kann alles mögliche passieren. Jede Unregelmäßigkeit kann geheilt werden. Andreottis Genie. Du wehrst dich ja nicht einmal, sagte Marco. Warum bin ich so berechenbar? Fick doch eine andere, sagte er. Er war krank. Ich bin krank, sage ich zu den Mädchen. Das hier ist grotesk. Ich halte sie etwas entschiedener zurück. Ich fühle mich schwach, von dem heftigen Schmerz im Unterleib zermürbt. Mein Gürtel ist zu eng. Es ist grotesk, daß ich eine Erektion habe. Plötzlich erhellen die Lichtkegel von Straßenlaternen den Gang. Die beiden lächeln, ihre Gesichter sehen aber zugleich gierig aus. Zwei hartgesottene, kräftige schwarze Mädchen. Aus Afrika. Plötzlich wird mir klar, daß sie mir freundlich gesinnt sind.

Karen hat einmal gesagt: Wenn du nicht mit mir zusammenleben willst, wenn du deine Frau nicht verlassen willst, warum gehst du dann nicht einfach zu Prostituierten? Das ist durchaus akzeptabel, sagte sie. Dann brauchtest du nicht romantisch zu tun. Karen verwechselte gern akzeptabel und normal. Sie weinte. Es war in dem Zimmer in Sant'Elena, das ich gemietet hatte, mit Blick auf die Bucht. Ich war so großzügig, meinte sie, so liebevoll. Ich war zu liebevoll, sagte sie. Warum gibst du dir solche Mühe, wenn dein Leben woanders ist? Bei ihnen. Bei deiner Frau und deinen Kindern. Schenk ihnen deine Zuwendung, verdammt noch mal. Sie schluchzte. Wenn du nur Sex willst, dann geh zu einer Prostituierten. Ob sie mir geglaubt hat, als ich ihr sagte, daß ich an Prostituierten nicht interessiert bin? Daß ich noch nie bei einer Prostituierten war? Prostituierte waren für mich noch nicht einmal verlockend. Ich liebe dich, sagte ich. Wir trafen uns immer in Neapel. In Sant'Elena. Dort bestand keine Gefahr, Bekannte zu treffen. Rom war meine Frau. Neapel meine Geliebte. Prostituierte wären keine ausreichende Strafe gewesen. Das sagte ich nicht. Wenn man etwas nicht aussprechen kann, dann weiß man, es ist die Wahrheit. Ich liebe dich, beharrte ich. Wir hatten ein Abkommen, nicht von meiner Frau zu sprechen und uns nicht in Rom zu treffen. Deshalb wußte ich, daß es der Anfang vom Ende war, als ich sie so reden hörte. Schenk deine Zuwendung deiner Frau, sagte sie. An dem Tag verfiel ich in Verzweiflung. Man sagt in Verzweiflung verfallen. Man sagt auch der Liebe verfallen. Ich war der Liebe verfallen. Der Liebe zu Karen. Alles andere wäre keine ausreichende Strafe gewesen. Wir führen jetzt jeder unser eigenes Leben, sagte sie. Sehr bald darauf fing ich an, über mein Vorhaben nachzudenken, die Vorhersagbarkeit allen menschlichen Verhaltens in einem Buch darzustellen. Ich las extensiv. Wir alle fallen mit einer Beschleunigung von zehn Metern im Sekundenquadrat, schrieb ich. Das gehörte zu meinen ersten Notizen zum Thema.

Was willst du? *Amore.* Eins der Mädchen steht draußen Wache. Die andere schmiegt sich an mich. Auch dieses Abteil ist trostlos. Aber leer. Ich bin krank, erkläre ich ihr. Ich habe Kondome, sagt sie. Was zwischen einem Mann und einer Prostituierten geschieht, gehört zu den vorhersehbarsten aller menschlichen Kontakte. Fickie. Fuckie. Figa. Baiser. Die Prostituierte ist polyglott. Zwangsläufig. Nein, ernstlich krank. Das Mädchen schwankt zwischen Verwirrung und Ärger. Ihr Geruch ist streng. Ich könnte sagen, ich sei ein Zeuge Jehovas, könnte mit ihr über den Weltuntergang diskutieren. Wir sitzen Schenkel an Schenkel. Das würde ihrem Eifer vielleicht einen Dämpfer versetzen. Sie kaut. Ich habe nicht die ganze Nacht Zeit, sagt sie. Mir geht es genauso. Ein strenger, fremdartiger Geruch. Ich muß unbedingt etwas unternehmen. Der Schmerz verändert sich, weitet sich aus, schwillt an. Sie legt eine Hand auf meine Hose und augenblicklich komme ich. Ich schwitze helle Schmerzen aus. Unbedingt. Ehe ich ohnmächtig werde. Das Mädchen ist mißtrauisch geworden. Sie machen diesen Job, weil sie keine andere Möglichkeit haben. Paolas Mutter war auch eine von ihnen. Ich habe ihren ukrainischen Namen vergessen. Du bist ganz hart, Süßer, sagt sie, aber es klingt nicht überzeugt. Einen Moment lang sehe ich ihr Gesicht ganz deutlich, die billigen Ohrringe, das krause Haar. Ich sehe sie ganz deutlich. Ich sehe ihr mit dem Brennstab geglättetes Haar, stramm nach hinten gekämmt und mit einer grünen Spange festgesteckt. Die Klarheit vor dem Fall.

Das Mädchen steht auf und will gehen. Halt. Ich packe sie am Handgelenk. Ich hatte mir vorgestellt, einfach sitzen zu bleiben und zu warten. Auf die Deadline. Die Endstation. Mein Herz schlägt viel zu schnell. Damit hatte ich nicht gerechnet. Daß ich mich so verhalten würde. Vorbeiziehende Lichter offenbaren den Glanz ihrer Wangen und eine gewisse herbe Attraktivität. Trotz der schrillen Kleidung, trotz des albernen lindgrünen Handtäschchens. Du bist mit einer Prostituierten in einem Zugabteil und deine Blase kann jeden Moment platzen. Setz dich, sage ich zu ihr. Setz dich. Ich bleibe hartnäckig. Das hier hätte ich niemals vorhergesagt. Ich bezahle dich, sage ich zu ihr. Sie ist um die Taille herum dick. Ich habe schon einen Hunderttausend-Lire-Schein in der Hand. Das Mädchen setzt sich in die gegenüberliegende Ecke des Abteils. Sie streckt die Hand aus. Hol deine Freundin. Hol deine Freundin herein. Sie steht wieder auf. Ich leere meine Brieftasche auf dem Sitz neben mir aus. Ich kann jeden Moment ohnmächtig werden, jeden Moment zusammenbrechen. Eine riesige Flutwelle von Schmerz. Dies bin ich. Ich weiß, daß ich es bin. Kein Zweifel. Plötzlich bin ich ich selbst. *Caporetto.* Die Mädchen haben die Augen aufgerissen, obwohl sie bestimmt schon Schlimmeres gesehen haben. Zu diesem Gedanken bin ich noch in der Lage. Daß eine Prostituierte bestimmt schon Schlimmeres gesehen hat. Ich muß den ganzen Tag in einem Dämmerzustand gewesen sein. Leichtfertig und verwirrt, den ganzen Tag. Jetzt bin ich erstaunlich klar im Kopf, direkt an der Grenze. Zur Katastrophe. Ihr müßt dem *capotreno* Bescheid sagen. Ich spreche abgehackt und grunzend, aber es ist eindeutig meine Stimme. Das hier bin ich. Bitte. Ich kann sehr überzeugend sein. Sagt ihm, ich muß in Genua aussteigen. Ich bin krank. Ich kann nicht pissen. Ich bin blockiert. Hier sind sechshunderttausend. Versteht ihr. Mehr sogar. Nehmt es. Ich weiß nicht. Sagt ihm, er muß mich in Genua ins Krankenhaus bringen lassen. In Genua. Wir sind in einem Tunnel. Fahren ratternd hindurch. Die Mädchen sind weg. Ein seltsam chemisch wirkendes Licht kriecht über die trostlosen Wände des Abteils. Ein Rauschen in meinen Ohren. Ob sie wiederkommen werden? Ich muß zu meiner Frau, sage ich mir. Ich muß zu meiner Frau. Sie braucht mich.

9

Wo werden Sie sich begraben lassen? wollte ich wissen, und was wird Ihrer Meinung nach auf Ihrem Grabstein stehen? Ich hatte vom Flughafen aus ein Taxi genommen. Die Mittagssonne tauchte die Stadt in blendendes Licht. Ich habe meine Sonnenbrille verloren. Überall in den Granitoberflächen glitzerte der Quarz. Ich versuchte, mich unter den Toten zu orientieren. Ich hasse dich, sagte ich zu ihr, ich hasse, hasse, hasse dich.

Ich war verblüfft vom Pomp der Gräber. Von der Lächerlichkeit der Toten in diesem betäubend hellen Licht. Genau wie ich im Taxi beim Anblick der von Licht durchfluteten, von Licht übersättigten Stadt über den Pomp und die Verwahrlosung verblüfft gewesen war. Dies ist eine Stadt der Gräber, sagte ich mir, eine Stadt der Ehrenmale und der Mausoleen. Ein Schwalbenschwarm schoß durch die flimmernde Luft und drehte dann abrupt ab. Keine andere Stadt auf der Welt gewährt ihren Ruinen und Grabmälern so auffällig viel Raum. Das hatte ich einmal irgendwo in einem Artikel geschrieben. Der Verkehr floß reibungslos. In keiner anderen Stadt hat man so sehr das Gefühl, sich unter den Toten zu bewegen, auf Schichten um Schichten von Toten zu laufen. Umgeben von ihren großartigen Leistungen. Überall Steine und Obelisken. Ihren Triumphen. Die Toten eignen sich die Toten an, die Toten gedenken der Toten, die Toten nehmen die Toten vorweg: was ihr seid, sind wir gewesen, was wir sind, werdet ihr sein. Und überall diese oberflächliche Verwahrlosung: Asphalt und Neon in flimmernder Hitze, Katzengestank, ein oberflächliches Treiben, das im grellen Licht der Mittagssonne, in dem die

Steine und die Denkmäler backen, nur darauf wartet, dem Tod anzugehören. Dem Monumentalen wohnt eine Art von Wahnsinn inne, sagte ich mir auf der Taxifahrt vom Flughafen in die Stadt. Zwei, drei Schwalben wendeten in der flirrenden Luft über dem Tiber, ohne den Kuppeln und Säulen hinter ihnen Beachtung zu schenken. Das Denkmal dient einzig dem Zweck, uns anzuspornen, den großen Taten der Toten nachzueifern. So Foscolo. Es gab eine Zeit, als meine Frau mir noch Gedichte vorlas – *I sepolcri* –, als unsere Liebe noch voller Verheißung und Poesie war und mein Ohr erfüllt von ihrer weichen Stimme, die mich zu einer Sprache hinzog, die niemals meine eigene sein würde. Italienisch war nie deine Sprache, dachte ich, wobei ich vage die Verärgerung des Taxifahrers wahrnahm. Obwohl es in vieler Hinsicht deine berufliche Karriere bestimmt hat. *Al diavolo,* grummelte er. Aber wer konnte sich heute noch an jene großen Taten, jene grandiosen Errungenschaften erinnern? Es war deine Frau, die dir deine Karriere geschenkt hat, dachte ich, die dir Italien geschenkt hat, und Rom, diese Stadt der Gräber und Denkmäler. Ich hörte ein schwaches Echo ihrer Stimme von vor dreißig Jahren. Die dir eigentlich dein ganzes Leben geschenkt hat. Wer fand sie heute noch großartig? Die Kaiser und Päpste. Wer scherte sich um sie? *All'inferno, cazzo!* Aus irgendeinem Grund war der Taxifahrer stinksauer. Kannte ich irgend jemanden, der den großen Taten der Toten nacheifern wollte? In dieser Zeit? Kannte ich überhaupt jemanden, für den Größe noch ein erstrebenswertes Ziel war? Die Größe jener, deren Gräber diese Stadt verstopfen? Großartigkeit, die sich an der Großartigkeit berauscht, dachte ich. Dann begriff ich, daß es daran lag, daß ich nur meine Kreditkarte dabei hatte. Ich unterschrieb. Mein Name. *Merda,* grummelte er. Ein Denkmal für sich selber zu bestellen hat etwas Infantiles, überlegte ich, als ich durch den hohen Torbogen des Friedhofs schritt. Seinen Namen in einen Gedenkstein eingravieren zu lassen. Denkmäler sind infantiler Wahnsinn. RESURRECTURIS. Zwei verhüllte Gestalten knieten neben einer steinernen Schriftrolle. Fast schon wieder liebenswert in ihrer Genialität, diese Herrscher, die sich prachtvolle Grabmäler errichten ließen. Diese Bischöfe. Schaut auf meine Werke, ihr Mächtigen! Die kleinen Aristokraten. In ihrer Verzweiflung! Fast schon wieder sympathisch in ihrer Eitelkeit. Onyx und Lapislazuli. Und heutzutage die Mittelklasse. Mit ihren Kreditkarten. Man bestellt sich per Kreditkarte ein Grabmal, denke ich und mir fällt der wütende Taxifahrer wieder ein, und der Leichenbestatter mit seinem Handy. Eitelkeit ist ebenso liebenswert wie verrückt, dachte ich. Ein Engel aus Granit blies in eine Trompete. Als würde sich heute noch irgend jemand an diese Toten erinnern, an diese monumentalen Toten. Ich hatte die verrückte Eitelkeit meiner Frau immer geliebt. Vielleicht war es gerade ihre Eitelkeit, die ich an ihr so berückend gefunden hatte. Ich las einen Namen, der mir nichts bedeutete. Ihr Lippenstift und ihre ausgefallenen Kleider. *Celebratissimo attore.* Als würde heute noch irgendjemand an große Taten glauben.

Das grelle Mittagslicht erzeugte keine Schatten. Die Zypressen boten keinen Schutz vor der Sonne. Um mich herum ein Meer von Grabmälern, das ruhig und still unter der senkrecht niederbrennenden Sonne lag, eine halluzinatorische Flut von Engeln, Madonnen und Christusfiguren, ein schrecklicher Ozean aus hartem Stein, den nicht einmal Spuren der Verwahrlosung belebten. Keine Vögel. Kein Verkehr. Keine Katzen. Nur das leise Knirschen meiner Schritte, das Keuchen meines Atems. Und auf den glitzernden Steinplatten die schmeichelhafen Fotos der Toten. Die schmeichelhaften ovalen Fotos, aufgenommen lange vor dem Ableben. Meine Frau, fällt mir ein, hat ihr Foto schon vor Jahren ausgewählt. Warum müssen sie unbedingt oval sein? Es war Wahnsinn, ein Monumentalwerk verfassen zu wollen, sagte ich mir. Ich blieb stehen, wie gelähmt von der Hitze. Wo war das Familiengrab? Ich hatte es vergessen. Ich hatte vergessen, wie lähmend die Hitze in Rom sein kann. In Neapel wehte wenigstens immer ein leichter Wind. Allein die Vorstellung von Monumentalität ist infantil, eine Illusion aus der Zeit vor der Aufklärung. Was hatte ich eigentlich beweisen wollen? Den Toten ein Denkmal zu setzen ist bloß ein Ausdruck des Wahnsinns des Lebens, sagte ich mir, während ich mich einem auferstandenen Christus näherte. Ich war mit der Fotoauswahl meiner Frau einverstanden gewesen. Alles Leben hat Anteil am Wahnsinn, dachte ich. Schließlich hatte ich die Aufnahme selber gemacht. Vernünftig sind nur die Toten: Was Ihr seid, sind wir gewesen, was wir sind, werdet Ihr sein. Stumme Worte in Stein. Zwischen absurden Zeilen. LUX PERPETUA. Es darf keine weiteren Monumente mehr geben, sagte ich plötzlich laut, zwischen diesen absurden lateinischen Zeilen selber ruhig geworden. LUCEAT EIS DOMINI. Keine polierten Steinplatten mehr. Ich sprach diese Worte laut aus. Ein Mann, der im Zug von Turin nach Genua *in extremis* von zwei schwarzen Huren gerettet worden ist, sollte nicht einmal daran denken, sich ein Denkmal zu setzen. Ich schüttelte den Kopf. Die Sonne stand senkrecht. Wo habe ich nur meine Sonnenbrille gelassen? Ein Mann, der mitten in der Nacht wie ein Abwasserbehälter entleert worden ist, sollte sich lieber nicht unsterblich machen wollen. Marco hätte eingeäschert werden sollen, dachte ich, seine Asche hätte auf dem Tiber schwimmen sollen, unter den Vögeln, den ewigen Vögeln von Rom, die in der flimmernden Luft kreisen, ohne die Denkmäler um sie herum zu beachten. Sie sah auf diesem Foto sehr schön aus. Selbst im Tode habe ich meinen Sohn noch im Stich gelassen, dachte ich. Ich habe ihn der Willkür seiner Mutter ausgeliefert, ihn in ein Grab einmauern lassen, ein Denkmal, eine weitere Manifestation von Wahnsinn und Eitelkeit, Ausdruck ihrer Gier nach Besitz. Ich hasse dich, sagte ich schließlich. Ich hasse, hasse, hasse dich.

Jemand hatte ihr einen Stuhl besorgt. Ich erkannte die Engelsfigur aus rauhem Stein an der Weggabelung, die lädierte Zypresse, das Grab des kleinen Mädchens. Ich fand den Weg. Friedhöfe sollten bei hellem, unbarmherzigem Sonnenschein betrachtet werden, dachte ich, nicht im grauen Zwielicht, das Erholung bietet und Schlaf suggeriert. Sie mußte meine Schritte gehört haben. Der Tod hat nichts mit dem Schlaf zu tun. Es roch nach frischem Zement. Der große Stein war versiegelt worden. Ich konnte eine feine Linie feuchten Zements erkennen. Selbst Jesus hätte einen solchen Stein nicht wegschieben können, sinniere ich jetzt, während ich mir in diesem Raum voller Büsten und Nippes die Friedhofsszenerie immer wieder vor Augen führe. Auch hier hängt das unvermeidliche Kruzifix. Aber ich denke noch an die riesige glänzende Steinplatte, an den in großen goldenen Lettern eingravierten Familiennamen. De Amicis. Darunter lag mein Sohn. Dieser Stein ist unverrückbar, sage ich mir. Eine schwere Granitplatte auf weißem Schiefer, von einem niedrigen Zaun gesäumt. Marco lag darunter. Niemand kann diesen Stein bewegen. Auch der auferstandene Jesus persönlich, denke ich jetzt, hier in diesem eleganten Empfangszimmer, hätte diese schwere Platte aus glänzend schwarzem Granit nicht verrücken können. Mit den riesigen goldenen Lettern. Dieses Grabmal. Sie mußte meine Schritte auf dem Kies gehört haben, aber sie drehte sich nicht um. Er wäre in seinem Schrein erstickt, und mit ihm all seine Illusionen. Sie rührte sich nicht. Auf dem Friedhof gab es eine wahnsinnige Menge von auferstandenen Jesusgestalten, denke ich, während die Toten reglos in ihren Gräbern verharrten. Unbeeindruckt. In dem erbarmungslosen Licht wirkte alles starr. Ich blieb stehen. Ihr Gesicht lag in ihren Händen. Sie saß gebeugt da, das Gesicht in die Hände gelegt, genau wie im Bus zum Flughafen und im Flugzeug nach Genua. Du wirst krank werden, sagte ich. Wenn du so lange in der Sonne sitzt. Jemand hatte ihr einen wackligen Stuhl gebracht. Auch in Giorgios Auto hatte sie so dagesessen. Vorgebeugt, das Gesicht in die Hände gelegt. Du machst dich krank, sagte ich. Die Berge von weißen Blumen welkten bereits. Die Zypresse bot keinen Schatten. Es tut mir sehr leid, daß ich das Begräbnis verpaßt habe. Ich war im Krankenhaus. Sie blickte ganz kurz hoch. Wenigstens hatte ich mein Heparin bekommen. Allerdings nicht zu mir. Meinem Herzen geht es gut. Ihr Gesicht war gepudert und wirkte gespenstisch weiß im Sonnenlicht. Ihr Kleid war schwarz. Sie zeigte keine Reaktion. Sie baut ihre Identität auf diesem neuen Schmerz auf, sagte ich mir, auf diesem Verlust. Sie verkörpert ihren Verlust. Ich spürte ein wohlbekanntes Gefühl der Frustration in mir hochsteigen. Ich habe die erste Maschine genommen, sagte ich. Ich bin gekommen, so schnell ich konnte. Dann bemerkte ich, daß alle Muskeln in ihrem Körper zum Bersten gespannt waren. In der gleißenden Stille spürte ich die gewaltige Anspannung ihres Körpers unter dem schwarzen Kleid. Wann hatte sie je ein schwarzes Kleid getragen? Es hatte etwas Theatralisches. Sie ist immer noch schlank. Wenn auch nicht mehr jung. Man hörte, wie sie an ihren Nägeln pulte, sonst war alles still. Sie platzt gleich vor Anspannung, sagte ich mir. Aber sie weigert sich, mit mir zu reden. Sie sitzt an seinem Grab und pult an ihrer Nagelhaut. Ich hätte dabeisein sollen, wiederholte ich, es tut mir sehr leid. Der altbekannte Groll stieg in mir hoch. Warum entschuldigte ich mich? Er hätte verbrannt und seine Asche im Wind verstreut werden sollen, sagte ich, statt unter dieser riesigen Steinplatte eingemauert zu werden. Mir will dieser Stein einfach nicht aus dem Sinn gehen, sein Gewicht, die riesigen hellen Buchstaben des Namens einer Familie, die einst eine südliche Provinz beherrschte. Für mich ein fremdes Land. Italienisch war nie deine Sprache. Jesus persönlich hätte ihn nicht bewegen können, sage ich mir. Ein lächerlicher Zusammenhang. Er wäre in seinem Grab verfault. Der Schleier wäre unzerrissen geblieben. Man kann zwar manchmal Himmel und Hölle in Bewegung setzen, sinniere ich, aber nicht eine Grabplatte. Der menschliche Geist stellt zwar zuweilen solche Zusammenhänge her, denke ich, aber sie bringen keine Steine ins Rollen, sie wecken die Toten nicht auf. Irgendwie wurde die Schwere der Grabplatte durch ihren eleganten Schliff noch unerträglicher. Die eleganten goldenen Lettern ließen sie noch gewichtiger erscheinen. Und es gab große, ovale Fotografien: ihre Mutter, ihre Großeltern, ihr Großonkel. Gesichter in Lebensgröße. Wie es in Rom üblich ist. Sechs Plätze, fünf davon belegt. Man sagt in Lebensgröße. Wenn man von den Fotos der Toten spricht. Meine Frau lächelt auf ihrem Foto strahlend in die Kamera. Es ist noch nicht vergrößert worden. Das Foto, das sie sich ausgesucht hat. Ich habe sie immer gern fotografiert. Ich finde diese ganzen Grabmäler obszön, erklärte ich ihr. Sie legte das Gesicht wieder in ihre Hände. Meine Frau läßt sich weder trösten noch provozieren, dachte ich. Du hast mich dauernd hintergangen, murmelte ich. Auf Fotos hatte sie immer ein strahlendes Lächeln. Dann erhob ich die Stimme. Du hast die Beerdigung absichtlich so schnell anberaumt, um mich auszuschließen, sagte ich. Das ist offensichtlich. Ich sprach jetzt sehr deutlich. Warum mußte sie heute vormittag stattfinden? wollte ich wissen. Meine Stimme war jetzt beinahe schneidend. Wozu die Eile? Es entstand ein langes Schweigen. Und während ich jetzt in diesem Empfangszimmer sitze und eine Inschrift studiere, die besagt, daß die kleine Silberdose, in die sie eingraviert ist, ein Geschenk des Botschafters von Nigeria war, erlebe ich noch einmal – es gibt auch eine Büste von Pius IX., Pontifex Max. – den Klang und den Geschmack der Worte in meinem Mund, jener Worte, die nach so langer Zeit und so viel innerem Aufruhr endlich ausgesprochen wurden: Ich hasse dich, sagte ich. Ich hasse, hasse, hasse dich.

Marco hat Selbstmord begangen, sagte ich.

Ich sitze im Empfangszimmer des ehemaligen Premierministers Giulio Andreotti. Er hat mich bei meiner Ankunft kurz begrüßt – der Mann ist ein wandelnder Leichnam, war mein erster Gedanke –, hat aber noch zu tun, während wir auf den Fotografen warten. Er war höflich, aber beschäftigt. Der Mann ist nur noch ein bleicher, gebrochener Schatten seiner selbst. Er ist am

Ende, dachte ich. Wenn auch höflich. Er wird später mit mir plaudern, während der Fotograf die Aufnahmen macht. Der Mann hat einen Geierbuckel und ein Eulengesicht. Er gab mir seine schriftlichen Antworten. Ich könnte sie in der Zwischenzeit lesen, meinte er. Bis der Fotograf da war. Anscheinend war es so vereinbart. Ich durfte seine Antworten lesen, während ich wartete. Der Kontaktmann hatte das in meinem Namen vereinbart. Falls etwas unklar sein sollte, würde er es anschließend erklären. Wo werden Sie sich begraben lassen? fragte ich, die Papiere in der Hand, und was wird Ihrer Meinung nach auf Ihrem Grabstein stehen? Aber Andreotti hatte sich bereits abgewandt. Rechnen Sie mit einem Nationaldenkmal? Er verließ bereits den Raum, begleitet von einem Dienstmädchen und einem Leibwächter. Der Mann war bewaffnet. Vielleicht hatte er die Frage nicht gehört. Sein Gehör läßt ihn im Stich. Oder vielleicht hatte ich sie auch nur vor mich hin gemurmelt. Vielleicht hatte ich sie überhaupt nicht ausgesprochen. Seit mindestens achtundvierzig Stunden – dessen bin ich mir vollkommen bewußt, hier in dem bequemen Sessel des großzügig ausgestatteten Empfangszimmers, wo ich auf einen Fotografen warte, der nicht kommen wird –, seit mindestens achtundvierzig Stunden ist mir nicht mehr ganz klar, was ich laut ausgesprochen habe und was nicht. Und ich kann auch nicht über jede vergangene Minute Rechenschaft ablegen. Aber wenigstens habe ich inzwischen gepinkelt. Und geschissen. Ich hasse dich, sagte ich. Ich habe mein Heparin genommen. Soviel habe ich mit Sicherheit gesagt. Ich hasse dich.

Er hat sich mit einem Schraubenzieher erstochen, erzählte ich ihr.

Meine Frau schaute mich jetzt an. O ja, jetzt hatte ich ihre Aufmerksamkeit erregt. Sie ist auch ein Leichnam, denke ich plötzlich. Der Stuhl, auf dem sie saß, sah aus, als hätte er lange Jahre in einem Café gedient. Er wackelte, als sie aufblickte. Sie ist ebenfalls nur noch ein bleicher, gebrochener Schatten ihrer selbst. Ihre wohlkonservierte, strahlende Attraktivität ist verschwunden. Ebenso wie Andreottis Charme. Die Reize der Eitelkeit sind verschwunden. Da war ein Brief von Gregory, sagte ich. Er hat sich irgendwie unsere Post besorgt. Ein Liebesbrief. Sie blickte mir direkt in die Augen. Ich hatte sie dazu gebracht, mich anzuschauen. Irgend etwas muß der Auslöser gewesen sein, muß den Jungen endgültig aus der Fassung gebracht haben, sagte ich. Er hat sich umgebracht. Sie weinte, blieb aber still. Ein Liebesbrief, wiederholte ich. Ich hatte ihn nicht gelesen. Erstaunlicherweise hatte ich keine Angst. Sie platzte fast vor Anspannung, aber ich wußte, jetzt würde ich energisch fortfahren. Ich wußte, ich war über den Punkt hinaus, an dem eine Unterbrechung oder eine Überlegung alles sinnlos erscheinen ließe. Natürlich war es sinnlos – das war mir klar –, aber diesmal würde ich trotzdem energisch fortfahren. Ich würde automatisch weitermachen, mich von der Strömung mitreißen lassen. Du bist jetzt mitten im Sturm, sagte ich mir. Es liegt nicht mehr in deiner Hand. Der Strudel hatte mich erfaßt. Ich würde sagen, was ich zu sagen hatte. Paola hat ihn regelmäßig besucht, sagte ich. Ich hatte gar nicht vorgehabt, ihr das zu erzählen. Und Giorgio auch. Vielleicht war es doch nicht sinnlos. Giorgio hat ihn regelmäßig besucht und mit ihm Schach gespielt. Sie haben mit ihm Ausflüge gemacht, fuhr ich fort. Ich sah, wie der Körper meiner Frau sich versteifte. Sie konnte jeden Augenblick platzen. Ein Leichnam, der noch in der Lage war, zu bersten. Der anschwoll. Aber ich hatte keine Angst. Vielleicht gerade, weil ich nicht vorgehabt hatte, dies alles zu sagen. Der Sturm hatte mich fest im Griff: Ich selbst war der Sturm. Ein Damm war gebrochen. Ich selbst. Etwas ist aufgebrochen, das wurde mir jetzt klar, etwas hat sich verändert. Aber nicht für meine Frau. Das Licht brachte den Granit zum Glitzern. Das Grab war versiegelt. Sie sagte immer noch nichts. Versiegelt vom Licht, so schien es. Ein erbarmungsloses, unversöhnliches Licht versiegelte alle Oberflächen. Wohingegen das Licht im Empfangszimmer des ehemaligen Premierministers wohltuend durch Vorhänge gedämpft ist, fällt mir jetzt auf. Ja, denke ich jetzt, das feudale Empfangszimmer des ehemaligen Premierministers Andreotti hat etwas angenehm Halbschattiges. Etwas Erholsames. Sie haben ihn geliebt, sagte ich zu ihr. Er hat ihnen viel bedeutet. Trotz allem, was passiert ist. Paola und Giorgio. Sie haben ihn besucht. Es ging ihm besser, sagte ich. Mein Tonfall war erschreckend strafend. Aber ich hatte keine Angst. Ganz unnötig aggressiv. Dann ist irgend etwas geschehen, sagte ich. Irgend etwas hat ihn endgültig aus der Fassung gebracht. Ich war mir der außergewöhnlichen Schärfe in meiner Stimme bewußt. Sie hat ihn am Sonntag zu sich geholt, sagte ich. An dem Tag, an dem er sich umgebracht hat.

Paola, murmelte meine Frau. Paola. Was? fragte ich. Unvermittelt war sie aufgestanden. Sie gab Paola die Schuld. Du bist verrückt, sagte ich. Natürlich hatte sie schon vermutet, daß es Selbstmord war. Was sonst? Aber sie konnte darüber nicht nachdenken. Sie mochte sich nicht vorstellen, wie er gestorben war. Wie könnte sie? Wie konnte ich es? Paola hat alles getan, um ihn zugrunde zu richten, rief sie. Du bist verrückt, sagte ich zu ihr. Sie trampelte mit den Füßen. Ihre Hände ballten sich zu Fäusten. Paola ist es gewesen. Der Kies knirschte. Die Toten würden sich von unserem Geschrei ebensowenig beeindrucken lassen wie von den auferstandenen Jesusgestalten. Erstaunt stellte ich fest, daß ich mit meinen Gedanken ein Stück auf Distanz gegangen war. Die Toten werden sich von deinem Groll nicht beeindrucken lassen, dachte ich. Ihr Mund bewegte sich. Es war Paola! Du bist verrückt, wiederholte ich. Nur die Toten sind vernünftig, gleichgültig. Ich lenkte nicht ein. Vielleicht gerade deshalb, weil ich plötzlich allem ein bißchen entrückt zu sein schien. Paola war immer eifersüchtig auf ihn, sagte meine Frau. Ich konnte nicht genau sagen, ob sie ein Schluchzen oder ein Würgen unterdrücken mußte. Aus Mitleid hast du immer eingelenkt, überlege ich, hier in meinem bequemen Sessel in Andreottis Empfangszimmer. Früher jedenfalls.

Auch ein Ort voller Mementos. Aus Mitleid und aus Angst hast du eingelenkt. Aber nicht heute nachmittag, nicht am Familiengrab. Marco lag unter dem Stein. Paola hat nie akzeptiert, daß ich ein eigenes Kind bekommen habe, sagte meine Frau. Heute nachmittag warst du so unbarmherzig und distanziert wie die Sonne, denke ich. So unbarmherzig wie das Licht. Auf dem Grab des Jungen. Es gibt einiges, von dem du nichts weißt, schrie sie. Du warst ja nie da. Paola war nett zu ihm, weil sie ihn zugrunde richten wollte, beharrte meine Frau. Sie hat ihn verführt, um ihn zugrunde zu richten. Um ihn gegen mich aufzuhetzen. Genau wie sie dich gegen mich aufgehetzt hat. Begreifst du das nicht? Wir haben ein böses Kind adoptiert, schrie meine Frau auf der Grabstelle ihrer Familie. De amicis. Sie war außer sich vor Zorn. Aber meine eigene Wut blieb konstant. Ich befand mich inmitten des Sturms. Ich hatte gegen die Welle angekämpft, gegen die große Flutwelle, der ich sonst immer ausgewichen war. Ohne es bewußt zu wollen, hatte ich es getan. Ich selber war jetzt der Sturm. Ein steter Wind in der stillen Luft. Seltsamerweise gab mir das ein Gefühl der Distanz. Diesmal wirst du nicht einlenken, sagte ich mir. Sich-Einlassen erzeugte Distanz. Und brachte Erleichterung. Seltsam. Wir standen mit dem Rücken zum Grab, und endlich sprach ich es aus. Ich hasse dich, sagte ich zu ihr. Du hast diese Beerdigung absichtlich so geplant, um mich auszuschließen. Du hast mich immer von allem ausgeschlossen. Ich hasse dich. Mein Leben lang – ich redete zwanghaft, flüssig, so als hätte ich diesen Auftritt jahrelang geprobt – hast du mich ausgeschlossen. Jahrelang hatte ich diese Gedanken, diese Sätze, formuliert, und jetzt sprach ich sie endlich aus. Ich staunte, halluzinierte fast im flirrend hellen Licht, aber gleichzeitig blieb ich unbeeindruckt und distanziert. Deine Worte waren nicht beeindruckend, denke ich. Im Gegenteil, für dich waren sie ein alter Hut. Ich hatte das Gefühl, weit weg zu sein. Mein Leben lang hast du mich in alles hineingezogen, sagte ich zu meiner Frau und sprach endlich aus, was ich schon tausendmal gedacht hatte, nur um mich dann auszuschließen. Du hast mich dazu gebracht, dich zu lieben, aber dann wolltest du dich nicht lieben lassen, wolltest dir nicht helfen lassen. Was so aufwühlend war, so bedeutend, denke ich, war das Aussprechen des Offensichtlichen. Die Flut hatte mich erfaßt. Mein Leben lang hast du mich erst verführt und dann fallengelassen, sagte ich. Es waren nicht die Worte, die mich erstaunten, sondern der Klang meiner Stimme, als ich sie aussprach. Du hast dich nie trösten lassen, sagte ich zu der Frau, die schwarzgekleidet vor mir stand. Ihr Gesicht war weiß. Und jetzt habe ich keinen Trost mehr für dich. Ich hasse dich, erklärte ich, Auge in Auge mit ihr neben dem Familiengrab stehend, einer riesigen Granitplatte mit dem stolzen Emblem ihres Familiennamens darauf. Wir sprachen italienisch. Es war ihr Grab, ihre Sprache. Und jedesmal, wenn du dich von mir abgewendet hast, habe ich dich betrogen, sagte ich ihr. Die Worte sprudelten zwanghaft hervor, so wie ich sie tausendmal zuvor zwanghaft zu mir selber gesagt, zwanghaft vor ihr verborgen hatte. Dieses Geständnis zu machen hatte ich am allerwenigsten vorgehabt, denke ich jetzt, als ich in Andreottis elegantem Empfangszimmer die ganze Szene noch einmal Revue passieren lasse. Weil es das unangebrachteste war, das überflüssigste und grausamste. Ich habe dich betrogen, sagte ich. Marco war wieder einmal vergessen, denke ich, da unten unter dem Granit, aber wenigstens hast du deiner Frau die Wahrheit gesagt. Die grausame Wahrheit. Nachdem du sie jahrelang betrogen hast. Wenigstens dazu hat er dich gebracht. Dein Sohn Marco hat dich schließlich zu diesem Showdown getrieben, denke ich, diesem schrecklichen Blutvergießen. Indem er sich umbrachte. Ihr Gesicht war starr wie eine Maske. Jedesmal, wenn du mich abgewiesen hast, bin ich zu einer anderen Frau gegangen, erklärte ich meiner Frau. Ganz brutal. Plötzlich war mein Gefühl von Distanz verschwunden. Ich habe unzählige andere Frauen gehabt, sagte ich zu ihr. Ich befand mich plötzlich mitten in der Szene, Auge in Auge mit meiner Frau. Von Mensch zu Mensch. Ich redete direkt und schonungslos mit der weißen Maske, zu der das Gesicht meiner Frau erstarrt war. Eine Totenmaske im gleißenden Sonnenlicht. Es war mein Geständnis gewesen, das mich auf eine Ebene mit ihr katapultiert hatte. Mit dieser Frau, mit der ich schon so lange zusammenlebe. Die Toten konnten durch unseren Streit nicht gestört werden. Ich hasse dich, weil du mir das angetan hast, sagte ich. Ihr Gesicht hat seinen Reiz verloren. Ich hasse dich. Marco konnte von uns jetzt ebensowenig gestört werden wie von dem steinernen Wirrwarr um ihn herum, den Madonnen, den Jesusfiguren und den lächerlichen Inschriften. Dennoch hatte sich etwas bewegt. Etwas hat sich verschoben, erkannte ich, während ich meinen Haß herausschrie. Ein Stein ist zur Seite geglitten. Ich schaute ihr direkt in die Augen. Dieses gänzlich unerwartete und überflüssige Geständnis hatte mir ein Gefühl außerordentlicher Präsenz gegeben. Das Gefühl, dazusein. Ein Gefühl von Macht. Endlich standen meine Frau und ich uns Auge in Auge gegenüber. Etwas verschob sich. Ich sah sie jetzt wieder, endlich. Aber das hast du mit allen so gemacht, brüllte ich. Sie schaute mich an. Auch sie sah mich. Zuerst hast du sie verführt – ich schäumte vor Wut –, und dann hast du sie fallengelassen. Alle. Du hast uns zu dir gelockt und dich dann von uns abgewandt. Plötzlich kommt mir der Gedanke, daß dies vielleicht die Hauptaussage von Gregorys Brief war. Vielleicht hat Marco das aus Gregorys Brief herausgelesen. Eine Wahrheit über seine Mutter. Sie lockte ihn an und ließ ihn dann fallen. Genau wie sie es mit ihrem Mann und ihrem Liebhaber gemacht hatte. Wie sie einen Zeugen Jehovas einlud, mit ihm flirtete und ihn dann wegschickte. Sobald sie ihren Ehemann genug gedemütigt hatte. Ich hasse dich, weil du mir dieses Leben aufgezwungen hast, sagte ich, weil du mich gezwungen hast, dich zu lieben und zu betrügen. Voller eiskaltem Zorn sagte ich: Ich hasse dich, weil du diese Beerdigung ohne mich hast stattfinden lassen. Es ist – ich sagte meiner Frau diese Worte direkt ins Gesicht –, es ist aus zwischen uns, ein für allemal.

Ich drehte mich um. Im Rücken spürte ich, daß meine Frau zurück auf ihren Stuhl gesunken war. Wo hatte sie auf dem Friedhof einen Stuhl aufgetrieben? Einen Caféstuhl. Es war ein schwerer Schlag, den ich ihr versetzt hatte. Das wußte ich. Du hast deiner Frau einen schweren Schlag versetzt, dachte ich, gerade jetzt, wo sie am wenigsten in der Lage ist, sich zu wehren. Und während ich hier neben einer Büste von Pius IX. in dem düsteren Empfangszimmer mit den Samtvorhängen und den weichen Polstermöbeln sitze, wo der schwache Schein gefilterten Lichts die Trophäen auf dem niedrigen Tisch hervorhebt – eine silberne Zigarrendose, Geschenk des nigerianischen Botschafters, einen riesigen eisernen Schlüssel, zweifellos Symbol für irgendein albernes Privileg –, wird mir erneut bewußt – hinter der Büste hängt ein Papstporträt von grotesker Selbstherrlichkeit –, daß ich alles zerstört habe. Alles, was mich ausgemacht hat. Du hast den Mythos deiner Ehe zerstört, denke ich. War es das, wovor Vanoli mich hatte warnen wollen? Endlich, dachte ich, während ich taumelnd zwischen den Gräbern hindurchlief, endlich hast du es getan. Du hast ihn zerstört. Ihm den Todesstoß versetzt. Ich erlebte einen seltsamen Rausch von Macht und Verlassenheitsgefühlen. Vanoli wollte dir Tabletten geben, weil er befürchtete, du könntest dich und deine Frau zerstören, wenn du deine Wut zum Ausdruck bringst, überlege ich. Noch dazu im ungünstigsten Moment. Angesichts des Todes eures Sohnes. Das war eindeutig der ungünstigste Moment, um deiner Frau von deinem jahrelangen Betrug zu erzählen. Die Wand hängt voller Fotografien, auf denen Andreotti den Großen seiner Ära die Hand schüttelt. Es ist, als hättest du alles weggefegt, denke ich. Ich setzte mich in der glühenden Hitze auf einen Grabstein und erlebte ein seltsames Gefühl von Macht. Ich hatte den *cimitero monumentale* erobert. War Herr über ihn geworden. Über das Familiengrab mit dem pompösen Stein. Etwas hatte sich verschoben. Es ist, als hättest du mit einer einzigen Handbewegung ein ganzes Leben weggefegt, denke ich. Deine Frau, deine Ehe. Alles, was dir deine Frau geschenkt hat. Italien, deine Karriere. Ich halte die Blätter in der Hand, die Andreotti mir gab. Zweifellos die vorhersehbaren Antworten. Muß ich sie überhaupt lesen? Was sonst könnte ein gefallener Führer sagen? Ein in Ungnade gefallener italienischer Premierminister. Und wie lange wird der Mann mich hier auf einen Fotografen warten lassen, der nicht kommt? Es war, als wären endlich alle Denkmäler und alle Erinnerungen, die unser Leben ausmachten, hinweggefegt worden. Das Empfangszimmer hinweggefegt, die Grabsteine hinweggefegt. Der Mythos unserer Ehe in der Luft zerplatzt. Es dauert Jahre, bis man an etwas glaubt, denke ich, bis man etwas für verläßlich und unumstößlich hält – manchmal gar Jahrzehnte –, bis man es für sein Schicksal hält, und dann wird es in einem einzigen Augenblick hinweggefegt. Andreotti und sein System wurden auch einfach hinweggefegt. Hinweggefegt, das ist ein treffender Ausdruck. Seine Partei nach vier Jahrzehnten an der Macht hinweggefegt. Erledigt. Ausgelöscht ist noch besser. Himmel und Hölle nicht in Bewegung gesetzt, sondern vielmehr hinweggefegt. Ein riesiger Stein hinweggefegt, und nicht mal ein Gerippe dahinter. Jede Beziehung ist ein Kosmos, dachte ich, und jeder Kosmos, der etwas auf sich hält, hat seinen Himmel und seine Hölle. Für mich gab es jetzt weder das eine noch das andere. Die Gerippe huschten kichernd von dannen und schmolzen in der Hitze. Der Stein war verschwunden, dahinter war nichts. Nichts.

Nichts ist von Marco übriggeblieben, sagte ich mir. Ich betrachtete das Grab, auf dem ich saß. Jemand, der außerordentliche Leistungen vollbracht hatte, war zu seinem Schöpfer heimgekehrt, um ewige Seligkeit zu erlangen. Vielleicht ein Theaterregisseur. Ich sollte mich in den Schatten setzen. Oder der Autor eines Monumentalwerkes. Ich sollte mich in den Säulengang setzen. Zweifellos *celebratissimo.* Niemand glaubt wirklich an solche Sentimentalitäten, dachte ich. Niemand glaubt, daß wir zu unserem Schöpfer heimkehren und ewige Seligkeit finden. Marco ist tot. Solche Grabmäler verweisen scheinbar auf ein Jenseits, sinniere ich, aber in Wirklichkeit mauern sie es zu, sie verbergen den Staub. Auch ich werde bald tot sein. Die Tatsache, daß du dein Heparin genommen und deinen Darm entleert hast, denke ich, macht dich noch lange nicht unsterblich. Grabmäler versteifen den Schleier, hinter den sie verweisen, den epiphanischen Schleier. Wir dürfen nicht sehen, daß dahinter nichts ist. Wenn du stirbst, verstecken sie deinen Leichnam unter einem Denkmal. Das erschien mir plötzlich offensichtlich. Wenn man in die Tiefe geht, denke ich, während ich in den tiefen Polstern von Andreottis Empfangszimmer sitze, findet man nichts. Nichts hinter meiner Ehe, sagte ich laut auf dem Friedhof, auf einem Grabstein sitzend. Nichts hinter der Leiche auf dem Bürgersteig in Palermo. Es wäre viel besser gewesen, ihn einäschern zu lassen. Ich stand auf, setzte mich jedoch gleich wieder hin. Viel besser, immer wieder das Land zu wechseln, die Ehefrau zu wechseln, über dieses und jenes zu berichten, mein Leben mit Nippes zu füllen und am Ende alles in einem eleganten Empfangszimmer auszustellen. Der Gedenkstein, auf dem ich saß, war vornehm, mit einem edlen Basrelief, das Christus auf dem Thron zeigte. Je eleganter der Schleier, desto leichter fällt es einem, ihn nicht zu zerreißen, dachte ich. Aber nur vage. Die Krone war in Gold ausgelegt. Es ist wichtig, einen teuren Sarg zu kaufen. Meine Gedanken schweiften ziellos umher. Ebenso ein hübsches kleines Zepter. Den Leichnam unter einem eleganten Gedenkstein einzumauern. Plötzlich wurde ich müde. Gregory ist viel schlauer als du, denke ich. Viel gewitzter. Ich stelle mir ein Haus voller Erinnerungsstücke vor. Eine neue Romanze. Auf deutsch. Auf spanisch. Gregory spricht in jeder Sprache ein paar Worte. Er kommt viel herum. Wenn die Menschen wirklich in den Himmel kämen, überlegte ich, erschöpft auf jenem Grab sitzend, dann bräuchten sie keine Denkmäler. Keine so außergewöhnliche Kunstfertigkeit.

Ich fühlte mich kraftlos. Wenn die Menschen wirklich miteinander kommunizieren könnten, dann bräuchten sie keine Institutionen und Anstalten. Ein paar Worte sind in jeder Sprache genug für eine Romanze. Mehr als genug. Wie weise Gregory ist! Unsere Ehe war Wahnsinn, dachte ich. Die Entscheidung, mehr in die Tiefe zu gehen, war Wahnsinn. Du solltest in den Schatten gehen. Die Ärzte haben gesagt, du mußt viel trinken, und du hast gar nichts getrunken. Du darfst nicht noch länger in der Sonne bleiben.

Ich liebe dich, sagte sie.

Eine kleine, ältliche Frau ist ins Zimmer getreten. Ich erkenne in ihr das Dienstmädchen wieder. Eine verschrumpelte, leicht gebückt gehende alte Frau. Was von einer glorreichen Karriere übrigblieb, hatte ich gedacht, ist ein Zimmer voller Nippes und eine alte Frau, die ihn abstaubt. Ich habe es immer noch nicht geschafft, einen Blick auf seine Antworten zu werfen. Der Fotograf ist sehr verspätet, sagt sie. Vielleicht könnte ich einen Anruf machen, schlage ich vor. Mein Handy ist kaputt. Wenn er nicht in ein paar Minuten hier ist, wird es zu spät sein, sagt sie. Der Präsident hat noch einen anderen Termin. Jemanden mit Präsident anzureden, wenn er kein Präsident mehr ist, ist ebenso lächerlich wie ein eleganter Gedenkstein auf einem Leichnam. Eine Illusion. Ich frage: Vielleicht könnte ich nur einen Augenblick mit ihm sprechen und den Fotografen ein andermal vorbeischicken. Ich erhebe mich aus meinem Sessel. Zwischen uns steht ein Sofa, dessen grünes Polster in gedrechseltes Holz eingefaßt ist. Neben dem Kamin eine aufgerollte Flagge. Die Trikolore. Es war ein schriftliches Interview, sagt sie. Sie hat die Hände vor ihrem schwarzen Kleid gefaltet, als sei sie bereits in Trauer. Die Antworten des Präsidenten, beharrt sie, sind sehr klar. Anscheinend ist sie mehr Sekretärin als Dienstmädchen. Wie dumm von mir. Die Treuergebene, die sich weigert, das sinkende Schiff zu verlassen. Seine persönliche Sekretärin. Ihre Stimme ist sanft. Die Figur, die neben dem Grab kniet. Ich habe nur eine Frage, die ich ihm gerne persönlich stellen würde, sage ich zu ihr. Der Präsident ist krank, sagt sie. Es wäre besser, wenn er niemanden empfangen würde. Nur eine Frage, wiederhole ich. Und dann wird mir plötzlich bewußt, daß sie darüber nachdenkt, daß ich ebenfalls krank bin. Sie spricht mit sanfter, freundlicher Stimme, weil sie gesehen hat, daß ich ebenfalls krank bin. Sehr krank. Ich leide genauso wie der Mann, dem sie ergeben ist. Mein zerknittertes Jackett, mein unrasiertes Gesicht, mein gespenstischer Blick. Das alles spricht zweifellos für sich. Auch für mich wäre es viel besser, dieses Interview platzen zu lassen und unverzüglich ins Krankenhaus zurückzukehren. Nur zur Beerdigung, dann unverzüglich zurück ins Krankenhaus, hatten sie betont. Nur eine Frage, wiederhole ich. Es müssen alle möglichen Untersuchungen gemacht werden. Stündlich mindestens ein Glas Wasser, haben sie gesagt. Die alternde Frau schaut mich von der anderen Seite des Sofas aus an. Sie ist einem Mann ergeben, der aller möglichen Abscheulichkeiten beschuldigt wird, einem Mann, der seine Macht jahrzehntelang auf rücksichtslose und zynische Weise ausübte. Dennoch finde ich ihre Ergebenheit bewundernswert. Andreotti hat diese Ergebenheit erwirkt, denke ich, eine ruhige und bedingungslose Ergebenheit, wie ich sie bei meiner Frau nie gefunden habe. Das war bewundernswert. Und empörend. Eine Frage, bitte ich erneut.

Ein Käfer huschte über eine Steinplatte. Sie saß neben mir. Ein Stück den Weg hinunter stand eine junge Frau mit Blumen in der Hand, die uns bemerkt hatte, bemerkt hatte, daß wir in eine Tragödie verwickelt waren. Meine Frau spielt zu gerne Theater für Leute, die unsere Tragödie erkannt haben, dachte ich. Der Käfer wackelte mit seinen Fühlern. Aber sie sagte nichts. Es waren keine Vögel am Himmel. Die Schwalben verlassen den Himmel, wenn die Sonne am höchsten steht. Die Luft war leer. Der Käfer in Sicherheit. Auch ich fühlte mich leer und kraftlos. Der Granit glitzerte. Ich hatte alles zerstört. Es tut mir leid, sagte ich. Ich meine, es tut mir leid, daß ich es ausgerechnet jetzt gesagt habe. Es war kein guter Augenblick, gab ich zu. Es tut mir leid. Der Käfer krabbelte über die Steinplatte und verschwand. Nach einer langen Pause sagte meine Frau: Erzähl mir alles. Erzähl mir, was sie dir gesagt haben. Ich erklärte ihr, daß Marco irgendwie an unsere italienische Post gekommen war. Man hatte mir Straferlaß für die Steuerhinterziehung angeboten, aber jetzt war es zu spät. Das sind banale Details, dachte ich. Ich werde vor Gericht erscheinen müssen, sagte ich. Es war auch ein langer Brief von Gregory dabei. Und andere Banalitäten. Eine Notiz, die besagte, daß er in der Villa Serena glücklich war. Er schrieb, wie friedlich es dort sei – das einzige in seiner eigenen Handschrift –, daß die Menschen dort nicht gegeneinander kämpften. Paola und Giorgio besuchten ihn anscheinend oft. Die Ärzte haben uns nichts davon gesagt, weil sie fürchteten, du könntest etwas dagegen unternehmen. Meine Frau seufzte. Busi hatte den Eindruck, es ginge ihm allmählich besser. Und dann, am Sonntag abend – nach einem Ausflug –, ersticht er sich mit einem Schraubenzieher. Ich fing an zu weinen. Ich habe es dir nicht gesagt, sagte ich, während die Tränen unerwartet zu fließen begannen, ich habe es dir nicht gesagt, weil ich fürchtete, es könnte zuviel für dich sein.

Ich weinte mehrere Minuten lang. Das ist die Wahrheit. Ich schluchzte. Vielleicht aus Erschöpfung. Und jetzt, hier im Empfangszimmer, weine ich wieder. Wird Andreotti kommen, um sich meine Frage anzuhören? Meine eine Frage? Wir saßen auf der Umzäunung eines äußerst eleganten Grabes, bei einem bemerkenswerten Mann, der zu seinem Schöpfer in die Seligkeit heimgekehrt war. Ich kann nicht glauben, daß er tot ist, schluchzte ich. Ich vergrub das Gesicht in den Händen. Ich kann es einfach nicht glauben. Ich konnte dir nicht sagen, wie er es getan hat. Ich konnte einfach nicht. Armer Marco. Unser Marco. Ich dachte, es würde dich zugrunde richten. Er hat sich umgebracht. Ich kann es nicht ertragen, daß du mich ausschließt, daß du alleine trauerst, daß du deinen Zorn gegen Paola richtest. Ich kann das nicht ertragen. Du bist verrückt, sagte ich. Völlig verrückt. Es ist aus zwischen uns. Ich werde zu Paola ziehen. Ich stand auf, mit den Tränen kämpfend. Das ist immerhin dabei herausgekommen, sagte ich. Diese Farce ist beendet.

Sie sagte: Chris, ich liebe dich.

Andreottis handgeschriebene Antworten sind von Tränen verschmiert. Wie soll ich mich verhalten, wenn er jetzt hereinkommt? Wie soll ich mich vorstellen? Es war töricht von mir, zu diesem Termin zu erscheinen. Vollkommen idiotisch. Den Friedhof zu verlassen und mit dem Taxi direkt zu diesem Termin zu fahren, wird mir jetzt klar, war Wahnsinn. In ein Taxi zu steigen und zu sagen: Piazza Santa Lucina. Das war verrückt. Ich bin verrückt. Aber wohin hätte ich sonst fahren sollen? Wer bin ich? Wenn nicht verrückt? Der Nippes in diesem Raum, fällt mir auf, die silbernen Erinnerungsstücke und die ovalen Fotografien, die Büsten und Porträts, all das erinnert stark an den Friedhof. Ich bin an einen Ort gekommen, der dem Friedhof sehr ähnlich ist. Um die Materialsammlung für mein Monumentalwerk zu vervollständigen. Aber gottlob fehlt hier das erbarmungslose Licht. Ein Buch, das meiner Karriere ein angemessenes Denkmal setzen sollte. Andreottis Empfangszimmer ist frei von der gleißenden Hitze und dem erbarmungslosen Licht des Friedhofs. In der Nachkriegszeit mußte die Regierung in einem schwierigen internationalen Klima operieren, hat er geschrieben, das unseren Handlungsspielraum in vielerlei Hinsicht einschränkte. Was soll ich sagen, wenn er jetzt hereinkommt? Ich will damit nicht behaupten, daß wir keine Fehler gemacht hätten, hat er geschrieben. Ich liebe dich, sagte sie. Sie sprach mit ruhiger Stimme. Meine Frau hat eine schöne Stimme. Ich hatte keine Ahnung, wo du warst, was mit dir geschehen war. Sie machte lange Pausen zwischen den Sätzen. Erstaunlicherweise hielt sie inne, wenn jemand vorbeiging. Ich starrte hinab auf den Schiefer. Es war Wahnsinn, nicht in den Schatten zu gehen. Ausnahmsweise spielt deine Frau nicht fürs Publikum, dachte ich. Wahnsinn, in der erbarmungslosen Mittagssonne zu sitzen. Für mich ist ein Familiengrab ein Zeichen der Liebe, sagte sie. Sie sprach sanft und leise. Ich möchte, daß wir nach unserem Tod alle zusammen sind. Es ist schrecklich für mich, sagte sie, daß mein Vater nicht dort liegt. Es ist schrecklich, daß sein Leichnam nie gefunden wurde. Und wenn ich jetzt wieder weine, hier im Empfangszimmer, zwischen den Flaggen und den Erinnerungen an Andreottis außergewöhnliche Laufbahn, wenn ich jetzt wieder weine, obwohl ich beim Einsteigen in das Taxi glaubte, die Tränen ein für allemal unterdrückt zu haben, dann deshalb, weil mir eben wieder eingefallen ist, daß wir aus diesem Grund zusammen Foscolo gelesen haben. Deshalb haben wir *I sepolcri* gelesen. Sie litt immer noch darunter, daß sie ihren Vater nie kennenlernte, den Vater, dessen Leichnam nie gefunden wurde. Es gibt nichts, was uns hilft, uns an ihn zu erinnern, sagte sie. Kein Grab, an dem wir sitzen können. Meine Frau hat das nie verwunden. Und ich hatte es vergessen, hatte vergessen, daß Marco nach ihrem Vater benannt worden war. Er ist einfach verschwunden, sagte sie. Vom Himmel geschossen. Ich habe ihn gar nicht gekannt. Und sie bestand darauf, Foscolos Gedicht zu lesen, seine großartige Hymne auf Denkmäler und Mementos, auf die tiefe Zuneigung, die über den Tod hinausreicht, auf den wahnsinnigen Glauben an eine Verbundenheit, die an der Schwelle des Todes nicht haltmacht. Wir lasen Foscolos Lobgesang auf die Liebe der Steine. Und jetzt hat Marco den Platz von Marco eingenommen. Jetzt wird der Name in Stein gemeißelt erscheinen. Für mich ist das ein Akt der Liebe, sagte sie. Paola war ihm krankhaft nah, beharrte sie. Du hast das nie verstanden. Sie hat immer zu mir gesagt: Wir sind nicht vom selben Fleisch und Blut, Marco und ich. Wir sind nicht Bruder und Schwester. Giorgio war eifersüchtig, sagte meine Frau. Ich war sehr froh, daß sie so jung geheiratet hat und in den Norden gezogen ist. Ich dachte, das würde sie von ihm fernhalten. Die beiden hatten ein krankhaft enges Verhältnis. Aber sie war böse. Wir hätten Marco niemals im Norden studieren lassen dürfen, sagte sie. Sie fing an zu schluchzen. Dadurch sind sie wieder zusammengekommen. Ich werde dir nie verzeihen, daß du darauf bestanden hast, ihn im Norden studieren zu lassen. Ich werde dir nie verzeihen – die Stimme meiner Frau klang erstickt, aber dennoch scharf –, niemals – sie schluchzte –, daß du so dumm und so blind gewesen bist!

Jede Politik, hat Andreotti geschrieben, läßt sich nur im Kontext ihrer Zeit beurteilen. Aber seine Zeilen sind tränenverschmiert. Ich muß mich zusammenreißen. Genau wie jedes Statement nur unter Berücksichtigung der Sachzwänge, unter denen es abgegeben wurde, und des angestrebten Ziels bewertet werden kann. Wozu sitze ich im Empfangszimmer des ehemaligen Premierministers, wenn er mich bei seinem Erscheinen zitternd und in Tränen aufgelöst antreffen wird? Im Zuge der derzeitigen gerichtlichen Ermittlungen bin ich wiederholt der Verdunkelung bezichtigt worden, weil ich mich bei den Anhörungen nicht an diesen oder jenen Vorgang erinnern konnte, der sich später als ausführlich dokumentiert erwies. Ich bin jedoch davon überzeugt, mich sehr gut an den Kontext, den größeren Zusammenhang von allem, was ich getan habe, erinnern zu können. Nachdem das gesagt ist, wenden wir uns also Ihrer Frage über Moro zu. Wie lautete noch meine Frage über Moro? Andreottis Handschrift ist gestochen scharf und sauber, und auch die Mementos in diesem Zimmer sind fein säuberlich arrangiert und beschriftet worden, denke ich. Die Fotos sind chronologisch von links nach rechts angeordnet. Ich kann mich nicht an meine Frage erinnern, und natürlich noch weniger an die Antwort, die ich vorhergesagt hatte, und erst recht nicht an den Kontext unseres Streits über Marcos Umzug nach Mailand. Die Gräber waren ebenfalls säuberlich beschriftet. Es war eine der wenigen Schlachten gewesen, die ich gewonnen hatte. Auch Grabsteine legen eine klare, geometrische Anordnung nahe. Mailand, nicht Novara. Nur das Tote ist berechenbar. Es ging darum, den Schürzenbändern seiner Mutter zu entkommen, bemerkte ich Vanoli gegenüber. Deshalb habe ich darauf bestanden. Er mußte von ihren Schürzenbändern loskommen. Petticoatbänder, hätte ich fast gedacht. Die Frau konnte nicht Gregory *und* unseren Sohn haben. Vielleicht gibt es in den schattigen Ecken von Andreottis Empfangszimmer auch Käfer. *Hilf mir*, hatte der Junge an die Badezimmerscheibe geschrieben. War Giorgio da schon weg gewesen? An jenem Abend. Hatte er die beiden allein gelassen? Marco und Paola allein in ihrer Wohnung. War er mit den Kindern weggegangen? Wir sind nicht Bruder und Schwester, nicht vom selben Fleisch und Blut. Warum hat er Butter in ihr Haar geschmiert? Was hatte das zu bedeuten? Moro befand sich in den Händen der Roten Brigaden, erklärt Andreotti erwartungsgemäß, als er seine vielzitierten Anschuldigungen aufschrieb. Und Schlamm ins Haar seiner Mutter. Können wir die Worte eines Mannes, der aus der Gefangenschaft schreibt, mit einer Pistole an der Schläfe, tatsächlich für bare Münze nehmen? *Hilf mir*, hatte Marco geschrieben.

Die Stimme meiner Frau hatte ihren eindringlichen Tonfall verloren. Sie setzte sich neben mich. Eine ungewohnte Resignation hatte sie ergriffen. Auch du bist überwältigt, dachte ich erschöpft. Du hast nie verstanden, sagte sie, wie sehr Paola mich haßte, weil ich noch ein Kind bekam. Weil ich einen Sohn bekommen habe. Sie hätte alles getan, um sich an mir zu rächen. Aber all das hörte ich nicht zum erstenmal. Ich möchte nichts Schlechtes mehr über Paola hören, sagte ich. Ich schüttelte den Kopf. Ich kann nicht glauben, daß zwischen den beiden etwas gewesen sein soll. Ich kann nicht glauben, daß er tot ist. Wir saßen Seite an Seite auf der niedrigen Grabmauer. Busi hat mich gewarnt, sagte ich, er hat mir gesagt, daß wir Geschichten erfinden, um solche schrecklichen Ereignisse zu erklären. Wir erfinden die Vergangenheit. Wo es vielleicht gar keine Erklärung gibt. Ich bin sicher, zwischen den beiden war nichts, sagte ich. Meine Stimme klang versöhnlich. Nachdem ich meiner Frau mitgeteilt hatte, daß ich sie haßte, gab ich mich versöhnlich. Das Sonnenlicht glitzerte auf den stumpfen Quarzflächen der Gravur, die von den beachtlichen Leistungen des Verstorbenen berichtete. Je heller das Licht, so erkenne ich jetzt, desto offensichtlicher die Tatsache, daß uns die Erleuchtung verwehrt bleibt. Je klarer man sieht, sage ich mir, desto unumgänglicher wird das Rätsel. Es ist immer ein bißchen zu hoch für uns. Alles könnte vorhersagbar sein, und dennoch wäre die Lösung des Rätsels ein kleines bißchen zu hoch für uns. In einem abgedunkelten Zimmer hingegen, wo sich in den Ecken vielleicht Käfer verbergen, ist es noch möglich zu glauben, daß die Geheimnisse eines Tages aufgedeckt werden. In einem düsteren Zimmer, sinniere ich, durch Vorhänge sorgfältig abgeschottet gegen den hellen römischen Nachmittag, gegen das geschäftige Treiben und die Spuren der Verwahrlosung in der Stadt, ist man durchaus noch bereit, die eine oder andere Frage zu stellen. Andreotti hat immer die Aura des Düsteren und Geheimnisvollen um sich verbreitet. Seine Antworten sind vollkommen vorhersagbar. Und dennoch ist er für mich nicht greifbar. Ich erinnere mich überhaupt nicht an den Kontext, in dem bestimmte Entscheidungen, womöglich mit fatalen Folgen, getroffen wurden. Meine Argumente für unsere Reise nach England hatte ich mir von Vanoli soufflieren lassen. Es ist merkwürdig, sagte der Psychiater, daß Ihre Frau damit einverstanden war, Ihren Sohn auf eine englische Schule zu schicken, wenn sie eine solche Abneigung gegen England und die englische Sprache hegte. Sie wollte ihn von Paola trennen, geht mir jetzt auf. Das hast du damals nicht verstanden. Sie wollte ihn von dem Mädchen trennen, das nicht seine Schwester war. Warum hatte der nigerianische Botschafter eine Zigarrendose geschenkt, wo doch allgemein bekannt ist, daß

Andreotti nicht raucht? Was steckt hinter der Umarmung von Andreotti und Podgorny? Auch wir haben einen langen kalten Krieg geführt, überlege ich. Jetzt ist er vorbei. Die Menschen wären enttäuscht, hat der ehemalige Premierminister verächtlich geschrieben, wenn sie entdeckten, daß es kein Geheimnis hinter der Macht gibt. Dennoch kann ich Ihnen versichern ... Das alles war vollkommen vorhersagbar.

Mara, sagte ich. Ich legte meine Hand auf die ihre. Die Haut ist erschreckend kalt, dachte ich. Mara. Ich wiederholte ihren Namen, den Namen meiner Frau. Du hast ihren Namen gesagt, dachte ich. Es ist aus zwischen uns, sagte ich. Ich habe dich auf jede nur erdenkliche Weise betrogen. Du hast mich dazu gebracht, dich zu hassen, Mara. Wir haben unser Kind verloren, sagte ich. Wir haben unseren Sohn verloren, und auch unsere Tochter und unsere Enkelkinder haben wir verloren. Uns ist nichts geblieben. Mara. Wir haben nichts mehr. Unser Leben lang haben wir nichts anderes getan, als uns ein leeres Alter zu schaffen. Ich habe mich schrecklich benommen, sagte ich zu ihr. Ich hätte all dies schon vor Jahren sagen müssen. Du hast dich auch schrecklich benommen, Mara. All dies hätte schon vor Jahren ausgesprochen werden müssen, als durch eine Aussprache noch etwas zu gewinnen war. Statt dessen haben wir intrigiert, Mara. Wir haben gegeneinander gekämpft. Ohne zu reden. In der Notiz, die Marco hinterlassen hat, spricht er nur davon, wie friedlich es in der Villa Serena war. Er wollte Frieden, und jetzt hat er Frieden. Unsere Auseinandersetzungen können ihn nicht mehr stören. Und wegen deines Streits mit Paola können wir nicht einmal unsere Enkelkinder sehen. Es ist Wahnsinn, Mara, wenn zwei alte Leute sich von ihren Enkelkindern abwenden, ihren Platz im Leben aufgeben, ihre Vergangenheit. Es ist aus zwischen uns, sagte ich zu meiner Frau.

Ich hatte gehen wollen, aber ich blieb auf dem niedrigen Marmorsims sitzen, neben diesem pompösen Grabstein des verstorbenen Mannes mit den bemerkenswerten Leistungen. Die Spannung zwischen uns war weg, war ganz plötzlich verschwunden. Du hast ihren Namen ausgesprochen, dachte ich, den schönen Namen deiner Frau: Mara. Du hast ihr ganz direkt, ganz nüchtern mitgeteilt, daß es aus ist zwischen euch, aus zwischen Chris und Mara. Unser Leben ist vorbei. Ich spürte, daß alle Spannung aus ihrer kalten Hand gewichen war, und dennoch hielt mich das Licht hier fest, auf diesem Grab, auf dem still daliegenden, glitzernden Friedhof. Nur dreißig Jahre. Sie schwieg. Mara, sagte ich erneut. Es ist seltsam, ihren Namen auszusprechen. Ich sagte: Denk an Foscolo. Die Menschen suchen die Traurigkeit mit der Laterne, zitierte ich. Wir haben Himmel und Hölle in Bewegung gesetzt, Mara, um unser Leben so elend wie möglich zu machen. Mara – es erschien mir wichtig, fast wie eine Befreiung, diesen Namen immer wieder zu sagen –, warum wolltest du nicht, daß ich mit dir fliege? Warum wolltest du nicht, daß ich mit in die Leichenhalle komme? Warum schließt du mich immer, immer aus? Warum hast du immer damit geprahlt, daß Marco ganz anders war als ich? Das Gegenteil von mir? Und jetzt willst du mir weismachen, daß du mich liebst. Warum? Warum tust du das? Töte mich, sagte sie. Meine Frau drehte sich zu mir um, damit ich sie ansah. Sie rüttelte an meinem Arm. Töte mich. Es spielt keine Rolle mehr. Alle Spannung war aus ihrer Stimme verschwunden, aus ihrer eiskalten Hand. Sie schüttelte mich sanft. Ihr Charme und ihre Eitelkeit sind verschwunden. Bestrafe mich, sagte sie. Bitte. Töte mich, wenn ich dir so weh getan habe. Sie sagte: Ich wollte dir nie weh tun, Chris.

Das ist nicht wahr! Ich stand auf. Du lügst! Du hast mich absichtlich davon abgehalten, Paola zu besuchen, wenn wir in den Norden gefahren sind. Und die Kinder. Meine Enkelkinder. Du hast mich absichtlich mit Gregory gedemütigt. Und ich habe dir auch absichtlich weh getan. Das ist wahr. Ich habe es absichtlich getan. Ich wollte dir weh tun. Ich habe dich absichtlich gedemütigt. Und ich habe es bei Courteneys Party wieder getan. Damit muß Schluß sein, Mara, sagte ich. Ich stand auf. Es muß aufhören! Ich habe dich auf jede nur erdenkliche Weise betrogen. Du hast mir auf jede nur erdenkliche Weise das Leben unerträglich gemacht. Mara, Mara! Ich war aufgesprungen. Wir haben alles verloren. Wir hätten einander nicht unglücklicher machen können. Dann war sie hinter mir, und ich ging in Richtung des Torbogens und der Blumenstände davon, dorthin, wo die Taxis warten, während die klapprigen Alten ihre Toten besuchen, ihre Grabstätten, ihre Familiengrüfte.

Buona sera, sagt er. Er hat einen Geierbuckel und ein Eulengesicht. Der Mann ist eine wandelnde Leiche, denke ich. Andreotti ist erledigt. Die Hand, die er mir entgegenstreckt, fühlt sich an wie feuchtes Herbstlaub. Er hat dir nicht mehr als drei Finger hingehalten. Seine Augen sehen hinter den dicken Gläsern verschwommen aus, wie unter Wasser. Er kann nicht erkennen, daß du geweint hast, sage ich mir. Wieviel sieht er noch? Ich kann seine Augen hinter den großen, verschwommenen Gläsern kaum ausmachen. Meine eigenen Augen brennen. Die Sekretärin hat es gesehen. Die Sekretärin weiß, daß ich krank bin. Eine alte, gebückte Frau in schwarzen Kleidern. Sie hat meine Augen gesehen, die ergebene Dienerin. Unser Fotograf ist also nicht gekommen? Seine Stimme ist dünn und zittrig. Aber nicht ohne eine Spur von Ironie. Kann es sein, daß er begriffen hat? Dieses Interview ist für ... die *Times*, sage ich. Ich lüge. Schweigen. Er hat sich auf einen Stuhl gesetzt. Die spinnengen Beine übereinandergeschlagen, das breite Eulengesicht über den spinnengen Körper hinweg nach vorne geschoben. Haut wie Papier. Andreotti ist erledigt, denke ich. Runde Schultern, die Gestalt eines Raubvogels. Dennoch ist er höflich. Denn er hat angefangen zu reden. Über den Nippes. In seiner Stimme flackert ein Rest des verlorenen Charmes auf. Der Schlüssel ist ein Geschenk des Vatikans. Er lächelt. Wußte ich, daß er einen Detektivroman geschrieben hat, der im Vatikan spielt? Er versucht noch immer, seinen Charme auszuspielen. Und eine Biographie über Pius IX. Er versucht noch immer, seine Eitelkeit zu befriedigen. Er zeigt auf die Büste und das Porträt. Wo wollen Sie sich begraben lassen? frage ich plötzlich, und was wird Ihrer Meinung nach auf Ihrem Grabstein stehen? Es klopft an der Tür. Der Leibwächter steht vor der Tür. Die Sekretärin verkündet: Mr. Burton, Ihre Frau ist hier. Sie sagt, sie muß Sie dringend sprechen.

Aber Andreotti redet bereits. Er beantwortet bereits deine Frage. Er scheint die Störung gar nicht bemerkt zu haben. Meine Frau hat herausgefunden, wo ich bin. Warum ist sie hergekommen? Es war dumm von mir zu glauben, daß ein so erfahrener Mann wie Andreotti, ein Mann, der daran gewöhnt war, unter Druck gesetzt zu werden und alle möglichen brutalen und provokanten Fragen beantworten zu müssen, sich durch die brutale, aggressive Frage nach seinen Begräbnisplänen auch nur im geringsten aus der Ruhe bringen ließe. Er lächelt. Meine Frage scheint ihn eher zu belustigen. Wie dumm von mir zu glauben, man könne einen alten Fuchs wie Andreotti mit einer aggressiven Frage nach seinem Grabstein in die Enge treiben. Er reibt sich die Hände. Er scheint die freundliche Ankündigung seiner Sekretärin gar nicht gehört zu haben. Die Leiche ist zum Leben erwacht. Ich habe ihn elektrisiert. Einen Augenblick noch, sage ich zu ihr. Sie hat gesehen, daß meine Augen feucht und blutunterlaufen sind. Sie weiß, daß meine Frau und ich eine Krise durchmachen. Meine Frau ist wieder aktiv geworden, denke ich. Nach dem Blutbad am Nachmittag setzt sie nun Himmel und Hölle in Bewegung. Sie ist auf dem Kriegspfad. Nachdem Marcos Tod endlich die Wahrheit ans Licht gebracht hat. Marcos Selbstmord. Was hat sie vor? Erneut koste ich die Erinnerung daran aus, wie meine Stimme diese so oft geprobten Worte ausspricht. Ich hasse dich. Erneut höre ich ihren Namen. Mara. Ich habe dich auf jede erdenkliche Weise betrogen. Mara Mara Mara. Sie ist hier. Piazza Santa Lucina. Aber Andreotti ist ganz in sich selber vertieft, in seinen Grabstein, sein Denkmal. Sie wissen sicher, Mr. Burton – Andreotti hat die Unterbrechung durch seine Sekretärin gar nicht bemerkt –, daß meine erste Begegnung mit dem großen De Gasperi 1938 in der Bibliothek des Vatikans stattfand. Er schürzt die Lippen. Der große Alcide De Gasperi! Er hat meine blutunterlaufenen Augen und meine offensichtliche Zerstreutheit gar nicht bemerkt. Es war seltsam – er erwärmt sich langsam für das Thema –, ich hatte keine Ahnung, wer er war, wie wichtig er war, während er bereits genauestens über meine bescheidenen Aktivitäten in der katholischen Jugendbewegung Bescheid wußte. Meine Frau hat meine Entscheidung nicht akzeptiert, so viel ist klar. Sie hat Telefonate geführt, Taxis genommen. Einer Frau, denke ich, der es gelingt, ohne Bordkarte bis zu einem Flugsteig in Heathrow vorzudringen, der gelingt es auch, sich Zugang zum Büro eines ehemaligen Premierministers zu verschaffen. Von dem Augenblick an, sagt Andreotti jetzt, von dem Augenblick an, in dem die Allianz mit De Gasperi geschlossen war – ich bin jetzt furchtbar aufgeregt und beunruhigt –, in dem er, ich und Moro begannen, gemeinsam am materiellen und moralischen Wiederaufbau unseres Landes zu arbeiten, zunächst in der Partito Populare, später der Democrazia Cristiana, von diesem Augenblick an wußte ich, daß die Würfel gefallen waren, daß ich mein Schicksal gefunden hatte: daran mitzuwirken, ein tief gespaltenes Italien aus der Katastrophe eines schrecklichen Krieges, der, wie Sie sich erinnern werden, am Ende zum Bürgerkrieg wurde, in eine bessere Zukunft zu führen, sowohl im materiellen als auch im moralischen Sinne, und zwar durch den Einsatz aller Kräfte, die Gott mir in seiner Weisheit verliehen hatte. Meine religiöse Frau, überlege ich, wäre sogar imstande, hier in dieses Zimmer zu platzen, auf die Knie zu sinken und sich zu bekreuzigen, oder mich einfach zu ohrfeigen. Wann wird Andreotti mit seiner Antwort fertig sein? Er erwärmt sich mehr und mehr für diese Antwort. Erst hat er sich geweigert, dich zu empfangen, denke ich, und jetzt will er dich nicht mehr gehen lassen. Seine Sekretärin muß stinksauer sein. Nachdem du eine brutale, aggressive Frage gestellt hast, ist er hocherfreut, mit dir sprechen zu können, kann sich nichts Besseres vorstellen, als den Nachmittag mit diesen müßigen Reflexionen über seine Karriere und sein Schicksal zu verbringen, darüber nachzudenken, wie sein Leben auf seinem Grabstein aussehen wird. Eitelkeit und Frömmigkeit scheinen sich gegenseitig anzuziehen, sinniere ich, sich gegenseitig zu verstärken. Ähnlich wie die Wörter materiell und moralisch nicht voneinander lassen können. Für den materiellen und moralischen Wiederaufbau unseres Landes, wiederholt er. Er lacht, lacht über meine Annahme, meine naive Vermutung, daß ein Fuchs wie Giulio Andreotti sich durch die brutale Frage nach seinem Grab aus der Fassung bringen ließe. Ein Mann mit tausend Leben, so hat Craxi ihn genannt. War es Craxi? Inspiriert durch den großen De Gasperi, habe ich mich in unermüdlicher Arbeit dieser Aufgabe gewidmet, erläutert Andreotti. Er legt großen Wert darauf, diesen Aspekt zu betonen. Und meine Arbeit hat Früchte getragen, insistiert er. Ein blühendes Italien, Mr. Burton, im Herzen der NATO, im Herzen Europas. Ein verantwortungsvolles, selbstbewußtes Italien. Das wäre uns damals noch wie ein Wunder erschienen, an jenem Tag, als ich De Gasperi in der Bibliothek des Vatikans traf und wir unsere Allianz schlossen. Auf dem Höhepunkt der faschistischen Verirrung. Meinen Sie nicht auch? Ich habe dem alten Fuchs genau die Frage gestellt, für die er sich am meisten erwärmen kann, denke ich. Während meine Frau Mara auf irgendeinem Flur oder in einem Zimmer, das vor dem Empfangszimmer liegt, auf mich wartet. Es muß offensichtlich sein, daß sie verwirrt ist, außer sich vor Kummer und Leid. Vielleicht bereit zu betteln und zu flehen. Vielleicht bereit, mich anzugreifen. Oder gar zu verführen. Oder sich umzubringen. Aber was auch immer sie vorhat, sie wartet. Das ist ungewöhnlich. Nein, nie dagewesen. Meine Frau hat noch nie gewartet. Würde sie warten, wenn sie angreifen wollte? Ein bewaffneter Leibwächter wäre für meine Frau kein Hindernis, überlege ich, keine Hürde für Mara, wenn sie sich entschlossen hätte, mein Interview mit dem ehemaligen Premierminister Andreotti zu unterbrechen. Er lacht. Wenn meine Frau vorhätte, mich zu beschämen, überlege ich, dann wäre dies eine günstige Gelegenheit. Die sie nicht verpassen würde. Wie vorherzusehen war, nutzt er meine brutale Frage, um ein Loblied auf sich selbst anzustimmen. Die Frage hat ihn kein bißchen aus der Fassung gebracht. Aber wir leben in einer pluralistischen Gesellschaft, Mr. Burton, in einem demokratischen Staat mit einer Opposition. Er hat sich die Mühe gemacht, sich meinen Namen zu merken, und wiederholt ihn, so oft er kann. Den Namen von einem der Tausenden von Journalisten, mit denen er in seinem Leben gesprochen hat. Anders würde ich es auch nicht haben wollen, sagt er, und beugt sich erneut über seinen spinnerigen Körper hinweg nach vorne. Andreotti ist berühmt für sein gutes Namensgedächtnis, fällt mir jetzt ein. Tony Blair übrigens auch. Was für eine seltsame Mischung er doch ist, denke ich, einerseits verletzlich, andererseits bedrohlich. Eine wandelnde Leiche und gleichzeitig ein Geier. Ausgezehrt und doch gefräßig. Anders würde ich es absolut nicht haben wollen, wiederholt er. Wirklich äußerst geheimnisvoll. Aber ich muß mich zusammenreißen. Das Eintreffen meiner Frau hat meine Gedanken beschleunigt. Mein Gehirn arbeitet wieder fieberhaft. Allzu fieberhaft. Dein ganzes Nachdenken, fällt mir plötzlich auf, ist auf die eine oder andere Art von deiner Frau provoziert worden, von Mara. Selbst wenn es nicht immer die Gedanken gewesen sind, denen du eigentlich nachgehen wolltest. Aber ich muß mich zusammenreißen. Was für mich also meine Lebensaufgabe und mein Schicksal waren, ist von anderen, wie Sie wissen, im denkbar ungünstigsten Licht dargestellt worden, vermutlich weil dieses Land nach dem letzten Krieg so tief gespalten war, daß ein Heiliger, der auf der einen Seite stand, von der anderen Seite nur als Teufel angesehen werden konnte. Das dürfte Ihnen bewußt sein. Und ein noch viel schlimmerer Teufel war einer, der sich wie ich der Überwindung dieser Spaltung verschrieben hatte, der Aussöhnung wollte, der die materielle und moralische Erneuerung unserer Nation anstrebte. Durch Aussöhnung. Durch die beharrliche Forderung, mit der Vergangenheit abzuschließen, so groß die Zahl der Opfer auch gewesen sein mag. Andreotti lächelt. Wie auch Vanoli stets lächelt. Einigen, Mr. Burton, ist es sogar gelungen, eine überzeugende Darstellung meines Lebens zu liefern, in der ich als Drahtzieher des organisierten Verbrechens erscheine, sagt Andreotti lachend. Manchmal war ich selber schon halb überzeugt davon. Andreotti lacht. Wie auch Vanoli sich durch deine provokativen Fragen niemals aus der Ruhe bringen ließ. Italiens ehemaliger Premierminister lacht dich aus, denke ich, lacht über die törichte Vermutung, die dich veranlaßte, ihm diese aggressive Frage zu seinen Begräbnisplänen zu stellen. Vanoli würde genauso reagieren. Manchmal habe ich mich schon selber gefragt, kichert er, ob ich mein Schicksal womöglich vollkommen falsch verstanden habe. Er findet dies hier außerordentlich komisch. Wieso bringe ich alle Leute zum Lachen? Er hat sich seit Monaten nicht mehr so köstlich amüsiert. Was auf meinem Grabstein stehen wird, Mr. Burton? Plötzlich beugt er sich noch ein Stück weiter vor, spielt die Vertraulichkeitskarte aus. Wenigstens hat meine Frau geweint. Unter uns, ich hoffe, die Übertreibungen meiner Widersacher werden ihnen zum Verhängnis, und die Wahrheit wird ans Licht kommen. Das hoffe ich inständig. Er lehnt sich zurück. Mara hat geweint, weint vielleicht auch jetzt. Aber mein posthumer Ruf ist nicht meine Sache, Mr. Burton. Ein einfacher Mann und Diener seines Landes, das ist eine Inschrift, die mir gefallen würde, auf unserem Familiengrab in dem Dorf, in dem ich geboren wurde. Ein einfacher Mann, der bestrebt war, sein Schicksal zu erfüllen: die Erneuerung seines Landes zu erreichen, die Aussöhnung mit schrecklichen Wunden.

Eine solche Grabinschrift würde mir gefallen. Aber worauf es wirklich ankommt, ist natürlich, daß ich tief in meinem Herzen weiß, daß dies die Wahrheit ist. Worauf es ankommt, ist, daß ich tief im Innern heiter bin, trotz all dem, was andere ...

Ich muß gehen. Ich stand auf. Endlich habe ich ihn überrascht. Die Worte bleiben ihm im Halse stecken. Ich habe ihn aus der Fassung gebracht. Er hat das Wort heiter benutzt. *Sereno.* Heiter tief im Innern. Und es stimmt, Andreotti ist vollkommen heiter, dachte ich. Geradezu unverschämt heiter. Wahnsinnig heiter. Villa Serena. Vor mir sitzt ein Mann, der sich auf sehr überzeugende Weise selbst belügt, dessen Schizophrenie vollkommen stabil ist, handhabbar, ja sogar nützlich, sein höchster Trumpf, im Grunde seine geniale Gabe. Was für einen Sinn hat es, mit einem solchen Mann zu reden? Die Heiteren sind letztendlich verrückter als die, die sich quälen, dachte ich. Es hat überhaupt keinen Sinn, mit einem Mann zu reden, der noch immer heiteren Gemüts an seine Bestimmung und sein Schicksal glaubt, felsenfest und unumstößlich wie ein Grabstein, unbeeindruckt von allen gegenteiligen Indizien. Vanoli ist niemals auch nur einen Deut von seiner Theorie abgewichen. Der Virustheorie. Vielleicht zu Recht. Vielleicht, weil er noch immer von seinen treuen Dienern umgeben ist, überlege ich, seinen ergebenen Dienern, die überaus schmeichelhafte Worte auf seinen Grabstein schreiben werden, die vor steinernen Schriftrollen mit schmeichelhaften Inschriften niederknien werden. Vielleicht sind diese anderen Männer, Andreotti und Vanoli, so heiter, weil sie nicht durch die Gegenwart einer herausfordernden Person wie meiner Frau in Frage gestellt werden, meiner Mara, einer beunruhigenden, provokativen und herausfordernden Person, einer Frau, die einen nie zur Ruhe kommen läßt. Mara ließ dich nie zur Ruhe kommen, denke ich, sie erlaubte dir nie, dich zurückzulehnen. Sie schenkte dir Italien. Gab dir deine Seele. Niemand hat je von Andreottis Frau gehört. Es gab nie auch nur einen Anflug von Skandal. Das Leben mit Mara hingegen ist erschöpfend. Sie hat dir alles gegeben, was du hast. Andreotti, das ist mir bewußt, als ich plötzlich aufspringe, ist umgeben von Anhängern der Version seiner Geschichte, die seinem Leben einen Sinn verleiht, die auch ihrem eigenen Leben einen Sinn verleiht, es ihnen gestattet, in seinem Schatten zu leben. Geschützt vor dem gleißenden Licht, das ich auf dem Friedhof vorgefunden habe. Andreotti hat sich mit einem Chor wohlwollender Stimmen umgeben. Ob seine Frau ihn wohl *presidente* nennt? Er orchestriert, er arrangiert, dann läßt er sich von seinem Chor jauchzenden Beifall spenden. Was hat es für einen Sinn, mit so einem Mann zu reden? Einem Mann, der auf eine unverschämte, beneidenswerte Art durch und durch heiter ist, obwohl unzählige furchtbare Vorwürfe gegen ihn erhoben wurden. Ich muß zu meiner Frau. Warum ist sie hergekommen? Ich muß mit Mara reden. Man weiß doch genau, was ein solcher Mann sagen wird. Jede noch so aggressive Frage wird nur einen Lobgesang auf ihn selber hervorrufen. Wie töricht und vermessen ich war. Aber rückblickend ist alles vorhersehbar. Es hat keinen Sinn, mit Leuten zu reden, die nicht an sich zweifeln, dachte ich, die sich so leicht und so frevelhaft vom eigenen Schicksal überzeugt haben. Durch mein Aufstehen hatte ich ihn schließlich doch noch überrascht. Ungeplant und ohne es zu wollen, hatte ich ihn doch noch schockiert. Du hast ihn schockiert. Ich muß gehen, sagte ich. Ich muß mit meiner Frau sprechen. Einen Moment lang erweckte die Verblüffung sein maskenhaftes Gesicht zum Leben. Die Worte blieben ihm im Halse stecken. Hat meine Frau angefangen, an sich zu zweifeln? Einen Moment lang ist Italiens ehemaliger Premierminister desorientiert, verwirrt. Ich muß gehen, sagte ich. Ich habe keine Zeit mehr, mich mit Ihnen zu unterhalten, Mr. Andreotti. Ich muß mich um wichtigere Dinge kümmern. Auf dem Flur erklärte mir die Sekretärin: Ihre Frau ist wieder gegangen, Mr. Burton, und gab mir einen Zettel.

10

Ihr Gesicht ist dem Licht ebenbürtig. Es strahlt die Sonne an. Ihre Augen leuchten. Mara, teuflische Verführerin des Buddha. Für eine Zweihundertfünfzigstelsekunde öffneten sich ihre Augen weit, um den Himmel herauszufordern. Wir lachten. Obwohl Mara ein Mann war, ein männlicher Teufel. Wenn die Götter entdeckten, daß ein Mann über das Ziel hinauszuschießen drohte, so erzählte ich ihr – aber das war viele Jahre zuvor –, dann schickten sie eine Frau, um ihn abzulenken. Die schimmernden Zähne, der breite, feingeschnittene Mund. Um den Rhythmus seiner Gedanken zu unterbrechen, erklärte ich. Das hast du viele Jahre zuvor gesagt, in einer Botschaft in Rom. Der lange weiße Hals. Oder sie schickten einen anderen Mann, um die Frau, die er liebte, zu verführen. Um ihn durch Eifersucht abzulenken. Das hast du gesagt, als wir uns kennenlernten. In holprigem Italienisch. Es war auf einem Botschaftsempfang. Sie trug ein auffälliges Pink. Um ein Erwachen zu verhindern, hast du erklärt. Was für ein ernsthafter junger Mann! Dein Italienisch war damals noch sehr dürftig. Ich fürchte, Sie werden eine ernsthafte Ablenkung für mich sein, sagte der junge Mann zu der Frau in Pink. Sie trug pinkfarbenen Lippenstift. Bei allzu großem Ehrgeiz kennen die Götter kein Pardon, sagtest du lachend in den frühen Morgenstunden, den ersten von vielen. Wenn man genau hinschaut, erkennt man, daß ihr Haar ein dichtes Gewirr aus dunklen Ringellocken ist, so dick, daß jeder Kamm darin steckenbleibt – mein Haar ist unmöglich, prahlte sie –, so dick auch, daß jede zärtliche Hand, die sich berufen fühlt, die Pracht zu entwirren, darin steckenbleibt. Wenn ich meine Hand in dein Haar schiebe, flüsterte ich einmal – meine widerspenstigen Locken, seufzte sie –, dann habe ich das Gefühl, direkt ins Glück einzutauchen. Ins Glück, hast du gemurmelt – aber das ist lange her – und dein Gesicht in ihrem Haar vergraben. Jahre später – wie viele, fünfzehn, achtzehn? – ist ihr Lächeln wissend, blendend, triumphierend. Über das Licht und die Erleuchtung. Geschminkt. Hinter ihr die Küste von Amalfi, das sonnendurchflutete Neapel. Es war auf dem Schiff von Capri. Ich stellte die Linse scharf. Im Gegenteil, protestierte sie, Mara war die baltische Fruchtbarkeitsgöttin. Sie legte den Kopf zur Seite. Belohnung statt Strafe. Wir lachten. Es war in der französischen Botschaft, fällt mir ein. Damals wußten wir noch nicht, daß diese beiden sich nicht ausschlossen: Strafe und Belohnung. Achtzehn Jahre später drückte ich auf den Auslöser. Unsere Ehe weist eine schreckliche Simultaneität auf. Die Zweihundertfünfzigstelsekunde gefror zu einem Bild, und in den folgenden Jahren, in denen ich oft, wie auch jetzt wieder, dieses wunderschöne Foto betrachtete, das beste Foto, das ich je gemacht habe, dieses zur Seite geneigte, strahlende Gesicht, das eines Tages den Granit des Familiengrabes zieren wird, ein Gesicht, hinter das du nie gekommen bist, denke ich jetzt, das du nie ergründet hast – aber vielleicht ist es falsch zu glauben, man könne ein Gesicht ergründen –, in den folgenden Jahren kam mir immer wieder der Gedanke, daß die Beziehung zwischen dem Auge vor der Kamera und dem Auge dahinter einzig in dem Wunsch des einen, von dem anderen erfaßt zu werden, und dem Wunsch des anderen, das eine zu besitzen, bestand. Zwei ineinander verwobene Blicke. Die Nikon war das Medium eines uralten Spuks, einer langen Ablenkung. Es ist nicht wahr, daß wir immer unglücklich gewesen sind, hatte sie auf den Zettel geschrieben. Das ist nicht wahr, Chris. Andreottis Sekretärin hatte ihn natürlich gelesen. Auf englisch schrieb sie: Ich liebe dich.

Eine Stimme ruft Mutter. Dies ist das Geisterhaus. Wir hatten die Kinder bei ihrer Großmutter gelassen. Seit Marcos Geburt unser erster Versuch, Urlaub zu machen, hatte ich Vanoli erzählt. Daran erinnere ich mich jetzt. Unser erster und einziger Versuch, zu zweit wegzufahren, um eine gefährliche Flutwelle abzuwenden. Wir wußten, daß eine gefährliche Flut drohte. Wir ließen die Kinder bei ihrer Großmutter in Rom, einer Frau, mit der ich mich nie verstand, einer heimlichtuerischen alten Frau, die, so schien es mir – ich befand mich inzwischen auf dem Höhepunkt meiner Karriere –, immer noch etwas gegen unsere Ehe hatte, immer noch etwas gegen die Engländer hatte, die ihren Mann getötet hatten. Über Malta. Ich meinerseits hatte etwas gegen die sonntäglichen Mittagessen, bei denen sie jede Woche anwesend war. Auf dem Höhepunkt einer Karriere, die mir immer noch seltsam vorkam. Sein Leichnam wurde nie gefunden. Marco rief an, als wir gerade miteinander schliefen. Es heißt das Geisterhaus, weil über Generationen hinweg alle Mitglieder der Familie De Amicis dort gestorben sind. Ausnahmslos. Nur ihr Vater hatte sich nicht an diese Tradition gehalten. Die Engländer hatten sich nicht an die Familientradition der De Amicis gehalten. Hatten sie im Luftraum über Malta verletzt. Es ist ein Scherz, *ciccio,* sagte sie beschwichtigend. Wir schliefen gerade miteinander. Es kam ihr gar nicht in den Sinn, nicht ans Telefon zu gehen. Kein Mensch hat je wirklich einen Geist gesehen, versicherte sie ihm. Wir waren bereits innig ineinander verschlungen. Es gibt keine Geister, erklärte sie unserem kleinen Sohn am Telefon. Meine Hand war in ihrem Haar, während sie sprach. Ihrem wilden Haar. Sie hatte jedenfalls bestimmt nie den ihres Vaters gesehen. Er hieß auch Marco. Seit dem frühen siebzehnten Jahrhundert sind die Mitglieder ihrer Familie in diesem Haus gestorben. Alle, ohne Ausnahme. Er hatte Angst, alleine zu schlafen, sagte der Junge. In einem Zimmer, in dem schon Menschen gestorben waren. Er rief noch einmal an. Er ist jetzt zehn, protestierte ich. Warum zum Teufel legte sie nicht den Hörer daneben? Mein Gott, seine Großmutter ist da, und seine Schwester auch. Wir würden niemals miteinander schlafen können, wenn sie dauernd ans Telefon ging. Er kann bei ihnen schlafen, sagte ich. Ich weigerte mich, den Koffer ins Auto zu laden. Leg den Hörer daneben, beharrte ich. Sie rief beim Bahnhof an. Du hast nicht gehört, wie er wimmerte, sagte sie. Er sollte unsere Nummer gar nicht haben, sagte ich, wer hat ihm unsere Nummer im Hotel gegeben? Wozu? Man gibt zehnjährigen Kindern nicht seine Nummer im Hotel, wenn man übers Wochenende wegfährt. Mama, ruft die Stimme durch die leeren Zimmer, die demolierte Treppe hinauf. Mama! Das Kerzenlicht flackert vor den Fotos, den Familienfotos auf der alten *credenza*. Er hat die Treppe mit einem Holzhammer demoliert. Typisch deine Frau, sage ich mir, diese sentimentale Geste, diese quasi-religiöse Verwandlung von Familienfotos in Heiligenbilder. Sie hatte sich im Badezimmer eingeschlossen. Sie floh, als er ihr Schlamm ins Haar schmierte. Und jetzt zündet sie vor unseren Fotos Kerzen an. Verspüre ich Freude oder Entsetzen? Ob sie vor den Fotos ein Gebet gesprochen hat? Um mich zurückzuholen? Um ihn zurückzuholen? Vieles von dem, was deine Frau tut, betrachtest du mit Begeisterung und Entsetzen zugleich, überlege ich. Wie ist das möglich? Die Gesichter auf den Fotos wirken geisterhaft im Kerzenlicht. In diesem Geisterhaus. Eine Motte versetzt den Staub und die Schatten in Aufruhr. Aber so ist es immer gewesen. Ich war immer zugleich begeistert und entsetzt von ihrer Extravaganz, ihrer Eitelkeit, ihrer Angewohnheit, Himmel und Hölle in Bewegung zu setzen. Mama, ruft die Stimme. Es ist die Stimme eines Kindes, eines kleinen Jungen, die über den Steinfußboden schallt. Bei Kerzenlicht erscheinen andere Welten glaubwürdig, denke ich, aber nicht bei so hellem Sonnenschein wie damals auf dem Schiff von Capri, als Mara so gelächelt hat. Bei Kerzenlicht hört man Stimmen. Aber nicht in der hellen Sonne, die sein Grab versiegelt hat. Es ist Marcos erste Nacht im Grab. Da sieht man klar. Sein Körper liegt unter der großen Granitplatte, die Arme zu beiden Seiten. *All' apparir del vero* – Leopardi war der letzte Dichter, den wir zusammen lasen – *una tomba*. Mein Blick wandert über die Anrichte von ihrem zu seinem Gesicht. Ein junger Mann im Sweatshirt. In den Augen ein Flackern. Vielleicht eine Motte. Im Grab. Bei Kerzenlicht herrscht das Chaosprinzip, denke ich. Ich beruhige mich mit diesem Gedanken. Seit mindestens fünfzehn Minuten starre ich diese Fotos an. Vielleicht auch schon länger. Man kann unmöglich vorhersagen, wie die Schatten sich im Kerzenlicht bewegen werden, schon gar nicht, wenn Motten im Zimmer sind. Wenn die Flamme sich bewegt, scheinen seine Gesichtszüge lebendig zu werden, scheinen die Augen zu flackern. Die Augen meines Sohnes. Marcos Lippen. In seinem teuren Sarg, dort unter der Granitplatte. *All' apparir del vero* – wenn die Wahrheit naht: ein Grab. Das Versprechen der Jugend unerfüllt. Die Stimme kommt eindeutig von der Treppe her. Leopardis Thema. Die Kraft der Jugend weggeworfen. Sie ruft mich eindeutig zu der zertrümmerten Treppe. Der Treppe, die in unser Zimmer führt. Bei Kerzenlicht glauben die Menschen vieles, denke ich. Stimmen verfolgen mich. Die Stimme meines Sohnes. Deshalb stellen sie in der *camera ardente* Kerzen auf. Eros und Nacht waren die Töchter von Chaos. Wenn ich mich recht entsinne. Ist das nicht das erste Anzeichen von Schizophrenie? Eros und Nacht. Die beiden großen Unberechenbaren. Sie schlief gern bei Kerzenlicht mit mir. Abends oder bei geschlossenen Fensterläden. Sie meinte, bei Kerzenlicht sei der Sex fließender. Sie hatte sogar für das Hotelzimmer Kerzen mitgebracht. Das Licht flackerte auf den Möbeln. Wenn du jetzt darauf bestehst, zurückzufahren, schrie ich, dann wird nichts mehr so sein wie vorher. Sie hatte einen Lichtschalter betätigt. Ich war geblendet. Der Zauber der Kerzen war gebrochen. Ihr Zauber. Wie war es denn vorher, schnaubte sie verächtlich. Das waren die eingefahrenen Gleise unserer Streits. Keiner von uns beiden war überrascht. Ich fahre dich nicht zurück, sagte ich. Das kannst du vergessen. Wenn das Licht angeht, verliert die Kerze all ihre Macht, denke ich, all ihren Zauber. Wir sind hergekommen, um ein bißchen Zeit ohne die beiden zu verbringen, sagte ich, nicht um gleich wieder zurückzurennen. Die Motten wirken kleiner. Du willst mich ganz und gar besitzen, beschwerte sie sich, du läßt mir keinen Freiraum. Ich könnte jetzt ebenfalls das Licht anschalten, hier im Geisterhaus. Ich könnte hier auch die Kerzen vernichten, dachte ich, die Kerzen auf der alten *credenza* der Familie. Könnte die Motten, die herumschwirrenden Geister, schrumpfen lassen. Aber bis jetzt habe ich es noch nicht getan. Seine Gesichtszüge scheinen sich zu bewegen, wenn das Licht flackert. Kerzenleben. Du nimmst keine Rücksicht darauf, daß ich Mutter bin, sagte sie. Es war das übliche Hin und Her. Keiner von uns war beeindruckt. Du bist eiskalt und englisch, sagte sie. Sie zog sich bereits an. Und du bist scheinheilig und hysterisch, gab ich zurück. Das schien unser Drehbuch zu sein. Italienisch brauchte ich nicht hinzuzufügen. Sie sagte: Chris, es stimmt etwas nicht, ich spüre Gefahr, wir müssen zurück. Es war der Tag, an dem ich das Foto gemacht hatte. Wir waren mit dem Schiff nach Capri gefahren. Ein zauberhafter Tag. Wundervolles Licht, weiße Gischt in ihrem dicken Haar. Die Augen für eine Zweihundertfünfzigstelsekunde weit aufgerissen. Das Kaleidoskop unserer Ehe weist eine schreckliche Simultaneität auf. Er hat seine Großmutter, schrie ich, und seine Schwester. Er kann bei ihnen schlafen. Herrgott noch mal! Es war ein ständiges, ermüdendes Neusortieren derselben alten Versatzstücke. Du hast selbst gesagt, es gibt keine Geister. Was soll schon nicht stimmen? fragte ich. Du verwöhnst den Jungen viel zu sehr. Was zum Teufel kann schon passieren, daß du unbedingt dasein mußt? Wozu haben wir einen Babysitter, wenn du sofort zurückrennst, bloß weil ein Zehnjähriger Angst vor Geistern hat? Weil er zum Telefon greift und seine Mama anruft? Ich habe einen sechsten Sinn für solche Dinge, beharrte sie. Sie blies die Kerzen aus. Es ist Gefahr im Verzug, sagte sie. Ich hatte ein teures Hotel für uns gebucht. Eine Suite mit Blick auf die Bucht. Die Bucht von Neapel. Prächtige Sonnenuntergänge. Auf der Dachterrasse gab es eine Bar. Und dort, so gegen Mitternacht, begegnete ich Karen.

Karen! Ich rief vom Krankenhaus an. Was soll ich tun? fragte ich mich, während ich auf dem langen Krankenhausflur auf und ab ging und immer wieder den Zettel meiner Frau las. Denk an die schönen Zeiten, hatte sie geschrieben. Denke daran, Chris. Franco und Karen sind nicht zu Hause, sagte eine Männerstimme. Nachrichten oder Faksimiles bitte nach dem Pfeifton. Faksimiles! Hier ist Chris, hub ich an, bloß um Karen Hallo zu sagen. Ich stand auf dem Krankenhausflur. Vor der *urologia*. Seit über einer Stunde laufe ich auf und ab und lese immer wieder die Nachricht meiner Frau. Es ist nicht wahr, daß wir immer unglücklich waren, schrieb sie. Denk an die schönen Zeiten. Denk daran, wie es war, als wir uns kennenlernten! Deine Frau setzt Himmel und Hölle in Bewegung, um dich zurückzugewinnen, dachte ich auf dem Korridor des *policlinico*. Vielleicht hast du recht mit den Enkelkindern, schrieb sie. Vielleicht sogar mit Paola. Aber es ist nicht wahr, daß wir immer unglücklich waren. Dein drittes *policlinico* in drei Tagen. Alle gleich trostlos. Das heißt, nein, sie setzte nicht Himmel und Hölle in Bewegung. Sie ging behutsam vor, sie machte Zugeständnisse. Vielleicht hast du recht, hatte sie geschrieben. Ich starrte einen Feuerlöscher an. Meine Frau hinterließ behutsam formulierte Nachrichten und machte im richtigen Moment einen Abgang. Nie dagewesen. Kein Wort über meine Affären, fällt mir auf. Es gab eine ganze Reihe von Telefonzellen. Keine unangenehmen Fragen, keine abfälligen Bemerkungen. Es ist eine großherzige Nachricht, dachte ich. Deine Frau benimmt sich in dieser Sache vorbildlich, das mußt du zugeben. Sie macht Zugeständnisse. Sie greift dich nicht an. Ich war von Andreottis Empfangszimmer, von der Piazza Santa Lucina aus direkt ins Krankenhaus gegangen, wie die Ärzte es mir geraten hatten. Direkt in die *urologia*. Ich gehorchte. Wie schnell meine Frau sich verwandeln kann, denke ich, von wundervoll zu unerträglich und gleich wieder zurück. Durch ein einziges Schütteln des immergleichen Kaleidoskops. Die Ärzte hatten darauf bestanden, daß ich unverzüglich ins Krankenhaus ging. Das Hin und Her unserer Ehe, dachte ich, weist eine schreckliche Simultaneität auf. Den Intuitionen ausgebildeter Fachleute sollte man Glauben schenken. Hin und Her. Vanoli habe ich immer Glauben geschenkt. Wir sind nach England gefahren, weil ein ausgebildeter Fachmann meinte, unsere Abwesenheit könne sich günstig auf den Jungen auswirken. Nicht, weil ich Mara für mich alleine haben wollte. Apex und Nadir, alles an einem Tag. Capri und Neapel. Ich bin in Rom, Karen, erklärte ich durchs Telefon einem Kassettenrecorder, nur für ein paar ... Chris! Karens Stimme schaltete sich ein. Es war tatsächlich Karens Stimme, nach all den Jahren. Aber warum? Warum rief ich Karen an? Über eine Stunde lang war ich auf dem Krankenhausflur auf und ab gelaufen, und jetzt rief ich plötzlich Karen an. Ich werde zu Hause sein, hatte meine Frau geschrieben. Bitte ruf an. Sie meinte im Geisterhaus. Eine Frau, die zwanzig Jahre jünger ist als ich. Bitte komm, hatte meine Frau geschrieben. Statt dessen hatte ich ein Mädchen angerufen. Warum? Sie können morgen wiederkommen, sagte der römische Urologe. Um acht Uhr dreißig, dann machen wir ein paar Untersuchungen. Ich war enttäuscht. Ich lief auf dem Flur auf und ab. Wie konnte es sein, daß ich nicht im Krankenhaus bleiben mußte? Nach allem, was ich durchgemacht hatte! Wenn Sie heute regelmäßig uriniert haben, dann sehe ich keinen Grund, Sie hierzubehalten, sagte er. Ein kleiner Mann mit einem Rattengesicht. Konnte ich ihm trauen? Sie haben Stuhlgang gehabt, sagte er. Ein Gesicht aus dem Süden. Ich habe keine Veranlassung, Sie hierzubehalten. Chris! rief Karen, das ist ja kaum zu glauben! Ich fand es kaum zu glauben, daß ich keine Behandlung brauchte. Sie haben jetzt die nötigen Medikamente, sagte er. Es wird Ihnen bald bessergehen. Und in dem Moment, als ihre Stimme die Aufzeichnung des Anrufbeantworters unterbrach, dachte ich: Wenn ich verstehen könnte, warum ich jetzt Karen anrief, ausgerechnet jetzt, ausgerechnet in dieser Krise, nachdem mir von einem rattengesichtigen Urologen aus dem Süden die Aufnahme ins Krankenhaus verweigert worden war, von einem Mann, der mich nicht einmal untersucht, sich nicht einmal in Ruhe meine Beschwerden angehört hatte, dann würde ich mich selbst verstehen. Dann wäre alles klar. Warum rief ich meine Ex-Geliebte an – unsere Bettenzahl ist begrenzt, sagte der Arzt –, während meine Frau Himmel und Hölle in Bewegung setzte, um mich zurückzugewinnen, um sich auf ihre einzigartige Weise von einem unerträglichen in einen wundervollen Menschen zu verwandeln? Wir sind immer noch sehr lebendig, Chris, schrieb sie. Ein vorübergehender Verschluß bleibt oft folgenlos, versicherte er mir. Mara hat dich furchtbar unglücklich gemacht, sagte ich mir wiederholt, während ich vor der urologischen Station auf und ab ging. Nach Ansicht des Urologen bin ich nicht einmal krank. Du mußt sie verlassen. Davon war ich überzeugt. Was sonst hatte meine innere Stimme mir in den letzten achtundvierzig Stunden so dringend mitteilen wollen? Ich mußte meine Frau verlassen. Das war unumgänglich. Es ist vorbei, gestorben. Ich erinnerte mich flüchtig an die Ferrantes, an ihr beeindruckendes Zusammenhalten im Leid. So sollte eine Ehe sein. Mit uns ist es aus, resümierte ich. Wie konnte meine Frau behaupten, unsere Beziehung sei noch lebendig? Ich wollte nur Hallo sagen, wiederholte ich. Ich habe gehört, du seist zurück nach England gegangen, sagte Karen. Im Hintergrund plapperte ein kleines Kind. Dies ist das Ende unserer unmöglichen Verbindung, sagte ich mir. Sie kicherte. Nein, ein Vögelchen hat es mir ins Ohr geflüstert, erklärte sie. Läßt sie mich beobachten, fragte ich mich? Meine Ex-Geliebte. Fünf Jahre der Wonne. Sie hat eine fruchtige Stimme. Dann führte ich erstaunlicherweise eine artige Unterhaltung. Ich unterhalte mich höflich, dachte ich. Mit meiner Ex-Geliebten. Im Hintergrund rief ein

Kind Mama. Sie arbeitete halbtags. Mir ging es gut, sagte ich. Ich unterhielt mich höflich auf englisch mit der Frau, die einmal zu mir gesagt hatte: Wir führen jetzt jeder unser eigenes Leben. Noch sehr lebendig, schrieb sie. Als sie das sagte, wurde dein Herz hart. Nein, als sie das sagte, wurde dir klar, daß du dich deiner Frau stellen mußtest, deinem Leben, dir wurde klar, daß du gegen die Flut ankämpfen mußtest, gegen diese Flut. Dann hast du dich dem Lesen verschrieben, hast jede freie Minute mit Lesen verbracht. Dein Sohn hat nach dir gefragt, aber du warst mit Lesen beschäftigt, mit der Vorbereitung deines Monumentalwerks. Er war inzwischen fünfzehn, dann sechzehn, dann siebzehn. Du gingst in die Tiefe. Das redetest du dir jedenfalls ein. Um dich vor deiner Frau zu verstecken, vor dem Auge des Sturms. Wir waren längst in das Geisterhaus umgezogen. Ich war dort nie glücklich. Warum gibst du mir deine Liebe, fragte Karen – unter Tränen –, wenn dein Leben ganz woanders ist? Du weißt, daß es woanders ist. Fünf Jahre hat es gedauert. Wir plauderten über meinen Umzug nach London. Ich sagte ihr nicht, daß ich Mara verlassen hatte. Das wirst du Karen nicht erzählen, erkannte ich plötzlich. Ich sagte, wie angenehm ich es in London fand, nach all den Jahren in Rom. Es geht sie gar nichts an. Du wirst nicht darüber sprechen. Obwohl das Kind im Hintergrund durchaus nicht ihres sein mußte. Vielleicht spielte sie bloß die Babysitterin. Oder hatte Freunde zu Besuch. Es ist durchaus nicht ausgeschlossen, dachte ich, diese alte Beziehung wieder aufleben zu lassen, mit all den Wonnen, die sie dir gebracht hat. Man kann nie wissen. Karen ist eine schöne Frau. Sie weiß, wie man einen Mann glücklich macht. Du hast nie auch nur im entferntesten daran gedacht, deine Frau zu verlassen, hat sie einmal zu mir gesagt. Ohne Bitterkeit. Nicht im entferntesten. Ich bin nur kurz hier, wegen eines Interviews mit Andreotti, sagte ich. Der alte Fuchs! Für ein Buch, das ich schreibe, sagte ich. Na also, ich habe dir ja gesagt, du sollst ein Buch schreiben, sagte sie lachend. Das war eine banale, vorhersehbare Bemerkung, dachte ich. Die Frau ist banal, dachte ich, und aus irgendeinem Grund sehr mit sich zufrieden. Das spürte man an ihrem Tonfall. Du warst anscheinend wirklich darauf aus, deine Frau zu bestrafen, wenn du dich in eine so banale Person wie Karen verliebt hast, dachte ich. Sehr schön, auf eine gewisse dunkle Art, aber hoffnungslos banal. Sie fühlt sich von deinem Anruf geschmeichelt, dachte ich. Reichlich vorhersehbar. Du mußt wirklich wütend gewesen sein. Ich hatte ein paar gesundheitliche Probleme, ja, sagte ich. Aber die Ärzte meinen, es sei nur die Anspannung. Immer noch der alte Hypochonder, kicherte sie. Vielleicht ist es das Englische an ihr, das mir so banal vorkommt, überlege ich. Unsere Beziehung war im wesentlichen erotischer Natur. Ihre englische Art zu sprechen. Ein Vögelchen hat es mir ins Ohr geflüstert! Sie haben mir Tabletten verschrieben, sagte ich ausweichend. Warum hatte ich sie angerufen? Warum hatte ich noch einen Nebenschauplatz aufmachen wollen? Zuerst der Urologe und jetzt die Ex-Geliebte. Ich hielt den Zettel von meiner Frau in der Hand. Ihre großherzige Nachricht. Deine Frau hat dir eine wunderbare Nachricht hinterlassen, sagte ich mir. Hypochonder war wohl ein bißchen übertrieben, dachte ich, für einen Mann, der eine Operation am offenen Herzen hinter sich hatte. Eine bezaubernde Nachricht. Du hast immer unter Hochspannung gestanden, lachte Karen. Deine Ex-Geliebte wirkt äußerst gelassen, wenn man bedenkt, daß sie mit ihrem Ex-Liebhaber telefoniert, dachte ich. Und ganz generell sehr mit sich zufrieden. Ich war nicht verärgert. Wenn man bedenkt, daß sie mit dem Mann plaudert, der sie einst auf einer Terrasse in Neapel stürmisch verführt hat. In der Nacht, in der seine Schwiegermutter starb. Wie habe ich ihre exotisch schwarze Haut verehrt, in Verbindung mit der banalen, in jeder Hinsicht vertrauten und beruhigenden englischen Stimme. Sie stellte keine Herausforderung für mich dar. Ich stehe selber ziemlich unter Spannung, sagte sie lachend, seit Carlo auf der Welt ist. Das Kind hieß anscheinend

Carlo. Und war eindeutig ihres. Dies ist ein absurdes Gespräch, dachte ich, ein absurdes und zweckloses Gespräch. Wir werden nie wieder zusammen schlafen. Wenn ich mich über jemanden ärgerte, dann über mich selber. Sie ist so zufrieden mit sich, dachte ich, weil sie ihrem Ex-Liebhaber zeigen kann, daß sie jetzt einen richtigen Mann und eine richtige Familie hat. Nicht bloß einen Liebhaber. Carlo, komm her und sag hallo zu Onkel Chris, rief sie kichernd. Es war kindisch. Na komm schon! Carluccio! Zum Flughafen und nach Hause, sagte ich mir. Ciao, sagte eine Kinderstimme. Und fing dann an zu wimmern. Onkel Chris! Karen war wieder dran. Du wirst ihr nicht von deinem Sohn erzählen, wurde mir klar. Es hat nichts mit ihr zu tun. Vielleicht über Turin fliegen, um das Ladegerät abzuholen, den Koffer. Zurück nach England. Du wirst ihr nicht von der Krise mit deiner Frau erzählen. Das ist eine Sache zwischen dir und Mara, entschied ich. Ich sagte auf Wiedersehen. Mama, ruft die Stimme.

Mama, Mama! War das alles nur eine einzige lange Ablenkung? Die Wahrheit ist vielleicht, daß ich mich nie endgültig für meine Frau entschieden habe. Könnte das sein? Dieser Gedanke kam mir im Taxi auf dem Weg zum *policlinico*. Mich nie endgültig für Italien entschieden habe. Das alles ist mir vielleicht einfach zugestoßen, sagte ich mir in einem anderen Taxi, nachdem ich das *policlinico* wieder verlassen hatte. Meine Ehe, mein Umzug in ein anderes Land. Ich habe es mir nicht ausgesucht. So wie ich mir diese Haut nicht ausgesucht habe und dieses Gehirn, das nie aufhört zu denken. Was mag es für ein Gehirn bedeuten, so unermüdlich zu arbeiten? Mein Ich. Werde ich mir auch noch vier Taxis pro Tag leisten können, wenn ich mit dem Finanzamt quitt bin? Jedenfalls hast du dich im Geisterhaus nie zu Hause gefühlt. Via Livorno, sagte ich dem Taxifahrer. Das Geisterhaus. Welche Adresse hätte ich sonst nennen sollen? Ich werde zu Hause sein, hatte sie geschrieben. Es ist, als bestünde immer eine verhängnisvolle Distanz zwischen dir und deinem Leben, zwischen dem, der du bist, und dem, was dein Leben gewesen ist. Mama! ruft die Stimme von der Treppe her durch den *salotto.* Aber ich werde das Licht nicht anknipsen. Ein seltsames Mißverständnis. Ich werde die Kerzen nicht vernichten. Ein Gewand, das mir nie ganz paßte. Durch das ich mir meiner selbst jedoch mehr und mehr bewußt geworden bin. Männer und Frauen tun sich so etwas an. Bis zu einem Punkt jenseits aller Wut. Durch das ich ich selbst geworden bin, indem ich nicht ich selber war. So fühle ich mich oft, wenn ich italienisch spreche. Ich, wie ich nicht ich selber bin. Meine Gedanken im falschen Gewand. In Wahrheit bin ich wütend auf mich selber. Das ist zweifellos Grund genug für eine Annullierung. Du fühltest dich zu deiner Frau hingezogen, überlege ich jetzt, ihr strahlendes Foto im mottendurchschwirrten Kerzenlicht betrachtend, so wie jemand, der nichts ist und nichts hat, sich unweigerlich zu jemandem hingezogen fühlt, der etwas darstellt und der mehr besitzt, selbst wenn dieses Etwas und dieses Mehr nicht ganz deiner Vorstellung entsprachen. Selbst wenn es gefährlich war.

Halten Sie bitte hier, sagte ich zum Fahrer. Vor dem Tor, dem Gartentor. Mein Kopf ist voller Stimmen. Warum rufen sie nicht *meinen* Namen? Ein eisernes Tor in einer Steinmauer. Ein Garten, um den du dich nie kümmern wolltest. Ich zahlte das Taxi. Voller Ranken und Büsche. Ein fremder Garten. Voller Oleander und Klebsamen. Die Residenz der De Amicis ist ein großes, imposantes Eckhaus am Rande der Parioli. Der Fahrer war beeindruckt. Ich gebe großzügige Trinkgelder. Beinahe unterwürfig. In einer Nische steht der heilige Antonius. Der mit den Dämonen gerungen hat. Wie Buddha. Der in die Wüste ging. Von Dämonen heimgesucht wurde. Der heilige Antonius. Deine eigene Familie hat sich schon in deiner Kindheit aufgelöst, sinniere ich jetzt, da ich die Fotos betrachte, die sie auf der Anrichte, der *credenza,* zwischen den Kerzen aufgestellt hat. Italienisch ist eine Sprache, in der das wichtigste Möbelstück ›credenza‹ genannt wird, ›Glauben‹. Darüber habe ich irgendwo etwas geschrieben. In irgendeinem Artikel. Eine Sprache, die an Möbel glaubt, an die häuslichen Traditionen, an die Heiligen in den Nischen. Wann hast du dir zuletzt Fotos von deiner Mutter und deinem Vater angesehen? frage ich mich, während ich das flackernde Gesicht meines Sohnes betrachte. Dir ist der Sinn für dein Zuhause schon als Jugendlicher abhanden gekommen, denke ich. Du bist nie mehr zurückgekehrt, du besuchst nie die Gräber deiner Eltern. Hast keine Heimat, kein Gefühl von Zuhause. Besitzt weder Möbel noch Glauben. Die Abendluft draußen war warm und mild. Der heilige Antonius in seiner Nische hält eine kleine elektrische Lampe in der Hand, die ewig brennt. Die Engländer verwerfen ihre Traditionen, wie es scheint. Es ist auch ein Foto seiner Großmutter dabei, die in jener Nacht starb. Um mich zu ärgern, dachte ich manchmal. Und ewig treffen die Rechnungen dafür ein. Sie verwerfen ihre Religion. Darüber wollte ich in meinem Buch schreiben. Klugerweise, kein Zweifel. Verwerfen sie klugerweise. Was mag es für ein Licht bedeuten, neben einer Steinplastik zu brennen? Für eine Kerze, neben einem Foto zu brennen? So wie sie klugerweise das Empire aufgegeben haben und ihre Toten nicht mehr in Familiengruften bestatten. Die Engländer ziehen sich von ihren Gräbern zurück, hatte ich irgendwo notiert. Sie streuen lieber ihre Asche in die Flüsse oder auf die Rosenbeete. Ihre Kinder müssen mit der Schnelligkeit von Taschenrechnern kopfrechnen. Ein angelsächsischer Rausch der Klarheit. Wie sollte einer, der mit der eigenen absurden Vergangenheit gebrochen hatte, sich nicht zu Mara hingezogen fühlen, zu ihrer Familie, ihrem Land, ihrer *credenza,* ihrem ausgeprägten Gefühl, hierher zu gehören. Nach Rom. In diese Stadt der Gräber und Denkmäler, der Motten und Kerzen und lauen Abende. Für den klar denkenden Angelsachsen stellt das Geheimnis der Südländer eine unwiderstehliche Verlockung dar. So wie der Osten für den Westen. Die Frau für den Mann. War das Ablenkung? Und wie hättest du nicht enttäuscht sein sollen, als du entdecken mußtest, daß ihre Vorurteile noch absurder waren als die, denen du den Rücken gekehrt hattest? Sie sind zusammen in die Kirche gegangen, Papa. Paolas Stimme. Oder bot sie mir einfach nicht genug Ablenkung? Bot Italien nicht genug Ablenkung? War Mara nicht verführerisch genug? Wie soll ich meiner Frau je verzeihen, hatte ich gedacht, als ich nach meiner Liebesnacht mit Karen nach Hause zurückkehrte, daß sie alt wird? Wie kann man einer Verführerin verzeihen, daß sie altert? Daß sie nicht mehr imstande ist, einen abzulenken? Was wäre aus dem heiligen Antonius geworden, wenn dem Teufel eines Tages die Tricks ausgegangen wären? Die interessanten Versuchungen? Welchen Grund hätte er gehabt, in der Wüste zu bleiben? An dem Morgen, als ich aus Neapel zurückkehrte, sah sie tatsächlich alt aus. Die Kinder waren entsetzt. Ich selber war entsetzt. Ihre Großmutter war in ihrem Schlafzimmer aufgebahrt. Zum ersten Mal sah meine Frau abgehärmt aus, alt. Ihre Mutter war tot. Marco klammerte sich an Paola. Das Gesicht meiner Frau war um zehn Jahre gealtert. Karens dagegen war jung. Ich war erfüllt von Karens Jugend. Schließlich hatte ich gerade erst mit ihr gevögelt. Ein weiteres Mitglied der Familie De Amici war in der Nacht gestorben. Im Geisterhaus. Marco, der bei der alten Frau im Bett schlief, war aufgewacht und hatte bemerkt, daß sie ganz kalt war. Er hatte versucht, anzurufen, aber es war immer besetzt gewesen. Der Hörer lag daneben. Ich vögelte gerade. Meine Frau saß im Zug. Auf dem Rückweg von ihrem Mann zu ihrem Sohn. Er war zu seiner Schwester ins Bett gekrochen. Im Verlauf einer Nacht und eines Vormittags war meine Frau um zehn Jahre gealtert. Marco war völlig aufgewühlt. Er hatte seine Schwester die ganze Nacht umschlungen gehalten. Sie waren nicht vom selben Fleisch und Blut. Karen hingegen war jung. Und jetzt, während ich das Foto von meiner Frau auf dem Schiff von Capri nach Neapel betrachte, wird mir klar, daß seine Kraft, seine besondere Wirkung daher rührt, daß es genau auf dem Wendepunkt gemacht wurde. Es ist ein strahlendes Gesicht, das sie dem strahlend blauen Himmel entgegenreckt, aber ihr Make-up ist auffällig, ihr Widerstand ist auffällig, der Widerstand einer schönen Frau, die allmählich alt wird und dem Himmel trotzig ihre Schönheit zeigt. Die dem Licht und der Sonne trotzt. In dieser Nacht sollte ich sie betrügen. Ich legte den Hörer neben das Telefon. Während ich vögelte. Es war die richtige Entscheidung, dieses Foto für ihr Grab auszusuchen. Meine Frau ist ein bemerkenswerter Mensch, denke ich. Es ist bemerkenswert von ihr, dachte ich, vor dem Eisentor stehend, nachdem ich das Taxi bezahlt hatte, allein in das Geisterhaus zurückzukehren, allein hierherzukommen an dem Tag, an dem sie ihren Sohn beerdigt hat, in Marcos erster Nacht im Grab. Allein hierher zurückzukehren, sage ich mir jetzt, und vor den Familienfotos, vor den Heiligenbildern Kerzen anzuzünden, an dem Tag, an dem ihr Mann sie verlassen hat, an dem ihr Sohn beerdigt wurde, das ist wirklich bemerkenswert. Es war Mitternacht; etliche Stunden waren auf unerklärliche Weise vergangen. Ich höre Stimmen, vor allem eine, die Mama ruft, die Mutter ruft, die durch die staubigen Zimmer und über die demolierte Treppe zu mir nach unten schwebt. Obwohl du beschlossen hast, sie zu verlassen, sagte ich mir am Eisentor, bist du zurückgekommen. Du bist zum Geisterhaus zurückgekehrt. Warum? Warum ruft die Stimme nicht *meinen* Namen? Ich höre sie, aber sie ruft nach jemand anderem.

In dem Moment, als wir ins Geisterhaus gezogen sind, wurde das Schisma besiegelt, überlege ich, wurde die Spaltung offensichtlich. Ich drückte nicht auf den Klingelknopf, ich stand bloß am Tor und spähte in den Garten. Ich staune immer wieder, sage ich mir, wie vernünftig und wie verrückt zugleich ich sein kann. Du stellst vollkommen vernünftige, geradezu scharfsinnige Überlegungen an, sage ich mir, und dennoch bist du eindeutig verrückt, du hörst eine Stimme, die unmöglich dasein kann. Vielleicht ist es die Wirkung des Kerzenscheins und der Motten. Warum hast du kein Licht gemacht? Es gibt hier mehr als genug Lampen. Eine Kinderstimme. Bei der Beerdigung ging Marco mit seiner Mutter vor, um den Segen zu empfangen, während Paola bei ihrem Vater sitzen blieb. Das Schisma war da: die Kinder standen auf verschiedenen Seiten, sie lehnten einander ab, hielten aber eng zusammen, wenn wir nicht da waren. Ich rief anschließend Karen an, um darüber zu sprechen und ein nächstes Treffen zu vereinbaren. In Neapel. Ich habe mich im Geisterhaus nie zu Hause gefühlt. Wir sind sofort dort eingezogen. Gleich nach dem Tod meiner Schwiegermutter. Das Haus war geräumiger und lag günstiger. Auf jeden Fall hängte Marco sich an Paola, nachdem Gregory aufgetaucht war, der BBC-Korrespondent, der seine Mutter mit Beschlag belegte. Ich konnte mir vorstellen, daß ich mich für meine Frau entschieden hatte, sinnierte ich, als ich in der Via Livorno aus dem Taxi stieg, und ich konnte mir auch vorstellen, daß ich mich für Rom entschieden hatte, als wir noch in unserer Mietwohnung lebten, ja, das konnte ich mir damals durchaus vorstellen, aber ich konnte mir nicht vorstellen, daß ich mich für dieses düstere Haus mit den sargähnlichen Möbeln und den Fotografien der Toten entschieden hatte. Mit zunehmendem Alter gleicht auch deine Frau sich den Toten an, dachte ich, *ihren Toten*, ihren Vorfahren. In diesem Geisterhaus. Nicht deinen Toten. Deren Gräber du nie besuchst. Sie ist noch immer hinreißend, dachte ich, noch immer eitel, und das liebe ich an ihr, sie bezaubert mich, aber zugleich erkannte ich die Züge ihrer Ahnen in ihrem Gesicht, dieselbe Schädelform bei ihr wie bei ihnen. Ich hatte nicht das Gefühl, mich dafür entschieden zu haben. Ich konnte ihr nicht verzeihen, daß sie alt wurde.

Hättest du dich auch so sehr darüber geärgert, wenn es dir aufgezwungen worden wäre? Ich stand am Gartentor, drückte aber nicht auf den Klingelknopf. Warum bin ich hier? Was soll ich tun? Hätte ich es akzeptiert, vielleicht sogar genossen – selbst das Geisterhaus –, wenn mir das alles von einer Autorität aufgezwungen worden wäre, die ich anerkannte? Von der Familie. Von einer Dynastie. Irgendeiner uralten Autorität, die niemand in Frage stellt? Der Garten ist verwildert und ungepflegt. Vielleicht war es der Gedanke, dich dafür entschieden zu haben, der dich zermürbt hat, dachte ich, als ich durch das Tor den ungepflegten Garten betrachtete. Habe ich einen Fehler gemacht? Warum bin ich hergekommen? Über neun Jahre lang habe ich hier gewohnt, dachte ich, während ich die Büsche und Schatten betrachtete, ohne in diesem Garten auch nur einen Spatenstich getan zu haben. Das war auf dem Höhepunkt meiner Karriere. Der Garten ist im Stil ihrer Vorfahren angelegt. Zwischen trockenen Blumenbeeten, die mit Ranken überwachsen sind, verlaufen im Zickzack kleine Kieswege. Ich habe zehn Jahre hier gewohnt, ohne die Möbel ersetzt zu haben, ohne auch nur die *credenza* an einen anderen Platz gestellt zu haben. Ich war damals ständig unterwegs. Später las ich, ebenfalls ständig. Ich veränderte nichts. Ich ignorierte meinen Sohn. Ich rüttelte am Tor, aber es war zu, abgeschlossen. Lieber nicht klingeln, sagte ich mir. Es war Mitternacht. Weck sie lieber nicht auf. Habe ich vor, mit ihr zu reden oder nicht? Warum bin ich hergekommen? Im Garten hörte ich Blätter rascheln, und ein Wimmern. Eine Katze. Eine wimmernde Stimme, die Mama rief. Ich rüttelte am Tor. Aus diesem Haus bist du immer ausgesperrt geblieben, dachte ich. Mehr als alles andere war es der Umzug in dieses Haus, mit diesen alten Fotos und den düsteren Möbeln, der alles besiegelte, was zwischen dir und deiner Frau nicht stimmte, und folglich auch alles, was zwischen euch und euren Kindern schiefgegangen ist. Ich bin kein kleines Kind, sagte ich zu Vanoli. Ich bin durchaus imstande, das Offensichtliche zu sehen. Wenn deine Frau dich vorher schon ausgeschlossen hatte, dann hat sie dich im Geisterhaus, dem Haus ihrer Vorfahren, doppelt ausgeschlossen. Es war ein großer Fehler, hierherzukommen. Sanftes Mondlicht ergießt sich über das Dach. Die Abendluft ist lau. Erneut raschelt es im Garten. Was kann man tun, wenn eine

Stimme nach jemand anderem ruft, außer sie zu ignorieren? Eine Stimme, die nach jemand anderem ruft, die dich absichtlich quält, indem sie nach jemand anderem ruft. Nicht nach dir. Obwohl du derjenige bist, der die Stimme hört. Kann jemand mit Absicht sterben, nur um dann als spukender Geist zurückzukehren? Ist dies nicht das Echo all der Augenblicke, in denen du dich ausgeschlossen fühltest? Eine Stimme, die nach jemand anderem ruft. Sie hat dich ausgeschlossen. Und jetzt ist dieses Tor verriegelt, damit die Mitternacht nicht eindringen kann. Du bist aus deinem eigenen Haus ausgesperrt, dem Haus, das dir so verhaßt ist. Dennoch hast du dich nie dagegen gewehrt, hier zu wohnen, denke ich. Ich wandere jetzt durch die Zimmer. Sie hat überall Kerzen aufgestellt. Das ganze Haus ist von Kerzenschein erfüllt. Von draußen konnte ich sie durch die Fensterläden nicht sehen. Du hast dich nie geweigert, hier zu wohnen, und in neun langen Jahren, oder auch zehn, hast du es nicht geschafft, diese dir so verhaßten Möbel zu ersetzen. Dein Verhalten ist äußerst widersprüchlich, denke ich. Ich kletterte am Tor hoch, tastete mich um die in Zement eingelassenen Glasscherben oben auf dem Steinsims herum. Verrückt und unerklärlich, hierher zu kommen, in ein dir verhaßtes Haus zu wollen und dann nicht die Klingel zu benutzen. Wenn du nur einen Platz zum Schlafen suchst, dachte ich, während ich mich zu den Glasscherben hochschwang, dann könntest du in ein Hotel gehen. Kreditkarten sind in Hotels gern gesehen, im Gegensatz zu Taxis. Ich brach in mein eigenes Zuhause ein. In ein Haus, das mir verhaßt war. Obwohl ich mich nie geweigert hatte, hier zu wohnen. Es war letztendlich ein sehr bequemes Haus. Trotz der demolierten Treppe. Statt dessen hast du die Entfremdung, die dieses Haus in dir hervorrief, dazu benutzt, deiner Affäre Nahrung zu geben. Jawohl. So war es. Du hast Untreue mit Unbehagen gerechtfertigt. Hast dich nie wirklich für deine Frau entschieden, obwohl du wußtest, du würdest dich auch niemals für eine andere entscheiden. Du hast dein Leben als etwas betrachtet, das dir aufgezwungen wurde, aber von einer fremden Autorität, einer, die du weder anerkennen konntest noch wolltest. Ein Mann sollte seine eigenen Götter nicht durch die Götter seiner Frau ersetzen. Vielleicht war das dein Fehler gewesen. Ich habe Dutzende von Affären gehabt, hast du deiner Frau in der erbarmungslosen Helligkeit des Friedhofs erzählt. Ich habe dich auf jede nur erdenkliche Weise betrogen. Wie kannst du zu einer Frau zurückkehren, nachdem du ihr das gesagt hast? Nachdem du das ausgesprochen hast? Auch wenn sie dir eine großherzige Nachricht geschrieben hat. Ich hasse dich, hast du gesagt. Es war wie eine Befreiung. Ich hasse, hasse, hasse dich. Geradezu ein Vergnügen. Dennoch bist du hier, springst vom Tor in den Garten, brichst ein in dein eigenes Haus. Maras Haus. Ich hatte mir die Hose zerrissen. Hier gab es keine guten Zeiten, an die du dich erinnern könntest. Zehn lange Jahre, und kein einziger schöner Moment. Im Geisterhaus. Es fing an mit dem Tod meiner Schwiegermutter. Dennoch habe ich nie protestiert, sondern die Entfremdung benutzt, um meiner Affäre Nahrung zu geben. Die Wochenendreise nach Neapel fand zu einem furchtbar ungünstigen Zeitpunkt statt. Wir zogen sofort ein. Wir brauchten mehr Platz. Da ich ausgeschlossen wurde, war es mein gutes Recht, mein Vergnügen anderswo zu suchen. Mama! ruft die Stimme.

Ich bin in dem langen Flur zwischen Küche und *salotto*. Steinfliesen. Vermutlich liegt sie im Bett. Sie hat mich nicht gehört. Paola ist auch über das Tor geklettert, an jenem Morgen, als sie das dramatische Geschehen entdeckte, das sie vor Gericht so eindrucksvoll beschrieben hat. Sie erzählte, daß sie ausgesperrt war, daß niemand auf ihr Klingeln hin öffnete, daß sie über das Tor kletterte, sich dabei das Kleid zerriß und dann durch die *portafinestra* in die Küche eindrang. Die *portafinestra*. Dein Leben lang hat deine Frau dich erst verführt und dann ausgeschlossen. Es ist sinnlos zu glauben, das könne sich je ändern. Warum willst du also unbedingt ins Haus? Du solltest zu Paola ziehen, dachte ich, während ich im Mondlicht um das Haus herumging. Zur Küchenseite. Zur *portafinestra.* Es raschelte im Gebüsch und eine Katze maunzte. Aber wie kann ich behaupten, ich sei ausgeschlossen worden, wenn ich mich gleichzeitig frage, ob ich mich je ganz für meine Frau entschieden habe, ob ich je voller Überzeugung zu mir gesagt habe, dies ist meine Frau, mein Schicksal? Warum gibst du mir so viel Liebe, wollte Karen wissen, wenn dein Herz ganz woanders ist? Du hast dir die Distanz zunutze gemacht zwischen dem, was du bist und dem, was du tust, wird mir klar, als ich im Kerzenschein durch das Geisterhaus wandere und die Treppe hinauf nach oben blicke. Überall schwirren Motten herum. Das Licht ist so fließend wie die Gedanken, so unbestimmt wie die Erinnerung. Wenn auch zwangsläufig eine Distanz besteht zwischen dem, was man ist, und dem Leben, das man geführt hat, so hast du diesen seltsamen Umstand, dieses existentielle Rätsel dennoch ausgenutzt. Du vergrößerst diese Kluft absichtlich, sage ich mir. Ein Monumentalwerk wäre doch nichts anderes als ein weiterer Stein, der aus dem Weg geräumt werden müßte. Eine weitere schwere Last. Du hast sie gesucht, wird mir klar, diese Distanz, die Fremdheit, die unvertraute Sprache, die fremden Götter und Bräuche. Du hast deine Kraft aus dem Gefühl der Entfremdung bezogen. Um jedes Verhalten entschuldigen zu können. Einen Moment lang kommt es mir so vor, als höre ich ein Rascheln und eine Stimme, die vom oberen Treppenabsatz ruft. Es ist die Stimme, die den Abstand zwischen dem, was ich bin, und dem, was ich getan habe – ich habe mich abscheulich benommen –, besetzt hält, die Stimme, die sich meinen Kopf ausgesucht hat, um nach jemand anderem zu rufen.

Die *portafinestra* war repariert worden. Vielleicht traf dasselbe auf Andreotti zu, dachte ich. Auch er hat sich die Distanz zwischen dem Sein und dem Handeln zunutze gemacht. Andreotti, ein tief religiöser Mann, war in alle möglichen dunklen Machenschaften verwickelt. Was war daran so kompliziert? Das Handeln eine Ablenkung vom Sein. Ich drückte heftig gegen die *portafinestra*, aber sie gab nicht nach. Das eine die Unterströmung des anderen. Was gibt es noch mehr darüber zu sagen? Vielleicht hatte ich sie selber reparieren lassen. Vielleicht ist die Sprache so etwas wie ein Sprudeln zwischen Sein und Handeln. Ich stehe am Fuß der Treppe. Und die Ausnutzung der Distanz? Selbstbetrug, kurz gesagt. Ein irreführendes Sprudeln zwischen gegensätzlichen Polen – der Essenz und der Ablenkung –, wo Muster sich bilden und wieder auflösen. Schatten im Kerzenlicht, bewegt vom Schwirren der Motten. Du wirst niemals die Wahrheit über Andreotti herausfinden, dachte ich, vergeblich meine Schulter gegen eine hohe Glasscheibe stemmend. Die *portafinestra*. Sie gab nicht nach. Einschlagen wollte ich sie nicht. Ich trat einen Schritt zurück und erblickte ein schwarz glänzendes Spiegelbild meines Gesichts. Es war ein lauer, mondheller Abend. Ich sah nicht verwirrter aus als sonst. Angeblich gehörte ich nicht ins Krankenhaus. Ich hatte den Urologen nicht sehr beeindruckt. Das Licht fiel weich auf das Glas, die Luft war warm. Ein Abend für Verliebte, bemerkte ich und wurde wütend. Du wirst nie erfahren, was in Andreottis Kopf vorgegangen ist, nicht einmal, was in seiner Regierung vorgegangen ist, sagte ich mir. Du wirst nie erfahren, was deinem Sohn geschehen ist, dachte ich. Oder was zwischen dir und deiner Frau geschah, an jenem warmen Frühlingsabend vor der französischen Botschaft. Ich hielt einen Augenblick inne, um mein rätselhaftes Gesicht zu betrachten, so wie ich bis vor ein paar Minuten lange innegehalten habe, um die kerzenbeleuchteten Fotos auf der *credenza* zu betrachten. Die mir alle rätselhaft erschienen. Die Augen in der glänzenden schwarzen Fensterscheibe wirkten nicht beunruhigter als sonst. Seine erste Nacht im Grab. Über dem ungepflegten Garten hing ein schwerer, süßlicher Duft. Die Luft war sehr warm. Jetzt zögere ich. Die Stimme kam eindeutig von hier. Aus der Diele, von der Treppe. Du willst die Zukunft vorhersagen, aber du verstehst nicht einmal die Vergangenheit, sage ich mir, wobei ich an das Geheimnis der Fotos denke, und an meine Verwirrung in den letzten achtundvierzig Stunden. Was werde ich tun, wenn ich oben auf dem Treppenabsatz bin? Das Foto von Mara, das von Paola, das von Marco. Wir leben zwischen dem Unerklärlichen und dem Unvorhersehbaren, verkünde ich laut im Kerzenschein am Fuß der Treppe. Ich habe Angst. Meine Frau hatte immer große Mengen von Kerzen im Haus. Eine ganz Küchenschublade voll. Kann man mit einer Stimme sprechen, die nach jemand anderem ruft? Das verlassene Haus wirkt irgendwie belebt. Mara, Paola und Marco sind in Italien sehr verbreitete Namen. Wir waren hier so unglücklich. Ich sollte derjenige sein, der in dem Grab liegt, dachte ich und schaute in meine Augen auf der glänzenden Scheibe der *portafinestra*. Schließlich stieg ich durch das Speisekammerfenster hinter der Glyzinie ein. Ich riß die Glyzinie nieder, ich, der ich in den neun Jahren, die ich hier wohnte, rein gar nichts in diesem Garten getan hatte. Ich erinnerte mich an einen lauen Abend, als wir frischverliebt waren, und riß in einem plötzlichen Wutanfall die große Pflanze nieder – Blätter, Zweige und Stützdrähte. Meine Handgelenke sind zerkratzt, meine Finger blutig. Ich riß die Pflanze von der Wand, in der Annahme, meine Frau hätte dieses Fenster vielleicht offen gelassen, um das muffige Haus ein bißchen zu belüften. Das tote Haus. Aber irgend etwas bewegte sich. Ich hatte das Gefühl, eine Stimme zu hören, ein Betteln und Wimmern. Hinter den jahrelang unkontrolliert gewachsenen Ranken verbarg sich ein kleines Fenster. Es stand offen. Manchmal hat man eben doch eine richtige Vermutung. Ich schaffte die Pflanze aus dem Weg, zwängte mich hindurch und purzelte ins Haus.

Um was zu tun? Warum bin ich zurückgekehrt? Ich habe meine Frau verlassen. Warum hat sie die vielen Kerzen angesteckt? war mein erster Gedanke, als ich von der Speisekammer hinüber in den *salotto* ging. Warum macht sie Heiligenbilder aus den Familienfotos? Das ist typisch für sie. Dieser Raum wirkt wie eine *camera ardente!* Das war mein erster Gedanke beim Betreten des *salotto,* beim Anblick der antiken Möbel, die mir so verhaßt sind. Der vorgetäuschten Lebendigkeit der Gesichter im flackernden Kerzenlicht. Fotogesichter. Ich habe nie etwas unternommen, um die Einrichtung angenehmer zu gestalten. Ich habe hier keine Spuren hinterlassen. Das Geisterhaus ist nie mein Zuhause gewesen, sagte ich mir. Aber jetzt hast du dich davon gelöst, überlege ich. Ich stehe am Fuß der demolierten Treppe. Nachdem ich meine Frau verlassen habe, bin ich drauf und dran, die Treppe hinaufzusteigen und zu ihr zu gehen. Links an der Wand hängen Gemälde. Es sind dunkle, lackglänzende Porträts und Landschaften, die vage aus der Düsternis hervortreten. Die Stimme kam eindeutig von hier. Warum habe ich sie nicht abhängen lassen und durch andere Bilder ersetzt? Durch etwas Modernes? Gleich als wir eingezogen sind? Etwas, das von *mir* kommt. Sie hat auf jede vierte oder fünfte Treppenstufe eine Kerze gestellt. Wozu? Jedenfalls nehme ich an, daß sie es war. Wer sonst? Hierher hat mich die Stimme gelockt. Die nach ihr rief. Sie hat sie sorgfältig auf den teilweise zertrümmerten Stufen plaziert. Wie dick ihr Haar damals war, dachte ich sofort, als ich ihr Gesicht auf dem Foto sah. Auf der *credenza.* Nachdem ich den *salotto* betreten hatte, ging ich als erstes zu den Fotos hinüber. Die wie Heiligenbilder auf der *credenza* arrangiert waren. Und mein Blick blieb an ihrem Foto haften. Innerhalb einer Zweihundertfünfzigstelsekunde eingefroren, am Wendepunkt, bei strahlendem Sonnenschein auf dem Schiff von Capri nach Neapel. Mara! Die Augen dem gleißenden Licht ebenbürtig. Ihr Haar war damals sehr dick – mein unmögliches Haar! –, aber inzwischen ist es viel dünner geworden, sage ich mir. Jetzt bist du frei. Ihr Fleisch ist welk geworden. Du hast dich herausgewunden, sage ich mir am Fuß der Treppe. Dort steht ein Schirmständer. Das Geländer ist kaputt. Keine Mäntel an den Haken. Du hast dich von ihrem Bann befreit. Von der Ablenkung, die sie darstellte. Du solltest Licht machen, sage ich mir. Und gehen. Vergiß es. Das Geisterhaus war schon immer eine *camera ardente.* Es gehörte schon immer den Toten. Eine tote Beziehung. Mach Licht. Das hier ist krankhaft. Es ist krankhaft, verkünde ich laut, sich einzubilden, man höre Stimmen. Geh, verkünde ich. Sieh zu, daß du hier rauskommst. Es ist vorbei. Und wieder ruft von oben die Stimme. Mama! Mama! So wie damals, wenn er in unser Bett kam. So wie damals, als er in Neapel im Hotel anrief. Eine gefährliche Flut war im Anzug. Er klopfte wie wild gegen die Tür und schrie Mama, sagte Paola aus. Er hatte einen Hammer in der Hand. Den Hammer, mit dem er die Treppe zertrümmert hatte. Und das Geländer. Und schließlich kommt mir der Gedanke: sie hat sich auch umgebracht. Mara hat auch beschlossen, sich selbst auszulöschen. Meine Mara. Deshalb ruft die Stimme nach ihr. Er ruft sie zu sich. Ins Grab. Hinter den epiphanischen Schleier. Hinter die Steine und Denkmäler. *I sepolcri.* Ich werde ihr Foto auf ihrem Grabstein anbringen, auf dem Familiengrab. Sie hat die Kerzen angezündet, wird mir klar, um ihre eigene Totenwache vorzubereiten. Um eine *camera ardente* für sich herzurichten. Ich muß nach oben gehen.

Worin bestand eigentlich die Macht, die die Götter so sehr störte, daß sie den Menschen solche Ablenkungen schickten? Das habe ich mich oft gefragt. Fühlten sie sich tatsächlich vom Ehrgeiz eines Mannes bedroht, von einem Monumentalwerk über die Vorhersagbarkeit, über das nationale Schicksal? Oder wollte die Geschichte nur einen imaginären Ort der Glückseligkeit postulieren, aus dem wir Menschen für immer und ewig ausgeschlossen bleiben? Die Götter lenken uns genau in dem Moment ab, in dem unsere Hand den Türgriff gefunden hat. Der Wahnsinn wurde ebenso wie die Leidenschaft von den Göttern gesandt, fiel mir ein. Wollte sie nur unsere Krankheiten aufwerten, unseren Tragödien einen Reiz verleihen? Ich habe mir oft gewünscht, sie wäre tot, sagte ich zu Paola, in der besten Zeit unserer Allianz, unseres unausgesprochenen Pakts. Wie hätte ich mich nicht an diese Worte erinnern sollen, als ich die Treppe hinaufstieg? Ich hatte mir oft vorgestellt, meine Frau sei tot. Ich war plötzlich überzeugt, daß etwas Furchtbares geschehen war. Fast jeden Tag, sagte ich zu meiner halbwüchsigen Tochter. Das Mädchen war nicht von meinem Fleisch und Blut. Ich denke neuerdings fast jeden Tag an die Erleichterung, die ihr Tod bedeuten würde. Das Schisma war inzwischen für alle offensichtlich geworden. Nur Paola sprach mit mir, wenn ich auf Reisen war. Nur sie blieb zu Hause, um meine Anrufe entgegenzunehmen. Sie sind zusammen in die Kirche gegangen, sagte sie. Ich war wütend. Aber vielleicht blieb sie auch zu Hause, um sich mit Giorgio zu treffen. Der gute, langweilige Giorgio. Ich steige die Treppe hinauf, bahne mir vorsichtig einen Weg. Die *portafinestra* ist repariert worden, denke ich, zum Schutz vor Regen und Einbrechern, aber die kaputten Stufen nicht. Die steinernen Stufen zu unserem Schlafzimmer wurden nicht repariert. Ich habe mir oft gewünscht, sie wäre tot, erzählte ich Gregory bei unserer letzten Begegnung. Das allein ist Grund genug für eine Annullierung, sagte er. Aber zu dem Zeitpunkt hatte der BBC-Korrespondent bereits die Zuversicht verloren. Er konnte nicht begreifen, warum sie nicht mit ihm zusammenleben wollte. Nach all den Briefen im Stile Guinizellis. *Il dolce stil nuovo.* Es war schockierend, sich den Tod seiner Partnerin zu wünschen, sagte er. Du solltest sie sofort verlassen, sagte er. Wir könnten gut zusammen leben, sagte Paola. Nur du und ich, Papa. Aber zu diesem Zeitpunkt hatten sie beide bereits die Zuversicht verloren. Genau wie Karen die Zuversicht verlor. Dein Leben ist ganz woanders, sagte sie.

Aber tue ich das wirklich? Ich bleibe stehen, um mir das Porträt irgendeines Vorfahren anzusehen. In der bewegten Düsternis über den Kerzenflammen. Ist das der Großvater, der sich umgebracht hat? Ich habe keine Eile, oben anzukommen. Die Stimme hat zu rufen aufgehört. Gott sei Dank. Mein Kopf wird langsam wieder klar. Das Adrenalin verschafft mir wieder einen klaren Kopf. Wünsche ich mir wirklich ihren Tod? Möchte ich meine Frau tot auffinden? Dort oben, am Ende dieser Treppe? Die generationsübergreifende Ähnlichkeit der Schädelform in der Familie der De Amicis ist erschreckend. Unbedeutende Aristokratie. Ich habe Angst vor dem, was ich in ihrem Zimmer vorfinden könnte. Haut, die am Schädel klebt. In unserem Zimmer, in dem ich so selten schlief. Wie konnte sie schreiben: Mein Leben lang habe ich nur für dich gelebt. Wie konnte sie nur eine solche Lüge niederschreiben? Frauen sind nur eine Ablenkung, sagte ich zu Gregory. Ich versuchte ihn zu trösten. Bei unserer letzten Begegnung. Es ist gar nicht so ungewöhnlich, daß man jemanden, der einen verletzen wollte, zu trösten versucht. Von den Göttern gesandt, um uns abzulenken, sagte ich, um ihn zum Lachen zu bringen. Wir saßen in einem Café an der Stazione Termini. Wovon denn? wollte er wissen. Er würde weggehen. Warum sollten die Götter sich die Mühe machen, uns abzulenken? Gregory reagierte sehr verärgert auf meinen kleinen Scherz, meinen halbherzigen Versuch, ihn zu trösten. Ihm reichte es. Er denkt, ich frohlocke, erkannte ich. Er denkt, ich reibe Salz in seine Wunde. Ich hatte einen Fehler begangen. Was haben die Götter von Leuten wie uns schon zu befürchten? Etwa schlechte Presse? Sein Spott war beißend. Jetzt hat er verloren, wurde mir klar – wir saßen in dem Café an der Stazione Termini –, er läßt dich nicht mehr zu deinem Recht kommen. Er ist nicht mehr unparteiisch. Vom Nichts vielleicht, dachte ich später. Solche Leidenschaften lenken uns vom Nichts ab. Und während ich im Geisterhaus die Treppe hinaufsteige, kommt mir der Gedanke, daß ich zu einer absurden, lächerlichen Existenz werde, wenn ich Mara verliere. Ich werde sein wie der alte Theaterregisseur, mit seiner Altherren-Eitelkeit, dem langen, nach hinten geworfenen weißen Haar, seiner angeblich so begabten polnischen Tänzerin und dem Hund Boccaccio. Eine lächerliche Niete von einem Mann, der seine Enkelkinder nie gesehen hat und für seine opportunistische Geliebte, die nicht einmal mit ihm in einem Zimmer schläft, schlechte Gedichte schreibt. Ein großer Theaterregisseur. Der Hund hat ihn gefunden. Ich besitze keinen Hund, der mich im Geisterhaus die Treppe hinaufführen könnte. Ich bitte dich um Verzeihung, wenn ich dich verletzt haben sollte, schrieb sie. Aber ich habe dich immer geliebt. Wie viele Frauen würden eine so großherzige Nachricht schreiben, frage ich mich, selbst wenn ihre Worte nicht ganz der Wahrheit entsprachen, nach all dem, was ich ihr am frischen Grab ihres Sohnes gesagt hatte. Ich werde zu Hause sein, schrieb sie. Bitte, Chris, ruf mich an. Bitte komm. Und ich bin nicht gekommen. Ich habe nicht angerufen. Sie hat sich umgebracht, weil du nicht gekommen bist, sage ich mir, während ich die Treppe hinaufsteige. Du bist nicht zu ihr gekommen. Zu deiner Frau, zu Mara. Und jetzt weiß ich nicht, soll ich mich bremsen oder beeilen, stehenbleiben oder losrennen? Mein Leben wird leer und absurd sein.

Endlich schweigt die Stimme. Ich bin jetzt auf dem oberen Treppenabsatz. Dort steht eine antike Kommode aus Eichenholz und Marmor. Mir waren diese Sachen immer verhaßt, aber ich habe sie nicht durch andere ersetzt. Im Spiegel brennt eine Kerze. Ich stehe ganz still. Marco schweigt jetzt. Diese unheimliche Stimme. Ich lausche meinem Atem. Meine Gedanken rasen. Ein schwaches Knistern von Wachs. Vielleicht auch von Mottenflügeln. Weil sie schon bei ihm ist, sage ich mir. Sie ist bereits tot. Mara ist tot. Sie ist zu ihm geflogen. Er braucht nicht mehr nach ihr zu rufen. Ihre Tür steht offen. Aber drinnen ist es dunkel. Diese getäfelten Türen, die ächzen und knarren. Bis auf den gespiegelten Schein der Kerze auf der Kommode im Flur, der flackernde, verzerrte Schatten über die Wände jagt. Warum mache ich kein Licht? Warum breche ich diesen dummen Zauber nicht, der schon so lange wirkt? Vielleicht bestand unser Schicksal darin, uns gegenseitig abzulenken. In einer Welt, in der man nicht in die Tiefe gehen kann, was kann das Schicksal da anderes sein als eine lange, furchtbare Ablenkung? Wir waren beide unwillig. Das spürte ich schon am allerersten Abend, in der französischen Botschaft. Draußen im Garten. Sie spürte es auch. Ein Garten, der nie gepflegt wurde. Wir wehrten uns beide dagegen, uns zu lieben. Gegen diese Leidenschaft. Wir kämpften verbissen dagegen an. Wir beteten beide, der Kelch möge an uns vorübergehen. Während wir uns vor Leidenschaft verzehrten. Wir versuchten beide, andere zu verführen, uns von anderen verführen zu lassen. Sogar von unseren Kindern. Wir haben andere verletzt, um unserer Liebe zu entkommen. Daher der Groll. Aber sobald man betet, ein Kelch möge an einem vorübergehen, weiß man im Grunde, daß es schon zu spät ist. Man weiß, daß es der Wille des Vaters ist. Der Weg, auf dem der Sinn liegt. Der Weg zum Sinn führt über den bitteren Kelch. Die Identität liegt im Schmerz, sagte ich mir im Nachtzug von Turin. Ich hatte selber Schmerzen. Jetzt bluten meine Finger. Marco muß das erkannt haben, als er sich den Schraubenzieher in die Adern bohrte. Muß erkannt haben, daß er vergebens verführt worden war. Daher kam der Groll. Wenn man nichts findet, sobald man in die Tiefe geht, wie sollte man dann nicht das Schicksal einer langen Ablenkung annehmen? Die lange Ablenkung unserer Ehe. Mara ist eine bemerkenswerte Frau, sage ich mir und spähe dabei vom Türrahmen aus in das dunkle Zimmer. Eine theatralische Frau. So hoffnungslos anders als ich. Ich habe sie verloren. Ich habe sie zerstört. Ganz überflüssigerweise habe ich ihr Dinge erzählt, die für sie unerträglich schmerzhaft waren. Ich habe den Nachmittag damit verbracht, Politiker zu interviewen, Urologen zu konsultieren und Ex-Freundinnen anzurufen. Ich habe Stunden verbracht, ohne zu wissen womit. Als ich ins Schlafzimmer trete, flüstert eine Stimme: Marco.

Marco!

Ich halte taumelnd inne. Dies ist das Zimmer, in dem ich so selten schlief. Ich habe im Gästezimmer im oberen Stockwerk geschlafen, neben Paolas Zimmer. Wir würden sehr gut allein zurechtkommen, sagte sie. Papa.

Marco! Eine dünne Stimme.

Ich stehe auf der Schwelle. Drinnen brennt kein Licht. Die Fensterläden sind geschlossen. Ich muß vor dem schemenhaften Kerzenlicht hinter mir eine undeutliche Silhouette abgeben. Ich kann nichts erkennen. Ich rieche nur den Muff. Den Staub.

Marco! Eine gespenstische Stimme.

Mara!

Im Zimmer ist es vollkommen still und dunkel. Höre ich wieder Stimmen? In meinem Kopf? In gewissem Sinne, hat Vanoli einmal bemerkt, entsteht jede Stimme, die wir hören, in unserem Kopf. Wo sonst geschehen die Dinge, wenn nicht in jemandes Kopf?

Mara! wiederhole ich, wobei ich ins Dunkel des Zimmers hinein fast schreie. Ich fürchtete, gar nicht laut gesprochen zu haben. Ich fürchtete, sie wäre ein Geist. Tot. Mara, ist alles in Ordnung?

Chris. Die Stimme meiner Frau klingt jetzt ganz normal. Du bist es, Chris.

Ist alles in Ordnung?

Ich habe geträumt. Ich habe von Marco geträumt.

Mir war, als hätte ich seine Stimme gehört. Ich hörte, wie er nach dir rief.

Sie sagt nichts. Ich kann sie nicht sehen. Sie seufzt.

Ich strecke die Hand aus, um Licht zu machen. Der Schalter klickt.

Es geht nicht, sagt sie. Der Strom ist abgeschaltet. Ich habe überall Kerzen aufgestellt. Falls du kommen würdest.

Inzwischen kann ich Schatten erkennen, etwas Weißes im Bett. Ich gehe hinüber und setze mich zu ihr.

Vielleicht stellen sie Steuerhinterziehern immer den Strom ab, sagt sie.

Wie normal die Stimme deiner Frau klingt! sage ich mir. Wie

vernünftig! Beinahe sarkastisch! Ohne daß ich sie sehen kann, habe ich ihre Gesichtszüge plötzlich klar vor Augen. Mara wird immer eine noble Erscheinung sein, sage ich mir, ihr Gesicht wird immer stolz aussehen, so sehr es auch von Leid gezeichnet sein mag.

Wie lief das Interview? fragt sie.

Sie macht dir keinen Vorwurf, weil du zu dem Interview gegangen bist, denke ich. Obwohl das unmöglich von dir war.

Ich bin erschöpft, sage ich zu ihr. Ich strecke mich neben ihr aus. Es lief ganz gut.

Ich liege neben meiner Frau im Geisterhaus. Es lief ganz gut, sage ich. Andreotti ist wirklich ein völlig berechenbarer Heuchler. Dann sage ich zu ihr: Deine Nachricht war sehr schön.

Chris, sagt sie. Wir atmen gemeinsam im Dunkeln. Unsere Hände berühren sich. Meine Frau ist nicht tot. Sie hat sich nicht umgebracht. Dies ist das Bett, in dem ihre Mutter gestorben ist. In der Nacht, als Marco immer wieder anrief. In der Nacht, als ich mit Karen gevögelt habe. Und dann erkläre ich meiner Frau, daß wir dieses Haus verlassen müssen. Wir müssen weg aus diesem Haus, Mara. Wir müssen uns etwas Neues suchen. Ich kann hier nicht mehr leben. Hier war ich niemals lebendig. Es war ein Fehler, hierherzuziehen. Laß uns gleich weggehen, sage ich.

Morgen, sagt sie. Wir sind beide erschöpft.

Nein, gleich.

Morgen. Ich verspreche es dir, sagt sie. Jetzt können wir nicht weggehen. Wir sind ausgelaugt. Du bist krank gewesen.

Irgend etwas, das mir und dir gehören kann. Nicht hier. Auch nicht in London. Etwas Neues.

Du mußt mit deiner Arbeit weitermachen, sagt sie.

Meine Frau und ich schmieden Zukunftspläne.

Ich liebe dich. Ganz unvermittelt erkläre ich Mara, daß ich sie liebe. Ich wünsche mir nicht ihren Tod. Ganz und gar nicht. Ich habe mir nie gewünscht, sie wäre tot. Oder doch? Habe ich mich entschieden, zurückzukehren? Es scheint so. Der Bann ist noch nicht gebrochen. Unsere lange Ablenkung. Ich habe gehört, wie Marcos Stimme deinen Namen rief, sage ich. Wir sprechen italienisch. In der Diele. Im *salotto.* Ich hatte solche Angst, du könntest dich umgebracht haben. Oder ich könnte verrückt werden. Weil ich Stimmen hörte. Ich hatte Angst, ich würde ihn sehen. Auf der Treppe.

Ich habe von ihm geträumt, sagt sie. Ihre Stimme klingt ruhig. Ich habe geträumt, daß er nach mir rief. Er war wieder gesund. Einen Moment lang war ich überzeugt, *er* würde in der Tür stehen.

Ich liebe dich, wiederhole ich, voller Staunen, so etwas sagen zu können.

Ich war wie elektrisiert, sagte sie. Chris. Ich hatte schreckliche Angst. Das alles hat uns vollkommen erschöpft.

Seit Stunden liegen wir im Dunkeln, ohne zu reden, ohne uns zu umarmen. Marco ist in seinem Grab. Ich habe seine Stimme nicht noch einmal gehört. Wie es scheint, werden wir morgen aus diesem Haus ausziehen. Sie hat es ernst gemeint, da bin ich mir sicher. Ich kann und werde darauf bestehen. Wir werden aus dem Geisterhaus ausziehen. Morgen können wir anfangen, um unseren Sohn zu trauern.